동아시아 역사와
자기 서사의 정치학

이 저서는 2008년 정부(교육과학기술부)의 재원으로 한국연구재단의 지원을 받아 수행된 연구임(NRF-2008-361-A00003)

동아시아 역사와
자기 서사의 정치학

김성연 · 임유경 엮음

앨피

| 차례 |

동아시아의 유령들, 시대의 알레고리
헤게모니의 역사와 자전적 욕망

문화 냉전, 국가 서사의 히스테리

집단 언어와 난반사하는 서사들

집단 언어와 실어증
: 중국 문인들의 한국전쟁 참전 일기

__ 조영추

정체, 인민 그리고 베트남이라는 사건
: 베트남 전쟁을 쓰기

__ 김예림

자서전의 시대, 공적 자아의 탄생

문화 공간과 자기 서사의 대중화

자서전의 시대, 구성되는 정체성
: 1970년대 자서전 붐의 문화적 토양 — 김성연

자본의 세기, 비즈니스 자서전
: 1970년대 〈재계 회고〉와 기업가적 자아의 주체성 — 김혜인

간행사

이탈리아의 철학자 조르조 아감벤Giorgio Agamben은 젊은 시절, 그러니까 아마도 70년대의 어느 밤 파리에서, 상황주의자 인터내셔널의 리더 기 드보르Guy Debord의 동반자 앨리스Alice에게 "여전히 이탈리아의 젊은이들이 기 드보르의 작업에 깊은 관심이 있으니 한마디만 우리를 위해 해 주길" 부탁했다. 앨리스는 "우리는 있어요, 그것으로 당신들에겐 충분할 테지요(on exste, cela devrait leur suffire)"라고 했다. 그로부터 20여 년이 지난 90년대 말, 아감벤은 파리의 한 서점에서 철학자 폴 리쾨르Paul Ricoeur의 자서전 옆에 기 드보르의 자서전 《찬사Panégyrique》 제2권이 꽂혀 있는 것을 본다. 그는 두 책에 실린 사진의 차이에 주목한다. 리쾨르 자서전의 사진에는 거의 모두 학술대회에서 발표하는 철학자의 모습이 담겨 있었다. 그의 삶이란 철학자로서의 그것으로 정리될 수 있다는 듯이 말이다. 반면, 1994년 권총 자살로 삶을 마감한 상황주의자의 사진에는 온갖 일상의 자질구레한 모습이 담겨 있었다. 마치 삶이란 그렇게 정리 불가능하며 그저 있었던 것뿐이라는 듯이 말이다. 아감벤은 다시 한 번 앨리스의 답을 떠올려 봤다고 한다. "우리는 있어요." 그리하여 그 순간 서양철학의 근본 물음이 두 자서전 주변에서 맴돌았다. 바로 '있음existing/being'과 '삶living'의 관계 물음이.

유구한 역사를 자랑하는 서양 존재론을 여기서 상론하는 일은 단념하자. 중요한 것은 자서전이란 장르가 한 인간의 존재 물음을 환기하고 소환한다는 사실이다. 분명히 리쾨르는 철학자였고 그렇게 자서전을 남겼다. 드보르는 상황주의자였지만 내밀한 일상의 파편을 흩뿌려 놓은 자서전을 남겼다. 내가 누구인가와 어떻게 살았는가는 그렇게 중첩되지만 결코 일치하지는 않는다. 자서전이란, 그래서 '존재'(being=무엇이었음)와 '인생'(living=그렇게 살았음)이 하나의 기록 속에서 겹치면서 갈리는 하나의 존재론적 텍스트이다. 철학자였던 리쾨르가 어떻게 살았는지, 일상을 살았던 드보르는 어떤 의미에서 상황주의자였는지, 이러한 물음은 항상 그 사이에서 존재와 인생을 가로지르며 분출하기 마련이다. 저자의 존재 규정(무엇이었음)을 배반하는 인생 드라마(어떻게 살았음)를 기대하는 까닭이기도 하고, 삶의 속살이 과연 그는 어떤 사람이었는지를 되새기게 만드는 까닭이기도 하다.

자서전은 그런 의미에서 일차적으로 존재론적 텍스트다. 존재와 인생에 대한 자기 서사는 저자를 넘어서 어느새 독자들을 인간이 '살아-있다'는 사태 자체로 이끌기 때문이며, 그것은 본원적으로 '살아-있었음'이란 시간의 지평 속에서 가능하기에 역사를 환기하기 때문이다. 자서전을 비롯한 다양한 자기 서사가 그저 하나의 구술기록이나 사료적 가치가 있는 참조자료로서만 활용될 수 없는 까닭이 여기에 있다. 그것은 이른바 역사학에서 말하는 사료비판을 거쳐야 한다는 기술적인 의미에서가 아니다. 자기 서사를 읽고 말을 보태려는 이들은 저자의 존재와 인생 사이에서 분기하는 존재론적 물음을 여러 학제의 내적 규약에 따라 기술적으로 처리할 수 없기에 그렇다.

이 자그마한 소품을 구성하는 여러 글들이 울퉁불퉁해 보이는 것은 이 때문이다. 주제, 소재, 방법, 학제에 따라 분류하고 배열하려 했으나, 자기 서사란 텍스트 자체가 어디에도 환원될 수 없는 고유의 존재론적 물음을 간직하기에 애초에 불가능한 노력이었을지도 모른다. 오히려 그래서 연세대학교 비교사회문화연구소가 아니면 할 수 없었던 공동작업이라 생각한다. 공통의 규약에 맞춰 잘 구성된 작품을 선보이기보다는 패치워크처럼 모아 놓고 어떤 물음이 분기할지를 설레는 마음으로 기다리고 싶었던 것이다. 우리 연구소의 작업은 늘 그렇게 미지의 통제 불가능한 물음에 가닿는 것을 유일한 목표로 삼고 있다. 이러한 시도를 지지해 주고 물심양면으로 지원을 아끼지 않은 연세대학교 국학연구원에 감사의 마음을 전하며, 부디 우리의 물음이 잔잔한 파장으로 곳곳에 퍼져 나가길 기대하면서 짧은 인사를 마친다.

2018년 8월

연세대학교 비교사회문화연구소

소장 이헬렌 · 부소장 김항

자기 서사 연구의 새로운 지평

《동아시아 역사와 자기 서사의 정치학》은 '자기 서사'를 하나의 문학 장르가 아닌 '담론'이자 '사회 현상'으로 보고 역사적 맥락 속에서 그 존재 의미를 조명한다. 여기서 '자기 서사'란 다양한 개인적 글쓰기 양식에 내재된 자기 서사적 관습과 문학을 아우르는 것으로, 기본적으로 '화자=필자'가 세계와 자신에 관해 사적으로 혹은 공개적으로 작성한 글들을 가리킨다. 자신의 관점에서 본 세계와 개인적 경험의 기록은 사회에 공유되면서 집단적 기억에 흔적을 남기게 된다. 이렇게 사회에 제출된 개인의 서사들은 국가나 민족 단위의 거대 주체가 생산하는 단성적 서사를 보완하거나 그것에 균열을 내며 다성적 미시 서사의 결을 직조한다. 따라서 '자아', '내면', '성찰'에 대한 관심에 기반을 두고 텍스트 자체에 집중했던 기존의 자기 서사 연구 흐름은, 텍스트와 저자가 놓인 사회적 맥락과 역사적 상황에 대한 고려 속에 확장될 필요가 있으며 장르적 규약에 대한 논의를 넘어 복합적 분석의 창출을 향해 나아가야 한다. 즉, '자기 서사'는 사회와 역사를 담아내고 주조하는 언어적 틀이자 그 자체로 담론적 효과를 갖는 장치로서 이해할 필요가 있다.

이 책의 필자들은 자기 서사의 구체적 대상으로 자서전과 회고록, 수상록뿐 아니라 일기, 편지, 수기, 옥중기 등을 다룬다. 다양한 자기 서사의 양식들을 포괄적으로 수용하고자 한 것은 자기 서사로 일컬어질 수 있는 글들의 기저에 깔려 있는 어떤 공통성과 각각을 가르는 변별점을 함께 조명하기 위해서다. 기왕의 문학 연구에서는 주로 장르적 차이에 주목하여 필요에 따라, 또는 편의상 갈래를 구분하는 경향을 보였다. 그러나 실제 텍스트들을 검토해 보면 기존의 장르적 개념에 온전히 부합하지 않는 사례들을 자주 만날 수 있다. 장르적 경계가 모호하거나 교착되어 있는 상황에서 자기 서사에 대한 접근이 이루어졌던 것이다. 1970년대 후반 자전적 서사들의 장르 규약을 정립하고 이들을 엄밀하게 구분하려고 노력했던 필립 르죈Philippe Lejeune조차도 차후 이러한 경직된 범주 구분을 유연하게 적용할 필요가 있음을 인정했다는 사실을 떠올려 볼 수 있다. 1980년대 미국에서 자서전 연구의 장을 연 제임스 올리James Olney 역시 자전적 서사에서는 문학 장르들 간의 명료한 구분이 어렵다고 보았다. 작가와 작품의 권위가 약화되고 장르의 엄격성이 해체되는 시대적 변화 속에서 자기 서사는 다양한 저자들을 갖게 되었고 장르적 접근을 통해서는 충분히 해명될 수 없는 대상이 되었던 것이다.

최근 들어 자기 서사를 새롭게 개념화하고자 하는 시도가 이어지고 있는 것은 이러한 맥락에서다. 자기 서사를 통칭하는 용어는 문화권에 따라 상이하고 또 다양하다. 자전적 서사autobiographical narrative, 자기 서사self-narrative, 에고 도큐먼트ego document, 사적 심급 문헌, 일상 기록 등이 대표적 예에 해당한다. 이 책의 저자들이 '자기 서사'라는 용어를 채택한 것은 실제 텍스트들에서 발견되는 다양하고 이질적인 글쓰기 양식과 스타일, 아울러 다양한 저자들과 글의 목적, 그리고 효과를 포괄적으로 아우르는 개념이 필요하다는 문제의식을 가장 적절하게 반영하고 있다고 판단했기 때문이다. 이때, '자기 서사'의 '자기'에 대응하는 번역어로 'autobiographical', 'personal', 'self'를 모두 고려할 필요가 있다. 왜냐하면, 이들 서사가 글쓰기 주체와 내용, 방법, 공유에 있어서 자기 기술적이거나 개인적 글쓰기, 자전적 서술이라는 몇 가지 특징을 갖고 있기 때문이다. 그리고 자기 표현, 기록, 전달, 증언, 호소, 고백, 폭로, 대항, 과시 등 집필 동기가 다양하다는 점을 고려할 때, 다른 어떤 용어보다도 '서사'라는 용어가 포괄적 의미를 담아내기에 적합할 것이다.

개인의 손을 떠난 자기 서사는 결국 주체와 텍스트가 놓인 역사적 맥락에 따라 서사의 헤게모니장 속으로 들어가게 된다. 작가와 작품 중심 연구에서 해당 텍스트의 독자와 사회적 해석을 포함하는 '담론' 연구로 시야를 확장할 필요가 있는 것은 이 때문이다. 자기 서사는 특정 사회에서 공간公刊되고 공중에 의해 공유되는 과정을 통해 사적 기록 이상의 의미를 갖게 되며 때로는 공론장에 개입하는 장치가 되기도 한다. 사적 기록이 공적 기록과 교섭하게 되는 이 지점은 한나 아렌트Hannah Arendt의 공론 영역과 사적 영역 사이의 드러냄과 숨김의 역학이 작동하게 되는 공간이다. 그리고 그것은 개인이 자기 서사를 매개로, 혹은 사회가 개인의 서사를 수단으로 헤게모니를 겨루는 효과를 발생시킨다는 점에서 '문화 정치'라고도 볼 수 있다. 자기 서사를 텍스트의 차원에 한정 짓지 않고 그것이 생산되고 수용되는 전 과정을 포함한 하나의 '사회 현상'으로서 조명할 필요가 있는 것은 이 때문이다. 자기 서사의 집필 동기와 글쓰기라는 실천, 그리고 공간을 통한 공론화는 역사적 맥락과 사회적 조건 속에서 이루어지기 때문에 '집필–출판–독서'라는 전 과정을 총체적으로 살필 수 있는 보다 넓은 시야를 확보할 필요가 있는 것이다.

1978년 필립 르죈이 《자서전의 규약Le Pacte Autobiographique》에서 자서전의 개념과 조건을 규정한 이후, 자전적 서사에 관한 연구는 그에 대한 주석 달기 내지는 반박을 통한 문제 제기라는 방식으로 이루어져 왔다. 한동안 자기 서사 연구는 중세 기독교의 영향으로부터 벗어나 계몽주의와 도시화의 변화 속에 근대적 개인의 자의식이 발생한 18세기를 주목했기 때문에, 주로 근대적 개인이 도달해야 할 내면과 자기 성찰의 구현 문제에 집중하게 되었다. 아우구스티누스의 《참회록》을 기원에 두고 루소의 《고백록》, 그리고 서구 기독교 남성 지식계급의 자서전에 집중되어 있던 연구 경향이 새로운 차원으로 확대될 가능성을 보이기 시작한 것은 1980년대를 지나면서이다. 이러한 변화는 읽기와 쓰기를 수행하는 주체의 범주가 획기적으로 확장하면서, 더불어 이를 매개로 민족·인종·젠더·계급의 문제가 복합적으로 다뤄지기 시작하면서 촉발될 수 있었다. 물론 다양한 주체들과 그들이 써 내려간 자기 서사가 처음부터 공론장이나 학계에서 시민권을 획득할 수 있었던 것은 아니다. 기존의 장르 범주에 편입되지 않거나 장르적 규범을 준수하지 않는다고 판단된 텍스트들은 비전문적 글쓰기의 소산으로 이해되었고, 역사적 사료로서의 가치를 인정받거나 문학적 성취를 갖는 작품으로 수용되지도 않았다. 문학과 역사, 어느 방면에서도 본격적인 연구 대상으로 인식되지 못했던 것이다.

자기 서사의 다양한 집필자들과 글쓰기의 새로운 양태들이 어떤 결여로서가 아니라, 오히려 관찰하고 주목해야 할 하나의 특징적인 현상으로서 본격적으로 재인식된 것은 21세기에 접어들면서부터다. 이 시기에 이르러 자기 서사 연구는 새로운 전기를 맞이한다. 자기 서사 연구는 역사를 하나의 규범적 서사를 통해 공식화하려는 오랜 시도를 성찰하고 비판하는 데 있어 중요한 역할을 담당했다. 다양한 주체의 자기 서사는 다양한 주체의 '있음'에 주목하게 하였고, 감춰지거나 지워졌던 존재와 삶에 대한 사회적 관심을 촉발시켰다. '서구–근대–남성'을 중심으로 구성되던 자기 서사와 그에 관한 연구가 지역·시대·대상의 모든 방면에서 확장되었고, 이와 맞물려 주체와 텍스트가 놓인 역사적 맥락과 그로부터 창출되는 사회적 효과에 대한 관심이 지펴진 것이다. 한국의 경우, 자기 서사 연구는 서구 근대의 보편성과 동아시적 지평, 아울러 한국적 특수성을 포괄적으로 논의할 수 있는 토대를 새롭게 마련하는 데 기여하고 있다. 식민과 전쟁, 냉전과 분단, 독재와 민주화에 이르는 근대 이후의 역사적 경험들은 세계적·지역적·국가적 차원 모두에 걸쳐 있으며, 그렇기 때문에 단일한 역사 서술을 통해 구현되거나 복원될 수 있지 않다. 이러한 경험은 보편적 경험과 개별적 경험의 변증법적 관계에 대한 성찰을 통해 가까스로 이해될 수 있으며, 일국사적 역사 서술의 한계를 보완하거나 기존의 서술 체계를 근본적으로 뒤흔드는 '작은 서사들'을 통해 다가갈 수 있다. 다양한 주체들의 자기 서사에 관한 연구는 한편으로는 탈식민, 디아스포라, 젠더, 서벌턴 연구의 활성화에 빚지고 있으면서, 다른 한편으로는 이주민·난민·여성·노동자 등 사회의 여러 주체들에 관한 연구가 본격화되는 데 중요한 자원을 제공하고 있다.

또한 중요하게도 '자기 서사'에 관한 연구는 사실과 허구, 객관과 주관, 경험과 기억 등 글쓰기를 둘러싼 다양한 긴장 관계에 주목하면서 그 경계들을 허문다. 자기 서사가 문학과 역사, 어느 한편에 온전히 소속될 수 없는 대상이라는 점은 이 지점에서 다시 상기할 필요가 있다. 자기 서사는 사료적 성격과 문학적 성격을 함께 가지며, 그렇기 때문에 텍스트 안에서 사실성과 진실성, 예술성과 문학성은 서로 조우하면서도 긴장하며 경합한다. 이러한 특징은 자기 서사를 장르적 논의에 한정시킬 때 필연적으로 발생하게 되는 어떤 한계점들을 비추며, 자기 서사 연구가 사회적 현상으로 이해되고 담론적 효과의 차원에서 고구될 필요성을 보여 준다. 이 책은 이 같은 문제의식의 결과, 즉 '근현대'라는 시간성과 '동아시아'라는 장소성을 각인하고 있는 다양한 자기 서사들을 통해 동아시아 역사 경험의 보편성과 특수성을 탐색하려는 시도이다. 이 책은 이러한 문제의식을 토대로 다음의 세 가지 가치에 주목했다.

첫째, 자기 서사는 역사 서술이라는 '거대 서사macro narrative'가 포착하지 못하는 '미시 서사micro narrative'로서 해석되고 분석될 필요가 있다. 동아시아의 역사적 경험은 국가나 민족 단위의 서사를 통해 지속적으로 구현되고 있으나, 이것이 역사적 질곡과 구체적 국면들을 경험해야 했던 개인들의 삶을 온전히 부조해 주지는 못한다. 따라서 정치적·사회적·문화적 변화에 긴밀하게 연동되어 있던 자기 서사를 거대 서사와의 관계 속에서 새롭게 발견하고, 자기 서사 연구가 풍부하게 이루어질 수 있는 해석적 관점과 분석 틀을 적극적으로 개발해야 한다.

둘째, 자기 서사는 근대인의 자기 정체성, 그리고 자기 기술의 테크놀로지와 밀접한 관련이 있다는 점에 주목할 필요가 있다. 근대적 개인의 탄생과 근대적 글쓰기의 등장은 개인과 사회의 발견,

인쇄·출판·미디어 환경의 변화 속에서 이루어졌다. 이것은 곧 '자기'라는 존재가 고정불변의 것으로서 애초에 주어지는 것이 아니라 언어를 매개로 계속해서 구성되고 변화하는 것이라는 인식을 촉발시킨다. 또한 사회적 관계 속에 놓인 자신을 기술하고 드러내는 방법과 그 과정이 윤리와 진정성의 문제에 관한 것이기도 하다는 점을 일깨운다. 오랫동안 근대의 통치성과 생명정치의 문제에 천착했던 미셸 푸코Michel Foucault가 그의 마지막 강연이 되었던 《자기의 테크놀로지Technologies of the Self》에 이르러 개인의 자기 인식과 자기 기술의 테크놀로지에 주목했다는 점은 인상적이다. 개인은 더 이상 종교적 운명이나 봉건적 계급에 종속되지 않고 계속해서 구성되는 사회적 관계 속에서 자신의 존재를 적극적으로 이해하고 또 표명할 수 있게 되었으며, 자기에 대해 쓰는 일을 통해 자기에 대한 앎을 구성하고 자기의 형상을 재현할 수 있게 되었다.

셋째, 자기 서사는 특정한 사회현상이자 인식의 산물로서 파악될 필요가 있다. 이 책은 공간公刊된 자기 서사의 사회적 역능puissance에 주목한다. 자기 서사는 개인의 침실이나 작업실에서 씌어지지만, 거리와 광장으로 나와 무수한 독자들과 만날 가능성을 내포한다. 자기 서사는 저자의 의도와 무관하게 담론적 효과를 발생시키거나 사회에 영향력을 미칠 수 있다. 즉, 출판물로 공간된다는 것은 사회에 진입한다는 것을 뜻하며, 이때 자기 서사는 기존의 공론장에서 유통되지 않았던 새로운 담론들을 창출하거나 여러 담론들과 경합하는 과정을 통해 역사적 인식과 진실이 구성되는 데 개입한다. 이때 자기 서사의 담론적 효과는 과거에 대한 이해를 재구성하거나 현재의 문제 인식을 변화시키는 일만이 아니라, 미래에 대한 전망과 가치 체계 형성에 일정한 영향을 미치는 주술적 힘으로 나타나기도 한다. 자기 서사가 단지 개인의 기록이 아니라, 역사의 헤게모니 투쟁에 관여하는 사회적 산물이기도 하다는 것은 이러한 의미에서다.

• • •

이 책의 발간 주체인 '비교사회문화연구소'는 한국문학, 일본문학, 비교문학, 사회학, 문화인류학 등 여러 분야에서 활동하고 있는 연구자들로 구성되어 있다. 이 책은 분과 학문을 넘어선 인문사회과학적 연구방법론을 모색하는 과정에서 산출된 성과다. 동아시아의 역사와 근대적 개인의 경험을 복합적으로 규명한다는 장기적 기획의 일환으로, 본 연구소는 한국의 자기 서사 출판물들을 폭넓게 조사하여 목록화하는 작업을 우선적으로 진행했다. 이 작업은 한국사회에서 자기 서사가 만들어지게 된 역사적 과정에 관심을 갖게 하고 자기 서사 연구의 필요성과 중요성을 인식시켜 주었다. 그러나 한편으로 자기 서사 출판물을 목록화하는 과정은 자기 서사의 규정, 장르 구분, 저자 범위 등 여러 방면에 걸친 문제들과 대면하는 일이기도 했다. 기존에 주로 '자전적 글쓰기'로 불렸던 자전서사·자전문집·자전에세이·자전소설·자서전부터, 개인의 회고록·고백록·참회록·수상록·증언·수기·일기·편지·기행문·옥중기 등에 이르기까지 '자기 서사'가 그려 내는 영역의 스펙트럼은 생각보다 훨씬 더 광범위했으며, 저마다 사용하는 용어와 개념 역시 복잡하게 얽혀 있고 혼재되어 있었다. 이러한 상황은 '자기 서사를 어떻게 볼 것인가, 자기 서사는 어떻게 연구의 대상이 될 수 있는가'라는 보다 근본적인 질문 앞에 서게 했다. '자기 서사'로 넓게 범주화된 텍스트의 성격과 특징을 파악하고 연구방법론을 모색하는 일을 통해 본격적인 연구를 위한 토대를 마련할 필요가 있다는 문제의식을 갖게 한 것이다.

이 책은 자기 서사 연구를 위한 공동의 문제의식을 생산하고 공유하기 위한 시도로서, 저자들은 이 책의 공동 집필을 통해 시론적 연구를 개시하는 첫 발걸음을 뗐다. 자기 서사를 자료, 담론, 현상, 이론 등 다각적 차원에서 새롭게 접근해 보고, 근현대사의 질곡 속에서 탄생하고 존재했던 텍스트들을 효과적으로 분석하기 위해 다양한 분야의 연구자들이 함께했다. 여러 연구자들이 함께한 덕분에 자기 서사의 주체를 국가·민족·계급·젠더·세대의 차원에서 폭넓게 검토할 수 있었고, 자기 서사라는 이름 아래 여러 장르들이 만나고 교착되며 발생하는 특징들을 감지할 수 있었다. 이 책에 수록된 글들은 제국과 식민에서 냉전과 분단, 독재와 개발, 그리고 민주화에 이르기까지 동아시아의 근현대사와 역사적 경험들을 복합적으로 내재하고 있는 다양한 서사들을 통해 자기 서사의 다채로운 스펙트럼과 역동성을 보여 줄 것이다. 또한 저자들의 글에 담겨 있는 새로운 관점과 접근법은 그 자체로 자기 서사 연구의 학술적 의의와 사회적 의미를 함께 조명하게 해 줄 것이다.

이러한 문제의식에 따라 엮어진 《동아시아 역사와 자기 서사의 정치학》은 크게 세 개의 부로 구성되어 있다. 1부는 동아시아의 정치적 헤게모니 투쟁 속에서 탄생한 자기 서사를 조명하고, 2부는 냉전의 시기에 지펴지던 또 하나의 열전으로서의 문화 전쟁을 체험한 개인의 기록을 다루며, 3부는 문화 공간에서 형성된 자기 서사가 대중화되고 공적 자아의 탄생에 매개되었던 과정에 주목한다. 이들 세 부는 서로 연결되고 덧대어짐으로써 동아시아의 근현대사를 다채로운 방식으로 복원하고, 근대 이후 다양한 주체들이 써 내려간 자기 서사의 입체적 상을 부조하는 데 기여할 것이다.

• • •

1부 〈동아시아의 유령들, 시대의 알레고리〉에서는 동아시아의 접경에서 탄생한 자기 서사를 통해 근대의 정치적 헤게모니의 역사가 개인들의 삶과 자전적 욕망의 발현에 미친 영향을 살펴본다. 여기 모은 글들은 각각 '식민지 조선에서 씌어진 일본인 여성의 일기', '중국의 교도소에 유폐되었다가 고국으로 귀환한 전 일본공산당원의 회고록', '한국의 옥중에서 집필된 재일조선인 청년의 편지'에 주목한다. 이 글들은 특정 인물의 생애와 그가 남긴 텍스트를 통해 근대 이후 헤게모니 경쟁에 참여했던 집단적 주체들과 이데올로기들의 역사를 통시적으로 검토하며, 식민 통치와 냉전의 자장 속에서 개별 주체들의 세계관과 욕망이 어떠한 굴절과 갈등을 겪어야 했는지 조명한다.

첫 장에 실린 〈제국의 딸로서 죽는다는 것〉은 일본의 제국주의와 재조선 일본인에 관한 연구를 중점적으로 진행해 온 이헬렌의 글로, 식민지 시기 조선의 일본인 여성이 황국의 신민이라는 주체로 구성되는 와중에 겪게 되는 갈등과 타협, 수용과 저항의 역동적인 과정을 집중적으로 조명한다. 이 글은 아사노 시게코淺野茂子(1922~1942)가 쓴 일기 《야마토주쿠 닛키大和塾日記》를 '미시 서사'라는 관점에서 분석함으로써, 제국의 식민-피식민 주체가 형성되는 과정의 복잡성을 드러내고 식민 담론에서 '젠더'적인 문제의식이 가지는 중요성을 고찰한다. 필자가 21세에 결핵으로 사망한 아사노 시게코라는 경성 태생의 일본인 여성이 쓴 일기에 주목한 이유는 크게 두 가지로 압축된다. 첫 번째 이유는 황민화 경험의 비균질성과 관련된다. 개인적인 차원에서 이루어진 식민 경험의 복합적이고 다채로운 양상을 통해 황민화 이데올로기의 수용과 내면화가 개별 주체에 따라 상이하고 비균질적으로 이루어졌음을 보여주고자 한 것이다. 두 번째 이유는 식민지 여성의 복합적 정체성과 연계된다. 아사노 시게코가 '제국의 딸'로서 성장하는 과정에서 어떠한 노력과 충돌을 경험하게 되는지를 살펴보는 일은 집단적 원칙과 개별적 요인(계층과 젠더 등)이 서로 교호하면서도 갈등적 관계에 놓여 있었음을, 이로써 주체 형성 과정이 복수적이고 다층적인 형태로 진행될 수밖에 없었음을 알려 준다.

요컨대, 이 글의 필자는 황민화 시기 조선 거주 일본인이라는 집합적 정체성과 부유한 가정의 미혼 여성으로서 현모양처가 되는 것이 꿈이었던 젠더적 정체성, 그리고 개인적 욕망이 서로 조응하면서도 또한 길항 상태에 있었음을 섬세한 눈으로 읽어 나가고 있는 것이다. 이러한 접근은 주체 형성의 과정이 단지 순응complicity이나 협력collaboration 등의 개념으로 단순화되기 어렵다는 점을 상기시키고, 주체가 어떤 행위에 이르기까지의 과정과 행위 이면에 함축되어 있는 복잡하고 모순적인 사적 갈등에 주목하게 한다. 특히, 일본 제국의 여성에 대한 기존의 연구들이 주로 총동원체제에 순응하면서 여성의 지위를 상승시키고자 했던 무성화된desexualized '어머니'나 '부인'의 모습, 또는 성性의 문제가 핵심적으로 부각되는 '위안부 여성'에 대한 연구에 치중해 있다는 점을 떠올려 보면 더욱 그러하다. 이 글은 식민지 경험과 식민지적 근대성에 대한 단선적 해석을 넘어 제국과 피식민, 그리고 근대적 주체 형성 문제에 관한 흥미로운 문제의식을 던져 준다는 점에서, 아울러 미시 서사에 대한 분석의 중요성을 일깨워 준다는 점에서 소중한 연구 성과라 할 수 있다.

두 번째 〈혁명을 팔아넘긴 남자〉는 한국과 일본의 근현대 지성사와 문화/정치이론을 지속적으로 연구해 온 김항의 글로, 일본공산당 지도부의 권력투쟁으로 인해 사법 절차 없이 중국 교도소에 감금되었던 한 인물과 그의 회고록에 주목하여 20세기 냉전하에서의 사회주의 혁명정치를 조명한다. 이 글은 1953년부터 1980년까지 중국 교도소에 유폐된 전 일본공산당원 이토 리츠伊藤律의 사례를 통해 사회주의 혁명정치가 처한 아포리아에 대해 논의한다. 필자는 이토 리츠가 처했던 27년간의 유폐 상황을 설명하기 위해 일본공산당의 역사를 개괄하며 전후 코민포름과 중국공산당 사이에서 벌어진 권력투쟁을 중점적으로 언급한다. 이토 리츠는 쇼와昭和 최대의 스파이 사건으로 인구에 회자된 '조르게 사건'의 관련자로 알려진 인물로, 그의 행방이 묘연해진 이후 일본에서 출판된 여러 저작들에 의해 '이토 스파이설'은 하나의 정설로 굳어진다. 일본 사회에서 그는 공산주의자의 신념을 배반한 인물, 저명한 소설가인 마츠모토 세이쵸松本清張의 표현에 의하자면 '혁명을 팔아넘긴 스파이'였던 것이다.

필자가 군국주의 일본에서 태어나 공산주의자가 되어 투옥과 석방을 거듭한 뒤 베이징의 차가운 감옥에서 27년의 수형 생활을 겪고도 혁명정치를 위해 투신했던 한 혁명가에 주목한 것은, 그의 삶과 회고록이 단지 한 개인의 특이한 생애사로만 읽히지는 않기 때문이다. 이 글에서 이토의 유폐, 나아가 이토 리츠라는 인물은 그 자체로 당대 혁명정치가 봉착한 아포리아를 드러내는 알레고리로 독해된다. 혁명정치와 상관없이 현실은 이미 권력투쟁이 지배하는 공간이 되어 버렸다는 것, 다시 말해 혁명정치가 변혁시켜야 할 현실은 유폐된 공간에서만 주조되는 상상의 현실이 되어 버렸다는 것을 이토 리츠라는 인물이 보여 주고 있다는 것이다. 이 글은 이토 리츠에 관한 이야기가 하나의 스캔들로서 스펙터클의 현실 속에 갇히게 되는 과정, 나아가 20세기 냉전 국면 속에서 사회주의 혁명정치가 스파이 서사와 정보전, 대중문화를 통해 음모론의 프레임 속에 자리매김되는 과정을 흥미롭게 추적하고 있다. 또한 이후 이토의 명예가 회복되고 진실이 밝혀졌음에도 그의 혁명정치는 유폐된 채로 존재한다는 것, 그리하여 이토의 유폐가 궁극적으로는 이전 상황의 지속을 보여 주는 현재에 대한 알레고리로 읽힐 수 있다는 점에서 이 글은 의미 있게 읽힌다.

세 번째 〈체제의 시간과 저자의 시간〉은 분단체제의 남북한문학과 냉전문화사 연구를 꾸준히 이어 오고 있는 임유경의 글로, 한국문학 및 문화사에서 지식인의 옥중기가 가지는 의미를 '통치의 기술'과 '자기 서사의 정치학'이라는 관점에서 분석하고 있다. 이 글은 1980년대 한국에서 '비전향'의 상태로 석방된 '최초의 장기수'였던 서준식이 1972년부터 1988년까지 약 16년 동안 쓴 옥중서한을 매개로 한국에서는 아직 본격화되지 못한 '옥중기 연구'를 시도하고 있다. 《서준식 옥중서한》의 집필에서부터 출간에 이르기까지의 복잡한 과정을 추적하며 '수인 저자'라는 복합적 정체성과 '옥중 글쓰기'라는 특수한 행위(텍스트)의 특징들을 분석하고, 나아가 한국 사회에서 옥중기의 집필–출간–독서가 가지는 사회정치적 함의를 밝히고 있는 것이다. 필자가 여러 옥중기의 저자들 가운데에서도 서준식에게 관심을 기울인 것은 '비전향장기수', '재일조선인', '옥중 글쓰기'라는 세 가지 조건 때문이다. 즉, '재일조선인 비전향장기수'라는 독특한 정체성을 지닌 인물의 옥중기를 분석하는 일을 통해, 한국의 감옥 체제와 수형 생활, 검열 제도와 수인의 집필권, 옥중기의 문법과 전향의 아포리아 등의 문제를 심도 있게 다루고자 한 것이다.

이 연구는 서준식의 사례를 통해 옥중기가 어떻게 '전향서'를 대신하여 탄생한 텍스트인지를 보여 주며, 또한 수인인 저자가 어떠한 연유로 국가의 가장 내밀한 장소(獄)에서 '불구의 글'(言)을 써 나감으로써 체제의 시간을 주체적으로 다시 살고자 했는지를 이야기해 준다. 이러한 접근은 한 개인의 일기가 특정 인물의 생애사만이 아니라 하나의 체제, 나아가 공동체의 역사를 비추는 거울이 될 수 있다는 사실을 환기시킨다는 점에서 의미 있는 시도라 할 것이다. 필자의 말을 빌리면, 감옥은 단지 불가피한 근대의 제도가 아니라 암묵적인 도그마를 전제로 삼아 도달하게 된 한 국가의 세계에 대한 이해를 드러내 주는 장소, 즉 그 자체가 하나의 '인식의 산물'일 수 있다는 사실과 대면하게 하는 것이다. 그러한 의미에서 옥중기를 쓰는 일이 균질한 역사의 시간을 조각내는 실천적 노동으로서의 의미를 지닌다면, 옥중기를 읽는 일은 '시간들의 행진'으로서의 역사를 성찰하는 행위가 될 수 있을 것이다. 한국의 경우, '옥중기'가 식민, 냉전, 독재의 경험과 직접적으로 연결되어 있다는 점과 지식, 사상, 전향, 간첩 등의 문제를 한층 새롭고도 복합적으로 사유할 수 있게 하는 매개적 텍스트라는 점을 고려할 때, 이 글은 옥중기 연구에 있어 하나의 의미 있는 선례가 될 수 있을 것이다.

• • •

2부 〈문화 냉전, 국가 서사의 히스테리〉에서는 동아시아에서 씌어진 다양한 전쟁에 대한 기록들과 개인/집단의 자기 서사가 가지는 의미와 효력을 살펴보고, 세계적 차원에서 진행된 심리전에 천착하여 문화 냉전의 풍경들을 다채롭게 복원한다. 여기 모은 글들은 각각 '중국의 항미원조전쟁(한국전쟁) 담론에 틈입하는 개인의 참전 체험 일기들', '베트남전쟁 기록의 스펙트럼을 넓히는 다양한 견문기와 르포르타주', '냉전 시기 펜팔 붐 속에 광활한 대륙과 바다를 넘나들며 발송된 편지들'에 주목한다. 이 글들은 1950년대에서 2000년대에 이르기까지 국가나 지역 단위에서 생산된 거대 서사의 특징과 그 배면에 흐르는 집단적 무의식을 탐색하면서, 동시에 집단언어의 문법에 온전히 종속되지 않았던 난반사하는 개인들의 서사를 조명한다.

첫 장에 실린 〈집단 언어와 실어증〉은 해방기 문학과 한·중 근대문학의 비교 연구를 진행하고 있는 조영추의 글로, 2000년대에 접어들어 집중적으로 출판된 항미원조 체험 일기를 주요 분석 대상으로 삼아 중국의 항미원조서사가 가지는 역사성과 특이성을 규명하고 있다. 이 글은 시대와 사회 환경에 따라 공론장의 성격이 달라지고 담론의 생산 조건 역시 변화한다는 점을 염두에 두면서, 한국전쟁을 계기로 생산되기 시작하여 최근까지 이어지고 있는 항미원조서사의 역사를 통시적으로 검토한다. 1950년대에 펼쳐진 '항미원조抗美援朝 보가위국保家衛國' 운동은 전 국민을 대상으로 한 선전 교육이자, 반제국주의침략 통일전선의 결성에 기여한 정치운동이었다. 당시 중국은 항미원조전쟁 담론을 창출하기 위해 문예

창작자들을 동원하였고, 이들은 작품을 통해 구체적 내용과 실질적 표상을 구현함으로써 정치이데올로기의 문화적 실현을 이끌어냈다.

필자는 이러한 항미원조서사의 기원을 추적하는 일에서부터 출발하여, 단일한 공식 기억으로 수렴되던 항미원조 관련 서사들이 시대적 상황 변화에 따라 그 스펙트럼을 넓혀 가게 된 과정을 세심하게 검토한다. 특히 필자는 2000년대 들어서 조선 전장戰場을 직접 체험한 문예창작자들의 일기가 집중적으로 출판되기 시작한다는 점에 관심을 기울인다. 작가 시홍西虹과 쉬광야오徐光耀, 화가 허쿵더何孔德 등이 쓴 일기들은 국가 차원의 항미원조전쟁 담론의 영향하에 있으면서도 공식 서사와는 다른 역사적 맥락과 사적 경험들을 창출함으로써, 기존의 항미원조서사에 대한 새로운 접근을 시도하게 만든다. 이 글은 주로 1950년대적 상황에 주목하였던 기존 연구의 성과를 계승하면서도, 2000년대로까지 연구의 시야를 넓힘으로써 항미원조서사의 역사적 변천과 시기별 특징을 한눈에 조망할 수 있게 한다. 또한, 한국의 경우 한국전쟁과 관련한 체험서사 연구가 주로 한국인들 자신에 의해 기술된 텍스트를 중심으로 이루어지고 있다는 점을 고려하면, 반공자유주의가 아닌 공산주의 진영의 시선에서 전쟁의 현장과 주체의 경험이 어떻게 그려지고 있었는지를 살피려는 이 글의 시도는 흥미롭고 또 유의미하다. 이 글을 읽는 동안 독자는 중국의 항미원조서사와 한국의 한국전쟁서사, 두 범주의 스펙트럼과 재현의 다층적 양상을 함께 검토할 수 있을 것이다.

두 번째 〈정체, 인민 그리고 베트남이라는 사건〉은 동아시아적 관점에서 근현대 한국문학 및 문화를 정치하게 분석해 온 김예림의 글로, 냉전 시대에 생산된 전쟁 혹은 전쟁 지역에 대한 기록이 어떠한 언설을 구축하고 또 여러 문제들을 생성했는지를 분석한다. 필자는 현실의 지평과 인식, 망탈리테, 감각의 한계가 서로 맞물려 있는 만큼, 1960년대의 베트남(전쟁)에 관한 기록이 전체적으로 반공주의적 시선을 내장하고 있을 수밖에 없다는 점을 우선적으로 고려하고 있다. 즉, 당대 언설 생산자들이 반공주의·개발주의·국가주의에 매몰되어 있었음을 확인하는 작업에 머물지 않기 위하여, 1960~70년대 베트남전쟁 기록의 언설 지평과 한계를 살피고, 한국과 일본에서 출간된 베트남전쟁 기록에 초점을 맞춰 그 의미와 의의를 탐색하고자 한 것이다.

전쟁 혹은 분쟁 지역을 쓰는 행위는 종종 지배 언어·이념의 재생산에 복무했기 때문에, 시대의 제약을 넘어서는 언어를 발견하기란 그리 쉽지 않다. 그러나 이러한 틀에서도 나름의 시대적 고민과 정치적 사유를 담은 기록들이 생산되었다. 이 글의 필자가 1960년대에 주목하여 전쟁기록의 내면을 살펴본 것은 이러한 이유 때문이다. 필자는 당시 베트남전쟁을 계기로 한국과 일본의 전쟁기록 문헌이 공유했던 공통의 문제의식을 추출하여 제시하는데, 여기서 중요하게 다뤄지는 것이 바로 '민주주의'라는 정체政體 그리고 '인민'이라는 주체를 둘러싼 논의이다. 이 글은 한국과 일본이라는 두 지역의 전쟁기록자들이 각자의 현실적·이데올로기적 지평에서 베트남전쟁이라는 사건에서 무엇을 쓰고 읽으려 했는지 질문하며, 전쟁기록을 통해 통치의 원리 및 제도를 놓고 지펴졌던 언설 주체의 분석과 전망의 추이推移를 규명한다. 필자의 이 같은 시도는 한국과 일본에서 생산된 베트남에 관한 기록들이 제3세계가 제3세계를 향해, 그리고 제3세계 아닌 세계가 제3세계를 향해 분사한 의식들의 교착을 고스란히 보여 주고 있었다는 사실과 대면하게 한다. 또한 서로 난반사하는 시각장에서 이질성과 차이에도 불구하고 어떤 공통의 것을 발견할 수 있다고 한다면, 그중 하나가 바로 '민주주의'라는 것을 일깨워 준다는 점에서도 이 글은 충분히 일독할 가치가 있다.

세 번째 〈우정이라는 심리전〉은 젠더사회학과 감정문화를 연구해 온 정승화의 글로, 1960년대 한국 사회에서 일어난 '펜팔 붐'을 문화적 냉전의 관점에서 조명하고 동아시아 냉전질서의 재편 과정에서 '우정'이라는 감정이 수행한 역할을 탐색한다. 제2차 세계대전 이후 미국은 자유 진영의 수호자로서 새로운 국가 정체성을 형성하고 미국적 가치와 미국적 생활방식, 아울러 미국식 민주주의를 새로운 국제주의 시민성으로 구성하는 일을 통해, 냉전체제의 집단 안보를 구축하려는 문화정치적 기획을 추진한다. 이 글은 이러한 시대적 배경 속에서 융성했던 개인들 간의 편지 쓰기인 '펜팔 문화'에 주목한다.

1960년대 한국에서 전개된 펜팔 운동은 각국 국민들의 사적 친밀성의 형성을 통해 냉전체제의 안보를 공고히 하려는 미국의 외교정책에 발맞추어 한국 정부가 공보정책의 일환으로 추진한 캠페인이었다. 필자에 따르면 펜팔을 매개로 형성된 우정과 결연 관계, 그리고 그에 따른 친밀한 감정이 국가 간의 우호 증진에 도움이 된다는 인식은 미국을 중심으로 한 자유 진영의 연대를 공고히 하고자 한 외교적, 심리적 전략의 산물이었다. 또한 한편으로, 개인들에게 펜팔 편지 쓰기는 외국의 문화와 생활상을 접할 수 있는 기회와 자기 문화의 대변자가 되는 경험을 제공해 주었다. 정부 주도의 펜팔 운동이 심어 준 '민간외교관'이라는 자아상은 펜팔에 참여하는 사람들의 영어 학습 열의와 서구 문화에 대한 호기심, 그리고 아메리칸 드림을 민족주의적으로 해석하고 수용할 수 있게 하는 동력이 되었던 것이다. 특히 한국에서 전개된 펜팔 운동은 '민간외교', '국제 친선,' '자유 진영의 연대' 등을 강조함으로써 개개인들로 하여금 주권국가 간의 평등하고 우호적인 국제 관계를 상상하게 하는 효과를 불러일으켰다. 필자는 이러한 특징들에 주목하여 펜팔이라는 개인적이면서 또한 집단적이기도 했던 문화 교류가 당대인들에게 어떠한 인식과 상상을 갖게 하였으며, 세계에 대한 이해를 재구성하고 타자와의 연대와 결속을 새롭게 구축하는 데 관계되었는지 규명한다. 단순히 개인적 글쓰기나 사적인 서신 교류 행태로 간주될 수 있었던 '펜팔'을 하나의 '냉전 문화' 내지는 '국가기획'으로 재조명함으로써 냉전 시기 국가 간 교류 활동의 성격과 의미를 고찰하고 있는 것이다. 이 글은 펜팔 운동이 '중심-미국'과 '주변-아시아'라는 불균등한 관계에서 비롯된 긴장과 불만, 그리고 민족주의적 비판을 '우정'이 환기하는 평등의 감각을 통해 해소하는 하나의 방편, 즉 '우정의 심리전'이라 이름 붙여질 수 있는 문화정치적 기획이었다는 점을 일깨운다.

• • •

3부 〈자서전의 시대, 공적 자아의 탄생〉은 한국의 문화 공간에서 산출된 '자기 서사'의 문학사적 의미와 대중화의 역사를 살펴보고, 이를 '공적 자아'라는 새로운 주체의 부상과 연관 지어 조명한다. 앞선 1부와 2부에서는 역사의 균열과 정치적 대항서사라는 관점에서 개인들의 글에 주목했다면, 3부는 문단과 미디어, 출판시장이라는 문화사적 맥락 안으로 시선을 옮겨 온다. 여기에 실린 세 편의 글은 각각 '한국문학사에서 시인의 자기 서사가 출현한 과정과 문제적 지점들', '대미 관계 속 미디어 확산과 자기 서사 출판시장의 상업화 및 대중화', 그리고 '자본주의 성장 사회의 욕망 구조와 기업가 자서전의 등장'에 주목한다. 이 글들은 문화 소비 시장의 변화와 흐름 속에서 개인들의 미시 서사가 국가의 거대 서사를 보완하거나 병립하며 공론장에 진입했던 과정을 폭넓게 탐색한다. 해방 이후 공간公刊되기 시작한 자기 서사물은 한국 사회에서 개인 혹은 집단의 언어적 헤게모니 투쟁을 통해 문화적 주체가 구성되는 양상을 보여 주는 신호탄이었다.

첫 장에 실린 〈시인들의 문학적 자기 서사〉는 해방 후 한국문학과 냉전문화사를 연구하며 시사詩史를 검토해 온 박연희의 글로, 시인의 자기 서사가 한국 시문학사에 본격적으로 개입하게 되는 시점을 집중 조명한다. 필자는 해방과 분단 이후 시인들이 자신의 작품과 삶을 스스로 해설한 텍스트를 남기게 되면서 문학사 서술과 연구에 영향력을 행사하게 되는 장면에 주목한다. 문단에서 배출된 자기 서사는 근현대사의 이데올로기적 긴장과 문단의 정치적 상황 속에서 자신의 정체성을 스스로 규명하거나 드러내는 텍스트였다. 필자는 이러한 작가의 자기 서사에 무비판적으로 기댄 문학사 서술과 작가 및 작품 연구들을 주시하는데, 이는 작가의 자기 서사가 여전히 주요한 레퍼런스로 활용되고 있는 오늘날의 문학 연구 풍토에 근본적인 문제의식을 제기한다. 나아가 이 글은 시와 해설, 작품과 작가 생애, 문학사와 문학 연구라는 문단을 구성하는 텍스트들 간의 복합적인 교호관계에 주목하게 한다는 점에서 흥미롭다.

이 글은 보다 구체적인 논의를 위해 1950년대 후반 신흥출판사에서 발간한 《자작시 해설집》 총서의 문화사적 지형을 그린다. 이 총서는 1950년대 중반 이후 한국 현대시사 서술이 본격화되고, 저널리즘에서 수기, 자서전 등이 붐을 이룰 때 회고적 역사 기술에 의존해 자신의 문학사적 위상을 새롭게 마련하고자 한 텍스트였다. 총서에 수록된 자기에 관한 담론은 '나/너는 누구인가'라는 질문에 답함으로써 자신의 사회적 정체성을 (재)정립하거나, 시인 자신과 시 텍스트에 고유의 문학사적 위상을 부여하는, 혹은 두 가지 방식을 모두 취하는 양태를 보였다. 이 글의 필자는 개인/집단의 역사 속에 자기/시 텍스트를 재배치하는 과정에서 사용되는 언어적 조건인 어휘, 개념, 이미지, 범주, 수사 등과 그 발화의 사회적 조건인 문단, 학술장, 제도, 네트워크 등이 상호작용하면서 일으키는 효과effect들에 주목할 필요가 있다고 주장한다. 자작시를 둘러싼 시인의 자유로운 발화가 어떻게 자기에 대한 역사적 담론을 부단히 재생산하는 가운데 특정한 이념, 가치, 제도 안으로 용해되어 가는지를 해명하는 것은 중요한 과제이기 때문이다. 필자에 따르면, 시인들은 자신들의 문학적 변화를 단절 또는 연속의 과정으로 재구성하면서 '현대'(박목월), '세계성'(조병화), '번역'(장만영), '반공'(한하운), '형이상학'(유치환) 등을 전후 시문학의 핵심 키워드로 내세웠다. 이 글은 《자작시 해설집》이 한국시의 후속 세대를 위한 시작법이자, 동시에 자신의 문학사적 위상을 새롭게 마련하기 위한 자기 서사 텍스트였다는 점을 규명하며 문학사에서 작가의 자기 서사가 행한 역할을 밝히는 성과를 이룩했다.

두 번째 〈자서전의 시대, 구성되는 정체성〉은 한국 근현대사에서 자서전이 놓인 사회적 맥락과 출판문화사를 조명해 온 김성연의 글로, 한국의 자서전 출판 역사에서 주목할 만한 확장의 시기인 1970년대의 사회문화적 조건에 관심을 기울인다. 필자는 자서전의 사회적 존재 조건 자체가 다른 문학작품과 다르다는 점을 밝히기 위해 대중독자에게 접촉되었던 신문과 잡지를 매개로 자서전이 재현된 양상을 살핀다. 한국의 역사적 맥락 속에서 필자와 독자, 출판물 그리고 미디어의 특수성을 조명하는 이 글은, 자서전 연구 방법론이 소설이나 시 연구와 달리 고려해야 할 지점들이 무엇인지를 본격적으로 모색한다는 점에서 주목할 만한다.

자서전이라는 장르와 텍스트의 집필 및 출판은 다양한 자기 서사물 중에서도 개인이 자신의 사회적 정체성을 본격적으로 공표하는 대표적인 서사물이면서, 그 자체가 사회 참여 행위이기도 하다. 이 글은 자서전이 다른 문학 장르와 다르게 위치한 특수한 문화적 맥락에 주목하며, 향후 자서전 연구가 나아갈 방향성을 타진한다. 시대의 고전이면서도 대중적 소비물이기도 했던 자서전 열풍 현상은 '생산-소비'의 순환과 '미디어-출판'의 관계 속에서 파악할 필요가 있다. 한국의 경우 1950년대부터 한글 자서전 출판이 본격화되어, 이후 1970년대에는 미국의 영향을 받는 미디어와 저널리즘, 출판 산업의 정착으로 붐을 이루게 된다. 이 시기 정기간행물들에 자서전이 빈번히 언급되면서 자서전에 대한 대중의 개념과 감각이 형성되었고, 자서전 집필과 독서 주체가 변화했다. 자서전의 역사에는 시대를 구성한 사회적 주체의 특성과 사회적 공인의 위상과 범위의 변화가 담겨 있다. 1970년대는 근현대사의 많은 곡절을 겪고 각 분야의 토대를 닦은 사회 원로 세대가 포진하게 되었고, 자본주의에 근간한 다양한 직업군들이 부상했으며, 여성의 자의식과 사회 진출이 강화되고 있었다. 1970년대 자서전은 산업화와 근대화의 기틀을 다진 세대가 다음 세대에 그 노하우를 전수할 수 있을 정도로 사회가 완만한 성장 속도를 보이고, 현대사의 주요 곡절을 기억하는 세대가 사회 주역에서 퇴진하며, 새로운 문화 감각과 전망을 갖춘 세대가 부상하는 시대적 조건 속에서 융성했던 장르였다. 이 글은 비전문 작가군이 자기 서사의 필자로 대거 진입하게 되는 풍경을 통해 글쓰기의 대중화가 진행되는 과정과 이 변화가 가지는 사회문화적 의미를 섬세하게 분석하여 제시한다.

마지막에 실린 〈자본의 세기, 비즈니스 자서전〉은 자서전과 수기 등을 대상으로 자기 서사의 문화정치학에 대해 연구하고 있는 김혜인의 글로, 1970년대 붐이 일기 시작한 〈재계 회고〉 출판 현상을 대기업의 성장과 새로운 자아의 부상이라는 사회적 변동을 통해 해석한다. 자본주의 성장 사회의 욕망 구조가 그대로 반영되어 있는 자기 서사 출판물들은 기업가 필자와 회사원 독자로 이루어진 새로운 서적 소비 시장을 열었다. 이 글은 산업 성장이 주요한 사회 발전 동력이었던 한국 사회에서 유의미한 영향력과 존재감을 가지고 있던 기업가 자서전을 통해, 이러한 '자기 서사'의 문법과 관습이 생성될 수 있었던 사회구조적 조건을 탐색한다.

자기 삶과 자본 팽창에 대한 기술이 서사화되어 있는 비즈니스 자서전은 경제적으로 성공한 개인의 삶 이야기life writing인 동시에, 당대 자본의 유력한 문법이 언어로 육화되고 역사화된 리터러시literacy의 장소이기도 했다. 여기에는 사적 이윤 추구에의 욕망과 그것을 공공선으로 환치하여 사회적 정당성을 확보하고자 하는 기획이 교착되어 있었으며, 부와 빈곤을 둘러싼 개인과 공동체의 이해가 불투명하게 깔려 있었다. 국가 주도 경제개발정책 아래 기업의 성장이 곧 민족국가의 성장으로 환치되며 자본의 역사가 국가의 역사와 결합하기 시작한 박정희 정권기에 〈재계 회고〉가 등장한다. 이 시리즈를 통해 자본의 축적과 증식을 둘러싼 경제 엘리트의 공통 역사가 만들어진 과정은 한국에서 자본과 권력 간 결합이 자연화되는 과정이기도 했다. 기업가 저자들은 자기 삶을 반추하고 재구성하며, 자신을 국가-민족 공동체 발전의 주체로서 정립하고자 했다. 동시에 그들은 자본주의 사회에서 탁월한 능력을 통해 사적 이윤을 축적한 경제적 인간으로서 자기 상을 구축해 나갔다. 물론, 기업가 회고에서 '개척-위기를 감행하는 주체'로서의 기업가적 자아는 '민족-국가적 주체'로서의 기업가적 자아와 통합되기도 하고 불화하기도 했다. 기업가 저자들은 단일한 민족-국가의 경계 안에서 공공선을 추구하는 이타적 존재로서 자신들을 정립하면서도, 자본을 통해 그 경계를 뛰어넘는 경제적 인간으로서 스스로를 정립하고자 했던 것이다. 탈/역사화의 기획을 통해 구성되었던 1970년대 기업가의 자기 서사는 이 통합과 불화의 과정 속에서 한편으로는 자본주의 사회에서 경제적 이치에 눈이 밝은 자의 성공담이자, 다른 한편으로는 물질로서 축적된 금전이 국가와 사회 시스템 내에서 헤게모니를 장악해 가는 20세기 자본의 자서전으로 자리매김해 갔다. 이 글은 이러한 변화의 도정과 경합의 장면들을 흥미롭게 펼쳐 보여 준다.

• • •

이 책은 연세대학교 국학연구원 '연세한국학 저술지원사업'의 일환으로 발간되었다. 2017년 가을, 비교사회문화연구소 연구원들은 해당 주제로 워크숍을 열고 문제의식을 공유했다. 이후 교내외의 여러 대학 및 연구기관에 소속되어 있는 다양한 학문 분과의 연구자들이 집필진으로 함께하게 되면서 새로운 학문적 관점과 방법론을 모색하고 본격적인 자기 서사 연구를 위한 토대를 마련할 수 있게 되었다. 이 연구가 진행될 수 있도록 배려해 주신 연세대학교 국학연구원의 신형기 원장님과 인문한국사업단에 감사드린다. 비교사회문화연구소의 이헬렌 소장님, 김항 부소장님의 전폭적인 지지와 연구소 소속 선생님들의 적극적인 참여, 그리고 청탁에 기꺼이 응해 주신 외부 집필진 선생님들 덕분에 책이 나올 수 있었다. 연구자들의 귀중한 글들이 한 권의 좋은 책으로 묶여 출간될 수 있도록 모든 과정에 공을 들여 주신 앨피출판사 측에도 감사드린다. 더불어 책 표지에 실릴 작품을 흔쾌히 제공해 주신 홍상현 사진작가 님에게도 고마운 마음을 전한다. 여러 분의 애정과 도움으로 완성된 이 책이 자기 서사에 관한 폭넓은 관심과 새로운 논쟁들을 불러일으킬 수 있기를 바란다.

2018년 8월

엮은이 김성연 · 임유경

1부

동아시아의 유령들, 시대의 알레고리

: 헤게모니의 역사와 자전적 욕망

제국의 딸로서 죽는다는 것
: 식민지 시기 재조선 일본인의 일기

| 이헬렌 |

‘강요’된 체제와 개인

일제에 강점당한 조선의 ‘황민화 운동’ 시기(1937~1945)는 일반적으로 ‘전시 총동원 체제 시기’로 설명된다. 총력전과 총동원을 통한 군사력 증강은 이 시기의 주요한 정치적 현실이었고, 일본제국이 긴급하게 추진하는 과제이기도 했다. 이 시기 이전에 총독부가 주도한 조선인 동화 정책은, 조선인을 일본인에게 ‘동화’시키는 막중한 ‘책임의식’을 조선 거주 일본인들에게 부과했다. 반면 ‘황민화 운동’은 동화 정책 실행의 주체를 조선인으로 간주하면서 이들에게 ‘황민이 될’ 의무를 부여하는 것이었다.[1] 식민지 조선에서 황민화 운동은 창씨개명, 지원군 제도, 일본어 보급(=조선어 말살) 등의 구체적인 제도로 표면화/현실화되었다. 또한 ‘황민화’ 사상은 조선 거주 일본인에게도 예전보다 막중해진 ‘전시체제와의 협력’과 ‘내선일체’ 의무를 강요했다(우치다 2008, 14-52). 조선 거주 일본인들은 물질적인 혜택과 문화생활을 포기해야 했고, 여성들은 후속세대 재생산에 주력해야 했으며, 병사들은 생명까지 바쳐야 했다. 제국은 체제에 대한 ‘자발적’ 참여와 ‘자발적’ 헌신을 구호로 내세웠지만, 현실 속에서 그것은 ‘강제’에 의한 동원과 ‘강요’에 의한 복종으로 나타났고, 그 결과 일상생활의 기본을 이루는 가장 사적인 영역, 즉 육체와 정신세계까지 체제에 장악되었다.

---

[1] 이 논의에 관한 연구는 대만에서의 일본제국 통치를 연구한 Leo T. S. Ching (2001)을 참조.

그런데 황민화를 통해 국민국가의 '국민', 즉 주체가 형성되는 과정은 모든 영역에서 균일하게 이루어지지는 않았다. 그것은 '거부-수용' 또는 절충과 타협의 역학관계에 따라 어떤 경우는 적극적인 선택으로, 또 어떤 경우는 강압에 따른 굴복을 통해 전개되었다. 제국의 식민-피식민 주체가 형성되는 과정은 집단적 '원칙'과 개별적 구성—계층class과 젠더gender 등—이 서로 충돌하면서 복수적이고 다층적인 형태로 진행되었던 것이다. 조선에서 식민통치하의 삶의 경험을 기록한 힐디 강Hildi Kang의 《검정 우산 밑에서Under the Black Umbrella》는 이를 구체적으로 보여 주는 좋은 사례다. 이 책은 일제 강점기를 체험하고 미국의 북캘리포니아로 이주한 재미 한국교포들의 인터뷰를 토대로, 식민지 시기 조선인의 일상생활을 보여 준다. 자료의 제한, 자료 분류 방법론의 한계, 그리고 구술 대상자들의 '기억'에만 의존하여 역사를 재구성했다는 점 등으로 말미암아 학술 연구로 평가되기에 논란의 여지가 있지만, 그럼에도 불구하고 이 책은 제국과 피식민, 그리고 근대적 주체 형성 문제 등에 관한 흥미로운 문제의식을 제공해 주고 있다. 이 책의 필자는 연령, 계급, 가족관계, 거주지 등의 변수에 따라 피식민지의 주체 형성 과정이 현저하게 다르게 진행되었다는 점을 밝히고 있다. 이는 식민지 경험과 식민지적 근대성에 대한 기존의 단선적 해석에 도전하는 것이다. '식민-피식민' 관계에 대한 기존의 연구는 박탈감과 저항, 그리고 복종과 같은 피식민자의 트라우마에 대한 일반론적 주장만을 되풀이해 왔다. 그런데 《검정 우산 밑에서》는 식민지 조선의 피식민자 개인이 제국의 '신민'으로 변모하는 과정이 위에서 언급한 변수 등에 따라 비균질적으로 진행되었음을 보여 준다. 즉, 개인적 차원에서 얻어진 식민 경험의 복합적이고 다채로운 결을 보여 주는 '미시 서사micro-narrative' 분석의 중요성을 이 책을 통해 알 수 있는 것이다.

본 글에서는 최근 제국주의 담론에서 활발하게 재구성되고 있는 문제의식, 즉 일본제국이 모든 것을 전일적으로 조망한 국가encompassing, panoptic imperial state였는가 하는 문제의식을 바탕으로 황민화 이데올로기의 수용과 내면화, 그리고 현실화 과정을 생생하게 보여 주는 조선 거주 일본인 여성 아사노 시게코淺野茂子의 일기를 분석해 보고자 한다. '황민화'라는 정치적 현실을 보여 주는 그녀의 일기 《야마토주쿠 닛키大和塾日記》에 대한 분석의 목적은 조선의 일본인 식민 거주자가 황국의 신민이라는 주체로서 구성되는 와중에 겪게 되는 갈등과 타협, 그리고 수용의 역동적인 과정을 밝히는 것이다.[2] 아사노 시게코의 식민지 경험은 식민 담론에서 '젠더'적 문제의식의 중요성을 잘 보여 준다는 점에서 의미가 있다. 일본제국의 여성에 대한 기존 연구는 주로 총동원 체제에 순응하면서 여성의 지위를 상승시키고자 했던 무성화된desexualized '어머니'나 '부인'의 모습에 대한 것, 또는 성性의 문제가 핵심적으로 부각되는 위안부 여성에 대한 연구가 주류를 이루었다. 반면 성적 존재 이전presexual의 주체로서의 '소녀'나 결혼 적령기 미혼 여성에 대한 심층적인 연구는 미미한 실정이고, 소녀나 미혼 여성이 제국의 '어머니'나 '부인'이 되기까지의 성장 과정에 대한 연구 또한 매우 미흡하다. 물론 식민지 교육 체제하의 여성 교육에 대한 선행연구가 존재하지만, 이것 역시 정책이나 제도사 영역의 범주에 머물고 있다.

필자는 식민지 조선에서 태어나 성장한 일본인 미혼 여성들의

---

[2] 조선 거주 일본인 사회에 관한 지금까지의 단행본 선행연구물은 木村健二(1989); 高崎宗司(2002); 이규수(2007) 등이 있다.

생활 규범과, 조선 거주 일본인 여성에 대한 식민자 사회의 우려와 비판 등을 검토하여, 젠더 문제가 제국의 '신민 되기' 실천 과정에서 가장 핵심적이고 결정적인 문제였음을 논하고자 한다. '황민화 운동' 시기 조선 거주 일본인들은 조선의 법적 테두리 안에서 식민자와 피식민자 사이의 모호한 경계에 놓여 있었다. 그리고 이 시기 여성들은 가정이라는 사적인 영역에서 남성이 '일본인다운' 도덕성을 형성하고 유지하도록 보조하고 감시하는 역할, 그리고 '일본인다운' 후손을 생산하고 양육하는 역할을 담당했다.[3] 어떤 옷을 입고, 누구와 여가를 보내며, 무엇을 어떻게 먹는가 등의 사소하고 일상적인 의례에서부터, 일본인으로서의 문화적 정서와 감성을 키우고 가치관을 수월하게 형성하도록 보조하는 일에 이르기까지 막중한 임무가 여성들에게 주어졌다. 이러한 과제를 수행하기 위해 조선 거주 일본인 미혼 여성들은 여러 가지 조건들을 갖추고 결혼 시장에 나가야 했다. 그것은 제국의 '아내'와 '어머니'가 되기 위한 '신부'로서의 '자격'을 검증받는 과정이었다.

식민사회 프로젝트, 제국의 딸과 미시 서사

본 글의 분석 대상인 《야마토주쿠 닛키》는 1942년 1월 1일부터 4월 29일까지를 기록한 '아사노 시게코'의 일기이다.[4] 아사노는 1922

---

[3] 황민화 시기의 조선 거주 일본인들과 조선인들의 모호해진 경계에 대해서는 앞서 언급한 우치다(2008)의 논문을 참조.

[4] 1월 1일자 도입부에서 그녀는 야마토주쿠大和塾에서 이미 다섯 달을 가르쳤다고 적고 있다.

년 4월 경성 죽첨정竹添町[5]에서 태어나, 평양 야마테山手소학교와 전남 광주소학교를 거쳐 전남 광주고등여학교에 입학한 후, 경성 제2고등여학교로 전학하여 졸업했고, 21세가 되던 1942년에 폐결핵으로 사망했다. 아사노 시게코의 부친 아사노 츠토무浅野力는 나가노 태생으로 동경제국대학 농학부를 졸업한 엘리트였고, 조선총독부 고등관 3급 관료로서 총독부 경기도 산업부 산림과장을 역임했다.[6] 그녀의 일기는 1944년에 조선 녹기연맹綠旗聯盟을 통해 추모 헌정물로 출간되었다.[7] 일개 관료의 딸이 남긴 일기에 불과한 이 텍스트는 표면적으로 보면 단지 개인적인 기록으로 평가될 수 있고, 녹기연맹의 전시戰時선전물로 읽힐 수도 있다. 그러나 심층적으로 볼 때, 이는 빈곤층 조선 아이들에게 자원봉사 활동으로 일본어를 가르침으로써 전시 국가의 '황민화 운동'에 참여한 조선 거주 일본인 여성이, '제국의 딸'로서 자신의 위치를 규정하고 협상하는 모습을 보여 주는 문화 텍스트로 읽힌다. 당시 제국 여성들의 중요한 두

---

5 현 서대문구 충정로 일대.

6 아사노 츠토무에 관한 자료를 제공해 준 큐슈대학 나가시마 히로키永島広紀 교수에게 감사드린다. 이는 1941년 발간된 《朝鮮総督府及所属官署職員録》에 실려 있는 기록이고, 1941년 발행된 《朝鮮年鑑》에 첨부되어있는 〈朝鮮人名録〉에는 다음과 같은 기록이 남아 있다. "明治23(1880) 年生東京帝国大学農学部林業実科卒 (住所) 京城府青葉町1丁目56番地 (電話) 龍山局791."

7 녹기연맹은 경성제국대학의 화학/수학 교수인 츠다 사카에津田栄에 의해 1925년에 결성되었다. 자기 함양을 목표로 하는 불교학습 모임으로 출범했지만, 얼마 지나지 않아 정부의 재정 지원에 의존하게 되었고, 이후 국가 이념의 선전수단으로 정부에 흡수되었다. 주요 활동은 대중강연과 학습모임 개최, 그리고 《녹기綠旗》, 《신여성》과 같은 잡지 발행이었다. 1940년에 이르러서는 적극적인 회원이 조선인 600명을 포함해서 2,000명에 달했다. 한국문학의 아버지로 널리 알려진 이광수도 이 연맹의 교육받은 조선인 회원 가운데 한 명이었고, 《녹기》에 수많은 글을 남겼던 현영섭 역시 주요 조선인 회원 가운데 한 명이었다. 《녹기》는 1936년에 발간을 시작한 월간잡지로, 1944년부터 《흥아문화興亞文化》로 이름이 바뀌었다.

가지 책무는 가계 관리와 어머니 역할 수행이었다(Georgy 1993-1994, 95-127). 이와 같은 제국의 요구는 특히 식민지 조선에서 태어나고 자란 젊은 일본인 여성들에게는 가중되는 속박이었다. 그들은 좋은 주부와 어머니가 되기 위한 기술을 습득해야 했을 뿐만 아니라, 식민지에서 벌어질 수 있는 문화적 · 도덕적 · 성적 훼손mischief으로부터 스스로를 보호하고 자신들의 '일본성'을 지켜야 했다.

유럽인 식민자 사회를 다룬 스톨러Ann Laura Stoler의 책 《육체 지식과 제국 권력Carnal Knowledge and Imperial Power》에서는, 인도네시아 거주 네덜란드인의 일상생활 공간 분석을 통해 식민지 카테고리의 형성 과정을 밝히고 있다. 그녀의 연구는 피부 색깔로 식민자와 피식민자의 정체성 또는 경계를 구분했던 기존의 패러다임에 대한 문제의식을 보여 준다. 즉, 네덜란드령 인도네시아 사회에서 유럽인 식민 거주자가 제국의 식민자로 자신을 규정하기 위해서는, 제국 본국의 문화를 고수하고 정서적 수준에서의 문화적 감성을 키워 나가며 특정 집단에 소속되는 것이 결정적으로 필요했다는 것이다. 이 책에서는 특히, 유럽인으로서의 정체성을 형성하고 유지하는 데 여성들의 '책임'과 '의무 이행'이 절대적이었음을 강조한다. 여성들은 식민지에 거주하는 유럽 남성의 도덕적 문란을 감시하는 '부인'의 역할과, 효율적으로 가계를 운영하고 자녀를 양육하는 '어머니'의 역할을 동시에 수행해야 했다. 그들의 개인적 성sexuality, 도덕성morality, 그리고 문화적 정서 등은 제국의 '관심사'이기도 했다. 따라서 제국의 의무를 수행하는 남성의 보조자인 유럽 식민 거주자 여성들을 위한 '매뉴얼'에는 도덕적인 양육법과 하인을 다루는 법, 청결법과 요리법 등 매우 구체적이고 자세한 지침들이 제공되어 있었다(Stoler 2002, 41-78). 스톨러의 글에서 언급된, 네덜란드령 인도네시아 식민 거주자 유럽인 여성이 감수했던 '유럽인 만들기' 또는 '유럽 정서 보존하기'의 다른 이름인 '식민사회 프로젝트'는, 1940년대 초반 식민지 조선에 살았던 일본인 미혼 여성 아사노 시게코의 생활에서도 구체적으로 나타나고 있다. 그리고 이러한 식민사회 프로젝트는 피부색이 다르지 않은 일본인과 조선인의 식민 관계에서 더 강조되었을 것으로 판단된다. 이러한 식민사회의 분위기 속에서, 1940년대 초반 '황민화 운동' 시기에 식민지 조선의 젊은 일본인 여성들은 군국주의화된 국가에 대한 봉사를 자청함으로써 자신들의 위치를 규정했고, 이는 그들의 국민적 진정성ethnic authenticity과 존재 가치를 입증하는 방식이었던 셈이다.

《야마토주쿠 닛키》를 세밀하게 분석하기 전에, 1940년대 조선 거주 일본 여성에 대한 담론에서 '제국의 딸'이라는 개념이 갖는 중요성을 먼저 살펴보자. '제국의 딸'이 된다는 것은 일본인 여자아이가 제국의 '이상적인' 어머니—제국을 위한 미래의 병사들을 출산하고, 국가적 영역이 된 가정을 관리하는—가 되기 위해 실용적인 기술을 획득하고 이상적인 도덕적 성품을 함양한다는 것을 의미했다. 식민지에서 '제국의 딸'에게 발생할지도 모르는 훼손에 대한 불안감은 여성과 가정의 중요성을 강조하는 광고, 공공 강연, 신문과 잡지의 기사 등을 통해 지속적으로 출현했고, 명령이나 훈계, 또는 지시 등의 형태로 각종 인쇄매체를 통해 광범위하게 퍼져 나갔다. 일본의 조선 지배가 장기적 국면으로 접어든 1940년대에, 조선에서 태어나는 일본 아이들의 수가 크게 늘어났고, 이는 식민 당국의 관심사로 떠올랐다. 특히 식민지 조선에서 태어난 일본 여자아이들에 대해 제국의 어머니로서의 잠재적 능력이 훼손되고 있다는 비판이 제기되었다. 황민화 운동 시기에 여성의 '건강'은 국가에 대

한 의무로까지 간주되었다. '어머니'가 될 여성은 우월한 유전자를 가진 건강한 여자여야 했고, 이 점은 결혼 전 건강진단서 교환을 장려했던 관례를 통해서도 확인된다. 제국이 요구하는 '어머니' 상에 대한 담론은 1920년대의 '현모양처'에서 1940년대 '건강한 어머니(건모健母)'로 변화되었다. '건모'는 건강한 아이를 생산하여 제국의 군사력과 노동력을 증대시켜야 하는 의무를 짊어졌고, '국가화된nationalized' 영역인 가정에서 '일본 정신(大和魂)'으로 무장된 미래의 병사와 출산 능력을 갖춘 미래의 부인들을 양육해야 했다. 황민화 운동 시기에 가정이 국유화되는 과정은 1937년 《녹기緑旗》 1월호에 실린 츠다 세츠코津田節子의 글에서 잘 드러난다. "일본과 함께 자라는 가정"이라는 제목의 이 글에서 츠다는 가정이 국가의 운명에 부속된 단위임을 선언했다. 그녀는 고조된 문체로 "〔가정이여〕 성장하라, 성장하라, 하늘 높이만큼 성장하라(のびよ、のびよ、青空までものびよ。)."라고 하여, 〔가정이〕 국가가 성장하는 만큼 끝없이 성장해야 한다고 주장했다. 또한 "국가와 함께 성장할 수 있는 가정이란 국가의 이상을 수용하고, 건국이념을 내면화하는 가정"이라고 정의하고 있다. 가정의 일원들이 국체國體와 같은 목적을 가져야 한다는 그녀의 주장은 가정을 통해 개인과 국가가 이념적으로 일체를 이루어야 하며, 그 중심에서 여성이 '어머니'와 '아내'의 이름으로 감시자이자 지도자, 그리고 행위자이자 보조자 역할을 수행해야 한다는 것이었다.

1936년 9월의 《녹기》 특별호는 여성문제에 지면의 상당 부분을 할애하여, 식민지 조선에서 태어나 자란 2세대 일본 여성에 대한 우려를 제기했다. '조선 출생 내지인內地人 딸들에 대한 메시지'라는 제목으로 발표된 특별칼럼의 서두에서 편집자는, 조선에서 자

란 일본 여성들을 식민지의 말괄량이(フラッパ)로 여기는 인식이 확산되면서, 그들이 결혼 배우자를 찾는 데 어려움을 겪고 있다는 우려를 표명한다. 일본인 정착민 공동체의 몇몇 저명한 인사들 역시 이 특집의 기고를 통해 식민지 조선의 젊은 일본인 여성에 대한 우려에 동참했다. 조선신문사의 부사장 이시모리 히사야石森久彌는 조선에 거주하는 일본 남성들이 '조선 출신鮮産'보다는 그들의 고향에서 온 여성들—소위 '본토 출신內地産'으로 호칭되는—과 결혼하기를 희망하고 있음을 지적했다. 그러면서 그는, 남성들과 그들의 부모들이 이런 낡은 사고를 떨쳐 버릴 것을 주문했다. 35년 동안 조선에서 거주한 경성병원 보건부 과장 오기노 마사토시荻野正俊는 다음과 같은 비판을 제기했다.

> 나도 조선에서 자랐고, 35년 동안이나 경성에서 살았다. 학업을 마치고 처음으로 징병검사를 받기 위해 고향인 후쿠이현으로 돌아갔을 때, 본토內地에 대한 내 첫인상은 '좀스럽다せせこましい'는 것이었다. 조선에서 자란 대부분의 일본인들은 본토에서 나와 동일하게 느꼈을 것이다. 이렇게 내지가 좀스럽게 느껴지는 이유는, 우리[조선의 일본인들]와 같은 반제품 사람들이半製品の者 친지들과의 왕래, 절이나 전통적 관습 등으로부터 자유로워졌다고 느끼기 때문이 아닐까 싶다.[8]

오기노의 지적은 조선에서 태어나거나 자란 일본인들에 대한 통제가 느슨한 까닭에 그들이 나태해졌으며, 이러한 나태함이 식민 거주자들 삶의 모든 측면에서 표출되는 것에 대한 유감을 드러

---

8 《綠旗》 1936년 9월호, 52~53쪽.

낸 것이다. 리쇼학원立正学院의 교장인 스기 이치로베이杉市郎平 역시 오기노와 마찬가지로, "조선의 일본인들은 본토 생활이 너무 지나치게 세세하고 번거롭다고 인식하고 있다."고 우려를 제기한다. 그는 일본에서 조선으로의 이주가 식민 거주자들을 사회적 관습으로부터 자유롭게 만들었으며, 이것이 이완된 양식의 삶을 지속시키는 것으로 보았다. 츠치 쿠니시게辻董重는 한 걸음 더 나아가, 조선 태생의 일본 여성이 왜 환영받지 못하는 신붓감인지에 대해 설명한다. 그가 주장하는 이유는 다음과 같다. 첫째, 조선 거주 일본 여성 사회의 일반적 추세는 식민지의 영화와 사치, 그리고 허영을 추구하는 삶으로 요약되는데, 이는 그녀들이 본토에서 아내 역할을 수행하는 데 적합하지 않은 측면이다. 둘째, 대부분의 재조在朝 일본 정착민들은 본토에서 존경받을 만한 사회적 지위를 가졌던 이들이기보다는 일확천금의 꿈을 안고 건너온 이들이다. 이런 부모들이 딸들을 품위 있게 길러 내기는 어렵다. 셋째, 아들을 동향 출신 집안의 여성과 혼인시키는 관행이 만연했는데, 그 표면적인 구실은 사돈과의 친밀함을 중시한다는 것이었지만, 사실은 신부 쪽 가문에 대한 조사가 가능하기 때문이다. 경성여자병원의 쿠도 타케키工藤武城 박사 역시 "나 자신도 4명의 딸이 있고, 이런 염려를 깊이 공감한다."고 밝히면서, 조선 태생 일본인 여성들에게 모국에 대한 자각이 결핍되어 있음을 인정하고, 애국심 함양의 효율적인 방편으로 이세신궁의 의무적 방문을 제안했다.[9] 중앙불교전문학교 교수 에다 토시오江田俊雄는 과거 10년간의 조선 생활을 돌아보며 두 살짜리 딸 루리코瑠璃子에게 보내는 형식으로 쓴 〈아버지가 조

[9] 쿠도 다케키는 1905년 설립된 경성공립 한성병원의 설립 멤버 가운데 한 사람이다.

선에서 태어난 딸 루리코에게 주는 편지〉라는 글에서, 어린 딸이 조선에서 일본의 훌륭한 딸로 자라 주기를 당부하면서, 그것은 곧 좋은 부인이 되는 것이라고 설명하고 있다. 그는 좋은 부인을 정숙함을 갖춘 미덕 있는 여성이라고 부연 설명한다.

재조선 일본인 사회에 대한 우려는 《녹기》 1937년 4월호에 실린 스에키치 츠크루末吉作의 기고문 〈외지에서의 우리 내지인들의 문제〉에도 역력히 나타난다. 그는 조선 거주 일본인 2세들의 성품 양성을 중요한 문제로 간주하고, 대만과 만주·조선 등의 식민지에서 자란 일본인 2세들이 일본에서 태어나 자란 이들과 비교하여 결혼 시장이나 취업 시장에서 경쟁력이 떨어지는 점을 지적한다. 그가 생각하는 이유는 전통을 소홀히 여기고 문란한 생활을 즐기는 식민 거주자들의 생활방식 때문이었다. 그는 식민 거주자들이 식민지 생활에서 얻게 되는 '병폐'를 해소하려면 가정생활의 개량이 필요하다고 보았다. 그리고 이를 위해 하인들을 없애는 자율적인 가정 운영과 근검절약하는 생활습관 등과 같은 구체적 방안까지 제시했다. 이러한 제안은 사실상 '제국' 신민의 '일본인다움'을 위한 '가정'의 훈육화 방안이었다.

한편, 《녹기》에 실린 글들은 아사노가 대중매체에서 계속적인 논쟁의 대상이자 비판의 표적이 되었을 때, 그녀가 '제국의 딸'로서 자신의 존재를 입증하기 위해 맞서야 했던 사회 분위기를 잘 보여 준다. 이는 조선 거주 식민자 공동체가 '제국의 딸'을 바라보는 우려스러운 시선을 잘 보여 주는 것이기도 하다. 당시 식민지 조선과 일본의 신문과 여성잡지 같은 대중매체들은 모두 여성과 가정(여성이 책임 주체가 되는 국유화된 장소) 문제를 집중적으로 다루고 있었다. 정착민 공동체의 최고 인재이자 (제국의) 어머니가 될 자격을 얻는 '제국의 딸'이 되기 위해서 아사노 시게코는 자신에게 부과되는 도덕적 명령이나 실제적 요구들과 씨름해야 했고, 더불어 자신에게 쏟아지는 우려와 비판과도 싸워야 했다. 그녀는 조선의 식민자인 일본인 사회의 일원이자 '제국의 딸'이라는 신분을 끊임없이 확인받아야 했다. 따라서 혹시나 일어날지 모를 '훼손'을 피하기 위해 애써야 했고, 열심히 일하는 모습을 보여야 했다. 그녀의 일기는 젊은 2세대 일본인 여성들이 식민지에서 겪는 불안정한 자아 탐색의 과정을 인상적으로 보여 준다.

아사노의 일기가 전시선전물로 만들어졌다는 점은 이 텍스트의 출간 초기 단계에서 분명히 드러난다. 《야마토주쿠 닛키》는 녹기연맹 발간물을 주로 출판하던 흥아출판사에서 출간되었다. 기념 발행물에 포함된 부수적인 자료들 역시 녹기연맹과의 긴밀한 협력을 강조한다. '아사노를 기리며'라는 제하의 《야마토주쿠 닛키》 서문은 녹기연맹 설립자 츠다 사카에津田栄의 부인인 츠다 세츠코津田節子가 썼다. 그녀는 헌신적인 젊은 일본 여성의 죽음을 애도한다고 쓰고 있다. 식민국 검사이자 경성 야마토주쿠 교장으로 근무해 온 나가사키 유조長崎裕三 또한 '일본의 딸들'이라는 제하의 글로 그녀의 공로를 치하했다.[10] 《야마토주쿠 닛키》는 아사노 시게코의 일기가 본론을 차지하며, 야마토주쿠의 학생들이 쓴 추모편지와 그녀의 동료들이 쓴 메시지, 그리고 부모의 고별사로 구성되어 있다.

아사노 시게코는 녹기연맹이 여자 고교 졸업생 양산을 염두에 두고 운영했던 1년제 교육기관 세이와여숙清和女塾의 학생이었다. 1934년에 설립된 세이와여숙은 츠다 가문의 여자들이 태평양전쟁

10 나가사키 유조와 야마토주쿠에 관한 연구는 永島広樹(2007, 169-207)를 참조.

막바지까지 운영했다.[11] 츠다 사카에의 어머니 츠다 요시에津田芳江가 교장, 츠다 사카에의 아내 세츠코가 부교장으로 봉직했으며, 그의 처제는 강사로 일했다. 1935년에 약 22명의 학생이 등록했으며, 전체 등록 인원 규모는 매년 20명에서 30명을 유지했다.[12] 소수 인원이 등록하고, 권위 있는 인사의 추천으로 입학을 허가했다는 사실은 세이와여숙이 경성 지역 일본 여성 거주자들 가운데 상류층을 입학 대상으로 삼았음을 의미한다.[13] 조선 거주 일본인에 대해 연구한 나가시마 히로키永島広樹의 박사 논문에는 세이와여숙 수료자와 학교 관계자들을 대상으로 2001년에 실시한 인터뷰 기록이 수록되어 있다. 이 기록을 보면, 당시 생존자 31명 모두가 총독부 관료·교수·의사·사업가 등 상층 계급의 딸이었음을 알 수 있고, 수료자들은 졸업 후 대부분 결혼을 하거나 녹기연맹 관련 기관 등에서 봉사 활동을 한 것으로 나타나 있다. 즉, 조선 거주 일본인 여성에게 세이와여숙은 체험과 실습을 통해 훌륭한 신부로 거듭나

---

11 '황민화 운동'을 위한 '녹기' 여성들의 가시적 활동 가운데 하나는 조선인의 생활 수준 개선을 목표로 1938년 말에 입안된 내선일체운동(조선 부인 문제 연구회)이었다. 이러한 목표를 달성하기 위해 손정규, 조기홍, 임숙재 등 일본에서 교육받은 조선인 여성 교육자들이 츠다 세츠코와 협력해서 《현대 조선의 생활과 개선》 시리즈를 발간했다. 위의 조선 여성 세 명 모두 당시 선구적 여학교들과 긴밀히 협력한 교육자들이었다.

12 1937년 3월 《녹기》가 공표한 신입생 모집 공고는 다음 조건을 자격 기준으로 제시했다. '지원자는 고교 졸업자이거나 그에 상응하는 교육을 이수했어야 하며, 법적 보호자 또는 부모의 가정에서 통학할 수 있어야 한다. 지원자는 지원 양식을 기입해야 하며, 가장 최근에 다녔던 학교 교장의 추천서가 요구된다. 등록 인원은 약 30명이다. 학교는 입학이 허가된 신청자에게 개별적으로 직접 연락할 것이다.'

13 송연옥은 일본인 여성 정착민들 간의 계급적 위치가 어떻게 식민지 조선에서 사회적 관계의 현격한 균열을 야기했는가를 논의한다. 그녀의 논문은 매춘부, 접대부, 가정부로 일하기 위해 조선에 이주한 저소득층 여성들에 연구의 초점을 맞추고 있다(宋連玉 2002).

는 '신부新婦학교'였던 것이다.

1937년 《녹기》 3월호에 실린 '세이와여숙 생활'이라는 제목의 글은 수료를 앞두고 있는 학생들의 감회를 잘 보여 준다. 여기서 카와세 미츠요河瀨光代는 다례茶禮와 사회사업 견학, 국체의 존엄성과 조선의 역사 등을 교육하는 세이와여숙의 교육과정이 "우리가 나아가야 할 길"을 가르쳐 주었다고 밝히고 있다. 또한 같은 글에서 쿠즈하라 치에葛原智惠는 다례, 국체 시간, 가사家事, 재봉, 요리 수업에서 배운 것들을 자신의 생활에 활용하겠다는 포부를 표현한다. 타가이 미사코田飼操子는 아무 생각 없이 여숙에 들어왔지만 수신修身 시간에 체험에서 우러난 선생님의 첫 강의를 듣고 감격했고, 그 감격을 평생 잊지 못할 것이라고 고백한다. 히라토 키요코平戸清子는 자신에게 "지각이 너무 많아요. 좀 더 일찍!"이라고 주의를 준 야마사토山里 선생님과, 재봉 시간에 "또 입이 움직이기 시작했어요. 입은 가만히 다물고 손만 움직이세요!"라고 지적해 준 안도安藤 선생님을 언급하며, 친절한 가르침에 감사를 표하고 가정과 사회를 위해 헌신하여 선생님들의 가르침에 보답하겠다고 말하고 있다.

다례와 꽃꽂이에서 조선 역사에 대한 교육에 이르기까지, '세이와'의 교육과정은 식민지 조선에서 '이상적인 일본 어머니'의 양성을 목적으로 했다. '세이와' 학생들의 활동과 글쓰기는 《녹기》에 정기적으로 실렸는데, 이들 학생들이 관심을 둔 주요 논제는 요리와 가정관리, 그리고 에티켓에 관한 것이었다. 구체적으로 살펴보면, 1937년 2월호에는 입학시험을 준비하는 아이들을 위한 이상적 식단을 소개한 세이와여숙 학생 3명의 보고서가 실렸는데, 이 보고서에는 견본 요리와 조리법 목록이 첨부되었다. 3월호에는 세이와

여숙 학생 4명이 서대문소학교 아동을 대상으로 좋아하는 음식과 싫어하는 음식을 설문조사한 내용이 실려 있고, 4월호에는 차茶를 접대하는 방식에 관한 지침이 차 시중자의 올바른 자세와, 차와 과자의 올바른 배치를 보여 주는 사진과 함께 실려 있다.

세이와여숙 학생들의 중요한 과외 활동 가운데 하나는 경성부 '야마토주쿠'에서의 자발적인 일본어 교육이었다. 아사노의 일기에 따르면, 야마토주쿠는 가난한 반도 아이들에게 무료로 강의를 해 주는 곳으로 묘사되고 있다. 공식 명칭이 '야마토보호관찰소'인 야마토주쿠는 주로 조선 내의 사상전향자를 관찰하고 감시하며 선도하는 기관이었다. 그중 아사노 시게코가 일했던 부서는 가난한 조선 아이들을 돌보았던 "국어"[14] 교육단이었다.[15] 아사노와 야마토주쿠의 관계는 국어 보급에 제한되었으며, 그녀가 기관의 감찰 임무를 수행하거나 관찰 감독 대상 성인을 교육하지는 않았다. 야마토보호관찰소에 대한 그녀의 단순하고 제한적인 이해는 그녀가 처음에 반도인半島人으로 오인했던 보호관찰소 소장 나가사키의 추모사에서 드러난다. 아사노는 2월 23일자 일기에서, 야마토주쿠에서의 일과와 나가사키에 대한 존경심을 다음과 같이 적고 있다.

---

14 이 글에서 국어國語는 일본어를 의미한다.

15 경성 야마토주쿠와 사상전향자에 대한 제국의 관리 체제에 관한 연구로는 앞에서 언급한 나가시마 히로키의 박사 논문(제5장)이 있다. 나가시마는 경성 야마토주쿠의 국어 보급 교육이 아현 · 마포 지역 빈민, 토막민 조선인의 8~15세 연령층 아이들을 대상으로 실시된 무료 교육이었고, 처음에는 6개월 수료 과정이었던 것이 1943년에는 6개월과 2년의 코스로 증설되어 규모가 커졌으며, 하루 주 · 야간 2부제였던 구조도 3부제로 바뀌었다고 설명하고 있다. 교육 내용에는 '국어' 보급을 중심으로 산수 · 창가 · 가사 등이 포함되어 있었다.

오늘은 세이와여숙 학생들과 여학생들이 야마토주쿠에 견학을 온다. 어느 날보다 이른 시간에 집을 나섰다. 도중에 하라原 씨와 합류했다. 서대문에는 여학생들과 세이와여숙 학생들이 모여 있었다. 우리는 한발 앞서 야마토주쿠에 도착해 오늘 있을 행사 준비를 했다. 모-르モール 세공된 아름다운 꽃을 장식한다는 하라 씨의 말에 기뻤다. 아침조회를 마치고 사꾸라 반에 들어가자 곧 견학 여학생 열 명 정도가 들어왔다. 아이들에게 모-르를 장식해 꽃 만드는 법을 가르쳤다. 정말 잘 만드는 아이들이 있었다.[16]

오늘 점심에는 학교 식당에서 식사 대접을 받았다. 50명 전원이 야마토주쿠 수산부授産部에서 구운 빵을 대접받았다.[17] 보호관찰소 소장 나가사키 씨에 관한 이야기를 들을 수 있는 드문 기회였다. 나가사키 선생님은 열정, 에너지, 그리고 사랑이 충만한 인물이었다. 그는 내가 존경할 만한 이들 중 최고라고 할 수 있다. 그가 반도인이란 사실을 좀처럼 믿기 어려웠다. 그는 본토에서 온 내지인 어느 누구보다 더 훌륭한 황국신민이다. 나가사키 씨와 같은 분들이 반도에서 더 많이 배출된다면, 이는 그 어떤 것보다 내게 기쁜 일일 것이다. 조선반도의 히틀러는 나가사키 씨라고 일컫고 싶다."[18]

---

16 《大和塾日記》, 44쪽.

17 이때 제공된 빵들은 입소자와 육체적 장애인을 위한 직업 훈련 프로그램을 담당하는 야마토주쿠의 수산부授産部에서 구운 것들이었다. 수산부는 빵 이외에도 다양한 물품을 생산하여 판매했다. 수산부는 나가사키 유조가 야마토주쿠 신의주 지부의 교장으로 재임할 당시 야마토주쿠에 설치한 부서다. 경성 '야마토주쿠'에 부임한 이후 나가사키는 수산부를 경성 지부에도 설치했다. 야마토주쿠의 제도적 구조와 활동에 관한 연구는 나가시마 히로키의 논문을 참조.

18 《大和塾日記》, 45쪽.

아사노는 제한적이고 부정확한 세계관을 가지고 있었지만, 제국에 봉사하려는 의지와 결심으로 충만해 있었다. 그녀의 지칠 줄 모르는 헌신은 간혹 감정적 폭발로 표출되기도 했다. 야마토주쿠를 방문한 세이와여숙 학생들을 상대로 한 나가사키의 초청강연에 참석한 후 아사노는 다음과 같이 적고 있다.

> 나는 오늘 나가사키 씨의 강연에 무척이나 감명받았다. 나가사키 씨는 다음과 같이 말했다. "녹기의 여성은 오만함을 드러내지 않는 지성인이다. 특히 나는 세이와여숙의 여성들에게 무척이나 큰 기대를 갖고 있다. 지도자들은 학습하고, 내면에 지식을 간직하고, 필요할 때 이를 활용해야 한다. 나는 세이와여숙의 졸업생들과 당신들의 정숙함에 찬탄한다."

나가사키의 연설에 대한 아사노의 개인적 반응은 다음의 일기를 통해 알 수 있다.

> 나는 그가 우리를 무척이나 신뢰한다는 점에 압도당했다. 나는 그가 우리를 그 정도까지 존경한다는 사실에 부끄러웠다. 나는 그를 실망시킬 수 없다. 나는 반도의 자랑스런 딸이 되기 위해 공부할 것이다. 반도의 모든 남녀가 제국의 신민이 되기 위해 분투하고 있다. 우리 내지인들은 나태함에 머물러선 안 된다. 우리는 조선인들이 빨리 제국의 신민이 될 수 있게 도와야만 한다. 나가사키, 반도의 히틀러! (나는 나가사키 씨를 반도인으로 생각했고, 그래서 어느 누구에게도 그의 출신에 관해 질문함으로써 성가시게 하지 않았다.) "반도 사람 중 두드러진 이들은 어렸을 때 내지인으로부터 애정을

받은 사람들"이라는 그의 말은 나를 깊은 생각에 빠져들게 했다. 나는 축복받은 개인이며, 행복한 딸이다. 세상에서 가장 행복한 딸![19]

'황민화 운동'에 동참하려는 그녀의 열정은 뜨거웠지만, 그녀에게 주어진 임무는 예상했던 것 이상으로 어려웠다. 그녀는 자신의 일기 곳곳에서 교수법의 실패와 비효율성에 대해 기술하고 있다. 2월 23일자 일기는 야마토주쿠에서 겪은 '좌절의 날'에 대한 기록이다.

모란반, 국어 수업:

나는 여러 가지 그림을 보여 주고, 학생들이 국어를 말하게 했다. 그러나 그들은 곧 조선말로 되돌아갔고, 나는 당황스러워 무엇을 해야 할지 몰랐다. 나는 여러 명에게 반복하여 연습시켰지만, 학생들은 '후로시키'나 '후데이레'를 도저히 발음할 수 없었다. 이 교수방법은 효과적이지 않다. 학생들이 너무 떠들어서 나는 조용해질 때까지 강의를 중단하기로 했다. 카네미츠 선생이 내 교실을 들여다보고 있었다. 모리야마 선생도 들어오셨다. 아! 아이들이 드디어 조용해진다. 나는 학생들에게 색종이 한 장씩을 나눠 줬다. 아이들이 다시 흥분해 들썩인다. 아! 아! 이 아이들을 어떻게 해야 할지. 내가 무엇을 해야만 하나? 나는 정말 모르겠다! 나는 정말 곤경에 빠졌다. 나는 그들에게 오르간을 연주하는 방법을 가르쳤고, 그들을 일찍 집으로 돌려보냈다.[20]

---

19 《大和塾日記》, 45~46쪽.

20 《大和塾日記》, 46~47쪽.

이보다 앞선 1월 12일자 일기에서도 아사노는 학생들이 간단한 일본말 지시, 이를 테면 '일어서'조차도 이해하지 못하는 것에 대해 쓰고 있다. "나는 일본말로 '일어서'라고 말했지만 대부분의 학생들은 일어나지 않았다. 그래서 나는 조선말로 말해야 했고, 그들 모두를 일어나게 할 수 있었다." 이 부분은 야마토주쿠가 대상으로 한 빈곤층 아동들이 황민화 교육의 테두리 밖에 있었음을 보여 주는 것이고, 동시에 아사노가 조선말을 어느 정도 구사할 수 있었음을 알게 해 주는 대목이다.[21] 또한 황민화 정책이 일상으로 옮겨지는 과정에서 드러나는 한계를 보여 주는 부분이기도 하다. 야마토주쿠가 당시 경성 시내 아현, 마포 등 지역의 빈민층을 교육 대상으로 한 것을 감안하면, 지방에 거주하는 빈민 조선인들의 황민화 교육 실태는 더 미비했을 것으로 추측할 수 있다. 이렇듯 어린 학생들을 제국의 훌륭한 신민으로 만들고자 한 그녀의 노력은 어려움에 봉착했다. 그러나 아사노는 여전히 '제국의 딸'로서 모범이 되고자 하는 자신의 이상을 신봉하면서 견지해 나갔다. 아사노의 '책임의식'과 봉사 활동에 임하는 각오는, 새해를 맞아 기모노를 차려입고 야마토주쿠에서 치르는 의례 과정에서 더욱 두드러지게 드러난다.

1942년 1월 1일

눈부신 새해가 밝았다. 희망이 넘치는 새해가. 올해에는 지금까지와 달리 1월이 오는 것을 기쁜 마음으로 기대하고 있었다. 야마토

---

21 재조 일본인들의 역동화, 즉 조선어와 조선 풍습 습득에 관한 연구는 필자의 영문 논문(Lee, 2008)을 참조.

주쿠의 귀여운 아이들과 만날 수 있기 때문이다. 내가 누구보다 귀여워했던 그룹은 목란반과 난蘭반 아이들. 조선인으로 태어난 그 아이들이 내지인과 구별 없이 황국신민으로 생활할 수 있도록 내 손으로 조금이라도 도와주고 싶다.

나는 지금까지 여러 번, 이 작고 천진난만한 아이들이 내가 이해할 수 없는 언어로 말하는 것을 들을 때마다 슬퍼지곤 했다. 내가 그들과 소통하기 위해 할 수 있는 뭔가가 없을까? 그들은 언제쯤 우리가 말하는 모든 것을 이해할 수 있을까? 그들이 일본말로 자유롭게 말하는 것을 즐길 수 있게 될까?

지금까지 1주일에 한 번씩 이 아이들의 선생님으로 가르쳐 왔다. (중략)

아! 일본의 무한하고 밝은 미래! 내 사랑을 통해, 훌륭한 반도의 소년 소녀가 단 한 명이라도 배출된다면 난 더 이상 행복할 수 없을 것이다.[22]

이러한 다짐과 포부에도 불구하고, 아사노는 마음이 덜 가고 사랑스럽지 않은 아이들이 있다는 것을 고백한다. 그리고 이제까지 편애하여 자신이 좋아하는 아이들만 도와주고 같이 놀아 줬던 것을 반성하고 있다.

나는 하루속히 공평하고 좋은 언니(누나), 어머니, 그리고 선생님

---

22 《大和塾日記》, 18~19쪽. 1941년 8월부터 야마토주쿠에서 일을 시작했으므로, 1942년 1월이면 그녀가 가르치는 일을 시작한 지 5개월째에 접어들었을 때이다.

이 되고 싶다. 올해는 이런 것들을 신사에 가서 빌었다.[23]

1942년 신년 조회 의례는 야마토주쿠 소장 참석하에 기미가요 합창, 묵념, 칙어勅語, 훈화, 식가, 우미유카바 합창,[24] 황국신민의 서사, 그리고 만세로 이어졌다. 아사노는 의례를 마치며 눈시울이 뜨거워지는 것을 금치 못했다고 기록하고 있다. 그리고 아이들의 배웅 인사를 받으며 야마토주쿠 교정을 나온 그녀는 아이들과 놀아 주고 싶지만 수업이 시작하는 다음 주까지 기다려야 하는 것을 아쉬워한다.

어머니가 되는 것을 새해 소망으로 삼고, 조선인 아이들을 애정으로 대한 아사노였지만, 현실의 벽은 그녀를 종종 곤경과 좌절에 빠지게 했다. 1942년 1월 19일자 일기에는 사쿠라반 아이들에게 군대 위문편지를 쓰게 하고, 그림을 그리게 하는 내용이 기록되어 있다. 아사노가 아이들 이름을 호명하며 편지 쓰기를 지시하고 종이를 나눠 주자, 어떤 아이가 종이를 돌려주려 하며 "선생님, 저 못해요, 편지 못 써요."라고 답한다. 아사노는 "쓸 수 있어."라고 아이들을 격려하지만, 자신의 책상으로 돌아와 보니 종이 여러 장이 놓여 있었다. 그녀는 "아! 누구! 이 종이 낸 사람(まぁ!だれ！返したのは)."이라고 탄식하며, 분해서 눈물이 났다고 기록하고 있다.[25]

---

23 《大和塾日記》, 21쪽.

24 일제 군가의 하나로 천황을 위해 죽어도 후회하지 않는다는 내용을 담고 있다. "바다로 가면 물에 잠긴 시체, 산에 가면 풀이 자란 시체, 천황의 곁에서 죽어도 결코 돌아보지 않으리(海行かば 水漬く屍 山行かば 草生す屍 大君の辺にこそ死なめ かへりみはせじ)."

25 《大和塾日記》, 28~29쪽.

나는 배신당한 것 같이 슬펐다. 그렇게 이야기하고 나누어 주었건만 종이를 반납하다니. 너무하다. 난 그 누구와도 말하고 싶지 않았다. 아무 말 없이 시라이시 유키코의 공작을 도왔다. "선생님, 저희 뭐 해요?" "아무것도 하지 않아도 돼. 그냥 놀아." 나는 귀찮은 듯 대답했다.[26]

위의 아사노 일기 발췌문을 통해 알 수 있는 것은 '황민화 운동'에서 조선인들에 대한 일본어 주입의 중요성이다. 아사노는 '황민화'의 실현을 일본말의 유포를 통해서 이루어지는 것으로 여겼다. 그런데 현실의 그녀는 조선 학생들과 불가항력적인 언어적 균열에 직면했다. 아사노의 일기는 주로 '황민화' 프로젝트에 동참하고자 하는 그녀의 헌신을 기록하고 있지만, 동시에 언어교육의 실패가 어린 아사노에게 매우 큰 좌절감을 안겨 주었음을 보여 준다. 그러나 비록 좌절을 경험하기도 했지만, 일본어 교육이라는 실질적인 과업을 통해 경성 출생의 아사노는 그녀가 그토록 희망했던 '제국의 딸'이라는 역할을 완수할 수 있었다. 결국 아사노가 느꼈던 커다란 좌절감은 그녀가 그만큼 황민화 정책에 열렬히 참여하고자 하는 염원을 가지고 있었음을 보여 주는 것이기도 했다. 제국의 일원으로 참여하려는 그녀의 의지는 좌절을 통해서 더욱 부각되었고, 이러한 의지를 바탕으로 그녀는 제국의 목표를 실현하는 수행자이자 주체로 자리매김했다.

---

[26] 《大和塾日記》, 28~29쪽.

아사노의 죽음과 건모健母 운동

일본의 과거 식민 시대를 학문적 관점에서 조망하면, 아사노의 일기와 같은 자료는 국가의 힘과 개인의 선택 사이에서 소진되어 간 식민지 시대의 삶에 대한 우리의 주의를 환기시킨다고 할 수 있다. 식민지 조선에서 특권적 교육을 받고 가게 점원, 가정부, 매춘부 등과는 현격하게 다른 영화로운 삶을 누렸던 아사노지만, 그녀의 지위는 그녀에게 부과된 다방면의 힘겨운 요구에 충실히 부응함으로써만 인정되는 것이었다. 아사노의 때이른 죽음은 《야마토주쿠닛키》를 통해, 제국에 대한 영웅적 헌신으로 그려졌다. 이로써 아사노는 '제국의 딸'로 등극한 셈이다. 죽음마저도 제국에 대한 봉사로 평가받았다는 점에서 그녀는 매우 만족했을 수도 있다.

그런데 이렇게 전시선전용으로 부각되고 영웅적으로 포장된 아사노의 죽음은 황민화 운동 시기 여성의 몸에 관한 담론의 측면에서 살펴볼 필요가 있다. 1942년 5월 5일에 고열로 경성의전 병원에 입원한 아사노는 6월 23일에 싸늘한 시신이 되어 청엽정青葉町의[27] 자택으로 돌아온다. 앞서 언급한 것처럼, '건모' 운동은 1930~1940년대의 국가적 통제체제에서 일본인들의 '신체'가 국가에 복속되는 과정의 일환이었다. 건강한 신체에 대한 국가의 관심은 원래 1873년 군사징집령 공표와 함께 표면화되었고, 이 기간 동안 남성 일반의 신체에 대한 검진이 처음으로 실시되었다(Frühstück 2003, 17-54). 신체검사 절차는 키와 몸무게를 재는 기본적인 검진 이외에, 질환 감염 여부에 대한 검진, 그리고 체력평가로

[27] 현 서울시 용산구 근방.

이루어졌다. 물론 이 시기까지는 아직 신체를 분류하거나 등급을 매기는 기준이나 척도가 존재하지 않았다. 최초로 실시된 검사에서 일본 남성의 평균신장은 154센티로 밝혀졌다. 메이지明治 정부가 국민의 신체를 체계적으로 관리하지 못했던 것에 반해, 1938년 도쿄에 후생성이 설치된 것은 정부가 '국가의 건강national health'과 '국가의 신체national bodies'를 정책적으로 관리하기 시작했음을 상징적으로 보여 주는 사건이었다(鄭根埴 2004, 61-102). 1941년에는 조선총독부에도 후생국이 설치되어, 조선 거주 일본인과 조선인의 '건강'을 '감독'하기 시작했다(鄭根埴 2004, 92). 이듬해인 1942년에는 일본의 건민운동과 동일한 내용의 건민운동이 조선에서도 시작되었는데, 이는 신체를 체계적으로 관리하는 체제가 구체화된 결과였다. "강철 같은 신체는 동아시아 번영의 기본"이라는 슬로건은 국가이데올로기의 기저를 이루는 열망을 응집하여 보여 준 것이었다.

이 시기 건민운동과 밀접한 관련이 있는 것은 후손의 생산, 또는 황국신민의 재생산을 위한 '결혼'이었다. 결혼 적령기의 남성과 여성을 결혼시키는 것은 국가정책적인 문제로 간주되었고, 결혼 알선이나 중매는 정책을 실현하기 위한 협력 행위로 받아들여졌다(倉沢愛子他 編 2006, 151-178). 당시 각지에서는 결혼 장려 캠페인이 활발하게 벌어졌다. 전시 민족양산운동(일본결혼보국회)을 결성한 우지하라 요시토요宇原義豊는 1939년에 일본과 중국 북부 지역 등지에 '닛산 무스비카이'라는 기구를 만들고, 그 지사들마다 결혼 중매를 전문으로 하는 직원을 고용했다. 이 기구의 중요한 목적 가운데 하나는 일본에서 결혼 상대를 찾지 못한 미혼 여성들과 식민지에서 호화스런 생활을 누리는 일본인 미혼 남성들을 짝지어 주는 일이었다(倉沢愛子他 編 2006, 151-178). 일본 정부 또한 결혼 장려 의지를 정책적으로 구현해 갔는데, 1941년에는 우생 결혼을 장려하고자 '결혼 위생 전람회' 같은 이벤트를 개최하기도 했다. 이보다 앞선 1933년에는 도쿄 시내에 결혼상담소가 문을 열었다. 얼마 후 문을 닫은 이 상담소는 1941년에 다시 문을 열고 영업을 재개했다. 이러한 결혼상담소는 1935년 도쿄 시내의 '시로기야 백화점' 내에도 개설되었고, 1940년에는 '미쓰코시 백화점'에 국립 결혼상담소까지 생겨났다.

카토 슈이치加藤秀一는 그의 저서 《연애결혼은 무엇을 가져왔는가恋愛結婚は何をもたらしたか》에서, '연애결혼'이라는 개념이 근대 일본의 인구 담론에 동원되어 정착되어 가는 과정을 고찰하고 있다. 그는 메이지와 타이쇼大正 시기에는 국력 증진을 위한 인구 증대가 필수불가결한 문제였다면, 쇼와昭和 일본(1926~1989)에 들어선 후로는 인구의 질적 향상을 위한 우생학적 이슈가 문제의 중심이 되었다고 서술하고 있다(加藤秀一 2004, 176). 나아가 그는 인구문제에 대한 우생학적 관점에서의 인식을 쇼와 초기의 '식량난'에 대처하는 담론 형성 과정으로 거슬러 올라가 설명하고, '결혼=가정'이라는 공식이 '국가 생식 장치'의 확립을 위해 만들어졌음을 입증하고 있다(加藤秀一 2004, 179-180). 구체적인 예를 살펴보면, 쇼와 정부는 1928년 '인구 식량문제 조사회'를 설치하고 그 하부 조직으로 '인구부 특별위임회'를 두었는데, 위임회의 핵심 멤버는 우생학 강좌로 유명했던 법학박사 시모무라 히로시下村宏와 우생학계의 1인자였던 도쿄제국대학 생리학 교수 나가이 히소무永井潜 등이었다. 이 기구가 '인종 개량'을 위해 제시한 구체적 안건은 다음과 같다(加藤秀一 2004, 179-180).

'민족 자질 개선을 위한 시설'

'결혼, 산아 상담소 설치'

'합리적 피임과 임신 중절, 또는 우생수술優生手術의 법적 허용'[28]

'결혼 시 건강진단서 제출을 법률화'

'인종 개량'을 위한 안건이 제출된 것과 비슷한 시기에 일본 의사회는 정부에 '민족 위생'을 위한 정책안을 제출하여, 악질惡疾 유전자 보유가 의심되는 유전병자, 저능자, 변질자, 상습 범죄자 등의 증식을 방지하기 위한 산아제한, 또는 단종斷種 수술을 시행할 것을 제안했다. 의료 현장에서 재직하고 있는 의사들의 이와 같은 주장에 대해 카토는 우생학이 단지 책상 위에 놓인 정책안의 수준을 넘어 인간의 삶에 직접적으로 개입하고 실천된 경우라고 설명했다(加藤秀一 2004, 179-180).

쇼와 일본은 식량난이라는 사회적 문제에 직면하여, 기존의 인구 증가 정책을 인구의 질적 향상으로 전환시켰고, 이는 결혼 관례를 통한 '신체'와 '생식'의 관리로 이어졌다. 결혼과 우생학의 담론이 발전하는 쇼와 초기에는 민간단체의 강연 등이 운동의 중심이 되었지만, 1930년대 후반에 이르러서는 일본 정부가 결혼 위생 전람회 개최와 상담소 개설 등을 통해 신체에 대한 본격적인 관리 체제 확립에 나섰다. 근대 일본의 몸에 관한 담론은 초기에는 우생학적 결혼 이념과 '연애결혼'이 결합되어 형성되었지만, 전시체제가 등장하고 후생성이 신설되며 국민 체력 향상 정책이 실행되면서 '연애'는 뒷자리로 밀려나게 되고, '결혼=생식'이라는 공식이 모든

---

28 여기서의 우생수술은 일반적으로 남녀의 생식기능을 단절하는 '불임수술'을 뜻한다.

것을 압도하게 되었다고 카토는 주장한다(加藤秀一 2004, 199). 1936년에 후생성이 결혼보호법과 함께 발표한 아래의 '결혼 십훈'은, 당시 일본 정부가 추진했던 결혼정책의 면모를 압축적으로 보여 준다.

> 보호자의 지도를 받는다.
> 본인이 일생의 반려자로 신뢰할 수 있는 상대를 고른다.
> 건강한 상대를 고른다.
> 나쁜 유전자를 가지지 않은 자를 선택한다.
> 맹목적 결혼은 피한다.
> 근친결혼은 가능한 한 피한다.
> 만혼을 피한다.
> 미신이나 인습因習을 피한다.
> 혼인신고는 결혼식 당일에 한다.
> 국가를 위해 낳고 번창하라.(加藤秀一 2004, 200-201)

위의 항목은 건강한 우성 유전자를 보유한 남녀 간의 결합을 국가의 미래를 위한 행위로 규정하고, '연애'나 개인적 선택보다는 제국이 원하는 '생산적인' 결혼에 의미를 부여하고 있다. 자유연애 결혼이 아닌 과학적 우생학에 기반한 결혼은 앞에서 언급한 국가화된 가정과 국유화된 신체nationalized body라는 이데올로기의 연장선상에 놓인 문제였다.

제국은 아사노 시게코가 보여 준 기본적인 봉사 활동을 통한 '헌신'을 넘어서는, 더욱 막중한 일들을 요구하고 있었다. 연애 감정에 치우치지 않는 '과학적인' 결혼 추진과 개인의 생식기능 등에 대한 관리는 제국의 이러한 욕망에 따른 것이었다. 조선의 식민자 사회 중에서도 가장 많은 혜택을 누린 우수한 존재라고 할 수 있는 고급 관료의 딸로 태어나 자라면서 '어머니되기' 교육을 철저하게 받은 아사노 시게코에게 제국이 원하는 우선적인 '봉사'는 결혼과 생식이었다. 그러나 그녀는 젊은 나이에 요절함으로써 일본제국의 요구와 기대를 저버리는 존재가 되고 말았고, 그녀의 신체는 제국이 색출해서 배제해야 할 '병자'이자 '건강하지 못한 자', 그리고 '결혼에 부적합한 자'로 전락해 버리고 말았다. 아사노와 같은 모범적인 딸이 결혼과 생식을 못한 채 죽음에 이른 것은 제국의 비극이요 큰 손실이었다.

텍스트의 분열과 독서의 다중성

아사노가 일기에 기록한 그녀의 꿈은, 황민화 시대 조선인 아이들의 좋은 선생님, 그리고 좋은 어머니가 되는 것이었다. 그녀가 야마토주쿠의 빈곤층 조선 아이들에게 보낸 마음은 아마도 제국적 '동정'과 모성애적인 '애정'이라고 할 수 있을 것이다. 그러나 그녀의 교수법은 교실에서 효과를 보지 못했고, 그녀는 때때로 감정 조절을 하지 못해서 좌절과 실망에 빠지기도 했다. 이 점에 대한 그녀의 감정적 호소는 텍스트 곳곳에서 드러나고 있다. 결국 아사노는 야마토주쿠를 통해 황민화 언어교육의 한계를 실감하게 되었다. 세이와여숙 졸업생들의 의례적인 봉사 활동이었던 야마토주쿠에서의 '국어' 교습은 젊은 아사노에게는 이미 정해진 길인 셈이었지만, 조선 거주 일본인 상류층의 미혼 여성으로 제국의 '부름'에 응하여 봉사하는 과정에서 그녀는 적지 않은 좌절감을 느끼게 된다. 그리고 이 좌절감이야말로 그녀가 황민화 운동에 참여하고자 했던 의지를 보여 주는 것과 동시에 그녀를 제국의 딸로 부각시킨다.

《야마토주쿠 닛키》가 녹기연맹에 의해 전시선전물로 선정된 이유는 황민화 이념을 내면화하고 죽을 때까지 '국어 교육' 정책에 협력한 아사노 시게코의 제국에 대한 '헌신' 때문이었다. 그런데 아사노가 처해 있었던 상황을 감안하여 이 텍스트를 분석해 보면, 그녀의 일기는 녹기연맹의 의도를 거스르는 의미를 드러내면서 선전물로서 부적합한 면모를 노출한다. 그녀는 자신과 같은 조선 거주 일본인 사회의 '내지인 딸'에 대한 사회적 우려와 비판을 감수해야 했고, '제국의 딸'에 대한 끊임없는 기대를 실천을 통해 충족시켜야만 했다. 그것은 다음 단계인 '어머니'가 되기 위한 준비 작업이었지만, 병약한 몸 때문에 그녀는 포부와 꿈을 이룰 수가 없었다. 결국 황민화 운동 시기 일본제국이 적극적으로 배제하고 척결하려 했던 대상이 되고 말았던 것이다. 봉사 활동을 하던 중에 죽음을 맞이했기 때문에 '추모'의 대상이 되기는 했지만, 그녀의 죽음은 사실상 황민화 시기 제국의 기대에 대한 '배신'이었다. 죽은 뒤 '제국의 딸'로 인정받게 된 아사노 시게코는 나가사키 유조의 추모글에서 나타난 것처럼, '딸=미혼의 여성'도 제국의 황민화에 기여하고 제국으로부터 존중받을 수 있다는 선례를 남긴 셈이었다. 그러나 엄격히 따져 보면, 아사노는 황민화 정책 시기 일본제국이 척결하고자 했던 결혼 결격사유자였고, '열성' 유전자를 가진 환영받지 못한 신체의 소유자였다. 폐결핵에 걸려 사망한 그녀는 제국을 위해 '봉사'하는 와중에 죽음을 맞이했기 때문에 선전 작업의 뒷받침으로 '추모'될 수 있었지만, 역설적이게도 그녀는 시대가 요구하는 이상적인 신붓감은 물론 '건모'도 되지 못하는 존재였고, '제국의 여성'으로서 자격 미달이었다.

또한 아사노 시게코의 일기 《야마토주쿠 닛키》를 통해 확인할 수 있는 것은, 황민화 시기 조선 거주 일본인이라는 집합적 정체성과 부유한 가정의 감수성 풍부한 미혼 여성으로서 좋은 어머니가 되는 것이 꿈이었던 아사노의 개인적 정체성, 개인에게 기대되는 역할과 개인적 욕망 등이 서로 충돌하고 타협하면서 복잡하고 다채롭게 전개되어 간 과정이다. 큰 흐름으로 조망할 때 한 개인이 지배적인 정치 이념에 종속되고 적극적으로 협력한 과정으로 보이는 아사노의 황민화 운동 참여는 사실 역사적 국면에 따라 개인의 사적인 생활 경험의 여러 층위에서 복잡하게 이루어졌다. 따라서 그녀의 행동을 단지 순응complicity이나 협력collaboration 등의 개념으로 범주화하는 것은 그 행위에 이르기까지의 과정과, 행위 이면에 함축되어 있는 복잡하고 모순적인 사적 갈등을 간과하는 단면적인 이해라고 할 수 있다.

| 참고문헌 |

논문

우치다, 쥰, 〈총력전 시기 재조선 일본인의 '내선일체' 정책에 대한 협력〉, 《아세아연구》 제51권 1호, 2008.

Georgy, Rosemary Marangoly, "Homes in the Empire, Empires in the Home," *Cultural Critique* 26(Winter), 1993−1994.

Lee, Helen, "Writing Colonial Relations of Everyday Life in Senryū," *positions: east asia cultures critique* 16, Issue 3, 2008.

단행본

이규수, 《식민지 조선과 일본, 일본인》, 다홀미디어, 2007.

加藤秀一, 《恋愛結婚は何をもたらしたか》, ちくま新書, 2004.

高崎宗司, 《植民地朝鮮の日本人》, 岩波書店, 2002.

木村健二, 《在朝日本人の社会史》, 未来社, 1989.

宋連玉, 〈辺境への女性人口移動：帝国から植民地朝鮮へ〉, 寺谷弘壬/他, 《辺境のマイノリティ：少数グループの生き方》, 英宝社, 2002.

永島広樹, 《日本統治期の朝鮮における〈新体制〉の史的研究》, 九州大学, 2007.

鄭根埴, 〈植民地支配身体規律健康〉 水野直樹 編, 《生活の中の植民地主義》, 人文書院, 2004.

倉沢愛子他 編, 《岩波講座. アジア・太平洋戦争》 全3巻, 岩波書店, 2006.

Ching, Leo T. S., *Becoming Japanese: Colonial Taiwan and the Politics of Identity Formation*, Berkeley and Los Angeles: University of California Press, 2001.

Frühstück, Sabine, *Colonizing Sex: Sexology and Social Control in Modern Japan*, Berkeley and Los Angeles: University of California Press, 2003.

Kang, Hildi, *Under the Black Umbrella: Voices from the Colonial Korea*, 1910−1945,

Ithaca: Cornell University Press, 2001.

Stoler, Ann Laura, *Carnal Knowledge and Imperial Power: Race and the Intimate in Colonial Rule*, Berkeley and Los Angeles: University of California Press, 2002.

혁명을 팔아넘긴 남자

: 유폐되는 혁명과 음모 서사의 틈입

| 김항 |

그 남자의 귀환

1980년 9월 3일, 두 해 전 일본 치바千葉현에 건립된 나리타成田공항 로비는 3백 명이 넘는 기자로 발 디딜 틈이 없었다. 8월 23일 NHK의 정오뉴스 보도 이래 일본 사회의 이목을 집중시킨 한 남자가 귀국하는 날이었기 때문이다. 그 뉴스는 "이토 리츠伊藤律 전 공산당 간부가 베이징에서 생존"해 있다는 보도였다. 이후 일본의 모든 매체는 이 뉴스와 관련된 정보를 경쟁적으로 보도했고, 중국 외무성 및 적십자사의 공식 발표로 이토가 귀국을 희망하며 일본 정부의 취조를 받고 있음을 전했다. 일본 사회는 이토 리츠의 귀국 날짜에 촉각을 곤두세웠고, 9월 3일로 알려지자 나리타공항 개장 이후 최대 보도진이 대기했던 것이다.

이토 리츠란 이름이 일본 사회를 떠들썩하게 만든 것은 이번이 처음이 아니었다. 1949년 2월 10일, 일본의 주요 신문 기자들은 미국 본토 육군성의 발표를 듣고 급히 취재에 나선다. 이른바 '조르게 사건'의 진상이 밝혀졌다는 발표였다. 조르게 사건이란 코민테른이 기획한 제2차 세계대전 당시의 일본 내 스파이 사건을 말한다. 러시아 태생의 독일인 리하르트 조르게Richard Sorge(1895~1944)가 스파이단을 조직하여 활동했다는 혐의로 검거되었고, 1941년 9월부터 1942년 4월에 걸쳐 일본 당국은 조르게가 조직한 스파이단을 모두 체포했다. 조르게 스파이단에 관련되었다는 혐의로 체포된 사람은 일본인과 외국인을 포함하여 20명이었다. 이 중 조르게 자신과 1930년대 후반 고노에 후미마로近衛文麿 내각의 브레인을 담당했던 오자키 호츠미尾崎秀実가 사형선고를 받았고, 그 외 사람들도 대부분 징역형을 선고받아 투옥되었다.

그러나 쇼와昭和 최대의 스파이 사건으로 인구에 회자된 조르게 사건은 당시 큰 논란이 되지는 않았다. 전시 일본 정부의 언론 통제하에서 사법부의 선고 후 짤막한 보도로 일반에 알려졌기 때문이다. 1944년 조르게와 오자키는 쓸쓸히 형장의 이슬로 사라졌고, 전후가 되어서야 오자키가 옥중에서 가족에게 쓴 서한을 묶은 《애정은 쏟아지는 별 저편에愛情は降る星のかなたに》(1946)가 출간되어 일반에 널리 알려졌다. 그러나 이 사건을 둘러싼 진상은 당시 여전히 베일에 가린 채였다. 미국 육군성의 발표가 터진 것은 이런 상황에서이다. 이 발표에서 육군성은 소련의 스파이 조르게를 일본 당국에 밀고한 자로 이토 리츠를 지목했다. 패전 후 재건 공산당의 젊은 스타였고 공산당 의장 도쿠타 큐이치德田球一의 심복이었던 이토 리츠가 당국의 밀정이었다는 발표는 일본 사회를 놀라게 하기에 충분했다. 게다가 이토 리츠는 오자키 호츠미의 동향 후배였고, 이토가 1930년대 후반 공산당 활동으로 옥살이를 하고 풀려 났을 때 오자키는 취직을 알선하는 등 생활 면에서 여러 모로 지원을 아끼지 않았다. 그런 이토가 오자키를 밀고했다는 발표가 나오자 일본 공산당은 몰론 일반 사람들도 큰 충격에 빠졌던 것이다.

리츠가 배신자… 그러나 공산당이 형을 죽인 수하인을 중앙위원으로 선출할 리가 없잖아… 나는 의자를 잡아당기며 다시 앉았다.

생각하면 생각할수록 미궁에 빠졌다.[1]

오자키 호츠미의 이복동생이자 패전 후 저명한 저술가가 된 오자키 호츠키尾崎秀樹는 당시의 충격을 이렇게 표현했다. 그는 《살아 있는 유다生きているユダ》라는 책을 통해 이토 리츠 스파이설을 대중화시킨 장본인이며, 형 오자키 호츠미와 조르게 사건 주변을 탐사하면서 다수의 저서를 남겼다. 그는 이 책 전반부에서 이토 리츠가 패전 직후 상경했을 때부터 자신을 탐탁지 않게 여기고 될 수 있으면 멀리하려 했다고 하면서, 이토가 오자키의 동생인 자신에게 그런 태도를 보인 것이 밀고자였기 때문임을 암시한다. 이 책이 출간될 당시 이토 리츠는 공산당에서 제명된 상태였는데, 그 이유로 1930년대부터의 스파이 혐의가 지목된 바 있다. 오자키 호츠키의 저서는 이토가 얼마나 반인륜적인 행위를 했으며, 그로 인해 오자키 호츠미의 유족이 겪어야 했던 고통을 고발하는 내용으로 점철되어 있다. 이토에 대한 이러한 낙인은 저명한 소설가 마츠모토 세이쵸松本清張가 《일본의 검은 안개日本の黒い霧》(1961)의 한 장인 〈혁명을 팔아넘긴 남자革命を売った男〉에서 이토 리츠를 다룸으로써 정설로 굳어진다. 이토 리츠는 공산주의자의 신념을 배반하여 자신의 이익을 탐함으로써 '혁명을 팔아넘긴' '유다'로 낙인 찍힌 셈이다.

그렇게 이토 리츠는 음흉한 스파이로 낙인 찍힌 채 사람들의 기억에서 사라져 갔다. 자세한 사정은 후술하겠지만 이토는 1951년 GHQGeneral Head Quarter(일본 주둔 연합군 점령 사령부)의 레드 퍼지red purge를 피해 전년도에 먼저 베이징으로 피신한 공산당 지도부

---

1 尾崎秀樹, 《生きているユダ》(1959), 角川書店, 1976, 116쪽.

를 따라 중국으로 밀항했다. 이후 1953년 9월 21일 일본공산당 기관지 《아카하타赤旗》 지면에 〈이토 리츠 처분에 관한 성명〉이란 글이 실린다. 이 발표문에서 일본공산당은 이토 리츠를 당내 공식 지위에서 면직 처분할 것을 결정했음을 알리면서, 그 이유로 1938년 이래 이토가 지속적으로 일본 당국 및 GHQ를 위해 스파이 활동을 해 왔음을 거론했다. 뒤이은 1955년 당은 최종적으로 이토의 제명을 발표하기에 이른다. 이후 일본공산당은 물론 일본 당국과 중국공산당 등 관련 기관 어디에서도 이토의 생사나 소재에 관한 소식이 들린 적은 없었다. 그런 와중에 조르게 사건과 관련된 여러 저작들이 출간되어 이토 스파이설은 정설로 정착되었고, 오자키 호츠키의 저서로 인해 이토는 만인의 지탄을 받는 음흉한 스파이로 사람들의 뇌리에 각인된 것이다.

1980년 9월 3일, 이토 리츠가 나리타공항을 통해 일본으로 귀국한다는 뉴스가 일본 사회를 충격에 빠뜨린 것은 이런 경위 때문이었다. 1951년 중국으로 밀항할 당시 이토에게는 처와 어린 두 아들이 있었다. 이들은 30년 남짓의 시간 동안 이토가 죽은 줄 알았고, 스파이의 가족이라는 오명을 감내하면서 삶을 견뎌 내야 했다. 노동자 출신으로 아시아태평양전쟁 시기부터 투철한 공산당원이었던 이토 리츠의 처 기미코きみ子는 1955년 남편의 제명 발표 직후 당의 처분에 따른다고 공식 발표한 바 있으며, 이후 스파이의 아내라는 낙인에도 다양한 활동을 펼치며 공산당원의 본분을 다해 왔다. 그런데 이토 리츠가 살아 있다는 소식이 알려진 후 일본공산당이 보인 반응은, 이토의 가족에게는 놀라운 것이었다. 당시 공산당 의장이자 1952년 12월 이토를 직접 심문하여 유폐시킨 장본인인 노사카 산죠野坂参三는 기미코가 당 본부에 이토의 귀국 희망 편

지가 왔다는 사실을 알리자 그날 심야에 기미코의 자택을 방문하여 다음과 같이 힐문했다고 한다.

> 동지는 왜 리츠와 이혼하지 않았는가? 약속이 틀리지 않은가? 왜 사전에 아무런 의논도 없이 중국대사관과 연락을 취했는가? 이는 당에 대한 배신 행위이자 허락될 수 없는 행위가 아닌가?

이렇게 힐난한 노사카는 이토가 처와 함께 도쿄에 머무르는 것을 어떻게든 막으려고 "시골 동생집에 보내는 것"이라든가 "요양소에 맡기는 방법" 등을 제안하기에 이른다. 기미코는 존경하던 공산당 지도자의 이런 태도에 큰 충격을 받는다.[2] 뒤에서 자세히 다루겠지만, 이런 노사카의 초조하고도 신경질적인 태도는 자신의 과오가 들통 날까 두려운 마음이 표출된 것이었다. 일본공산당의 살아 있는 전설로서 오랫동안 국회의원을 역임했고 종신 명예의장으로 추대된 노사카는, 실상 몇 겹으로 구성된 20세기 정보전의 다중 스파이였기 때문이다. 당시 이런 사실을 알 리 없었던 이토의 가족들에게는 노사카의 태도가 의아할 따름이었고, 이토 귀국 이후 그의 일본 생활을 공산당과의 갈등 속에서 지켜 내야만 했다. 이토는 1989년, 27년 동안 중국에서의 옥중 유폐 동안 얻은 병마와 싸우다가 9년의 짧은 여생을 마치고 영면한다.

고국에 귀국한 뒤 9년 동안 이토는 자유롭지 않은 몸을 이끌고 지역 철도노조의 공산당 세포 조직화나 도쿠타 큐이치 전집 편찬

2 위의 인용문을 포함하여, 伊藤淳, 《父・伊藤律：ある家族の「戦後」》, 講談社, 2016, 32~33쪽.

등 왕성한 활동을 벌였다. 과연 이 기구한 운명을 어떻게 이해해야 할까? 군국주의 일본에서 태어나 공산주의자가 되어 투옥과 석방을 거듭한 뒤 베이징의 차가운 감옥에서 27년의 유폐 생활을 겪고도 혁명정치를 위해 투신한 노老혁명가를 어떻게 평가해야 할까? 다음의 논의는 이토의 삶의 여정을 1945년에서 1950년대 초반까지 일본공산당이 처한 상황과 국면 속에서 자리매김하여 혁명정치의 아포리아를 적출하려는 시도이다. 이때 이토의 평생을 사로잡았던 당의 진리, 유물론의 과학, 그리고 노동계급의 신념을 축으로 하는 혁명정치가 어떻게 정보전, 음모, 대중매체라는 20세기적 패러다임과 경합하면서 공동화空洞化되는지를 그려 낼 것이다. 우선 1945년에서 1950년대 초반에 이르는 기간 일본공산당이 처한 상황과 국면을 소묘하는 것으로 시작해 보자.

상황과 국면: 일본공산당의 노선투쟁

먼저 일본공산당의 간략한 연혁을 최소한의 사실 확인 차원에서 살펴보자. 일본공산당은 1922년 7월 비합법조직으로 창립된 뒤 11월에 코민테른에 가입하여 코민테른 일본 지부가 된다. 이때 코민테른에서 22년 테제가 제시되어 군주제 폐지와 민주개혁 등을 강령으로 내세웠으나 정식으로 채택되지는 않았다. 이후 1924년의 일제 검거로 일단 해산되었다가 1926년 재건된다. 이때 이론적 지주는 후쿠모토 가즈오福本和夫로 후쿠모토이즘이라 불린 이론이 강령을 주도했다. 하지만 맑스-레닌주의에 대한 교조주의적 태도로 후쿠모토는 코민테른의 비판을 받아 실각하고 후쿠모토이즘을 비판한 27년 테제가 주창된다. 이 테제에서는 2단계 혁명론과 반봉건 자본주의론을 채택했고 합법조직인 노농당勞農黨을 통해 공산당 창립 멤버인 도쿠타 큐이치 등이 의회에 진출했다. 그러나 1928년의 이른바 3·15 사건으로 1600여 명의 당원과 지지자가, 이듬해의 4·16 사건으로 1000명이 모두 치안유지법 위반으로 검거되어 괴멸 상태에 놓이게 된다.

소수의 당원으로 지하에서 활동을 이어 나가던 중 1932년 코민테른이 32년 테제를 결정하면서 일본공산당은 이후 오랜 동안 이어지는 기본 노선을 확립한다. 이 테제에서 코민테른은 일본의 지배구조를 절대주의 천황제, 지주제, 독점자본주의의 세 가지 주요 모순의 종합으로 규정하고, 부르주아 민주주의혁명을 통한 사회주의혁명으로의 전진이라는 2단계 혁명론을 주창하게 된다.[3] 이후 주요 간부의 옥중 전향 및 미검거 간부들의 검거로 공산당은 강령만 남은 채 파편적으로 존속을 꾀하게 된다. 1936년에는 미국과 소련

---

[3] 32년 테제는 훗날 공산당원과 연구자들에 의해 대규모 전향을 불러온 주요 원인으로 규탄받는다. 천황을 절대군주로 자리매김하고 2단계 혁명론에 매달린 나머지 날로 전체주의화 되어 가는 당대의 현실에 유연하게 대처하지 못했다는 이유에서이다. 전향의 주요 원인인지 아닌지에 대해서는 여러 관점이 있을 수 있겠지만, 한 가지 확실한 것은 당대의 일본공산당이 눈앞의 현실보다는 코민테른의 강령을 맹목적으로 중시했다는 사실이다. 여기에 전시 일본공산당의 특이한 성격이 있다. 즉, 당국의 광폭한 탄압 속에서 각 지역이나 기층 민중의 층위에서 뿌리를 내리지 못한 채, 코민테른이라는 국제적 조직에 기대어 공산주의혁명이라는 관념적 전망만이 유일한 기댈 곳이었던 것이다. 1933~1934년에 옥중 간부들이 대규모로 전향했을 때 지하에서 활동하던 공산당원들의 코민테른 의존이 더욱 심해진 것은 어찌 보면 당연한 것이었고, 일본의 패전 후 재건 공산당의 주역이 된 지하 활동가들이 코민테른의 강령을 금과옥조로 삼은 것도 이런 맥락에서였다. 다음 본문에서 서술하겠지만, 패전 직후 일본공산당이 왜 코민포름 비판에 쩔쩔맬 수밖에 없었는지도 이 맥락에서 이해해야 한다. 이에 대해서는, 정혜선, 〈전전 일본공산주의운동의 굴절과정-대량전향 전사(前史)로서의 32년 테제 시기〉, 《한국일본학보》 44, 2000 참조.

을 오가며 일본 공산주의 운동을 해외에서 조직했던 노사카 산죠 등이 〈일본 공산주의자에게 보내는 편지〉를 통해 1935년 코민테른 제7회 대회에서 결정된 인민전선론을 활동 원칙으로 표명한다. 이후 해외에서 미국·소련·중국 등지를 오가며 노사카는 제국 일본과의 전쟁에 참여하게 되며, 도쿠타 등 그 외 간부들은 옥중에서 비전향을 지키며 공산주의 운동을 존속시킨다. 그 뒤 1945년 8월 일제가 패망하고, 같은 해 10월 GHQ의 정치활동 자유화와 정치범 석방 조치로 공산당은 합법정당으로 거듭나게 된다. 1946년 총선에서는 5석을 차지했고, 전국적으로 광범위한 세포조직을 만들어 나가며 당세를 확장하게 된다. 1949년 총선에서는 35석으로 당세를 늘려 대도시뿐만 아니라 전국적으로 유력한 정치세력 중 하나가 되었으며, 의회 중심의 대중활동 확장으로 사회주의혁명을 둘러싼 노선투쟁이 격화되는 계기가 된다.

이렇게 합법조직으로 거듭난 일본공산당이 위기에 처한 것은 1950년이었다. 1950년 1월 6일 코민포름cominform의 기관지 《항구평화와 인민민주주의를 위하여》에 옵져버라는 필명으로 실린 〈일본의 정세에 대하여〉란 논문이 계기였다. 코민포름은 1947년에 결성된 조직으로 소련공산당의 지도 아래 10개의 동구 및 서구 공산당이 가입해 있었다. 유럽에 국한된 조직이었기에 아시아의 공산당에 개입하지 못했으나, 중국혁명의 성공으로 소련공산당과 중국공산당의 협력이 강화되면서 이런 사정은 바뀌었다. 기본적으로 국제 공산주의혁명의 전략 차원에서는 소련이 주도하되 아시아 공산주의 운동의 조직과 전개는 중국이 주도함으로써, 글로벌한 차원에서 두 거대 공산당 사이의 공조를 긴밀히 한다는 합의가 마련된 것이다.[4] 코민포름이 일본공산당의 노선 문제에 개입한 것은 이 때문이었다. 옵저버라는 이름으로 발표되었지만 이는 명백히 스탈린의 의중을 담은 것이었고, 중국공산당의 무장투쟁 노선을 아시아에서의 기본 전술로 채택한 두 당의 합의를 반영한 것이었다. 소련과 중국의 공산당은 국제 혁명 전략과 아시아에서의 전술 차원에서 일본공산당의 노선 비판을 전개했던 셈이다.

이 짧은 논문에서 실명으로 비판한 이는 1936년 이래 일본공산당의 기본 노선을 주도해 온 노사카 산죠였다. 그의 기본 노선을 비판하기 전에 논문에서는 일본을 둘러싼 기본 정세를 다음과 같이 정리한다. 우선 미국이 일본을 반공 군사기지화하고 있고, 이로 인해 일본의 반동 세력은 미국 자본가와 손잡고 독점체제를 강화하고 있으며, 그 결과 군국주의 일본의 잔당과 미국 제국주의자들의 연대가 실현되고 있다는 것이 코민포름의 기본 진단이었다. 이에 대해 일본의 노동자는 철저하게 일본의 군사기지화 및 식민지화에 대항해야 하며 자주와 독립을 지켜 내야 함에도 노사카의 이론은 전혀 반대로 나아가고 있음을 비판했다. 노사카는 미군 점령하에서도 부르주아적 개혁과 사회주의혁명으로의 진전이 가능하다고 설파했으며, 이런 맥락에서 미군을 해방군으로 바라보는 근본적 오류를 드러냈기 때문이다.

> 노사카는 미국 점령군이 존재해도 평화적 방법으로 일본이 직접 사회주의로 이행할 수 있다는 극악한 부르주아적 의견까지를 표명

---

4 下斗米伸夫, 《日本冷戦史－帝国の崩壊から55年体制へ》, 岩波書店, 2011, 150~151쪽.

하기에 이르렀다. 노사카는 이런 견해를 이전에도 표명했었다. (…) 노사카의 관점은 재일 미국 점령군이 진보적 역할을 담당하고 있으며 일본을 사회주의 발전으로 이끄는 '평화혁명'을 촉진한다는 것인데, 이는 일본 인민을 혼란시켜 외세 제국주의자가 일본을 식민지적 부가물로 전락시키는 일을 조장한다. 또한 동양에서의 새로운 전쟁의 불씨를 만드는 데에 일조한다.[5]

노사카를 직접적으로 지명하고 있지만, 실상 코민포름은 당의장 도쿠타 큐이치를 비롯한 주류파 전체를 공격의 대상으로 삼았다. 그 배경에는 중국공산당의 무장노선이 있었다. 1949년 11월 16일부터 12월 1일까지 중국 베이징에서 개최된 '세계노련勞連의 아시아 제국 및 대양주 노동조합 회의'의 의장을 맡은 중국공산당 서기이자 중국인민정부 부주석 류사오치劉少奇는 노동계급의 기본 노선으로 무장투쟁을 주장했으며, 중국 인민해방군에 의한 해방전쟁이야말로 앞으로의 공산주의 운동이 채택해야 할 정치노선임을 선명하게 내세웠다.[6] 이 회의 도중 류사오치의 급진적 발언에 의문을 가진 서유럽 노동조합 지도자들이 소련에 그 타당성을 문의한바 스탈린이 류사오치의 입장을 추인하게 된다. 이로써 전술 차원으로 생각되던 무장투쟁이 냉전체제하의 전략적 정치노선으로 격상되었고, 1950년의 일본공산당 비판은 이런 맥락 속에서 평화혁명노선을 견지하던 노사카 이론을 공격의 대상으로 삼았던 것이다.

---

5 〈일본의 정세에 대하여〉, 《항구평화와 인민민주주의를 위하여》, 1951. 1. 6.(渡部富哉監修, 《生還者の証言：伊藤律書簡集》, 五月書房, 1999, 372~373쪽)

6 下斗米伸夫, 앞의 책, 163쪽.

코민포름의 느닷없는 비판은 일본공산당 내 주류파를 당혹스럽게 만들었다. 이미 미야모토 켄지宮本顕治 등 당내 비주류파의 공격이 거세지고 있던 상황이었다. 그런 와중에 코민포름이 주류파의 이론적 지도자로 인정받던 노사카를 공격했고, 이는 주류파의 당내 주도권을 위태롭게 만들기에 충분한 충격이었다. 주류파의 반응은 곧바로 이루어졌다. 노사카는 즉각 자기비판을 발표했고 코민포름의 비판 1주일 만인 1월 13일, 일본공산당은 〈'일본의 정세에 대하여'에 관한 소감〉(이하 〈소감〉)[7]이라는 글을 발표하면서 입장을 표명했다. 이 글에서 일본공산당은 노사카의 여러 논문들에 "노예의 언어"로 표현된 사상이 있었음을 인정한다. 이어 코민포름의 비판이 일본의 객관적인 조건 탓에 때로는 우회적인 표현을 선택할 수밖에 없는 자신들의 사정을 감안하지 않은 것이라며 섭섭함을 표명하면서도, 전적으로 코민포름의 입장을 따를 것을 표명하였다. 1월 17일에는 중국공산당이 평화혁명의 오류를 지적하고 격렬한 투쟁을 내세운 코민포름 비판을 지지하는 성명을 낸다. 결국 1950년 1월 21일 《아카하타》 지면을 통해 일본공산당 중앙위원회는 향후 그런 오류에 빠지지 않겠다고 다짐한다. 이로써 표면적으로는 코민포름의 일본공산당 비판은 정리되는 모양새를 보이게 된다.

그러나 문제는 여기서 그치지 않았다. 비주류파는 일본공산당 주류파 공세에 고삐를 쥐었다. 주류파가 표면적으로는 코민포름의 비판을 수긍하는 듯한 입장을 표명했지만, 기본적인 강령과 전술

---

[7] 〈"일본의 정세에 대하여"에 관한 소감〉, 《아카하타》, 1951.1.13.(渡部富哉監修, 《生還者の証言 : 伊藤律書簡集》, 五月書房 1999, 374~375쪽).

에서 바뀐 것은 아무것도 없음을 지적한 것이다. 그리고 비주류파는 노사카의 자기비판을 당 중앙위원회가 인정하는 과정이 불투명했고 철저한 토론을 거치지 않았다는 점을 지적하며, 노사카뿐만 아니라 부르주아적 사고에 침윤되어 치명적인 오류를 범한 주류파 전체에 책임을 물어야 한다고 전선을 확장시켜 나간다. 이 '국제파 대 소감파'[8]의 대립으로 인해 주류파는 노사카의 평화혁명론을 폐기하고 5월에 열린 제19회 중앙위원회 총회에서 '도래할 혁명에서 일본공산당의 기본 임무에 관하여'를 제시하고 격렬한 투쟁에 나설 것을 기자회견을 통해 공표한다.

이를 지켜보던 GHQ는 6월 들어 공산당 중앙위원들에 대한 공직추방령을 발표한다. 이미 본국에서 메카시즘이 기세를 올리던 중이었고 중국혁명의 성공으로 반공의 기류가 거세지던 와중이었기 때문이다. GHQ는 중국혁명의 무장투쟁 노선을 천명한 일본공산당을 민주개혁의 일익을 담당하는 개혁정당이 아니라 제거되어야 할 급진 혁명조직으로 재정의한 것이다.[9] 그 직후 한국전쟁이 발발했고 다음 날《아카하타》는 1개월간의 정간 처분을 받고 이후 이 처분은 무기로 연장된다. 7월에는 언론인, 공무원, 민간기업 종사자 중 공산당원이 모두 추방되기에 이르고 10월에는 5월 이래 지하에 잠행하던 당의장 도쿠타가 중국으로 밀항하여 중국공산당

---

[8] 일반적으로 코민포름의 비판에 따라 주류파를 공격한 비주류파를 '국제파'로, 코민포름의 비판에 〈소감〉으로 대응한 주류파를 '소감파'로 지칭한다.

[9] 물론 공산당에 대한 공직 추방을 GHQ의 단독 결정/집행으로 파악할 수는 없다. 오히려 당대의 레드 퍼지는 요시다 시게루吉田茂를 정점으로 하는 일본 정부의 강력한 의중과 계획이 실현된 것으로 보아야 한다. 이에 관해서는 明神勲,《戦後史の汚点：レッド・パージ》, 大月書店, 2013 참조.

의 협력 아래 이른바 '베이징 기관'를 결성한다.

이후 일본 내에서는 비주류 국제파가 당 중앙위원회를 결성한다. 이들은 소련과 중국에 각각 도쿠타를 비롯한 주류파를 비판하는 호소장을 송부했고, 이 안에서 〈소감〉의 기초자 이토 리츠가 격렬한 어조로 비판의 대상이 된다. 국제파는 당내의 새로운 강령 결정을 위해 소련과 중국이 중재에 나서 줄 것을 요청했고, 1951년 2월에서 5월까지 국제파와 소감파 인사들이 소련을 방문하여 몇 차례에 걸쳐 스탈린과 회담을 갖는다. 그 과정에서 국제파가 이토와 노사카의 스파이 혐의를 고발했으나 도쿠타는 이를 극구 부인했고 스탈린이 받아들여 무혐의 처분을 받는다. 그 후 8월 국제파와 소감파가 소련에서 회동하여 새로운 강령인 '51년 강령'을 기초하여 무장투쟁과 군사 방침을 결정했고, 10월 일본 국내에서 열린 제5회 전국협의회에서 이 강령을 채택함으로써 결국 당내 노선투쟁은 실질적으로 봉합되기에 이른다.[10]

이토 리츠는 이 과정에서 베이징으로 밀항한 도쿠타의 일본 국내 대리자로 활동했다. 그는 도쿠타의 입장을 일본에 남아 있던 비주류파에 맞서 지켜 내려 노력했으며, 소련과 중국공산당과의 복잡한 관계 속에서 비주류파의 동향을 도쿠타에게 보고하는 역할을 맡았다. 이 일련의 과정이 마무리된 뒤 1951년 11월 이토는 도쿠타의 요청에 따라 베이징으로 밀항하게 된다. 도쿠타는 '베이징 기관'에

---

10 이 '51년 테제'에 따라 일본공산당은 1957년 전당대회까지 무장투쟁 노선을 견지한다. 이 시기 무장투쟁에 참여한 젊은 당원들이 무장투쟁 노선을 폐기한 당중앙과 반목하면서 신좌파 결성의 주역이 되어 1960년대 학생운동을 주도한다. 그런 의미에서 전후 일본 급진운동사는 1950년 코민포름의 비판에서 비롯된 노선투쟁에서 출발한다고 볼 수 있다. 이에 대해서는, 손장희, 〈전후 일본의 학생운동 진영과 일본공산당의 관계 변화〉, 《서울대 동양사학과논집》 40, 2016 참조.

서 자신의 수족이 되어 줄 측근이 필요했던 것이다. 이토는 이때 앞으로 펼쳐질 27년의 가혹한 운명을 알 턱 없이 그저 당과 의장과 혁명을 위해 가족을 남긴 채 밀항선에 올라탔다. 이제 이토와 그를 둘러싸고 벌어지는 말과 행위와 사건들을 하나의 알레고리로 독해하면서 혁명정치의 아포리아에 이르는 길을 확보해 보자.

| 혁명의 유폐와 현실의 차단: '이토 리츠'라는 알레고리 |

이토 리츠는 구제 제1고등학교(현재의 도쿄대학 교양학부) 2학년이었던 1931년 '공산청년동맹'에 가입하여 이듬해에 학교를 제적당해 지하에 잠행한 뒤 1933년 일본공산당에 정식 가입한다. 이후 검거와 전향과 석방과 재검거를 반복하다가 1945년 8월 26일 석방된다. 1946년의 제5회 당대회에서 중앙위원이, 5월에는 정치국원에 취임하여 당내 주요 간부의 자리를 차지한다. 이후 당의장인 도쿠타 큐이치의 최측근으로서 당의 주요 정책과 활동에 관여하면서 활발한 활동을 펼치는데, 주로 농업정책 분야에서 두각을 나타내고 1947년에는 당 기관지 《아카하타》의 주필을 역임하면서 당내 입지를 확고히 한다. 여기서 주목할 사실은 이토 리츠가 도쿠타 큐이치의 최측근으로 일본공산당 주류의 핵심 인물이었다는 사실이다. 1945년 시점에서 32세였던 이토는 당 정치국원으로서는 최연소였고 노사카 산죠나 미야모토 켄지, 하카마다 사토미袴田里見, 시가 요시오志賀義雄 등 정치국의 고참들이 볼 때 '어린 놈小僧'에 지나지 않았다. 그렇기에 이토는 옥중과 해외에서 고난을 헤쳐 나온 경험 앞에서 언제나 주눅이 들 수밖에 없었고 험담과 시기에 시달려야 했다. 이런 배경이 그가 스파이 혐의로 중국에 유폐될 운명에 내던져진 원인遠因이었다.

이토가 베이징에 간 지 1년 남짓 된 1952년 12월, 노사카는 갑작스레 베이징 기관 간부회의 개최를 통보했다. 도쿠타는 석 달 전에 지병이 악화되어 베이징 시내 병원에서 치료를 받고 있었다. 이 회의에서 노사카는 소련공산당 중앙으로부터 다음과 같은 지시가 있었다며 이토를 규탄했다.

> 이토 리츠는 절조 없는 인간이며 정치국은 그 증거를 가지고 있을 터이다. 즉각 모든 직무에서 추방하고 문제를 처리하라. 협력으로 얻을 수 있는 것은 이익뿐이다.[11]

노사카의 갑작스런 공격에 이토는 당황했다. 하지만 당의장이 입원한 이래 노사카와 벌인 격렬한 논쟁을 생각하자니 드디어 올 것이 왔구나 하는 느낌이 들기도 했다(17). 노사카는 소련공산당 중앙의 지시라며 자신은 자세한 내용을 모르고, 다만 일본에서 제기되었던 스파이설 등으로 미루어 볼 때 국제파가 소련에 밀고한 것이 아닐까 추측했다. 베이징 기관은 소련공산당의 지시이니 일단 이토를 직무 해제시키고 격리시킬 것을 결정하게 된다. 이튿날 이토는 베이징 기관이 입주한 건물에서 추방되어 중국공산당이 관리하던 다른 건물로 이송된다. 이후 그는 1년 동안 그곳에서 연금 생활을 보내게 된다.

---

11 伊藤律, 《伊藤律回想録 : 北京幽閉二七年》, 文藝春秋, 1993, 15쪽. 이하 이 절에서 이 책으로부터의 인용은 모두 본문에 괄호 안 쪽수로 표기한다.

도대체 베이징 기관에서는 무슨 일이 있었던 것일까? 현재 그것을 '객관적으로' 추적할 수 있는 자료는 그리 많지 않다. 베이징 기관은 중국공산당으로서도 '공식적으로는' 그 존재를 인정하지 않는 비공식 기구였으며, 그곳에 속해 있던 당사자들의 증언도 서로 어긋나는 부분이 많기 때문이다. 특히 이토의 처분에 관해서는 오로지 이토 자신의 회고록에 의존할 수밖에 없다. 1950년대 당시 일본공산당은 이토 리츠가 취조를 받고 있으며 결국 제명되었음을 일방적으로 발표했다. 그리고 1980년 귀국한 뒤에는 제명된 당원에 대해 아무런 의견이 없음을 공표했을 뿐, 베이징 기관에서 어떤 과정을 거쳐 처분이 내려졌는지에 대해 현재도 입장을 내놓지 않고 있다. 노사카 등 관련 인사들은 당시는 물론 1980년 이토 귀국 이후에도 이 처분에 대해 함구했다. 즉, 이토의 27년 동안의 유폐는 일본공산당 내에서 철저히 '없던 일'로 간주되어 온 셈이다.

따라서 이 처분과 유폐에 관한 한 '객관적'인 사실을 논제로 삼을 수 없다. 물론 이토가 회고록에서 자신이 겪은 일을 왜곡했다는 것이 아니다. 사태의 원인을 이토의 입장에서만 서술하고 있기 때문에 여러 증언들을 대질시켜 비판적으로 객관적 사실을 추론할 수 없다는 것이다. 사료비판이 불가능한 상황에서 '사실'을 토대로 논리를 쌓아 나갈 수는 없다. 다만 사실에 기반한 논리와 추론의 구축이 아니라 다른 수준에서는 이토의 회고가 유의미하게 독해될 수 있다. 과학과 진리에 토대를 둔 혁명정치가 어떻게 냉전 속에서 유폐되었는지를 보여 준다는 점에서 그렇다. 즉, 이토라는 혁명가의 유폐는 냉전질서 속에서 맑스-레닌주의의 혁명정치가 어떻게 현실과 유리되어 고립되는지를 보여 주는 알레고리로 읽힐 수 있는 것이다. 결론을 앞당겨 말하자면, 혁명정치는 결국 20세기 냉전을 지탱하던 음모·배신·스캔들로 점철된 '권력의 앞마당Vorraum des Macht'[12]으로 인해 아포리아에 봉착했으며, 과학과 진리를 철저히 현실과 유리된 것으로 유폐시켜 무의미한 것으로 전락시켰다. 알레고리의 독해를 시작해 보자.

가련한 혁명가 이토는 1980년 27년 만에 처에게 보내는 편지에 이렇게 쓴다. "헤어지고 나서 30년의 세월이 쓸모없이 흘러갔던 것은 아닙니다. 다시 태어날 수 있었으니까요. (…) 30년 동안의 고통스러운 사상 개조 과정에서 나는 처음으로 기미코 동지, 이 노동자 출신의 공산당원을 진정으로 인식했습니다. (…) 당과 인민이 나에게 속죄의 기회를 줄 것을 간절히 바랍니다."[13] 27년 만에 소식을 전하는 편지라기에는 너무나 '정치적으로 올바른' 이 문장들에서, 그에게 유폐된 27년은 혁명가로서의 사상을 단련시키는 시간이었음을 알 수 있다. 실제로 그는 1953년 중국의 한 형무소에 수감된 뒤 여러 감옥을 전전하며 반우파투쟁, 문화대혁명, 그리고 개혁개방 등 중화인민공화국의 정치적 격변을 경험한다. 그 우여곡절 속에서 이토는 심신의 고통을 인민과 혁명을 위한 사상 개조의 계기로 삼았고, 다시는 바깥세상을 못 본다 하더라도 혁명가로서의 신념을 벼리는 데에 삶을 바쳤다. 오랜 수감 생활로 눈과 귀가 파괴되고 심한 심부전을 앓는 몸이 되어 귀국한 뒤에도, 그는 아들뻘

---

12 이 개념은 칼 슈미트Carl Schmitt의 것이다. 슈미트는 이 개념을 통해 주권자의 결정이 아니라 주권자의 거처 앞마당에서 벌어지는 암투가 정치를 결정한다고 설파한다. 이는 정치의 최종 결정단위로서의 주권 개념을 폐기하는 슈미트의 패배 선언이었으며, 1920년대 이래 전개해 온 자신의 이론적 작업이 총체적으로 재검토되어야 함을 시사하는 비탄에 잠긴 고백이었다. Carl Schmitt, *Gespräch über die Macht und den Zugang zum Machthaber* (1954), Klett-Cotta, 2008 참조.

13 《生還者の証言：伊藤律書簡集》, 5쪽.

되는 젊은 활동가들과 도로 건설 반대운동이나 공산당 세포 조직화에 헌신했다.[14] 그렇게 이토는 혁명가로서 유폐되어 혁명가로서 수감을 견디고 혁명가로서 귀국 후를 살았던 것이다.

그로 하여금 이런 고난을 겪게 만든 것은 무엇이었을까? 1930년대 후반 이후 국제 공산주의 운동이 스탈린주의로 인해 음모와 배신과 숙청으로 점철되었음은 주지의 사실이다. 레닌 사후 스탈린은 소비에트 존속을 위해 국내적으로는 반혁명과 맞섰고 대외적으로는 반파시즘 인민연합 노선으로 서구 자유주의 세력과 연대해야 했다. 이는 기본적으로 맑스-레닌주의의 기본 노선에 따른 전략적 선택이었다. 하지만 "스탈린의 세계관은 볼셰비키 관점의 단순한 복사판이 아니었다. 그의 세계관은 다른 원천에 기댄, 진화하는 합성물이었다. 한 가지 원천은 스탈린의 국내 정치 경험이었다."[15] 이토의 유폐는 1920년대 이래 소련의 국내 정치 경험으로 진화한 스탈린의 세계관과 밀접한 관련이 있다. 그 세계관이란 "항상 권력을 추구하는 기회주의자"의 것으로서, "일부 경쟁자들에 맞서 다른 일부 경쟁자들과 동맹을 맺고, 그런 다음 그들 모두를 파괴"하는 것이었다.[16] 이토는 이런 세계관의 희생자였다. 그는 도쿠타의 수명이 얼마 남지 않았다는 사실을 알고 "노사카의 사상과 노선을 철저하게 극복하고 당과 서기장을 지키기 위한 투쟁의 결의"(26)로 베이징 기관 내 노사카 분파와 싸웠다. 하지만 이 혁명가는 스탈린

14 《父・伊藤律：ある家族の「戦後」》, 105쪽.

15 블라디슬라프 M. 주보크, 김남섭 옮김, 《실패한 제국 1：냉전시대 소련의 역사》, 아카넷 2016, 95쪽.

16 앞의 책, 96쪽.

주의자가 아니었다. 그는 이 투쟁을 '진리'를 둘러싼 투쟁으로 간주했기 때문이다. 1950년의 노선투쟁에서 함께 소감파에 속했던 노사카와 싸운 것은 그래서 가능했다. 그에게 노선투쟁은 권력의 앞마당에서 벌어지는 음모와 술수가 아니었다. 그의 투쟁은 일본공산당이 지켜 나가야 할 볼셰비키 노선의 진리를 위한 것이었지, 반대파를 파괴하기 위한 권력투쟁이 아니었던 것이다.

그래서 이토는 말한다. "이 모든 것은 단순한 개인 간의 문제가 아니라 근본은 노선투쟁이었다"(51). 1950년 국제파와 소감파의 대립은 베이징 기관 설립 후 묘한 뒤틀림을 경험한다. 평화혁명에 반대하고 과격 노선을 주장하던 국제파는 1951년 이래 온건한 노선을 채택하면서 노사카와 결합하는 반면, 평화혁명을 주장하던 소감파는 베이징으로 밀항한 뒤 마오 노선에 충실히 따르며 무장봉기 노선을 채택한 것이다. 국제파의 리더 미야모토가 한국전쟁 발발 뒤 한층 강화된 공산당 탄압 속에서 보다 온건하고 의회주의적 노선을 '현실적'이라는 이유로 채택했고, 탄압을 피해 중국으로 벗어난 도쿠타를 비롯한 주류파가 중국혁명의 성과를 보면서 마오 노선이 올바르다고 확신했기 때문이었다. 이토가 노사카와 맞서 싸운 까닭이 여기에 있다. 노사카는 국제파와 결탁하여 소감파 노선을 손바닥 뒤집듯 배신했던 것이다. 그러나 노사카와 이토는 이미 전혀 다른 지반 위에 서 있었다. 이토의 말을 빌리자면 노사카는 '개인 간의 문제', 즉 사람과 사람이 이익을 위해 이합집산하여 서로를 공격하는 스탈린적 세계관으로 이토를 보았다. 반면 이토는 역사유물론과 혁명의 진리를 신봉하며 서로의 의견을 다투는 볼셰비키적 정통성의 입장에서 노사카를 상대했다. 결과는 진리에 대한 권력의 승리였다. 이토는 격리 처분되어 유폐되는 처지에 놓였고, 노사카는 이후 일본으로 귀국하여 서기장을 거쳐 명예의장으로서 공산당뿐 아니라 일본 정계에서 승승장구하며 일생을 구가했다.

알레고리는 여기서 시작한다. 알레고리가 사태를 다른 식으로 말하는 일을 뜻한다면, 여기서 알레고리가 다르게 말하고자 한 것은 단순히 권력이 진리를 짓눌렀다는 사태가 아니다. 여기서의 사태는, 스탈린주의로 인해 발생한 사태가 비극이 되지 못한 채 서사화의 문턱조차 넘지 못하고 철저하게 유폐된 것이다. 이토가 권력투쟁에 희생당한 '영웅'이 될 수 없었다는 점에서 그렇다. 비극의 서사에서는 진리와 정의를 체현한 주인공이 자신도 인지하지 못한 운명으로 인해 희생을 감수한다. 그는 온갖 역경을 겪으며 스스로의 진리와 정의를 구현하려 하지만 결국 미리 정해진 운명을 넘어서지 못한 채 좌절하게 된다.

그래서 비극의 영웅은 성격에서는 무죄이지만 태생이 유죄라 할 수 있다. 성격이 살아온 여정이라면 태생은 운명이기 때문이며, 비극은 결국 유한한 인간이 신탁이라는 절대적 구속을 벗어날 수 없다는 서사를 중심으로 한다. 그렇지만 영웅은 스스로를 희생함으로써 허위와 불의를 씻어 낸다. 오이디푸스의 죽음은 신탁을 거스르면서까지 왕국의 폭정을 타도했기 때문이다. 그러나 이토는 오이디푸스가 될 수 없었다. 그가 스탈린주의에 맞서 볼셰비키 혁명정치의 진리와 정의를 지켜 내지 못했다는 것이 아니다. 이토가 혁명정치를 지켜 낸 것이 철저하게 옥중에서였으며, 그런 한에서 현실과 접점을 상실하고 서사화의 가능성을 박탈당한 채였기 때문이다. 알레고리는 이 지점에서 전개된다. 이토가 옥중에서 깨닫고 실천한 혁명정치의 진리와 정의가 현실로부터 유폐된 가운데 이뤄졌다는 사실, 이것이 당대 혁명정치가 처한 현실을 극명하게 말해 주고 있었던 것이다.

갑작스러운 격리 조치와 1년 동안의 연금과 취조를 겪은 뒤인 1953년 12월 20일, 이토는 중국공산당 요인들에게 '체포'되어 감옥에 수감된다. 간수는 이토에게 "당신을 여기서는 3호라고 부르기로 했다"(73)고 짤막하게 말하고는 아무런 설명이 없었다. 이후 1979년 석방될 때까지 이토는 베이징 시내와 외곽의 여러 감옥을 오가며 26년 동안 수감 생활을 하게 된다. 이토는 수감 생활 내내 다른 중국인 혹은 외국인 재소자와 격리된 채였다. 물론 때로는 노역과 사상 개조를 지시받기도 했지만 무슨 죄목으로 언제까지 수감되는지 이토에게 통보되는 일은 끝끝내 없었다. 시간이 흐른 뒤 한 간수는 이토에게 이렇게 말했다. "당신이 어느 나라 사람이든 특별감호 대상이든 아니든 우리 태도는 똑같다. 당신은 죄명도 없고 죄인도 아니다. 그저 맡아서 건강을 유지시키고 사상 개조를 도울 뿐이다"(106).

이토는 중국의 실정법을 위반한 범죄자가 아니었다. 그의 수감 생활은 법률적 근거를 결여한 것이었다. 그저 이토는 유폐되었을 뿐이고, 그것도 공산주의 혁명가로서 유폐되었을 뿐이었다. 중국공산당은 그를 감시하면서 혁명의 진리와 정의에 대한 의식을 벼르는 사상 개조를 도울 뿐이었기에 그렇다. "되풀이하지만 문제의 기점은 당내 노선투쟁이다. 그것은 중소 양당 간의 노선투쟁 및 당내 모순과 깊게 얽혀 있다. 만약 내가 노사카 이론, 미야모토 노선과의 대결을 포기했다면 이 수난을 벗어날 수 있었으리라. 하지만 노선투쟁은 사회에서의 계급투쟁이 당내에 반영된 것이었다. 원칙적인 노선투쟁을 포기 혹은 타협하는 일은 적대 계급, 즉 반동권력에 굴복하는 일이다”(103). 이토는 유폐된 시간을 이렇게 혁명의 진리와 정의를 붙잡고 견뎠다. 그가 노사카와 미야모토와 타협했다면, 즉 권력투쟁의 장으로 진입했다면 유폐는 없었을 것이다. 그러나 그에게 권력투쟁이란 반동권력에 대한 굴복, 즉 혁명정치의 파멸을 의미했다.

자신의 처분에 대해서도 이토는 혁명정치의 입장에서 부당함을 평가한다. 그가 중국공산당 간부에게 사상 개조를 위한 생활 면에는 불만이 없지만 이렇게 아무런 죄목도 기한도 알려주지 않은 채 수감하는 것은 부당하지 않느냐고 물었을 때, 그 간부는 “당신의 불만은 이해하지만 이는 일본공산당의 위탁이며 일본공산당이 당신 문제를 해결할 때까지 우리는 프롤레타리아 국제주의의 의무를 다할 뿐”(125)라고 답했다. 이에 대해 이토는 다음과 같이 평한다. “책임은 일본공산당에 있다. 미야모토 지도부와 노사카가 어떻게 변명하든 당 규약을 깨고 혁명적 인도주의에 반하는 잔혹한 처벌을 한 책임은 면할 수 없다. 중국공산당도 프롤레타리아 국제주의의 입장을 지켰을 뿐이라고 지금까지 생각해 왔지만 책임이 없지 않다. 미제국주의의 스파이라는 혐의로 일시 투옥한다면 모를까 심문도 재판도 없이 외부 세계와 완전히 차단하여 27년간이나 감금한 것을 어떻게 설명할 것인가? 일본공산당과 노사카는 당 권력과 중국공산당의 권력을 믿고 이런 범죄를 저질렀다. 중국공산당은 프롤레타리아 국제주의를 구실로 일본공산당의 ‘권력 범죄’에 공조한 공범이 아닌가?”(127)

이렇듯 이토는 자신을 유폐시킨 원인도 유폐 자체의 부당함도 모두 계급혁명과 프롤레타리아 국제주의라는 혁명정치의 입장에서 생각하고 평가했다. 1959년까지 간헐적으로 이어진 일본공산당

지도부의 방문과 취조 과정에서 이토는 스파이 혐의를 인정하기만 하면 즉각 당무에 복귀시키겠다는 회유를 받는다. 그러나 이토는 그런 회유를 모두 거절하면서 "고뇌, 혼란, 분노" 속에서 괴로워했다. 자신이 처한 상황을 "자신의 사심과의 투쟁, 즉 프롤레타리아와 부르주아 세계관이 내 안에서 벌이는 투쟁"으로 이해했으며, 여기서의 승리는 일시적인 것으로 "사상 개조에는 끝이 없다"(105)는 깨달음을 얻었다고 술회한다. 알레고리는 이 지점에서 극명하게 모습을 드러낸다. 신심 투철한 혁명가로서 혁명정치의 진리와 정의를 위해 유폐된 생활을 견딘 혁명가는 스파이 혐의를 끝내 자백하지 않음으로써 사상투쟁에서 승리한다. 그리하여 혁명정치의 진정성은 가혹한 조건 속에서 스스로를 증명했다. 그러나 그 승리는 유폐되어 외부와 격리된 것이었다. 그것은 오로지 자신만의 승리였으며 현실 세계와 철저히 차단된 공간에서의 쾌거였다. 거꾸로 말하면 이 혁명정치의 승리는 현실 세계로 이르는 길이 차단되었다는 조건 위에서만 가능했던 것이다.

그래서 이토의 유폐는 당대 혁명정치가 처한 아포리아의 알레고리다. 이는 혁명정치를 온몸으로 지켜 낸 이토가 현실로부터 유폐되었다는 안타까운 사연이 아니다. 중요한 것은 혁명정치가 승리하든 말든 현실은 이미 권력투쟁이 지배하는 공간이 되어 버렸다는 점이다. 다시 말하자면 혁명정치의 승리는 권력투쟁이 마련한 유폐된 공간에서만 가능하게 되었으며, 혁명정치가 변혁시켜야 할 현실은 유폐된 공간에서만 주조되는 상상의 현실이 되어 버린 것이다. 그런 의미에서 권력투쟁은 혁명가를 그저 유폐시킨 것이 아니다. 오히려 혁명가를 유폐시킴으로써 새로운 현실을 만들어 냈다. 그곳은 진리가 존재는 하지만 유폐됨으로써 유지되는 세계이다. 이토가 체현하는 끊임없는 사상 개조와 객관 분석은 진리일지 모르나, 그것이 유폐되어 현실로 들어오지 못하는 한에서 권력투쟁의 현실은 존립 가능하다. 일본공산당이 이토로 하여금 허위를 자백하고 현실로 돌아오라고 한 것은 이 때문이다. 일본공산당이 스스로의 거처로 삼은 권력투쟁의 현실은 더 이상 혁명가의 신심 어린 진리나 진실을 만인이 접하고 토론하는 공간이 아니다. 그곳은 진리를 추구하는 것이 아니라 유폐시켜 권력을 획득하는 공간이었던 셈이다. 그래서 이토의 유폐는 혁명정치의 진리와 정의가 빠져 버린 아포리아의 알레고리다. 진리는 존재해야 하나 드러나거나 만져져서는 안 된다는 원리, 이것이야말로 이토가 몸소 27년의 가혹한 운명을 통해 육화한 아포리아였던 셈이다. 이제 알레고리로부터 다시 현실 공간으로 되돌아올 차례다.

| 혁명의 소극과 음모의 서사 |

일본공산당은 1953년의 스탈린 사망과 뒤이은 스탈린 비판 및 1954년의 중국-인도 평화협정과 1955년의 반둥회의 등 변화된 국면 속에서 1957년 제7회 전당대회를 통해 새로운 강령을 채택한다. 이 강령에서 일본공산당은 일본 사회의 성격을 미 제국주의와 국내 독점자본이 결합한 미국의 반半종속국으로 규정하고, 당면한 혁명 전략으로 독립과 반독점을 중심으로 하는 '인민민주주의혁명'을 주창하여 민주개혁을 통한 사회주의혁명으로의 발전이라는 2단계 혁명을 내세웠다. 일본 사회 규정과 혁명 전략에서 이전 강령과 큰 차이를 보이지 않았지만, 1957년의 새로운 강령은 일본공산당의 역사에서 큰 결절점을 이룬다. 이른바 51년 테제를 부정했기 때문이다. 즉 무장투쟁 노선을 부정하고 다시 평화혁명 노선으로 복귀한 것이다.

이는 노사카와 미야모토의 타협의 결과이며, 스탈린 사후의 아나키한 상황과 고도 경제성장이라는 국면 속에서 결정된 이 온건 노선이 이후 일본공산당의 전략/전술을 관통한다.[17] 이후 일본공산당은 트로츠키주의의 영향을 받은 급진 학생운동과 1960년 안보투쟁의 과정에서 적대적인 관계를 형성했고, 1960년대를 통틀어 이른바 신좌파 계열 급진 운동조직으로부터 '당국'과 마찬가지의 기득권 세력으로 인식된다.

일본공산당에서 혁명정치의 이념과 원리가 쇠퇴했음은 1957년의 강령 변경과 뒤이은 급진 신좌파들의 비판에서 극명하게 드러난다. 이 언저리부터 일본공산당은 볼셰비키적 혁명 대신 의회에서 일정 정도의 지분을 점유하는 정권 견제를 추구한다고 비판받았다. 안보투쟁 과정에서 급진 학생들의 의사당 진입에 반대한 것도 일본공산당이었으며, 가쿠마루革マル·츄카쿠中核·가쿠쿄도革共同·젠쿄토全共闘' 등의 신좌파나 무당파 급진주의 분파와 물리적으로 충돌한 것도 공산당이었기 때문이다. 일본공산당은 젊은 혁명투사들이 보기에는 혁명정치를 포기했으며 공산당의 이름을 내건

---

17 일본공산당의 공식입장은 日本共産党中央委員会, 《日本共産党の八十年 : 1922~2002》, 136~162쪽 참조. 2002년 시점에서 쓰인 일본공산당의 공식 역사 서술에서 이 시기의 노선 변경은 당의 정통성을 보증하는 기점으로 상정되어 있다. 1957년의 강령 변경을 주도하고 1958년에 서기장에 취임한 미야모토 노선이 현재까지 일본공산당의 정통 노선으로 인정되고 있기 때문이다.

부르주아 정당에 지나지 않은 반동집단으로 비춰졌던 것이다.[18]

그런데 이러한 평가는 혁명정치의 진리와 정의를 기준으로 할 때 성립한다. 스탈린주의 비판 이후 온건 노선으로 선회하여 신좌파들로부터 기성정당의 하나로 타도의 대상이 되는 일련의 과정은, 자본주의 체제의 급진적 전복을 목표로 하는 볼셰비키의 정통성으로부터의 이탈이기 때문이다. 따라서 일본공산당은 스스로의 계급 정체성을 상실하여 부르주아적 적폐를 청산하지 못한 채 그것에 굴복한 것으로 평가되었다. 일본공산당에 대한 혁명정치로부터의 비판은 대부분 이러한 서사로 점철되어 왔다.[19] 그러나 혁명정치를 추구하는 급진파들이 전제하는 현실은 이미 이토 리츠를 유폐시킨 권력투쟁의 현실로 인해 부식된 지 오래였다. 고도 경제성장이 가져다준 안락한 생활은 혁명이 꿈꾸게 해 준 평등사회보다 달콤한 것이었고, 미디어로 전달되는 급진파들의 활극은 실제 일어난 일이지만 경험할 수 없는 시뮬라크르적 스펙터클이었으며, 연이어 쏟아지는 좌파 조직들 내부의 알력은 음모와 스캔들로 점철된 권력 다툼으로 인지되었기 때문이다.[20] 그래서 두 가지 현실

---

18 안보투쟁을 전후한 반공산당 급진 신좌파의 결성과 전공투 운동에 이르는 흐름의 개괄로는 伴野準一, 《全学連と全共闘》, 平凡社, 2010 참조. 또 공산당이 60년대 이후의 신좌파가 지향한 변혁 아젠다와 얼마나 유리된 기성정당이었는지에 대해서는 山本義隆, 《私の1960年代》, 金曜日, 2015 참조.

19 이토 리츠가 귀국 후 옛 동지들에게 보내는 편지는 이런 입장을 고스란히 대변하고 있다(《生還者の証言 : 伊藤律書簡集》 참조). 이러한 그의 관점은 임종 직전까지 중국공산당의 관료화를 증좌했던 천안문 사태에 대한 관심 속에도 드러난다(《父・伊藤律 : ある家族の「戦後」》, 112~113쪽 참조).

20 이러한 현실 지각의 변화에 관한 가장 날카로운 성찰로는, 후지타 쇼조, 《전체주의의 시대경험》, 창비 2015. 특히 제1부를 참조. 이 책에 실린 여러 에세이에서 후지타는 "안락의 전체주의"라는 키워드를 통해 대중사회화가 급진파를 포함한 근대정치의 여러 근본원리들을 어떻게 침윤하여 불능으로 만들었는지를 파헤친다.

이 경합한다. 한편에는 볼셰비키적 이상을 정통으로 삼는 역사유물론적 현실이 있고, 다른 한편에는 대중과 스펙터클과 음모와 스캔들이 들끓는 현실이 있는 것이다. 1992년의 노사카 산죠를 둘러싼 스캔들은 그 두 현실의 경합이 정점에 달한 사건이었다.

이토를 유폐시킨 장본인 중 한 명인 노사카는 1955년 베이징에서 귀국한 뒤 미야모토가 이끄는 국제파와 화해하여 1956년 참의원의원에 당선되었고(이후 1977년까지 4기 연임) 1958년에는 당의장이 된다. 90세가 되던 1982년에는 고령을 이유로 의장을 사퇴하고 종신 명예의장에 취임하여 막강한 영향력을 여전히 행사했다. 그렇게 공산당의 살아 있는 신화로서 화려한 인생을 보내고 100세 생일을 맞은 노사카는 1992년 청천벽력과 같은 보도로 당대 최고 스캔들의 주인공이 된다. 《슈칸분슌週刊文春》이 1992년 9월에서 11월에 걸쳐 구소련에서 공개된 자료를 바탕으로 노사카가 1930년대 후반 소련에서 동지들을 밀고한 스파이였고, 패전 후에는 GHQ 및 일본 당국과 긴밀하게 연락을 취하며 소련, 중국, 일본공산당의 정보를 빼돌렸다는 폭로 기사를 연재한 것이다.[21]

이로 인해 공산당뿐 아니라 일본 사회 전체가 충격에 빠졌다. 1922년 공산당 창당 이래 당국의 탄압을 피해 소련으로 망명하여 일본 공산주의 운동을 국제화하기 위해 소련, 미국, 중국을 오가며 목숨을 걸고 활동한 투사가 3중 스파이였다니 말이다. 게다가 그 스파이 활동은 가히 경악할 만한 것이었다. 다수의 국제 공산주의 활동가가 활동하던 모스크바에서 노사카는 자신에게 불리한 정

---

21 이 연재기사는 小林俊一 · 加藤昭, 《闇の男 : 野坂参三の百年》, 文藝春秋, 1993으로 묶여 출판되었다.

보를 제공할 수 있는 일본인 활동가를 밀고하여 처형당하도록 했고, 다양한 경로를 통한 추가 폭로에 따르면 미국에서는 일본 당국의 전술에 따라 미국공산당에 가입하여 미군의 전쟁 준비를 반체제 인사들과 함께 방해하는 임무를 맡기도 했다.[22]

1993년 사망한 노사카가 다른 의혹들에 답할 수는 없었지만, 1992년에 폭로된 소련의 스파이였다는 사실은 시인할 수밖에 없었다. 그는 "사실이니 어쩔 수 없다"는 말을 남겼고 일본공산당은 폭로 직후 중앙위원회를 열어 명예의장직을 박탈하고 곧바로 제명했다. 이후 일본의 대중매체는 일본공산당의 살아 있는 신화가 스파이였음을 대대적으로 보도했고, 공산당은 스스로의 존립 근거 중 하나인 윤리와 신념에 커다란 타격을 입을 수밖에 없었다. 이 스캔들에 대해 일본공산당의 공식 당사는 다음과 같이 정리하고 있다. 다소 길지만 인용해 보자.

> 소련 해체 후 소련공산당의 비밀자료가 공개되어 과거 당 지도부였던 노사카 산조에 관한 일련의 의혹이 보도되었다. 조사 결과 노사카가 패전 전에 코민테른에서 활동하던 야마모토 겐조山本懸藏 등을 적과 내통했다고 고발하여 무법적인 탄압에 가담했고, 패전 후 일본에 귀국한 뒤에도 사건의 진상을 숨기기 위해 공작하여 당과 국민을 속여 왔음이 드러났다. (…) 그 뒤 일본으로 귀국한 뒤에도 소련공산당의 내통자였음이 드러나기도 했다. / 소련의 비밀자료 공개는 소련 패권주의의 거악의 실태를 내부로부터 해명하는 길을 열

---

22 ジェームス・小田, 《スパイ野坂参三追跡 : 日系アメリカ人の戦後史》, 彩流社, 1995 참조.

었다. 후와不破 위원장은 이 비밀문서를 분석하여 일본공산당과 일본의 혁명운동에 대한 간섭 공격의 전모를 간섭자 자신의 자료를 통해 계통적으로 명백히 정리했다. 이 연구는 《아카하타》에 '일본공산당에 대한 간섭과 내통의 기록'이란 제목으로 1993년 1월부터 6월까지 연재되었다. 소련 패권주의의 추악한 실태와 이에 대항하여 간섭 작전을 파탄으로 몰아넣은 일본공산당의 싸움이 어떤 의의를 갖는지 역사적으로 해명한 이 연구는, 이후 소련 문제 등 반공 공격을 사실 차원에서 물리치는 데 큰 의의를 가진 것이었다.[23]

일본공산당은 노사카 문제를 모두 소련 패권주의 탓으로 돌림으로써 스스로를 피해자이자 피억압자로 자리매김했고, 이에 맞서 싸운 역사로 전후 일본공산당의 서사를 구축하고 있다. 스탈린주의 비판 이후에 정도의 차이는 있지만 전 세계 공산당이 모두 공모한 것이 이러한 서사임은 주지의 사실이다. 이는 소련공산당 자신이 만들어 낸 서사에서 비롯된 것으로 모든 것을 스탈린 개인의 성격으로 돌려 맑스-레닌주의의 무오류성을 강조하거나, 이론 해석에서 개인숭배와 관료제로 기우는 경향이 있었음을 시인하는 프레임이었다.[24] 옥중에서 스탈린 비판을 접했던 이토 리츠도 다음과 같이 술회한다. "모든 문제의 책임을 스탈린 개인에게 돌리고 그의 난폭함과 개인숭배에서 원인을 찾는 것은 명백히 불가능하다. 이 놀랄 만큼 중대한 오류는 당의 구조와 기질, 한마디로 말하자면 당

---

23 《日本共産党の八十年：1922−2002》, 265쪽.

24 丸山真男, 〈'スターリン批判'における政治の論理〉(1956), 《現代政治の思想と行動》, 未来社, 1964. 또한 스탈린 비판 이후 소련의 국제 공산주의 운동에 대한 입장 변화에 대해서는 《실패한 제국1 : 냉전시대 소련의 역사》, 237~287쪽 참조.

의 체질에 기인하는 것은 아닌지? 이제 와서 살인마 스탈린을 비난하지만, 비난하는 인간은 지금까지 그를 신으로 숭배하던 자와 동일인물 아닌가?"[25]

이렇듯 노사카에 대한 일본공산당의 비판은 스탈린주의 비판의 논법을 이어받은 것이었다. 그것은 당과 운동의 과정에서 드러난 '중대한 오류'를 모두 개인의 품성이나 이론 해석/운용의 잘못으로 돌리는 것으로, 그렇게 하여 당과 운동의 역사를 끊임없이 재해석하여 구출하고 새로운 정통성을 세우려는 시도였다. 노사카 스캔들의 경우 개인의 유약한 부르주아적 품성과 더불어 소련의 패권주의라는 맑스-레닌주의로부터의 일탈에 모든 책임을 돌렸던 것이다.

이는 일본공산당의 정통성과 혁명정치의 전통을 수호하려는 논법임에 틀림없었다. 그러나 이런 논법의 한편에서 스파이 스캔들은 일본공산당과 혁명정치의 정통성 따위는 아랑곳하지 않고 그와 다른 계열의 서사를 대중매체를 중심으로 증식시켰다. 스파이 스캔들이 혁명정치가 자리할 역사유물론의 현실을 침식한 것이다. 이 서사 안에서 공산당의 정통성 주장은 진지한 논쟁의 대상이라기보다는 하나의 음모로만 자리매김된다. 혁명을 위한 진리가 아니라 보다 자극적인 사실들의 조합이 서사를 조립하면서, 공산당이 진지하면 할수록 대중의 관음증은 걷잡을 수없이 증폭된다. 노사카가 혁명을 말하면서 화려한 소비생활과 염문을 뿌리며 살았다는 일화가 공론장을 사로잡는다. 이제 공산당의 진지한 입장 정리는 이런 서사를 희화화시키는 양념에 지나지 않게 된다. 이미 대중

---

[25] 《伊藤律回想録：北京幽閉二七年》, 111쪽.

은 그 진지함의 이면에 무언가 지저분한 권력 남용이나 음모의 냄새를 맡을 준비가 되어 있었기 때문이다.

이렇게 권력투쟁이라는 현실은 공산당의 정통성 주장을 진리로서가 아니라 하나의 일화로 탈구시키면서 대중사회의 문법으로 스캔들을 스펙터클로 만들었다. 이 스펙터클 안에서 일본공산당은 자신의 정통성을 지키기 위한 진정성을 보여야 한다. 그러나 그 진정성이 진정성으로 받아들여질 현실은 존재하지 않는다. 오히려 일본공산당의 진정성은 언제나 의심의 대상이 되어 진실성이 없는 것으로 탈구되기 위해 요청된다. 공산당을 비판하는 급진파들의 진정 어린 혁명정치도 마찬가지다. 그들의 진리와 정의는 음모를 숨기는 포장으로 추측받기 위해서만 존재한다. 그들의 진리, 정의, 진정성 등은 이토 리츠의 유폐와 마찬가지로 실제 세계에서 유폐됨으로써 스펙터클의 현실을 끊임없이 재생산하는 것이다.

1960년대 후반 이후 신좌파 내부의 유혈투쟁도 이 맥락에서 이해되어야 한다. 자신들로서는 혁명을 위해 목숨을 건 투쟁이었지만, 이미 세상은 그 투쟁을 광신도들의 과격하기 짝이 없는 실사판 활극으로 간주했다. 경찰이 연합적군파의 비밀 아지트를 습격하여 그 과정의 총격전을 TV로 생중계한 '아사마浅間 산장' 사건은 그 극적인 사례다. 혁명을 위한 인간 개조가 동지의 린치와 살해로 치달은 연합적군파의 말로가 TV를 통해 스펙터클화됨으로써 혁명정치는 실시간의 총격 활극이라는 더없이 흥분되는 볼거리가 되고 만다.[26] 여기서 이토 리츠의 유폐가 혁명정치의 아포리아임이 여실히

26 연합적군파는 1960년대 일본 신좌파 학생운동의 쇠퇴와 정파의 이합집산 속에서 태어난 조직이다. 이들은 도시 게릴라전과 농촌 무장점령을 전술로 하여 쿠바혁

드러난다. 그의 유폐는, 연합적군파의 더할 나위 없이 진지한 혁명적 인간 개조가 현실과 유물론적인 접점을 일체 상실한 채 유폐되고, 그저 그들의 영화보다 영화 같은 행위만이 스펙터클로서만 소비될 뿐임을 예고했던 것이다. 이토 리츠의 귀국이 그의 기구한 운명까지를 포함하여 미디어를 통해서 대중의 궁금증을 자극하고 충족시키는 '뉴스거리'로서만 유통된 것도 같은 맥락에서 이해될 수 있을 터이고 말이다.

이미 이 스펙터클의 현실은 냉전질서 초기부터 혁명정치를 부식시키고 있었다. 그것은 제2차 세계대전 이후 미국을 비롯한 서방세계의 세계질서 구상 속에서 실행된다. 신호탄은 역시 혁명정치의 스캔들화였다. 세계 도처에서 소련은 이미 1920년대부터 음흉한 정보전을 전개한 세력으로 지목된다. 수단은 다양했다. 주지하다시피 이언 플레밍Ian Fleming은 1952년 《카지노 로열》을 시작으로 동서 대립을 서로 다른 진리와 정의의 충돌이라기보다는 정보와 음모와 스캔들로 가득 찬 세계 정복의 서사로 변환시켰다. 이후 〈007〉에서 〈마징가〉 시리즈에 이르기까지 세계 정복을 꿈꾸는 악의 무리와 그것에 맞서 싸우는 다양한 히어로들의 대결은 대중서

명 등을 모범으로 하는 혁명노선을 추구했다. 당국의 끈질긴 추적과 탄압 속에서 연합적군파는 '총괄'이라는 미명하에 조직원들의 신념과 태도를 폭력적으로 개조하는 편집증을 보였고, 급기야는 심신미약을 이유로 동지를 린치/감금하여 죽음에 이르게 했다. 1972년의 아사마 산장 사건은 연합적군파의 비밀 아지트를 경찰이 습격한 사건으로, 총격이 오가는 진압 과정이 TV로 생중계되었고 진압 이후 이들의 엽기적 린치 살해 사건이 알려짐으로써 일본 신좌파운동은 종말을 고하게 된다. 연합적군파 사건 및 조직 내부의 심리적 흐름을 추적한 것으로, 파트리샤 스타인호프, 임은정 옮김, 《적군파 : 내부 폭력의 사회심리학》, 교양인, 2013 참조. 또한 연합적군파가 조직된 배경과 이후의 경과에 대한 당사자의 회고로, 塩見孝也, 《赤軍派始末記 : 元議長が語る40年》, 彩流社, 2003 참조.

사물의 단골손님이었다. 그 세계에서는 과학기술이 이데올로기를 능가하고, 정의보다는 권력이 모든 것을 지배하며, 위기는 역사유물론적 과학에 기반한 객관 분석이 아니라 한발 빠른 정보의 획득으로 극복된다. 이 스펙터클의 현실은 폭발적인 기술 발전과 자본 투하에 힘입은 전방위적 미디어의 일상화로 모든 고전적인 정치투쟁, 즉 무엇이 옳은 것이며 누가 내 편인가의 물음을 스펙터클의 현실 속으로 빨아들인다. 1950년대 이래의 스파이 첩보물이 모두 선과 악의 대립을 미美와 추醜, 세련과 낙후, 혹은 쿨함과 더티함의 대립으로 표상화하는 까닭이 여기에 있다. 진리와 정의는 이 스펙터클의 현실 속에서 핵전쟁의 위기를 막는 미남 배우를 위한 무대장치에 지나지 않는 것이다. 그리고 패전 후 일본에서 이런 현실의 창안은 대중문화의 영역이 아니라 국가기구를 통해서도 이뤄졌다.

미군이 실질적으로 주도한 GHQ 안에서 중요한 역할을 담당했던 부서가 G2라 불리던 점령군 참모 2부, 즉 정보부였다. G2의 기본 임무는 일본 국내의 사회 및 정치 동향을 살펴 정세를 파악하는 일이었는데, 단순한 정보 수집에 그치는 것이 아니었다. G2를 위시한 정보 관련 부서는 패전 후의 일본 사회에 적극적으로 개입하여 일본을 미국적 민주주의가 관철되는 국가로 만들기 위해 전력을 다했다. 이미 1942년 미국의 OSSOffice of Strategic Service(CIA의 전신)는 일본의 통계자료, 지도, 사진, 영화를 통해 정치·경제구조만이 아니라 생활양식과 국민성, 대중문화까지를 포괄하는 전쟁 및 점령 계획을 입안하고 있었다.[27] 이런 계획을 통해 미국은 전후 일

---

[27] 加藤哲朗, 《情報戦と現代史：日本国憲法へのもうひとつの道》, 花伝社, 2007, 62쪽. OSS는 제2차 세계대전 당시 당대 미국의 인문사회과학자들을 대거 채용하

본의 개혁을 정치·경제제도의 거시적 변환뿐만 아니라 일상 차원에 스며드는 '문화'적 차원에서도 전개하려 했던 것이다. 천황을 군국주의의 지도자에서 평화의 상징으로 변화시켜 통치에 활용하겠다는 전략도 이런 맥락에서 도출된 것으로, 헌법 차원에서는 국민 통합의 상징으로 규정되었지만 그것을 일상 차원에서 관철시킨 것은 군복에서 양복으로 갈아입힌 미디어 전략을 통해서였다.[28]

이렇듯 일상을 대상으로 한 미국의 '전쟁'은 스파이 영화, 코카콜라, 청바지, 대중음악, 자유로운 군인, 탈권위적 정치가 등 수많은 표상들을 통해 수행되었다. 이런 전략은 냉전에서도 그대로 전개되었는데, 일본의 경우 그 신호탄은 서두에서 언급한 육군성의 조르게 사건 관련 발표였다. 이미 G2 책임자 윌로비Charles A. Willoughby 소장은 1945년 부임 후 발 빠르게 조르게 사건의 자료를 수집하여 일본에서의 대소련 방어책에 이용하려 했다.[29] 1949년의 육군성 발표는 이 윌로비의 조사를 토대로 한 것이었으며, 윌로비는 1952년 자신의 이름으로 《상하이 음모 : 조르게 첩보단Shanghai Conspiracy: The Sorge Spy Ring》이란 책을 출판했다. 이 책에서 윌로비는 조르게가 이미 1930년 초반에 상하이에서 스파이단을 결성하여

여 전쟁 수행과 전후 질서 구상을 위해 유럽과 아시아 방면의 광범위한 조사 활동을 전개했다. 특히 RA(Research & Analysis Branch)에는 유럽에서 망명한 지식인이 대거 참여하여 독일에 대한 심층적인 정보를 축적했는데 프랑크푸르트 사회조사연구소 멤버였던 마르쿠제H. Marcuse와 노이만F. Neuman이 주축으로 참여한 바 있다. M.Katz, *Foreign Intelligence: Research and Analysis in the Office of Strategic Service 1942-45*, Harvard UP, 1989 참조.

[28] 《情報戦と現代史 : 日本国憲法へのもうひとつの道》, 82~112쪽; 加藤哲朗, 《象徴天皇制の起源 : アメリカの心理戦「日本計画」》, 平凡社, 2005, 1장·3장·5장 참조.

[29] 加藤哲朗, 《ゾルゲ事件 : 覆された神話》, 平凡社, 2014, 76쪽.

활동했으며, 소련이 연합군의 일원으로 반파시즘 전쟁을 수행하는 이면에서 정보전을 펼쳤음을 주장했다. 그는 미국이 적국의 정보를 수집하고 분석했던 것과 달리 소련의 정보전은 철저하게 자국의 이익을 위한 것이었으며, 인류의 보편적 정의와 역사의 진리를 내건 프롤레타리아혁명은 사실 상대국의 비밀을 몰래 빼내 뒤통수를 치는 음흉하고 치졸한 사술에 지나지 않음을 규탄하는 서사를 내세운다.[30] 즉, GHQ 고위 인사가 실제 사건을 스파이 영화와 같은 서사로 그려 낸 것이며, 그가 공식 정보를 다룰 수 있는 특권적 지위에 있다는 사실에 비춰 볼 때 이 서사가 어떤 함의를 갖는지는 상상하기에 어렵지 않다. 그것은 냉전이 옳고 그름이라기보다는 비겁함과 당당함의 싸움이라는 프레임을 '공식적으로' 창출하는 의미를 가졌다. 이는 혁명정치를 음모론으로 프레임화하는 시초였으며, 이를 통해 혁명정치의 진리와 정의는 '소극笑劇'화된다.

이런 맥락 속에서 윌로비의 책이 대중화됨으로써, 조르게 사건을 당국에 밀고한 자가 이토 리츠라는 설이 널리 수용된다. 그리고 이후 서두에서 언급한 오자키 호츠미의 이복동생 오자키 호츠키의 《살아 있는 유다》가 출판되면서 이 설은 결정적인 것으로 굳어진다. 이 안에서 오자키 호츠키는 이토 리츠를 음흉한 인물로 묘사하면서 오자키의 혁명적 열정과 진실을 무참하게 배신한 비열한으로 그린다. 호츠키는 이토를 처음 만났을 때의 인상을 다음과 같이 묘

---

30 C.A.ウィロビー, 福田太郎訳, 《ウィロビー報告：赤色スパイ団の全貌ーゾルゲ事件ー》, 東西南北社, 1953. 본문에서 언급한 윌로비의 책은 1953년에 일본어로 번역 출간되었다. 당시 이 책은 대중적으로 인기를 얻었으며, 조르게 사건이 대중화되는 데 커다란 역할을 했고 이토 리츠가 오자키를 밀고했다는 설이 널리 퍼지는 계기가 되었다.

사한다. "깔끔하게 빗은 머리. 딱 떨어지게 입은 양복. '이것이 공산당원이라고?'"[31] 또한 오자키 호츠미에 대해서는 "스파이가 아니라 공산주의자로서 의식적으로 행동한 인물로, 전투적인 평화주의자로서 일본의 침략전쟁과 파시즘에 대항하는 과감한 투쟁에 목숨을 바쳤다"[32]는 묘사를 책을 통틀어 몇 번씩이나 반복한다. 이 이토와 오자키의 대비가 이 책을 이끄는 기본 구도다. 배신자 이토에게 모든 것을 아낌없이 베풀던 오자키의 인성과 결코 굽히지 않았던 심성, 이것이 호츠키의 주요 모티브였던 것이다.

스파이의 동생으로 지목되어 쓰디쓴 세월을 견뎌야 했던 호츠키에게는 이토라는 비열한이 예수를 팔아넘긴 '유다'임에 틀림없었다. 그러나 중요한 것은, 이 서사가 자리하는 현실이 호츠키가 호츠미에게 투영한 혁명정치가 자리하는 현실이 아니었다는 점이다. 호츠키의 서사는 이미 스파이 영화나 윌로비의 서사가 창출한 스펙터클의 현실 속에 자리를 잡았으며, 그런 까닭에 이 책은 호츠미의 혁명정치를 계승하는 것이 아니라 "'유다'로 그려진 검은 그림자의 배경에 전전, 전후를 관통하여 변화지 않고 세계사의 심부에서 지배력을 휘두르는 어떤 힘"[33]에 대한 묘사로 독해된다. 오자키 호츠미는 이 책에서 진리나 정의를 넘어선 곳에서 세계를 지배하는 어떤 음흉한 힘의 희생자일 수밖에 없다. 그의 신념은 그저 그 힘의 부당함을 지시하며 쓰러진 신파적 장치로 전락하고 만다. 이는 이토 리츠의 유폐를 선취하는 형상화이다. 호츠미의 진정성은 그

---

[31] 《生きているユダ》, 42쪽.

[32] 앞의 책, 45쪽.

[33] 앞의 책, 321쪽. 이 말은 해설을 쓴 저명한 작가 이츠키 칸지五木寛二의 것이다.

저 저 힘을 지시하는 한에서만 의미화된다. 그 진정성이 목표로 했던 세계는 여기서도 여전히 유폐되고 있다. 혁명정치의 진리와 정의가 유폐된 위에서 스펙터클의 현실은 이렇게 모든 것을 집어삼키고 있었던 셈이다.

이후 마츠모토 세이쵸의 〈혁명을 팔아넘긴 남자〉는 이토 리츠와 조르게 사건을 하나의 스캔들로서 스펙터클의 현실 속에 가두는 데 결정적 역할을 했다. 앞서 말했듯 이 글은 세이쵸의 연작 《일본의 검은 안개》에 수록된 것으로, 패전 직후부터 1960년에 이르기까지의 이른바 미제未濟 사건이나 괴 사건을 모두 GHQ나 소련 등의 음모로 해석한 논픽션 추리물이다. 여기서 세이쵸는 이토 리츠 밀고설을 GHQ의 음모와 연관시켜 다룸으로써 이토를 혁명가가 아니라 여러 세력 사이에서 아슬아슬하게 줄타기한 스파이로 그려냈다. 이런 세이쵸의 묘사는 다음과 같은 기본 관점에서 비롯된 것이었다.

> 미국이 일본의 민주주의의 과잉을 시정하려 한 것은 일본을 극동의 대공산권 방파제로 명확히 의식한 시기에 시작된다. / 그러나 하나의 커다란 정책 전환은 그것만으로 쉽게 이뤄지지 않는다. 그에 어울리는 분위기를 미리 만들어야 한다. 이 분위기를 만들기 위한 공작이 일련의 여러 기이한 사건으로 나타났다고 생각한다.[34]

세이쵸의 생각은 명료하다. 이미 동서냉전이 진리나 정의를 다투는 '성전'이 아니라 차가운 권력투쟁이라는 판단을 전제하고 있

---

[34] 松本清張, 《日本の黒い霧 下》(1961), 文春文庫, 2013, 301쪽.

으며, 그것을 지탱하는 원리는 진리를 다투는 이데올로기가 아니라 일상을 이미 지배하는 공작이라는 것이다. 이미 여기에는 조르게, 오자키 호츠미, 그리고 이토 리츠가 꿈꾸던 혁명정치의 진리와 정의를 위한 자리는 없다. 그것이 역사유물론의 과학적 분석에 힘입은 볼셰비키적 변혁의 전망을 전제한다면 말이다. 오히려 여기서 이 등장인물들은 저 '분위기를 만드는 공작'을 위해 정의와 진리를 둘러싸고 음모와 배신의 드라마를 열연한 이들로 소환된다. 여기서 그들은 어디까지나 진실되게 진리와 정의를 추구하는 혁명정치의 전사(혹은 그 배신자)이어야 하지만, 그 진정성 이면에 음모나 배신이 있어야만 드라마의 서사구조에 자리를 차지할 수 있다. 진정성은 존재하지만 여기서도 여전히 그것은 유폐된 채 누구에게도 의미를 갖지 못한다. 그 혁명가의 진리나 정의는 권력의 음모가 득실거리는 현실 속에서 우스꽝스러운 광대의 몸짓이거나 비열한의 연기여야만 했기 때문이다.

이토가 귀국한 것은 이런 스펙터클의 현실이 혁명정치의 진정성을 이미 충분히 능가한 1980년이었다. 27년 동안의 진실이 나리타 공항에 모인 기자들로 상징되듯 노동계급이 아니라 미디어를 위해서만 의미를 갖는 현실이 그를 기다리고 있었다. 많은 이들이 이토 리츠의 누명을 벗기려 노력했고, 1993년 한 젊은 활동가의 손으로 오자키 호츠키와 마츠모토 세이쵸가 확립시킨 이토 리츠 밀고설은 거짓으로 판명났다.[35] 현재 시점에서 밀고자는 이토 리츠가 아니라 노사카와 조르게 사건 연루자인 가와이 데이키치川合貞吉라는 설이 유력한데, 그것은 여기서의 논점이 아니다. 여기서 중요한 것은 이

[35] 渡部富哉,《偽りの烙印：伊藤律・スパイ説の崩壊》, 五月書房, 1993.

토의 명예가 회복되고 진실이 밝혀졌음[36]에도 이토의 혁명정치는 유폐된 채로 존재한다는 사실이다. 밝혀진 진실은 이토가 유다가 아니었다는 사실이며, 그것은 이토가 아닐 뿐 유다가 어디엔가 반드시 존재한다는 사실이었기 때문이다.

그렇게 유다가 존재하는 한 예수도 존재한다. 그러나 이제 문제는 예수의 진실이 아니다. 유다가 예수보다 미리 무대에, 언제나 이미 서 있기에 그렇다. 혁명정치의 아포리아는 여기서 자기 모습을 드러낸다. 예수보다 유다가 먼저 나타나는 현실, 이 스펙터클의 현실 속에서 말이다. 이 현실 속에서 혁명가는 여전히 진정성과 신념을 영광스레 뽐낼 것이다. 그러나 그것은 유폐되기 위해서만, 배신당하기 위해서만, 그리고 소극의 무대장치로서만 존재를 보장받는다. 혁명정치의 아포리아는 이렇게 이토의 27년을 훌쩍 넘어 현실 자체를 삼켜 버렸다.

20세기의 보편주의와 혁명정치의 종언

1923년의 한 저서에서 칼 슈미트는 18세기의 합리주의와 계몽주의에 마르크스주의의 과학성을 대치시키면서 다음과 같이 말했다.

---

36 와타베渡部의 책이 출판된 이후 유족들은 분게이슌쥬文藝春秋사를 대상으로 출판정지 가처분신청을 낸다. 세이쵸의 《일본의 검은 안개》가 이토의 명예를 훼손했음이 분명히 밝혀졌다는 이유에서였다. 여러 번의 조정을 거쳐 출판사와 유족들은 2013년 출판된 문고판에 이토 관련 서술이 잘못된 사실관계를 담고 있음을 공지하는 후기를 게재하는 것으로 합의를 보았다.

마르크스주의적인 역사철학과 사회학의 철학적·형이상학적인 매력은 자연과학성에 있는 것이 아니라, 마르크스가 인류사의 변증법적 발전의 사상을 고수하고 이 발전을 구체적이고 일회적이며 유기적인 힘을 통해 자기 자신으로부터 생산해 내는 반정립적인 antithetisch 과정으로 고찰한 방식에 있다. (…) '자유의 왕국으로의 도약'은 오로지 변증법적으로만 이해되어야 한다. 기술의 도움만으로 이 도약은 시도될 수 없을 것이다. 그렇지 않다면 사람들은 실제로 마르크스주의적 사회주의에 대해 정치적 행동을 하는 대신에 새로운 기계를 발명하는 것이 더 나을 것이라고 요구해야만 할 것이다.[37]

그는 인용문에서 자연과학, 기술, 기계에 반정립, 변증법, 정치를 대립시킨다. 마르크스주의의 역사에서 보자면 이는 카우츠키 Karl Kautsky의 제2인터내셔널과 레닌의 볼셰비키 사이의 대립, 즉 자본주의 체제의 자동적 붕괴냐 노동계급의 의식적 혁명이냐의 대립을 연상시킨다. 슈미트는 이 대립을 주권과 정치 차원으로 이행시킨다. 그것은 《정치신학》에서 켈젠Hans Kelsen을 주권자보다 규범을 우위에 놓았다고 비판했던 논법과 동일하다.[38] 법규범이 주권자의 자의적 판단을 규제해야 한다는 켈젠의 법실증주의는 노동계급의 의식보다 마르크스주의의 과학적 법칙을 우위에 놓은 카우츠키류의 수정주의와 동일선상에서 이해되고 있는 것이다.

슈미트는 이 두 가지 상이한 분야의 유사한 사고방식이 모두 18세기 합리주의와 계몽주의에서 비롯된 것이라 본다. 우주를 관통

---

37 칼 슈미트, 나종석 옮김, 《현대 의회주의의 정신사적 상황》, 길, 2012, 112쪽.
38 칼 슈미트, 김항 옮김, 《정치신학》, 그린비, 2010, 제3장 참조.

하는 보편적 법칙처럼 인간의 질서와 역사도 모두 이성에서 비롯된 보편적 규범과 법칙에 따르리라는 믿음 말이다. 이처럼 슈미트는 혁명정치의 진수를 마르크스주의의 자연과학성이 아니라 볼셰비키의 정치적 행동으로 이해함으로써 합리주의와 계몽주의를 근간으로 하는 18세기 이래의 보편주의에 대항시키려 했던 것이다.[39]

이때 슈미트의 주안점은 레닌의 이데올로기가 아니라 행위에 주목하여 '정치적인 것'을 변증하는 일이었다. 노동계급의 혁명이 아니라 혁명이라는 주권적 행위가 슈미트에게는 중요했던 것이다. 그러나 제2차 세계대전 이후 미국과 소련의 냉전체제는 슈미트로 하여금 주권과 정치 사이의 틈새를 엿보게 만든다. 상황을 장악하고 결정을 내리는 주권자는 이미 역사의 최종 목적(인류평화 혹은 노동자의 세계)이 절대화된 조건 속에서 불필요한 잉여가 되고 말았기 때문이다. 이제 주권자는 온갖 권모술수와 음모로 가득한 앞마당 뒤에 마련된 방에 유폐된다. 체제의 존립을 정당화하는 궁극의 근원인 주권은 저편에 존재하지만 결코 가 닿을 수 없는 곳에 자리하며, 현실에서는 그곳에 이르는 길을 차지하려는 온갖 술수가 정치를 대신하는 것이다.

이것이 스탈린 집권 이후 소련에서 벌어진 활극이었다. 물론 스탈린 개인의 성향이나 일탈 탓일 수도 있다. 그러나 마루야마 마사오가 지적했듯이[40] 그런 관점은 맑스주의에 이미 언제나 도사리고 있던 아포리아를 외면하고픈 심정에서 비롯된 오판일 뿐이다. 스

39 이에 관해서는 김항, 〈20세기의 보편주의와 '정치적인 것'의 개념–'적'을 둘러싼 정치사상의 계보학〉, 《종말론 사무소》, 문학과 지성사, 2016 참조.

40 丸山真男, 앞의 글 참조.

탈린주의는 맑스주의의 역사철학과 혁명정치 사이의 양립할 수 없는 모순 속에서 비롯된 필연적 산물이었기에 그렇다. 그것은 노동계급의 계급의식을 미래로부터 빌려 왔던 맑스주의가 채무불이행 상태로 빠져 버린 귀결이었다.

루카치가 《역사와 계급의식》을 자기비판하면서 말했듯이, 노동자의 계급의식이란 결코 사회학적인 진실도 역사철학적인 전제도 될 수 없다.[41] 사회학적으로 보자면 노동자는 혁명적 계급으로는 한참 모자라는 시정잡배일 뿐이고, 역사철학적으로 보자면 노동계급의 완성(역사의 종언)은 노동계급의 해소(보편적 인간의 등장)를 의미할 뿐이기에 그렇다. 따라서 계급의식을 가진 노동자가 혁명을 완수한다는 말은 형용모순이다. 노동자의 계급의식이야말로 혁명의 목적이기 때문에 그렇고, 혁명의 완수는 노동계급의 해소를 의미하기 때문이다. 그런 의미에서 마르크스주의의 보편주의와 정치 사이에는 뒤틀린 관계가 도사리고 있다. 정치행위는 한편에서 보편주의를 목적으로 하지만, 한편에서 보편주의 위에서 전개될 수 있다. 달리 말하자면 혁명정치는 도래할 노동계급을 현재의 노동계급에 중첩시켜 이뤄지는 탓에 '계급의식의 신용대출'에 의존할 수밖에 없는 것이다.

그런 의미에서 스탈린주의는 과도한 이자 지불에 시달려야 했다. 노동계급의 완성을 위해 정적을 제거하는 것이 스탈린주의의 정치였다면, 어느 샌가 목적과 수단이 역전을 맞이했기 때문이다. 이는 스탈린의 오류가 아니다. 사회주의 조국 수호라는 노선 자체

---

[41] 게오르그 루카치, 박정호 · 조만영 옮김, 《역사와 계급의식》, 거름, 1986, 20쪽(1967년 서문) 참조.

가 이 역전을 예견했다. 계급의식을 가진 노동자의 궁극적 세계는 조국을 가질 수 없다. 그런데 스탈린 정치의 임무는 사회주의 조국의 수호였다. 즉, 해소되어야 할 조국을 수호하면서 사회주의 정치를 수행해야 하는 전도가 스탈린주의의 요체였던 셈이다. 이제 혁명정치의 진리와 목적은 수단을 위해 봉사한다. 도래할 노동계급은 모두 정적의 제거를 위해 필요한 논거일 뿐이다. 도래할 노동계급이 어떤 존재이며 어떤 세계를 만들지, 그리고 그런 존재와 세계를 위해 무엇을 해야 할 것인지는 철저하게 공백으로 남는다. 중요한 것은 그런 역사철학적 질문을 정치로 전화시키는 이론과 실천이 아니라, 도래할 노동계급 혹은 노동자의 세계라는 구호뿐이었기에 그렇다.

이토 리츠를 가혹한 운명으로 내몬 유폐는 이 지점에서 비롯된다. 27년 동안의 유폐 속에서 이루어 낸 고독한 자기 단련은 스탈린주의 이후의 사회주의 속에서 철저하게 무의미한 행위였다. 이토가 추구해 마지않았던 마르크스주의의 절대적 진리는 정적을 견제하고 말살하는 권력투쟁 속에서 설 자리가 없었던 셈이다. 미국의 냉전 전략이 공격한 곳은 바로 이 지점이다. 상술했듯이 서방세계는 제2차 세계대전 이후 스탈린주의의 전도된 사회주의를 음모론의 프레임 속에 편입시키는 데 성공했다. 이토 리츠의 자기 단련을 비롯한 마르크스주의의 혁명정치는 이 프레임 안에서 광대이거나 기만이거나 낭만으로밖에는 표상될 수 없었다. 이 안에서 정치는 음모와 술수가 지배하는 권력투쟁으로, 진리는 그런 정치를 드라마화하는 효과로서만 통용되었던 것이다. 마치 주권자에 이르는 '권력의 앞마당'에서 벌어지는 음모와 술수가 어느새 주권자를 조롱하면서 모든 것을 결정하는 장이 되는 것처럼 말이다.

그런 의미에서 이토 리츠가 헤어날 길 없는 유폐 속에서 바라보았던 절망은 21세기에도 여전히 현재진행형이다. 벗어날 길이 있을까? 이 물음에 답하는 것은 불가능하다. 그러나 한 가지만은 확실하다. 역사의 진보를 목표로 하는 정치는 여전히 이 유폐의 상황에서 출발해야 한다는 사실 말이다. 세계 어딘가에서 벌어진 테러와 폭격이 TV에서 스펙터클화되고, 열거할 수 없는 뉴스가 SNS를 타고 일상 속에 침투하는 시대에 음모와 술수가 판치는 '권력의 앞마당'은 제어 불가능할 정도로 도처에 열려 있다. 이런 상황에서 공론장public sphere과 앞마당은 식별 불가능하다. 따라서 근대의 합리주의와 혁명정치에서 비롯된 정치와 주체의 조건은 전면적으로 재검토되어야 한다. 이토 리츠의 유폐는, 그래서, 궁극적으로 현재 상황의 알레고리로 당분간 우리 곁을 오랫동안 떠돌 것이다.

|참고문헌|

논문

손장희, 〈전후 일본의 학생운동 진영과 일본공산당의 관계 변화〉, 《서울대 동양사학과논집》 40, 2016.

정혜선, 〈전전 일본공산주의운동의 굴절과정－대량전향 전사(前史)로서의 32년 테제 시기〉, 《한국일본학보》 44, 2000.

단행본

루카치, 게오르크, 박정호 · 조만영 옮김, 《역사와 계급의식》, 거름, 1986.

슈미트, 칼, 김항 옮김, 《정치신학》, 그린비, 2010.

________, 나종석 옮김, 《현대 의회주의의 정신사적 상황》, 길, 2012.

스테인호프, 퍼트리샤, 임은정 옮김, 《적군파 : 내부 폭력의 사회심리학》, 교양인, 2013.

주보크, 블라디슬라프 M., 김남섭 옮김, 《실패한 제국1 : 냉전시대 소련의 역사》, 아카넷 2016.

후지따 쇼오조오, 이홍락 옮김, 《전체주의의 시대경험》, 창비, 2015.

伊藤律, 《伊藤律回想録：北京幽閉二七年》, 文藝春秋, 1993.

伊藤淳, 《父 · 伊藤律：ある家族の〈戦後〉》, 講談社, 2016.

尾崎秀樹, 《生きているユダ》(1959), 角川書店, 1976.

加藤哲朗, 《象徴天皇制の起源：アメリカの心理戦 〈日本計画〉》, 平凡社, 2005.

________, 《情報戦と現代史：日本国憲法へのもうひとつの道》, 花伝社, 2007.

________, 《ゾルゲ事件：覆された神話》, 平凡社, 2014.

小林俊一 · 加藤昭, 《闇の男：野坂参三の百年》, 文藝春秋, 1993.

塩見孝也, 《赤軍派始末記：元議長が語る40年》, 彩流社, 2003.

下斗米伸夫, 《日本冷戦史－ 帝国の崩壊から55年体制へ》, 岩波書店, 2011.

ジェームス・小田,《スパイ野坂参三追跡：日系アメリカ人の戦後史》, 彩流社, 1995.
日本共産党中央委員会,《日本共産党の八十年：1922―2002》, 日本共産党.
松本清張,《日本の黒い霧 上・下》, 文春文庫, 2013.
丸山真男,〈'スターリン批判'における政治の論理〉(1956),《現代政治の思想と行動》, 未来社, 1964.
明神勲,《戦後史の汚点：レッド・パージ》, 大月書店, 2013.
伴野準一,《全学連と全共闘》, 平凡社, 2010.
山本義隆,《私の1960年代》, 金曜日, 2015.
渡部富哉,《偽りの烙印：伊藤律・スパイ説の崩壊》, 五月書房, 1993.
________ 監修,《生還者の証言：伊藤律書簡集》, 五月書房, 1999.
Katz, M., *Foreign Intelligence: Research and Analysis in the Office of Strategic Service 1942-45*, Harvard UP
Schmitt, Carl, *Gespräch über die Macht und den Zugang zum Machthaber* (1954), Klett-Cotta, 2008.
Willauby, C. A., 福田太郎訳,《ウィロビー報告：赤色スパイ団の全貌ーゾルゲ事件ー》, 東西南北社, 1953

체제의 시간과 저자의 시간
: 서준식의 옥중기와 자기 서사의 정치학

| 임유경 |

수인의 시간

> 고통은 매우 긴 하나의 순간이다. 우리는 이것을 계절에 의해서도 가를 수 없다. 우리는 그저 그 기분과 그것의 재래再來를 기록해 볼 수 있을 뿐이다. 이처럼 옥중에 있는 우리들에게 있어서 시간 그 자체도 흘러가는 것이 아니다. 그것은 단지 회전하고 있을 뿐이다. 고통을 중심으로 하여 빙글빙글 돌아가고 있는 것이다. 이 마비된 듯한 옥중의 생활은 모두 이미 규율화되어 있어, 우리가 먹고 마시고 눕고 기도를 드리거나, 혹은 그저 형식적으로 무릎을 꿇고 있을 때에도 가혹하게 그 유동성 없는 법칙에 의해서 다스려지고 있다.[1]

1895년 동성애 혐의로 기소당한 후 패소하여 레딩교도소에서 18개월을 보내야 했던 오스카 와일드는 '옥중의 시간'은 흘러가는 것이 아니라 고통을 중심으로 "단지 회전하고 있을 뿐"이라고 기술한 바 있다. 고통은 회전 중심이 되어 시간들을 빨아들인다는 것이다. 이러한 감옥에서의 시간 경험은 고통이 단지 어느 순간에 촉발되고 경험되는 것이 아니라 "매우 긴 하나의 순간"으로 존재할 수 있음을 일깨운다. 또한 고통의 편재는 매순간 발생하는 고통과 그로 인한 통각의 상실이라는 역설적 상황을 동시에 지시한다. 그렇

[1] 오스카 와일드, 임헌영 옮김, 《옥중기》, 범우사, 1995, 17쪽.

기 때문에 감옥에서의 삶은 '고통을 항시 체험하는 삶'이면서, "유동성 없는 법칙"에 의해 초래된 '마비된 삶'일 수 있다.

시간은 그 자체로 "형벌을 운용하는 요인"이 된다. 장기간에 걸친 일련의 권리 박탈 상태는 수인 자신에게만이 아니라 그것을 목격하는 사람들에게 보복적인 법의 기억을 끊임없이 되살리게 하고 효과적으로 작용하는 공포를 언제나 소생시킨다.[2] 옥중기가 독후감을 말할 수 없는 텍스트로 존재하는 까닭은 아마도 이러한 맥락 때문일 것이다. 이때의 말할 수 없음은 고통에 대한 공감의 불가능성에 대한 인식으로부터 초래되며, 이 인식은 '수인의 시간'에 대한 고려 속에 탄생한다. 비유컨대, 경험되는 시간의 밀도와 흐름은 그것을 통과하고 감당하는 사람에 따라 다르게 느껴질 수 있다. 같은 시간대에 살고 있음에도 어떤 상황의 특수성은 시간의 지속을 체감할 수 없게 만드는 경우가 있는데, 감옥에서의 시간이 그러할 것이다. '수인囚人'이 갖는 '시간-감感'이 여느 사람들의 그것과 다름은 많은 옥중기들을 통해 말해졌고 또 강조되어 왔다. 이 감각의 차이는 다른 사람人들은 경험할 수 없는 물적 조건, 즉 그들의 삶에 채워진 '시간의 틀囚' 때문에 발생한다.

그러므로 옥중기를 독서하는 시간은 충분히 활자화되지 못한, 수년에서 수십 년에 이르는 시간들을 거슬러 올라가 그 시간들 사이의 주름과 흔적을 더듬는 긴 순간들이라고 할 수 있다. 다른 어떤 텍스트보다도 옥중기가 읽기 어렵고, 또 읽는 이로 하여금 형용할 수 없는 심리적 부담감을 느끼게 하는 것은 이 때문이다. 열린 책의 빗장 사이로 새어 나오는 갇혀진 시간들의 무게는 곧 쉽게 감

[2] 미셸 푸코, 오생근 옮김, 《감시와 처벌-감옥의 역사》, 나남출판, 2005, 175쪽.

지하거나 상상하거나 분유分有할 수 없는 '고통의 무게'이며, 그러한 맥락에서 옥중기를 읽는 일은 텍스트에 실려 있는 고통의 하중을 감당하려는 시도가 된다.

그간 한국에서 옥중기 연구가 본격화되지 못한 것은 아마도 이 고통을 언어화할 수 있는 방법을 충분히 모색할 수 없었기 때문일 것이다. 한국사회를 짓누르는 반공이데올로기는 오랫동안 이 고통에 대해 침묵하도록, 혹은 그러한 고통들이 보이지 않도록 만들었다. 그리고 이것은 좀 더 숙고해야 할 문제이지만, 진상 규명이 되었다고 가정된 어떤 진실을 해명하고자 옥중기에 접근하는 일이, 혹은 그것을 매개로써 활용하는 일이 어떤 점에서는 옥중기를 더 읽기 어렵게 만든 것일지도 모른다. 그렇다면, 과연 옥중기는 어떻게 읽을 수 있고 또 읽을 필요가 있을까. 읽기의 독법은 방법론의 차원에서 찾아질 수도 있겠지만, 그보다 먼저 고민해야 할 것은 텍스트 분석의 궁극적 목적을 어디에 둘 것인가 하는 점이다.

'옥중기'는 감옥이라는 체제의 시간을 자기화하기 위한 수인들의 노력을 담아내고 있는 의지의 기록으로 읽힐 수 있다. 그것은 마치 '체제의 시간'을 조각내는 목수의 작업과도 같다. 옥중기에서 우리는 정체되고 덩어리져 있는 시간을 쪼개어 분절함으로써 그것이 독자적 리듬과 세부의 조각을 갖는 전체가 되게 하는 노동의 시간을 목도할 수 있다. 자기의 시간을 생성시키려는 수인들의 노력은 체제의 시간이 강고하고 폭력적으로 그들의 삶을 짓누를 때 더 필사적으로 발현된다. 이른바 감옥에서 짧게는 15년, 길게는 43년을 보냈던 '장기수'들의 경우가 그러하다. 옥중기 연구가 어떤 의미를 가질 수 있다고 한다면, 그것은 이들 텍스트가 '역사'—시간의 행진이 아닌 시간'들'의 행진으로서의 역사—에 대한 성찰을 불러일으킨다는 데 있을 것이다. 말하자면, 옥중기를 읽는 시간은 수인이면서 저자인 그들의 노동을 미메시스하는 일, 가산적 방법에 의해 구성되는 균질한 역사의 시간을 조각내는 실천적·의식적 노동으로서의 의미를 지닌다. 이것은 곧 사회 전체에 대한 이해를 "이 모든 소소한 움직임과 반작용"의 문제, "말하자면 세부사항들의 문제, 남은 부스러기들의 문제"로 바꾸는 일이기도 하다.[3]

이 글은 이러한 문제의식에서 출발하여 한국문학 및 문화사에서 지식인의 옥중기가 가지는 의미를 '통치의 기술'과 '자기 서사의 정치학'이라는 관점에서 분석하고자 한다. 1980년대 한국에서 '비전향' 상태로 석방된 '최초의 장기수'였던 서준식이 1972년부터 1988년까지 약 16년 동안 쓴 옥중서한을 매개로 한국에서는 아직 본격화되지 못한 '옥중기 연구'를 시도하고자 하는 것이다. 여러 옥중기의 필자들 가운데에서도 서준식에게 관심을 기울인 것은 크게 세 가지 이유 때문이다. 첫째, 서준식이 '비전향' 상태로 석방된 '최초의 장기수'였다는 점을 고려했다. 1988년에 성사된 그의 출옥은 한국사회에 "양심수를 양산한 시대"에 대한 성찰을 불러일으킨 역사적·정치적 사건이었다. 같은 맥락에서 '서준식'이라는 이름은 그 자체로 "시대의 양심, 시대의 아픔"을 지시하는 상징어가 되었다.[4] 둘째, 서준식이 '재일조선인'이라는 정체성을 가지고 '한국인'이 되고자 한 인물이었다는 점과 관련된다. 재일조선인이라는 정체성과 일본어가 모어母語였다는 사실로 인해, 그의 옥중기는 다른 필자들

---

[3] 지그프리트 크라카우어, 김정아 옮김, 《역사》, 문학동네, 2012, 165~166쪽.

[4] 〈특집: 한국-전환의 소용돌이(9) 시대의 양심, 시대의 아픔〉, 《한겨레》 1988년 9월 10일자.

의 그것과는 차별화되는 특징을 보였다. 요컨대 '비전향'과 '재일조선인'이라는 두 요인으로 인해 서준식의 옥중기는 보다 복합적이고 풍부한 맥락과 결을 갖는 텍스트가 되었던 것이다. 셋째, 그는 집필권이 극도로 제한된 한국의 감옥 체제하에서 누구보다 적극적으로 텍스트 생산에 매진했다. 독재정권 시기에 감옥에서 수형자들은 서신 쓰기와 소송 관련 서류 작성만을 허용받았는데, 서준식은 이 두 가지 방식의 글쓰기를 모두 시도하였고 이를 생존과 투쟁을 위한 자원으로 삼았다. 그 결과 방대한 분량의 《옥중서한》과 《나의 주장-반사회안전법 투쟁기록》이 남겨졌으며, 이 텍스트들은 "개인적인 옥중기록"인 동시에 "한국 행형사, 인권사, 정치사의 기록"으로서의 의미를 가진다.[5]

이 글은 이상의 특징을 염두에 두면서, 《서준식 옥중서한》의 집필에서부터 출간에 이르기까지의 과정을 추적하며 '수인-저자'라는 복합적 정체성과 '옥중-글쓰기'라는 특수한 행위(텍스트)의 특징들을 분석하고, 나아가 한국사회에서 '옥중기의 집필-출판-독서'가 가지는 사회정치적 함의를 밝히고자 한다. 이러한 시도는 궁극적으로 감옥에서 씌어진 한 개인의 자기 서사가 어떻게 거시적 역사와 경합하며 형성되던 미시사의 흔적들을 엿볼 수 있게 하는지, 그리하여 그 자체가 하나의 담론적 구성물로서 분석될 필요가 있는지를 고찰하기 위한 것이다. 한국사회의 이방인이면서 구성원이기도 했던, 그러나 온전히 이방인도 구성원도 아니었던 저자의 감옥 체험과 글쓰기는 식민, 냉전, 독재의 경험들이 맞물려 있던

---

[5] 박원순, 〈한국 인권사의 한 상징〉, 서승, 김경자 옮김, 《서승의 옥중 19년》, 역사비평사, 1999, 272쪽.

시대의 현장들을 펼쳐 보여 주고, 권력과 개인이 길항 관계 속에서 만들어 내고 있던 혼종적 시간들로 우리를 이끌 것이다. 이 '감옥에서 온 편지들'은 저자 개인이나 당대인들에게만이 아니라, 뒤늦게 서신의 수취인이 된/될 후대의 한국인들에게도 한 국가의 세계에 대한 이해를 드러내 주는 장소들과 그곳에 있었던 주체들, 그리고 그들이 생성한 텍스트들의 의미를 성찰하게 한다는 점에서 여전히 읽혀야 할 기록들로 남겨져 있다.

| 최초의 비전향수 출옥과 《서준식 옥중서한》 |

서준식이 옥문을 나선 것은 1988년 5월이다. 그는 형인 서승과 함께 1971년 4월 '재일교포유학생간첩단사건'에 연루되어 징역 7년형(서승은 무기징역)을 선고받았다. 예정대로라면 7년의 형기를 마친 1978년 5월에 출옥해야 했지만, 1975년에 제정된 '사회안전법'에 의거하여 보안처분을 받음에 따라, 아울러 보안처분이 네 차례에 걸쳐 갱신됨에 따라 10여 년을 더 복역하게 된다. 이후 1988년 5월 25일 보안감호가 주거 제한으로 변경되면서 그의 수형생활에도 종지부가 찍힌다. 당시 서준식의 출옥이 중요한 역사적·정치적 사건으로 인식되었던 까닭은 그가 '비전향'의 상태로 석방된 '최초의 장기수'였기 때문이다. 서준식의 석방이 이루어질 수 있었던 것은 6월항쟁과 6·29선언에 따른 특별사면 및 복권 조치, 아울러 1988년부터 시작된 비전향수의 출옥 조치 등의 일련의 정치적 상황 변화 덕분이다. 이러한 '시국특수'와 더불어 1980년대 출판문화운동의 일환으로 불러일으켜진 '옥중기 출판 붐'에 힘입어 그의 옥

중기 발간도 이루어질 수 있었다.[6]

1980년대 후반 출옥한 지 얼마 지나지 않은 시기에 서준식은 세 곳의 출판사로부터 그간 집필한 옥중서한들을 한데 모아 한 권의 책으로 내 보자는 제안을 받게 된다. "감옥에서 쓴 편지는 얼마간 '상품가치'를 지니"[7]는 출판물로 주목받았던 것이다. 당시 서준식이 택한 출판사는 형성사였는데, 그에 따르면 '가장 적극적인 운동권 출판사'라 여겨졌기에 이곳에서 책을 내기로 결정했다고 한다.[8] 그런데 차후 발간된 옥중기는 기대에 부합하는 것이 아니었고, 이로 인해 그는 크게 실망하게 된다. 발행된 책에는 오탈자가 많았고 군데군데 수십 줄씩 누락되거나 배열이 잘못된 곳들도 있었다고 한다. 이러한 점 때문에 서준식은 책이 온전한 모습으로 다시 나올 수 있게 배려해 줄 것을 요청했다. 출판사 측은 재판을 찍을 때 문제가 되는 곳들을 바로잡겠다고 약속했지만, 교열 과정에서 텍스트의 많은 부분을 분실하여 결국 차후의 수정 작업은 원활하게 이루어지지 못한다. 그가 자신의 옥중기를 "만신창이"와 같았다고 말한 까닭은 이 때문이다. 그리고 이러한 정황은 저자가 절판을 결심하는 데 결정적 영향을 미치기도 한다.

서준식은 마치 자기의 삶을 닮은 듯 '옥중서간집'의 운명도 '기구했다'고 술회한 바 있다. 이는 앞서 살펴본 것과 같이 저자로서 맞

6 '옥중기 출판 붐'의 발생 배경과 그 의미에 관해선 임유경, 〈1980년대 출판문화운동과 옥중기 출판 연구〉, 《민족문학사연구》 59, 민족문학사학회, 2015 참조.

7 서준식, 〈2002년판 머리말〉, 《서준식 옥중서한》, 노동사회과학연구소, 2008, xix.

8 서준식, 《옥중서간집1-모래바람 맞은 영혼》, 형성사, 1989; 서준식, 《옥중서간집2-새벽의 절망을 두려워 않고》, 형성사, 1989; 서준식, 《옥중서간집3-고뇌 속에서 떠오르는 희망》, 형성사, 1989.

닥뜨려야 했던 난감한 외부적 상황에 대한 언급이면서, 동시에 이 책을 출간하는 일이 과연 어떤 의미를 가질 것인가, 그리고 그것이 독자에게 어떻게 읽힐 것인가 등의 고민에서 비롯된 것이기도 했다. 그는 감옥에서 나오자마자 출판사의 제안을 선뜻 받아들이는 행위가, 일부 사람들에게는 "감옥 경험"이라는 특수한 삶의 이력을 통해 세상에 이름을 내려는 "속물적 욕망"으로 비칠 수 있음을 우려했다.[9] 또한 1990년대에 절판을 결정하면서는 '어쩌면 이 책이 더 이상은 세상의 빛을 볼 수 없을지 모른다'는 우울한 전망을 갖기도 했다. 소련 및 동구 사회주의권의 붕괴와 군부독재의 종식 등의 국내외에 걸친 정치적 상황 변화와 맞물려 한국사회는 "'옥중투쟁기' 따위 고리타분한 책에 대한 관심을 급속도로 잃어" 가는 듯 보였기 때문이다. 차후 김규항에게 재발간 제의를 받았을 때 기쁨만큼이나 걱정과 불안이 앞섰던 것도 이 때문이다. "치졸한 문장, 설익은 사색, 80년대에나 통했던 이야깃거리들, 게다가 센티멘털리즘까지" 첫 옥중서한 출간 당시에는 들지 않았던 생각들이 떠오른 것이다. 그리고 이러한 우려는 종국적으로 '비전향장기수의 옥중서한'이 과연 "어떻게 21세기를 살아남을까"라는 물음으로 이어졌다.[10]

절판을 결정했던 책을 다시 공간하게 되었을 때, 이전과 달리 '저자의 몫'에 대해 더 깊이 생각하고 보다 적극적으로 출간 과정에 관여하게 된 까닭도 이러한 맥락과 무관하지 않다. 첫 책이 절판된 후 다시 옥중서한들을 엮어 재출간을 시도하고 싶었으나 기회

---

9 서준식, 〈머리말: 다시 《옥중서한》을 내면서〉, 《서준식 옥중서한》, x.

10 서준식, 〈2002년판 머리말〉, 《서준식 옥중서한》, xix.

는 쉽게 오지 않았다. 염려한 바와 같이 90년대에 들어서면서 80년대에 불었던 금서에 대한 사회적 관심과 출판 열기, 아울러 옥중기 붐이 잦아들기 시작했다. 동구권의 몰락과 군부독재의 종식, 민주화의 열기가 출판계에 미친 영향의 시효가 다해 가고 있었던 것이다. 그러던 중 근 10년 만에 김규항에게 재발간 제안을 받게 된다. 첫 발간 경험이 준 교훈, 그리고 다른 시간과 감각이 구성되고 있는 현재의 상황에 대한 인식은 저자로 하여금 이전과는 다른 태도를 취하게 만들었다. 그는 책의 교정, 편집, 출판에 이르기까지 전 과정에 개입한다. 오탈자를 바로잡는 일은 물론이고, 1989년에 출판된 《옥중서간집》과 1992년 10월 '서 군 형제를 구원하는 모임'의 사무국장인 니시무라 마코토西村誠의 번역으로 일본에서 출판된 《徐俊植 全獄中書簡》,[11] 아울러 원텍스트(편지 복사본)를 함께 놓고 일일이 대조해 가며 누락된 부분들을 찾아 고쳐 나갔다. 첫 번째 출간 때 출판사에 전권을 맡기고 의존적인 태도를 취했다면, 이번에는 책이 온전한 모습으로 나오기를 고대하는 마음에서 온갖 "고된 작업"을 도맡았던 것이다. 이 두 번의 출판 경험은 그로 하여금 저자의 몫이 단지 자기 서한을 한데 모아 전달하는 데에서 끝나지 않음을 깨닫게 했을 뿐만 아니라, 새삼 자기의 글에 대한 깊은 애정을 갖게 만들기도 했다.

한편, 여기서 좀 더 살펴볼 것은 '옥중서한'의 발간이 엄격한 '자기검열'을 거쳐 이루어졌다는 점이다. 이는 저자가 언급한 '글의 기구한 운명'을 떠올리게 하는데, 말하자면 서준식의 옥중기는 탄생

---

11 도마츠 가츠노리, 〈비전향 정치범의 투쟁 기록〉, 《정세와노동》 35, 노동사회과학연구소, 2008, 88쪽.

되는 순간만이 아니라 텍스트가 독자라는 불특정 다수의 수취인과 만나기 위해 공간公刊되는 때에도 계속된 검열의 과정을 거쳐야 했다. 차후 논의할 전자의 자기검열이 감옥 당국의 시선을 의식하여 이루어진 것이라면, 여기서 먼저 살펴볼 두 번째 자기검열은 독자의 시선에 대한 고려에서 비롯된 것이라고 할 수 있다. 옥중기 재출간 당시 그가 편집자 역할을 자임했던 것은 의식적 자기검열과 무관하지 않다. 서준식은 기존에 수록된 서신들을 재검토하면서 문장 단위부터 내용의 차원에 이르기까지 우려되는 문제들이 너무 많다는 점을 깨달았다. 이러한 인식은 저자로 하여금 기술적 수준에서 행해지는 수정 작업 이상의 노동을 하도록 만들었는데, 이를테면 그는 '적절치 않은 문장'이나 '치졸한 표현'을 매만지는 등 텍스트 전반에 걸쳐 윤문을 시도했다. 또한 가족의 프라이버시를 손상할 염려가 있는 편지들을 삭제했고, 다른 이들과 주고받은 일부 글들을 의도적으로 싣지 않기도 했다. 이러한 시도는 편지에 노출되어 있는 (독자이면서 수취인이기도 한) 특정인을 고려한 결정이기도 했고, 시대의 변화 속에서 필자가 새롭게 갖게 된 인식이 반영된 결과이기도 했다.

그러나 필자의 이 같은 노력에도 불구하고 야간비행에서 나온 《서준식 옥중서한》(2002)은 불과 3년 만에 절판된다. 그의 옥중기는 이후 노동사회과학연구소에서 다시 출판되는데, 필자의 지인과 동료들이 복간에 힘쓴 덕분이다. 이번의 재출간에서도 서준식은 저자로서 어떤 몫을 담당하려 했고, 그 결과 이전에는 수록되지 못한 편지들이 실리게 된다. 계속된 절판의 경험은 그로 하여금 책의 "수명"에 대한 생각을 떨칠 수 없게 만들었고, 이러한 우려가 그간 상대의 의사에 따라 부득이하게 누락시킨 편지들의 수록을 결심하게 이끈 것이다. 사정상 'L양'과의 편지 7통은 실리지 못했으나, 20년 동안 사과박스 안에 묻어 두었던 'P여사'에게 돌려받은 편지 15통이 새 판본에 포함됐다.[12] 또한 독자들이 참고할 수 있도록 일본어판의 〈역자 후기〉 번역본이 실렸고, 1970~80년대 한국의 정치적·사회적 상황에 대한 충분한 이해를 갖지 못한 "젊은 독자들"을 고려하여 111개에 달하는 기획자의 미주가 덧붙여졌다.

| 감옥獄과 언어言, 글쓰기라는 장치 |

해방 이후 한국에서 출간된 옥중기의 상당수가 '서한'의 형식을 취하고 있는 것은 '집필권'의 강력한 통제에서 비롯된 결과이다. 제1공화국부터 이후의 군부정권들에 이르기까지 통치권력은 옥중 집필을 불허했다. 수인들에게 허용된 글쓰기는 편지 쓰기나 소송 관련 서류 작성뿐이었다. 이는 비단 비전향수에게만 해당되는 것은 아니었는데, 80년대에 쏟아져 나온 옥중기의 표제가 하나같이 필자의 이름에 "서한집"이나 "서간집"이라는 양식명을 덧붙인 것이었음을 상기해 볼 수 있다.[13] 한국의 행형법은 교육받는 일반 수형자에 한하여 감방에서 집필 용구를 사용할 수 있도록 하며, 그 외에는 신앙수기나 독후감 작성 등과 같은 일회성 집필 활동만을 허

---

12 서준식에 따르면, 청주 보안감호소에 있던 시절 알게 된 P여사는 책에 수록하지 않는다는 조건으로 15통의 편지를 돌려주었고, L양의 경우에는 "모두 버렸다"고 하여 전달받지 못했다고 한다.

13 1980~90년대에 출간된 옥중기 목록은 임유경, 〈1980년대 출판문화운동과 옥중기 출판 연구〉, 94쪽 참조.

용했다.[14] 작가인 황석영에 따르면, 실제로 "감옥 안에서 작품을 쓰는 것은 불가능"에 가까운 일이었다. 일제 치하의 조선 감옥에서도 집필의 자유가 이렇게 제한된 바 없었으며, 이와 같은 집필권 통제는 세계적으로도 그 유례를 찾아보기 어려웠다.[15]

이러한 맥락을 염두에 두면서 서준식의 옥중기를 살펴볼 필요가 있다. 한국에서 출판된 그 어떤 이의 옥중기보다도 두꺼운 서준식의 '옥중서한'은 1980년대에 집중적으로 집필됐다. 노동사회과학연구소에서 간행된 《서준식 옥중서한》의 체재를 보면, 1972년부터 1988년에 이르기까지 약 16년 동안 쓴 글들이 총 일곱 개 장에 배치되어 있음을 알 수 있다. 아래의 표를 보자.

〈표 1〉《서준식 옥중서한》의 구성

순서	집필연도	특기사항	편수	해당지면
1	1972.5.12 ~1978.4.8	1971년 4월 서준식은 형 서승과 함께 유학생 간첩 혐의로 체포되어 징역 7년을 선고받고 수감됨	16편	1~19쪽
2	1978.7.15 ~1980.5.16	1978년 5월 27일 서준식은 형기 만료와 동시에 '사회안전법'에 의해 보안감호 처분을 받고 재수감됨	25편	21~61쪽

---

14 최정기, 《비전향 장기수-0.5평에 갇힌 한반도》, 책세상, 2002, 88쪽.

15 황석영은 옥중 서면 인터뷰에서 "세계적으로도 그렇고, 일제시대를 돌이켜 보아도 감옥 안에서 훌륭한 문학작품이 탄생한 선례를 생각해 본다면 실질적으로 집필이 불가능한 우리의 행형제도는 엄청난 문학적 손실이 아닐 수 없다."고 언급한 바 있다.(〈황석영 씨 옥중 서면인터뷰 "글을 쓰고 싶다"〉, 《한겨레》 1997년 1월 7일자) 실제로 서구의 경우 옥중기의 역사는 상당히 길고 풍부하다. 거칠게 개괄하면, 고대 로마의 철학자 보에티우스의 《철학의 위안》에서부터 《동방견문록》(마르코 폴로), 《역사를 위한 변명》(마르크 블로흐), 《옥중수고》(안토니오 그람시), 《세계사편력》(네루) 등에 이른다.

3	1980.6.28 ~1982.5.17	1980년 5월 서준식에 대한 보호감호 처분이 갱신됨	55편	63~229쪽
4	1982.6.8 ~1984.5.12	1982년 5월 서준식의 보호감호 처분이 두 번째 갱신됨. 서준식은 서울고등법원에 '보안감호처분 갱신 결정 무효확인 청구소송'을 제기함	55편	231~430쪽
5	1984.6.8 ~1986.5.13	1984년 5월 서준식에 대한 보안감호 처분이 세 번째 갱신됨. 서준식은 2차 소송을 제기함	43편	431~579쪽
6	1986.5.30 ~1988.5.2	1986년 5월 서준식에 대한 보안감호 처분이 네 번째 갱신됨. 서준식은 3차 소송을 제기함. 1988년 5월 25일, 법무부 장관은 서준식의 '보안감호'를 '주거 제한'으로 변경함	54편	581~788쪽
7	P여사에게 보낸 편지	1984년 2월부터 1985년 6월까지 서준식은 감호소 당국의 주선으로 목사 부인 P여사와 그가 대동하던 독실한 기독교인인 L양의 방문을 받으며 서신을 주고받음	15편	789~889쪽

옥중기에는 서울구치소에서 기결교도소로 넘어가기 직전에 쓴 1972년 5월 12일자 편지를 시작으로 1988년 5월 2일에 쓴 편지에 이르기까지 총 263편의 글이 실렸다. 이 많은 서신들이 각 장에 배치되었는데, 이는 형집행과 갱신 과정에 따른 변화를 기준으로 삼고 있다. 서준식이 복역한 기간은 1970년대 초에서 1980년대 말에 걸쳐 있지만, 대부분의 글이 집필된 것은 1980년대이다. 총 263편의 서신 중 231편이 이 시기에 작성됐다.

주지하다시피 옥중기에 수록된 글들은 모두 특정인을 수신자이자 독자로 삼는 서간 형식을 취하고 있다. 그런데 여기서 한 가지 눈여겨보아야 할 점은 이 방대한 분량의 서신들이 '일기처럼' 씌어졌다는 것이다. 서준식은 언젠가부터 "나의 옥중서간"이 "독백으로 가득 채워진 '일기'가 되어" 갔다고 고백한 바 있다. 이러한 현상이 두드러지게 엿보이는 분기점은 법정선고형인 7년의 형기를 마치고 나서부터이다. 7년의 복역 기간 동안 그는 고문을 비롯하여 갖가지 전향공작을 벌이는 권력의 에이전시들에게 자기의 "내면"을 보이지 않겠다는 "오기와 적개심"으로 충만했고, 감옥에서 쓴 글들은 이를 반영하고 있었다. 이때의 '반영'은 (내용상의 차원을 통해서가 아니라) 글을 쓰지 않는 형태로 이루어졌다. 서신에는 필자를 포함한 여러 개인들에 관한 정보가 노출되기 쉬웠고, 필자의 특정한 지향이나 의지를 엿볼 수 있는 대목들이 포함될 수도 있었다. 특히 '불온한 정신'과 '개전의 빛'을 확인하려는 감옥의 검열자들로 인하여 텍스트는 언제든 왜곡된 독해를 낳을 수 있었다. 이 점은 수인으로 하여금 '집필권'이라는 허구적 권리에 대해 생각하게 하고, 나아가 쓰지 않는 행위 자체가 일정 부분 저항의 의미를 가질 수 있다는 점을 인식하게 했다.

서준식의 경우, 1972년부터 1978년까지 대략 16편의 서신을 작성했다. 누락의 가능성을 감안하더라도 전체 편수에 비춰볼 때 상당히 적은 양이다. 그중에서도 1976년까지의 글은 고작 다섯 편에 불과하다. 예정된 복역 기간 동안 서준식은 절필에 가까울 만큼 글을 쓰지 않았던 것이다. 그런데 1977년경부터 어떤 변화가 감지된다. 이 연도를 기점으로 서준식이 거의 매달 편지를 부치기 시작한 것이다. 그렇다면 여기서 우리는 다음과 같은 질문을 던져 볼 수 있다. "무엇이 그로 하여금 글을 쓰도록 만들었는가?" 결론적으로 말하면, 그 이유는 바로 사회안전법, 더 정확히는 그러한 법을 제정하고 운용하는 권력 때문이었다. '반국가사범'의 재범 위험도—

"다시 범할 위험성을 예방"[16]—를 점치며 일어나지 않은 범죄를 관리하기 위한 제도를 신설하는 권력에 의해 예정된 형벌이 끝난 이후로도 갱신되는 복역의 시간이, 수인으로서 살아가는 삶이 영원히 끝나지 않으리라는 불안한 예감을 불러일으킨 것이다. 죄형법정주의의 예외인 이 법률에 의해 '인신의 자유'는 되찾을 수 없는 것이 되었고, 이것은 또한 궁극적으로 "살아서 독재의 감옥에서 나갈 수 있으리라"는 확신을 가질 수 없게 만들었다. 서준식은 이러한 확신을 가질 수 없게 되었을 때 비로소 글을 쓰기 시작했다. 그리고 "구금이 장기화되어 가는 과정에서" 그의 편지는 차츰 "'일기'가 되어 갔다."[17]

옥중기를 구성하는 개개의 글은 서한 형식으로 작성되었지만, 이 글들이 서로가 서로를 추가하고 잇는 방식으로 연계되었을 때 그것은 '자서전'의 얼굴을 갖게 되었다. 말하자면, 그의 옥중기는 '일기처럼 쓴 서신들로 구성된 자서전'이라고 할 수 있다. 서한의 수취인이 서로 달랐고 작성된 시점도 상이했지만, 서준식이라는 저자를 가지며 그 내용의 대개가 자기에 대한 이야기였기에 자서전처럼 보이고 읽힐 수 있는 것이다. 감옥에 있는 시간만큼 자기의 삶이 사라지고 있다는 의식은 '글쓰기에 대한 열망', 즉 "구체적인 삶의 이야기, 그 삶 속에서 내가 느끼고 생각했던 것을 기록하는 그런 편지 쓰기를 열망"하게 했으며, 그 열망은 구체를 갖는 일상의 시간을 재현하는 매일매일의 기록으로서의 텍스트를 생성시켰

16 '사회안전법'(법률 제2769호, 1975.7.16. 제정 및 시행)의 전문은 법제처 국가법령정보센터(http://www.law.go.kr/main.html)에서 확인할 수 있다.

17 서준식, 〈1989년판 머리말〉, 《서준식 옥중서한》, xxviii.

다.[18] 그러나 한편으로 그의 옥중기는 "구체적인 삶의 이야기"를 담고 있는 온전한 텍스트가 될 수는 없었는데, 왜냐하면 저자가 생산하는 거의 모든 텍스트가 필연적으로 기입되지 않은 어떤 특정한 독자를 가져야 했기 때문이다.

> 일기는 검열되지 말아야 한다. 그러나 나의 '일기'는 검열될 수밖에 없었다. 나는 이 고통과 끊임없이 싸워야 했다. (…) 이리하여 사색이 치열해지면 해질수록 검열과의 숨바꼭질도 치열해지기 마련인데, 이 책의 중반을 넘어가게 되면 하고 싶은 말을 완곡한 표현으로 애매하게 하는 기술이 상당히 늘어 그중 지금도 읽다가 스스로 실소를 금할 수 없는 몇 부분은 '절묘'의 경지라 할 만하다. 그리고 나의 옥중서간은 구체적인 삶의 기술을 현저히 결한 불구의 서간일 수밖에 없었다. 그것은 구체적인 옥중 생활의 서술을 편지 검열상의 금기로 하는 감옥의 관습 때문이었으며 나는 옥중에서 언제나 뭔가 구체적인 삶의 이야기, 그 삶 속에서 내가 느끼고 생각했던 것을 기록하는 그런 편지 쓰기를 열망해 마지않았다. 나에게 이 옥중서간집은 참으로 고통스러웠던 나의 숨바꼭질 투쟁의 기록이라는 각별한 의미를 가지고 있는 것이다.[19]

주지하다시피 감옥의 경계를 넘나들 수 있는 대상은 매우 제한적이다. 특히나 감옥 안에서 생산된 것들의 외부로의 배출은 더욱 까다로웠다. 따라서 수형자들에게 서한은 철저히 차단된 공간에서

---

18 서준식, 〈1989년판 머리말〉, 《서준식 옥중서한》, xxix.

19 서준식, 〈1989년판 머리말〉, 《서준식 옥중서한》, xxviii~xxix.

수인이 바깥으로 내보낼 수 있는 매우 드문 자기의 생산물이자, 타자와의 관계를 간접적인 방식으로나마 유지하고 복구하는 소통의 장치였다. 그것은 한낱 종이에 불과한 것이 아니라, 자기를 대신하여 경계를 넘나드는 연장된 신체와도 같은 존재였던 것이다.

한편, 서한을 쓰는 시간은 수인이 옥중에서의 시간을 자기화하는 과정에서 비롯된 산물이기도 했지만, 동시에 (이곳과 다른 속도로 흐르는) 바깥의 시간을 느끼어 알 수 있게(感知) 만들어 주는 매개체이기도 했다. 차입되는 서적 또한 마찬가지의 의미를 지녔다. 그것은 "격세지감을 실감"하게 해 주는 것이었고, 어느 때에는 그러한 차원을 넘어 수인으로 하여금 불현듯 "미래 시대에 도착한 것 같은 어색함"을 안겨 주는 것이기도 했다.[20] 또한 중요하게도 이 책들은 독서를 위해서만이 아니라 옥중기의 내용을 구성하는 데 있어서도 중요한 자원이 되었다.

일반적으로 비전향장기수는 일반 수형자는 물론이고 담당자 외에는 교정공무원의 출입도 제한된 특별사동에 수용되었으며, 독거수용의 원칙에 따라 0.75평의 폐쇄된 공간에 격리됐다.[21] 육체의 감금과 일상의 관리가 다른 수형자에 비해 현저히 강화된 형태로 이루어졌을 뿐만 아니라, 이들의 경우 통치권력의 표현을 빌리자

---

20 감방에서 보유할 수 있는 책은 사전과 성경을 제외하고 5권으로 제한되었다. 서준식, 〈1981년 4월 3일 영실에게 쓴 편지〉, 《서준식 옥중서한》, 116쪽.

21 1980년경 안동교도소가 추가될 때까지 비전향장기수들 중 기결수는 대전과 대구, 전주 및 광주교도소에 수감되었으며, 미결수(사형수 포함)는 대체로 서울구치소에 수감되었다. 비전향장기수의 수용은 독거수용을 원칙으로 했고, 이에 따라 비전향장기수를 혼거감방에 수용하는 일은 매우 드물었다. 최정기, 〈총체적 통제시설과 수형자의 일상문화-1960년대 이후 한국의 비전향 장기수를 중심으로〉, 《형사정책》 13, 한국형사정책학회, 2001, 200쪽.

면, 이른바 '정신의 정화'를 위해 '감옥 안의 감옥'에서 체제의 사상을 수혈받아야 했다. 감옥 안에서도 게토화된 이 장소에서 정신은 육체보다 더 빠른 속도로 일그러지고 훼손됐다. 수형자들은 영혼과 신체의 수련을 위한 방법을 모색해야 했는데, 비전향장기수들이 고립된 독방에서 '정신을 가다듬고 시간을 조직하기' 위해 가장 많이 의지했던 방법 중 하나가 바로 '독서'다.

일반수의 경우 도서 검열을 담당하는 부서는 교무과이고 교무과장이 도서 검열을 총괄하는데 비해, 비전향장기수에 대해서는 전향을 담당하는 교회사가 도서를 검열했다. 법무부의 '금서 목록'과 '열독 허가 지침', 문화공보부의 '금지도서 목록' 등을 검열 과정에서 참고하는 한편, '투쟁심을 선동하는 것' 등의 포괄적인 지침도 있었다. 그러나 이 기준은 자의적으로 해석되기 쉬웠고, 그런 까닭에 많은 도서들이 허가받지 못했다.[22] 그뿐만 아니라 교도소 당국은 행형법에 명시된 도서 열람마저 제한했으며 필요에 따라 소지가 허용된 책들도 압수했다. 때로 성경책마저도 빼앗겨 수형자들은 '읽을 수 있는 것'이 아무것도 없는 상황에 처했다. 모든 도서의 압수와 독서 금지 처분은 수감자의 고통을 배가하기 위해 존치하는 '기입되지 않은 형벌'이었다. 이러한 상황에서 무언가를 '읽는 행위'는 그 자체로 체제의 리듬을 흔드는 저항일 수 있었다. 수형자들 간에 책을 빌려주는 것은 원칙적으로 금지되어 있었고 그에 대한 통제 역시 강력했음에도 불구하고, 비전향수들은 그러한 원

---

[22] 감옥의 도서 검열에 관해서는 최정기, 〈총체적 통제시설과 수형자의 일상문화-1960년대 이후 한국의 비전향 장기수를 중심으로〉, 203~204쪽; 최정기, 《비전향 장기수-0.5평에 갇힌 한반도》, 87쪽 참조.

칙을 깨면서 읽을거리를 나눠 가졌다. 도서 열람을 둘러싼 갈등은 '비전향장기수 감옥 체제'에서 일어나는 주요한 투쟁의 원인이 되었는데,[23] 그 까닭은 이들에게 "독서"가 단지 "도락"이 아니라 일종의 "사명"과 같은 것이었기 때문이다.[24]

독서만큼, 어떤 의미에서는 그보다 더 중요한 의미를 갖는 일이 '글쓰기'였다. 이것은 소통 부재의 상황에서 타자와의 관계를 복구하고 삶의 지속을 재현하는 하나의 방법이자, "일체의 소리가 죽어 있는 공동묘지"[25]와 같은 감옥(특사)의 침묵을 깨뜨리는, 지면에서 벌이는 소리 없는 투쟁이기도 했다. 서준식의 경우, 옥중에서 보낸 17년 중 (미결 상태로 있을 때와 잠시 합방을 한 경우를 제외하면) 약 15년 6개월가량을 독방에서 지냈다. 그는 정신을 파괴하는 가장 큰 요인 중 하나가 "죽은 듯이 조용"한 상태, 즉 '말이 실종된 상태'라고 지적했다.[26] 실제로 비전향수는 이중의 고립을 경험해야 했는데, 접견과 서신 교환 등에 대한 강력한 통제가 외부와의 접촉을 차단하는 것이었다면("세상과의 단절"), 독거 수용이나 정례적 일정들로부터의 배제는 감옥 내부에 또 하나의 감옥을 만드는, 이른

23 최정기, 《비전향 장기수–0.5평에 갇힌 한반도》, 87쪽.

24 전향하지 않은 이들의 경우 편지 이외의 글을 쓰는 일은 철저히 차단됐다. 독서 역시 그러했는데 소지할 수 있는 사책의 권수는 전향/비전향의 상태에 따라 차등적으로 정해졌다. 또한 전향 강요의 차원에서 장기간의 독서 금지 처분이 내려지기도 했다. 한편 이러한 환경 속에서도 서준식은 감옥에서 만난 이들에게 한자를 가르치고 당시唐詩를 풀이해 주기도 했으며, 항소이유서를 대서해 주기도 했다. 서준식, 〈1979년 7월 30일 영실에게 쓴 편지〉, 《서준식 옥중서한》, 33쪽.

25 〈김남주씨 옥중서한(하)–0.7평 공동묘지, "나는 살아남아야 한다"〉, 《한겨레》 1988년 8월 28일자.

26 서준식, 〈장기 복역자가 바라본 행정 및 교정교화의 실과 허〉, 한국역사정보통합시스템 소장 아카이브 자료(등록번호 00476441), 35쪽. http://archives.kdemo.or.kr/View?pRegNo=00476441

바 내부로부터의 고립을 초래하는 것이었다("형무소의 세계에서마저 단절").[27] 실제로 비전향수의 글들은 이 고립감이 얼마나 큰 고통을 야기하는지 기록하고 있으며, 일부 전향한 장기수들은 고립감에 따른 정신장애를 전향의 이유로 들기도 했다.[28] 이러한 상황에서 수형자들은 쓰고 싶은 것이 있어 무언가를 적어 내려가기도 했지만, 많은 경우 쓰기 위해 쓸 거리를 궁리했다. 서준식은 서신을 쓰는 동안, 그리고 그것을 쓰기 위해 "우리들 시대에 비치는 나의 고난의 의미"에 대해 생각했고, 이로써 "자신의 내부를 깊이 들여다볼 수" 있었으며 "절망적인 고독으로부터 도피할 수" 있었다.[29]

'몰래 쓴 글'은 살아남을 확률이 현저히 낮았고 지극히 사적인 글이라 할 수 있는 서신조차도 검열자의 시선으로부터 자유롭지 못했다. 감옥에서 생산된 모든 글들에 대한 검열이 이루어짐에 따라 검열관은 수취인에 앞서 글을 읽는 첫 번째 독자가 되었다. 서신 검열은 주로 내부의 일이 바깥으로 흘러 나가는 것을 차단하기 위해 마련되었다. 가령, 서준식은 강제급식을 시키려는 교도관들과 이를 받아들이지 않으려는 자신 사이의 격렬한 싸움에 대해 자세히 묘사한 적이 있는데, 검열 과정에서 이 대목은 삭제됐다. 이외에도 옮겨 적은 시 한 편이 통째로 지워지는 등 검열관에 의해 수십에서 수백 자의 단어가 휘발되기도 했다. 이 '삭제된 장소'는 차후 저자와 편집자에 의해 복원이 시도되었지만, 온전히 내용을 기억할 수 없는 까닭에 여기에는 실제 씌어졌던 내용이 아니라 검열

---

27 김선명 외, 《0.75평 지상에서 가장 작은 내 방 하나》, 도서출판 창, 2000, 281쪽.

28 최정기, 《비전향 장기수-0.5평에 갇힌 한반도》, 99쪽.

29 서준식, 〈일어판 머리말〉, 《서준식 옥중서한》, xxii.

로 인해 삭제가 이루어졌다는 사실이 대신 표기되었다. 한편, 감옥 내의 특정 사건으로 인해 분위기가 삼엄한 때에는 더 조심스럽고 까다로운 자기검열이 수행되었으며,[30] 이에 따라 많은 것들이 씌어지지 않거나 달리 말해졌다.[31]

검열의 대상은 비단 내용적 차원에 한정되지 않았다. 형식과 규칙을 준수했는지 여부가 글 자체를 폐기할 수 있는 이유가 되었다. 서준식이 대전교도소에 있었던 1970년대 당시 좌익수로 분류된 수인들에게는 한 달에 한 번만 서신을 보낼 수 있는 권한이 주어졌다. 서신의 수취인 역시 가족에 한정됨에 따라 가족이 아닌 이들과의 편지 교환은 불가능했다. 이로 인해 가족과 연락이 단절된 사람들의 경우 수십 년 동안 편지를 보내지도 받지도 못하게 되는 사례가 생겨났다.[32] 그뿐만 아니라 지급되는 관제엽서에는 교도소 내부의 사정이나 정치문제를 언급하면 안 되었고, 단지 200자 이내의 안부만을 적어야 했다. 서준식의 경우만 보더라도 여섯 글자가 초과되었다는 이유로 첫 편지 발송이 불허 처리되었다거나, 이후로

---

30 서준식에 의하면, '사회안전법'에 의한 구금에 항의하기 위해, 또는 감방에서 보유할 수 있는 도서 권수 제한 문제에서 발단한 감호과장의 폭행 및 부당한 계구 사용에 항의하기 위해 단식투쟁을 벌이는 등 저항적 움직임이 두드러질 때 특히 그러했다.

31 또 다른 맥락에서도 자기검열은 이루어졌다. 글을 쓰고자 하는 욕망만큼이나 그러지 않겠다는 욕망 역시 컸는데, 말하자면 옥중기는 이러한 욕망의 갈등 속에서 탄생했다. 한 예로, 서준식은 다음과 같이 기술하고 있다. "글을 쓴다는 게 원래 어려운 일이기는 하지만, 이것을 쓰면서 진정 어려웠던 일은, 서러움이 복받쳐 끝도 한도 없이 신세타령을 늘어놓고 싶어지는 욕망을 누르고 간결하게 정리하는 일, 그리고 '인간 서준식'을 솔직하게 드러내려 몹시 애를 쓰면서도 다른 한편으로는 '내가 왜 이따위 문서에다 이런 이야기를 써야 하는가'라는, 하루에도 여러 번씩 엄습하는 회의와 싸우는 일이었다."

32 서준식, 〈장기 복역자가 바라본 행정 및 교정교화의 실과 허〉, 36쪽.

도 '너무 많은 사연을 적었다'는 이유로, 또 수신자에게 '너무 많은 책의 발송을 부탁했다'는 이유로 여러 통의 편지를 부치지 못한 바 있다. 글자 수나 내용이 제한에 걸려 허가가 나지 않아도 당사자에게는 알려 주지 않았으며,[33] '불허'라는 빨간 도장이 찍힌 서신들은 수합되어 감옥의 소각로에서 재로 사라졌다.

이것은 역으로도 마찬가지였다. 서준식을 발신인으로 삼는 편지만이 아니라 그를 수취인으로 삼는 편지들도 검열의 대상이 되었다. 정보 식별과 메시지의 취사선택을 통해 조직 내 커뮤니케이션 네트워크를 조정한다는 점에서 검열자들은 '문지기gate keeper'의 역할을 담당하고 있었다고 할 수 있다. 1970년대 중반 당시 광주교도소와 전주교도소의 좌익수 전향공작전담반에 근무한 한윤덕에 의하면, 서준식 앞으로 배달된 편지들 중 상당수가 검열 과정에서 폐기 처분됐다. "건강에 유의하고 끝까지 굽히지 말라는 내용들이었으므로 이러한 서신은 본인에게 전달을 하지 않"았다는 것이다. "전향 권유"라는 목적에 위배되는 서신의 경우 수감자의 개전을 위해 차단되어야 한다는 논리가 작동하는 순간만큼은, 역설적이게도 사회가 아니라 감옥이 외부의 오염으로부터 보호해야 할 장소가 되었다. 또한 누구와 어떤 편지를 주고받았나, 그 내용은 주로 무엇이었나, 그를 면회 온 이들은 누구인가, 그들은 어떤 대화를 나누었는가와 같은 질문들은 차후 형기 만료 출소(1978. 5. 27) 예정인 서준식을 더 오래 감옥에 붙들어 두기 위해 작성된 '진술조서'의

---

33 그런가 하면, 법적으로 3일 이상 편지 소지를 금지했기 때문에 다 읽고 난 편지는 창고에 보관해야 했다. 서승, 《서승의 옥중 19년》, 167쪽.

주요한 내용이 되었다.[34]

이상의 논의를 종합하면, 옥중기가 집필되고 출판되는 과정은 거듭된 검열의 연속화된 과정이라 할 수 있을 것이다. 옥중기는 첫째, 감옥의 체제 안에서 살아남아야 했다. 내용상의 문제는 물론이거니와 형식적 규칙에 어긋난 경우에도 일제히 소각 처리되었다. 둘째, 첫째 사항을 염두에 두지 않을 수 없기 때문에 필자는 엄정한 자기검열을 수행하는 주체가 되어야 했다. 그는 필자인 동시에 검열자가 되었던 것이다. 사실 모든 글들은 자기검열 없이 집필되지도 출판되지도 않는다. 그러나 감옥에서의 글쓰기는 보다 특별한 자기검열을 거치는데, 이때 차이는 필자가 검열자의 시선을 적극적으로 모방한다는 데에서 비롯된다. 그는 자기 판단에 의거한 검열을 수행하는 동시에 검열자의 눈으로 텍스트를 읽어 나간다. 세 번째 차원은 편지의 수취인과 관계된다. 서신은 수신자에 의해 잘 간수되어야 할 뿐 아니라 돌려받거나 공간되기 위해서는 그의 협조가 필요하다. 마지막으로 출판 단계에서 필자의 계속된 자기검열과 출판사 측의 개입이 이루어진다.

서준식의 옥중기는 이렇듯 중층적으로 행해지는 검열과 승인의 과정을 구체적으로 드러내 보여 준다. 감옥에서 탄생하는 글들은 '숨바꼭질'하는 주체들의 시선 '사이'에서 씌어지고 생존했음을 말이다. 여기서 우리는 '옥獄'이라는 한자가 좌우에 짐승들이 버티고서 '말言'을 감시하고 있는 형국을 형상화하고 있다는 점을 상기해

34 일본에 있는 누이 서영실의 안부편지, '서승 · 서준식 형제 구조회' 명의로 오는 여러 사람들의 서신, 그리고 일본, 미국, 캐나다, 네덜란드 등지의 인권단체에서 발신한 서신 등이 주를 이루었다. 〈진술조서〉, 서준식, 《나의 주장-반사회안전법 투쟁기록》, 형성사, 1989, 28쪽.

볼 수 있다.[35] 감옥은 '말'에 관한 가장 강력한 검열이 행해지는 장소였고, 그로 인해 많은 글들이 씌어지지 않거나 '불구의 상태'로 태어났다. 삭제된 구절로 인해 맥락은 툭툭 끊겼고 그 자리는 비워졌지만, 이 텅 빈 장소는 검열자의 시선이 훑고 지나간 흔적을 보존했다. 몰래 쓴 일기를 들춰 보고 서신이 수취인에게 도달하기 이전에 자기의 존재를 기입하는 권력의 노동은 '말'을 단속하는 일, 궁극적으로는 언어의 독자성에 대한 불허를 통해 '개인의 시간과 장소'를 삭제해 나가는 일이었다.

또한 외부의 검열자가 움직이기 이전에, 글을 쓰는 자기에 의해 먼저 검열이 행해짐으로써 옥중기는 "구체적인 삶의 이야기"를 결여한 텍스트가 되었다. 집필권을 부여하지 않는 권력과의 대면은 필자로 하여금 쓸 수도 쓰지 않을 수도 없는 상황에 끊임없이 처하게 했다. 서준식이 자신의 옥중서간집을 두고 "고통스러웠던 나의 숨바꼭질 투쟁의 기록"이라고 명명한 것도, 그러한 까닭에 "각별한 의미"를 갖는다고 썼던 것도 이 때문이다. 글을 쓰는 일은 고통을 수반했지만, 이것은 어떤 의미에서는 피할 수 없는 일, 심지어는 그것에 스스로가 자발적으로 동참할 수밖에 없는 일이었다. 왜냐하면, 서준식에게 글을 읽고 쓰는 일은 '독백적 삶'마저도 불가능하게 만드는 권력의 체제 안에서 살아남을 수 있는 유일한 '생존의 방법'이었기 때문이다.

요컨대 서준식은 규율화된 삶에 다른 리듬을 부여하고 마비된 감각을 일깨우는, 그리하여 고통을 중심으로 회전하는 시간의 관

---

[35] 윤무한, 〈신영복의 감옥 속에 들어온 현대사, 혹은 시대 뛰어넘기〉, 《내일을 여는 역사》 27, 내일을 여는 역사, 2007. 3, 181쪽.

성을 흔드는 매일매일의 노동으로서의 글쓰기를 수행하고 있었다. 교도소의 시간에 복속되어 있지만 또한 그것과는 다른 리듬을 갖는 그의 시간은 체제의 시간을 자기화하는 과정에서 생성되었다. 그리고 이 시간'들'의 발생으로 인해 그는 숨 막히는 체제의 시간 속에서도 살아남을 수 있었다. 이때의 생존은 육체적 삶의 지속과 정신적 삶의 지속을 동시에 지시한다. 그에게 글쓰기란 "절망하지 않기 위하여. 그리고 살아남기 위하여" 스스로가 자기에게 부과한 과업 같은 것이었다. 그것은 곧 체제의 시간 안에서 체제의 시간을 조각내는 '장치dispositif'이자 영혼의 황폐화를 지연시키는 생존의 '기술'이었다고 할 수 있다. 생각의 중단을 강요하는 체제 안에서 자꾸만 굳어지는 "뇌와 혼"을 "고양"시키는 최우선적 방법은 '글을 짓는 일'이었고, 그것은 곧 '시간을 짓는 일'이기도 했다.[36] 체제의 시선 안에 있으면서, 동시에 그것에 포착되지 않는 장소를 "숨바꼭질" 하듯 생성시키는 일은 "감옥의 관습"이 곧 나의 습관이 되는 시간을 최대한 지연시키려는, 이른바 "체제 내화"를 거스르는 목적의식적 노동이었던 것이다. 그리고 이러한 "옥중의 정신 경험"은 출옥한 이후에도 그의 삶에 중요하게 작용했다.[37]

---

36 유명한 옥중기의 저자인 안토니오 그람시의 사례를 인용할 수 있다. 1928년 5월 28일 열린 재판정에서 검사는 그람시를 가리키면서 "우리는 20년 동안 이 자의 두뇌가 작동하지 못하도록 해 놓아야 한다"고 논고했다. 이 말은 곧 사회로부터의 격리가 온갖 지식의 생산과 소비로부터의 격리일 수 있음을 지시한다. 그러나 감옥에서의 시간은 '두뇌 작동의 중지'를 초래하지 못했다. 그람시는 수감되어 있던 1929년부터 1935년까지 '지식인의 역할'에 대한 숙고와 '지식의 수용과 생산'을 위한 노동에 계속된 열정을 투여했고, 그것은 2,848페이지의 글(*Quaderni del carcere*)로 남겨졌다.

37 서준식, 〈2002년판 머리말〉, 《서준식 옥중서한》, xiv~xv.

| 자기로의 생성 변화, '비전향장기수-재일조선인' |

"24살에서 41살까지" 단 한 장의 사진도 초상화도 갖지 못한 서준식에게 옥중기는 이 무수한 시간들이 실제로 '흐르고 있었음'을, 그리고 옥중에서의 긴 세월이 '자기수련의 시간'이라는 의미를 가졌음을 알려 주는 증서였다. 아무것도 생산할 수 없는 상태(不姙의 體制)에서 자기의 건재함을 스스로 확인하고 돌이켜 보는 시간, 즉 기억을 길어 올리고 텍스트에 울려 퍼지는 자기의 목소리를 들으며 기입되고 있는 자기의 삶을 다시 발음해 보는 시간의 생성을 뜻했던 것이다. 그는 자녀들이 아버지의 젊은 날의 모습을 들여다보고 싶을 때, 앨범이 아닌 "옥중서한을 열게 될 것"이라고 언급한 바 있다. 그에게는 "옥중서한"이 그 자체로 자기의 "젊은 날의 자화상"이었던 것이다.[38] "검열되지 말아야" 할 대상들조차도 검열의 심판대에 올리는 권력과 "숨바꼭질"하듯 숨고 부딪치며, 글쓰기라는 자기가 자기 자신에게 위임한 과업을 중단 없이 수행해 나갔던 것은 이 때문이다. 또한 중요하게도 서준식에게 글쓰기는 '전향과 죽음'이라는 항들을 비껴가는 방법, 다시 말해 그것의 사이in between에서 자기 자리를 그려 내는 유일한 방법이기도 했다.

> 곱은 손에 호호 입김을 불면서, 혹은 봉함엽서 위에 뚝뚝 떨어지는 땀을 손바닥으로 자꾸만 훔치면서 나는 열심히 편지를 썼다. 절망하지 않기 위하여. 그리고 살아남기 위하여….[39]

---

[38] 서준식, 〈일어판 머리말〉, 《서준식 옥중서한》, xxii.

[39] 서준식, 〈일어판 머리말〉, 《서준식 옥중서한》, xxii.

서준식과 그의 형인 서승, 현해탄을 건너 조국에 온 이 재일조선인 청년들은 속죄하기를 간절히 원하는 권력과 각각 17년, 19년을 동거했다. 또한 의미심장하게도 '비/전향'의 선택이라는 또 하나의 형벌은 '재판 이후'에 도래했다. 이들 형제는 "출소하면 …도, …도 모두 하리라"라는 꿈과 "죽음에의 유혹"의 사이에서 오랜 시간을 견뎠고, 전향이라는 결단을 계속해서 지연시켰다.[40] 그들은 한 교도관의 말을 빌리자면, "종이 한 장"과 "아까운 청춘"을 교환하는 일을 끝내 거부했다.[41]

전향서, 이 "종이 한 장"은 마치 '반공과 용공'이라는 거칠게 재단된 이념의 선택지인 것처럼 여겨졌지만, 여기에는 그보다 더 중요한 선택이 가로놓여 있었다. 그것은 바로 자기의 죄를 스스로 고백하고 충성을 맹세하는 일, 다시 말해 '국가권력에의 복종'이다.[42] 전향은 사면을 받을 수 있는 방법이자, 살아서 감옥 바깥으로 나갈 수 있는 단 하나의 가능성이었지만, 서준식은 전향하지 않는 편을 택함으로써 군부독재정권을 '사면권presidential pardon'의 행사 주체, 즉 용서의 주체로 승인하지 않았다.

실제로 "사상 전향의 문제"는 옥중서한의 "중요한 라이트 모티프"였다.[43] 전향이라는 과업을 스스로에게 부과하는 권력의 의지는

---

40 서준식, 〈나의 진실 나의 고백〉, 《나의 주장-반사회안전법 투쟁기록》, 288~289쪽.

41 한 교도관이 서승에게 한 말이다. 한승헌변호사변론사건실록간행위원회, 《한승헌변호사 변론사건실록1》, 범우사, 2006, 363쪽.

42 서승의 사례는 다음의 글을 참조. 임유경, 〈일그러진 조국-검역국가의 병리성과 간첩의 위상학〉, 《현대문학의 연구》 55, 한국문학연구학회, 2015.

43 서준식은 1992년 일본에서 출판된 《徐俊植 全獄中書簡》의 머리말에서 '민족', '자생', '전향', '종교'가 옥중서한을 관통하는 일관된 주제였다고 언급한 바 있다. 한편 '전향'은 남북한에서 출간된 비전향장기수들의 글 전체를 관통하는 공통의

그렇게까지 해서라도 전향을 관철시키고자 하는 권력의 욕망을 탐문하게 했다. 감옥에서의 삶은 권력의 욕망(전향하라)에 의해 나의 욕망(전향하지 않겠다)이 창출되는 시간, 다시 말해 전향이란 과연 무엇인가("전향, 전향이 도대체 무엇이기에…")를 복합적으로 사유하게 만드는 시간이기도 했던 것이다.[44] 따라서 전향서를 대신하여 옥중기를 쓰는 일은 "전향"이라는 "제도"를 가지고 "인간의 긍지를 파괴하는 체계"의 문/법文/法을 비판적으로 성찰하는 시도가 되었다.[45] 즉, 옥중기는 "사상 전향"을 반드시 "문서로서 표명"하게 하는 권력과 대면하여, 전향하지 않고자 하는 주체의 의지를 반복적으로 쓰고 확인하는 수행적 발화의 장소가 되었던 것이다.[46]

그런가 하면, 서준식은 감옥에서 허용된 글쓰기를 적극적으로 활용하는 모습을 보이기도 했다. 1980년대에 접어들어 그가 서신을 쓰는 일 외에 '보안감호처분 무효확인청구소송'을 진행했다는 사실을 기억할 필요가 있다. 서준식은 1982년과 1984년, 그리고 1986년에 걸쳐 세 번의 소송을 진행했으며, 이를 위해 법률서적을 공부하고 각종 법률문서를 작성했다. 비록 모두 승소하지 못했으나 이 소송들은 "그 자체가 반사회안전법 투쟁의 기록"[47]이라는 점

핵심적 이슈이자, 비전향수 서사에서 이야기의 절정과 긴장을 구성하는 중요 요인이기도 하다.

44 서준식, 〈반민주적 '전향제도' 없어져야 한다〉, 《나의 주장–반사회안전법 투쟁기록》, 292쪽.

45 서준식, 〈반민주적 '전향제도' 없어져야 한다〉, 《나의 주장–반사회안전법 투쟁기록》, 295쪽.

46 서준식, 〈반민주적 '전향제도' 없어져야 한다〉, 《나의 주장–반사회안전법 투쟁기록》, 293쪽.

47 서준식, 〈멈출 수 없는 반사회안전법 투쟁을 위해〉, 《나의 주장–반사회안전법 투쟁기록》, 5쪽.

에서 중요한 의미를 가진다.

이상에서와 같이, 서준식은 '자백과 속죄'를 강요하는, 그리하여 복종의 가능성까지도 파괴하는 체제의 시간 속에서 선택지에 기입되지 않은 삶의 형식을 고구하기 위하여 자기의 시간을 썼다. 사유와 삶의 양식의 변용 기술로서의 저항을 꾀했고, 글쓰기는 이러한 저항의 중요한 한 양태가 되었다. 이때의 글쓰기가 특정한 의미를 가질 수 있다면, 그것은 주체로 하여금 '자기로의 생성 변화'를 경험하게 만들었다는 데 있을 것이다. 이때 '자기로의 생성 변화'란 탈복종화의 실천, 즉 현재의 권력관계를 끊임없이 비판하고 복종화된 자아를 윤리적 자기로 변용시키려는 시도를 가리킨다.[48] 이것은 달리 말하면, 서준식의 옥중기에서 규제적 기능으로 가득 찬 권력과 그 앞에서 자기의 특이성을 구축하는 반성적 주체의 자리를 함께 읽어 낼 수 있다는 말이기도 하다.[49]

주목할 만하게도 서준식의 옥중기는 또 다른 맥락에서도 '자기로의 생성 변화'라는 의미를 창출하고 있었다. 그의 형제인 서경식의 표현을 빌리자면, 서준식의 옥중기는 "잔혹한 군사독재정권의 정치적 투쟁"인 동시에 "재일조선인으로서의 자신을 부정하고 조국

48 푸코의 저항 개념에 관해선 사토 요시유키, 김상운 옮김, 《권력과 저항-푸코, 들뢰즈, 데리다, 알튀세르》, 도서출판 난장, 2012, 142쪽 참조.

49 한편, 서준식의 글들, 특히 비/전향에 대한 그의 숙고는 누군가로 하여금 자기의 삶을 바꿔 놓을 만한 중대한 결심을 하게 만드는 동인이 되기도 했다. 1992년 사상전향제도의 위헌성에 대해 헌법소원을 제기했던 비전향장기수 42인 중 한 사람이었던 장의균은, 전향과 비전향의 사이에서 갈팡질팡하던 자신이 '비전향'에 대한 분명한 입장을 가지게 된 데에는 서준식의 글이 결정적 영향을 미쳤다고 진술한 바 있다. 장의균, 〈왜 우리는 전향을 거부하는가-비전향장기수 42인의 사상전향제도 헌법소원 이유서〉, 《실천문학》 29, 실천문학사, 1993, 368쪽.

의 민중과 자신을 일체화시키는 치열한 투쟁"이기도 했다.[50] 한반도의 감옥에서 조선어로 읽고 쓰는 일은 이중의 저항을 내포하고 있었던 것이다. 서준식의 글이 유사한 시기에 투옥되어 옥중기를 남긴 이들, 이를테면 신영복이나 김질락 같은 이들의 사례와 차별화되는 특징을 가졌던 것은 이 때문이다. 부연하면, 그 차이는 재일조선인이라는 정체성에서, 특히 일본어가 모어였다는 사실에서 비롯되었다고 할 수 있다.

1948년생인 서준식은 일본에서 나고 자랐다. 그가 한국으로 유학을 온 것은 1960년대 후반, 고등학교를 졸업하고 난 직후이다. 서준식은 그의 형제들과 마찬가지로 민족학교에 다닌 적이 없었다. 동생인 서경식만 하더라도 정식으로 배운 조선어 교육은 단 2주에 불과했다. 또한 이들의 부모는 자녀들이 알아서는 안 되는 내용을 이야기할 때에만 조선어를 쓸 만큼 두 언어를 구분하여 달리 사용했으며, 그런 만큼 형제가 일상에서 더 익숙하게 접한 언어는 일본어였다.[51]

그리하여 서준식은 일본어가 익은 손으로 옥중기를 썼다. 그는 1971년 간첩 혐의로 체포되어 1988년 출옥할 때까지 무려 17년 동안 극도로 제한된 환경에 처했고, 이곳에서 응당 언어교육은 이루어질 수 없었다. 그는 활자에 대한 극심한 갈증을 느낄 수밖에 없

---

50 서경식, 권혁태 옮김, 《언어의 감옥에서–어느 재일조선인의 초상》, 돌베개, 2011, 67쪽.

51 서경식은 고등학교 1학년 여름방학 때 민단과 한국 정부가 공동으로 주최한 단기 교육 프로그램에서 2주일가량 조선어 교육을 받았다. 그는 이때의 경험이 "정식으로 배운 조선어 교육의 전부"라고 회고한다. 서경식, 《언어의 감옥에서–어느 재일조선인의 초상》, 36~37쪽.

는 감옥 안에서 오랫동안 일본어로 된 책을 읽지도 일본어로 글을 쓰지도 않았다. 이른바 "민족적 주관"이 조선어를 익히는 일 없이 성립되기 어렵다고 여겼고,[52] 그리하여 (서경식의 표현을 빌리자면) "조선어를 몸에 익히기 위해", "모어를 교환하기 위해" 의식적으로 일본어 사용을 금기시한 것이다. 서준식, 나아가 재일조선인에게 "조선어를 습득하는 것"은 단지 "실용적인 문제가 아니라 탈식민 지화를 완성하는 지극히 정치적인 과제"이자 "윤리적인 과제"였으며, 그러한 맥락에서 서준식의 글쓰기는 자기에게 채워진 "언어의 감옥"에 그 스스로가 더 깊이 들어서는 일이었다고 할 수 있다.[53]

"모어를 교환하는 투쟁"이라는 규정을 통해서도 엿볼 수 있듯이, 서준식을 비롯한 그의 형제들은 언어 문제를 매개한 탈식민을 자기 해방의 과제로 삼았다. 서경식의 지적처럼 일본어를 모어로 하여 살아가는 재일조선인은 자신들의 민족적 아이덴티티를 만들어 나갈 때조차도 일본어를 통할 수밖에 없었다. 예컨대, 그들은 일제에 대한 저항을 담고 있는 윤동주의 시를 읽을 때조차도 일본어로 번역된 시에 의존해야 했는데, 그것은 이전 세대의 "모어(조선어)

---

52 그는 "민족적 주관"이란 "우리말의 아름다움에 감탄도 하게 되고, 우리말로 남들과 이야기도 할 수 있게 되고, 우리 민요 가락도 몇 가지 정도는 자연스럽게 흥얼거리고 (…) 우리말로 된 소설도 애독할 수 있게" 될 때, 그리하여 어떤 "감응"을 느끼게 될 때 비로소 확립된다고 믿었다. 서준식, 〈1988년 4월 28일 영실에게 보내는 편지〉, 《서준식 옥중서한》, 782쪽.

53 의도적으로 일본어를 쓰지 않는 일은 서승에 의해서도 행해진 바 있다. 20여 년의 옥중 생활을 마치고 일본으로 돌아갔을 때, 그를 취재하려고 공항에 온 기자들은 일본어로 질문을 던졌는데 서승은 이에 일본어가 아닌 조선어로 답했다. 당황한 기자들이 "왜 일본어를 쓰지 않는가?"라고 묻자 그는 "모국어의 권리를 주장하기 위해서"라고 답했다. 서경식, 《언어의 감옥에서–어느 재일조선인의 초상》, 56 · 67쪽.

에 가해진 식민주의의 폭력"이 "재일조선인에 이르러서는 모어(일본어)라는 폭력이 되어" 지속되고 있음을 대면하게 만드는 것이었다.[54] 그런가 하면, 서준식의 옥중기에서 우리는 '재일-조선인'이라는 주체에 대한 사유만이 아니라 그것과 혼재되어 있는 '조선인은 누구인가'라는 물음을 함께 발견할 수 있다. 이는 곧 한반도 주민들의 무의식에 깊이 뿌리박혀 있는 국어내셔널리즘으로부터 자꾸만 튕겨져 나가는 자기의 언어, 나아가 자기라는 존재를 의식하는 일이었다고 말할 수 있다. 앞의 맥락을 끌어와 기술하면, '조선어 억양의 일본어를 쓰는 부모'를 둔 '어눌한 조선어를 쓰는 나'에 대한 '자기인식'이라고 할 수 있을 것이다.

> 자기 자신 속에 깊이깊이 박혀 있는 '일본'을 모조리 알코올로라도 말끔히 씻어내 버리고 싶어서 그리도 몸부림치던 저이기에 고향이 멀어져 가는 슬픔은 그대로 동시에 희열이기도 한 것입니다.[55]

어떤 이가 서준식의 옥중기를 두고 "스스로의 동포와 일체화하고 있던 혼魂의 편력의 17년"이라 표현한 것도 이러한 맥락에서 상기해볼 수 있다.[56] 더불어, 출옥 후 그가 일본으로 돌아가지 않았다는 점도 함께 되짚어 볼 필요가 있다. 어떤 강박증이 엿보일 만큼 지면에 기입된 그의 말들은 단호했지만, 옥중기 곳곳에는 '조선'으로도 '일본'으로도 환원되지 않는 '고향'의 자리가 남겨졌다. 여

---

54 서경식, 《언어의 감옥에서-어느 재일조선인의 초상》, 63쪽.

55 서준식, 〈1985년 3월 30일 영실에게 보내는 편지〉, 《서준식 옥중서한》, 502쪽.

56 서준식, 〈일본어판 "역자 후기"〉, 《서준식 옥중서한》, 891쪽.

기서 우리는 명징한 언어로 규정되지 않는 이 장소에 대한 노스탤지어와 대면할 수 있다. "아무리 나의 내부의 '일본'을 씻어 냈다고 큰소리를 해도 결국 하나조노 곤뻐꾸조花園艮北町는 내가 평생을 두고 도망칠 수 없는 나의 고향"일지도 모른다는, 텍스트에 울려 퍼지는 이 낮은 목소리를 가만히 청취하면, 저자가 말하는 고향이 단지 일본이나 조선이라는 기표에 복속될 수 없는 장소임을 어렵지 않게 파악할 수 있다. 그에게 고향은 '열도의 어느 한적한 마을'이었고 그는 이곳을 마음 깊이 그리워했다.[57] 그러나 '고향'이라는 말로밖에는 설명될 수 없는 이 장소로 그는 끝내 돌아가지 않는 편을 택했다. 한반도에 머무는 일이 "'재일'의, 끝없는 멜랑콜리의 쇠사슬을 끊어 내는 구체적인 방법"이라고 여겨졌기 때문이다.[58] 그것은 마치 일본어가 익은 혀로 조선어를 발음하는 일처럼 보이는데, 이 행위들은 그 자체로 수행적 효과를 낳는다는 점에서 중요하게 기억되어야 할 것이다.

이와 같은 서준식의 선택들이 만약 어떤 의미를 가진다고 한다면, 그것은 아마도 '간첩'과 '증언자'라는 두 개의 명백한 정체성, 한국사회가 던지는 이 두 가지 시선에 대한 저항이라는 차원에서 찾아볼 수 있을 것이다. 그의 옥중기는 '간첩'이라는 이름으로 자기를 '조국의 반역자'로 낙인찍는 권력을 향해서만이 아니라, "살아서 역사의 증인이 되는 것만을 요구하"는 사회를 향해서도 열려 있었다. 즉 '저자의 시간' 속에서 그는 간첩이라는 오명에 대항하기

57 이는 텍스트 안에서 자기에 관한 안정적인 표상이 창출되지 않았던 까닭과도 깊은 연관을 맺고 있다. 서준식, 〈1986년 3월 27일 영실에게 보내는 편지〉, 《서준식 옥중서한》, 567쪽.

58 서준식, 〈일어판 머리말〉, 《서준식 옥중서한》, xxiii.

위해, 그리고 권력의 폭력성과 무자비함을 증언하기 위해, 그러나 그보다 더 중요하게는 자기의 특이성을 구축하는, 이른바 '내재성의 구축'을 위해 움직였다. 그에게 조국은 "너무나도 슬픈 것"이었지만, 그는 이 슬픔의 체제 바깥으로 나가지 않았다. 오히려 '간첩'이라는 말로는 포착되지 않는 정치적 신념을 반공이데올로기에 환원시키지 않으면서 이 신념의 스펙트럼을 구성하는 다원적이고도 이질적인 표상들의 자리를 그려 내며 국가에 더 가까이 다가갔다. 국민의 눈으로, 법의 이름으로 접속해 들어갈 수 없는 국가의 가장 내밀한 장소에 머묾으로써, 그리고 이 슬픔의 한가운데에서 끝내 결여를 복구할 수 없는 '불구의 글'을 써 나감으로써, 체제의 시간을 주체적으로 다시 사는 방법을 모색한 것이다.[59] "가장 은폐된 곳", "분단의 가장 깊은 틈새"에서 조국과 자기의 초상은 권력의 언어 곁에서, 그러나 그것과는 분명 다른 체재를 갖는 자기의 언어를 통해 구성되고 있었다.[60]

앎과 권력, 전향서와 옥중기

한국의 독재정권으로부터 어떤 결여를 발견할 수 있다고 한다면, 그중 하나는 '앎'에 대한 의지일 것이다. 무수한 간첩을 생산하고 그들의 삶에 관여하려는 권력의 의지는 단지 폭력적이었다는 말로는 충분히 설명되지 않는다. 오히려 여기서 더 눈여겨봐야 할 것은

---

59 서준식, 〈1980년 12월 9일 순자 · 순전에게 보내는 편지〉, 《서준식 옥중서한》, 98쪽.
60 서승, 《서승의 옥중 19년》, 423쪽.

권력의 무지, 더 정확하게는 대상에 대한 앎 속에서의 무지, 역설적이지만 '앎을 떠받치는 무지'이다. 이른바 간첩으로 호명되었던 존재들은 반공이데올로기를 위해 쓰일 뿐, 권력은 그들에 대한 깊고 폭넓은 앎을 갖지 못했고 그러한 일의 필요성에 대해서도 숙고하지 않았다. 앎은 '권력의 결과'이며, 동시에 '권력 행사의 조건'이었음에도 말이다.[61] 비전향수를 비롯하여 사상범으로 통칭되는 존재들에 대한 앎의 형성에 의해 기능하는 권력이 아니었던 까닭에, 규율화과 규격화의 효과를 배가시켰음에도 불구하고 우리는 이 권력을 두고 생산적인 권력이 아니라 '억압적인 권력'이라 부르는 것이다.

간첩으로 간주되었던 존재들은 진실을 알기 위해 움직이는 권력에 의해 법정에 선 것이 아니라, 이미 안다고 가정된 진실이 불법으로 재구성되어 선고되는 데 필요한 매개로써 요청되었다. '서준식'이라는 인물은 그 자체로 17년에 달하는 시간 동안 무수한 속죄 장치를 통해 자기의 욕망을 관철시키고자 한, 그러나 그것이 끝내 실패로 귀착되자 없던 법을 제정하면서까지 그를 체제의 시간에 붙들어 두고자 한 권력의 병리적 욕망을 분명하고도 은밀하게 드러내 주는 징후라 할 수 있다. 같은 맥락에서, 그의 '옥중기'는 처벌의 실질적 목표가 수형자로 하여금 법정에서 언도받은 형기를 마치게 하는 데 있는 것이 아니라, 그의 손에서 탄생하는 전향서를 보는 데, 이로써 과잉된 권력의 노동에 대한 값을 보상받는 데 있음을 일깨운다. 자백은 죄의 사면이라는 메커니즘에서 중심적 위치를 차지했고, 참회의 의식은 전향이 말해지지 않는 한 결코 중단

---

61 미셸 푸코, 박정자 옮김, 《비정상인들》, 동문선, 2001, 71쪽.

되지도 종결될 수도 없었던 것이다.

그리하여 옥중기를 읽는 시간이 우리에게 알려주는 것은 그의 옥중기가 '전향서'를 대신하여 탄생했다는 사실이다. 서준식이 감옥에서의 삶을 고행으로, 자기의 글을 고행의 기록으로 여겼던 까닭을 여기에서 찾아볼 수 있다. 처벌이 자백의 순간에 시작되거나, 전향의 순간에서야 비로소 맺어진다고 할 때, 그의 처벌에는 시작도 끝도 부재했다고 할 수 있다. 그는 이 시작도 끝도 없는 긴 시간의 터널 속에서 '자기'에 대한, 나아가 '용공'이라는 통치의 언어로 충분히 환원되지 않는 이념과 지향에 대한 이해를 갖지 못했던, 그러한 앎으로부터 고개를 돌리고 있던 권력을 대신하여, 그것에 대한 앎과 이해를 구성하고 있었다. 이것은 곧 자백과 전향의 아포리아를 드러내는 것이기도 했다.

자백, 혹은 전향이 다루기 어렵고 까다로운 통제장치였던 이유는 자백하는 자, 전향하는 자 없이는 그것의 운용이 불가능하기 때문이다. 이것과 견주어 보자면, 법정은 '그' 없이도 자기의 기능과 역할을 실행시킬 수 있는 장소였다고 할 수 있다. 그를 대신하여 말하는 여러 역할의 인물들—검사이기도 하고 변호사이기도 하며 판사이기도 한, 또는 증언자나 방청석의 사람들이기도 한—이 그에 관해, 그리고 그의 죄에 관해 말할 몫을 할당받은 주체들이었다면, 자백과 전향은 진술의 몫이 온전히 그에게만 부여되어 있기에 누군가가 대리하여 말할 수 없는 것이었다. 재판의 기간보다, 아울러 언도된 수형의 기간보다 더 오랜 시간을 필요로 하거나 혹은 그 시간이 기약할 수 없는 것으로 남겨지는 것은 이 때문이다. (무수한 강요와 폭력이 매개됨에도 불구하고, 혹은 그것을 가정한다고 하더라도) 이 장치가 일방적으로 작동될 수 없는 성질의 것이라는 사실로 인해, 즉 주체의 관여가 반드시 전제되어야 한다는 점으로 인해, 역설적이게도 전향은 말하는 자와 듣는 자 사이의 권력관계를 수평적으로 열어 놓았다.

그리하여 전향서를 대신하여 씌어진 옥중기는, 구금의 형벌제도가 어쩌면 제도적 영속성을 위해 하나의 폐쇄적이고 분리된 유용한 위법행위를 만들어 내는 것일지 모른다는 어느 지식인의 말을 떠올리게 한다.[62] 그리고 더 궁극적으로 그것은, 감옥이 단지 불가피한 근대의 제도가 아니라 암묵적인 도그마를 전제로 삼아 도달하게 된 "인식의 산물"이라는 것과 '그것이 엄격하게 작동했다는 점'을 새삼 일깨운다. 서준식이 17년의 시간을 보내야 했던 감옥을, 반공을 국시로 삼고 그것을 가지고 국민을 통치하려는 한 국가의 세계에 대한 이해를 드러내 주는 장소, 곧 하나의 "인식의 산물"로서 재인식하게 만드는 것이다. 때문에 우리는 옥중에서 집필된 수백 페이지에 달하는 글들을, 그리고 그 글들이 전해 주는 그의 이야기를 "불길한 경종"으로 이해해야만 한다. 이 이해가 선택이 아니라 당위인 까닭은 "이 인식"이 과거의 유물이 아니기 때문이며, "이 인식"이 존재하는 한 그 결과들은 항구적으로 우리를 위협할 것이기 때문이다.[63]

---

62 미셸 푸코, 《비정상인들》, 175쪽.

63 인용으로 구성된 이 마지막 단락은 프리모 레비의 논의를 차용하여 새롭게 재서술한 것이다. 프리모 레비, 이현경 옮김, 〈작가의 말〉, 《이것이 인간인가》, 돌베개, 2007.

| 참고문헌 |

자료

〈김남주씨 옥중서한(하)-0.7평 공동묘지, "나는 살아남아야 한다"〉, 《한겨레》 1988년 8월 28일자.

〈특집: 한국-전환의 소용돌이(9) 시대의 양심, 시대의 아픔〉, 《한겨레》 1988년 9월 10일자.

〈황석영씨 옥중 서면인터뷰 "글을 쓰고 싶다"〉, 《한겨레》 1997년 1월 7일자.

김선명 외, 《0.75평 지상에서 가장 작은 내 방 하나》, 도서출판 창, 2000.

서준식, 〈장기 복역자가 바라본 행정 및 교정교화의 실과 허〉, 한국역사정보통합시스템 소장 아카이브 자료 (등록번호 00476441), http://archives.kdemo.or.kr/View?pRegNo=00476441.

서준식, 《나의 주장-반사회안전법 투쟁기록》, 형성사, 1989.

서준식, 《서준식 옥중서한》, 야간비행, 2002.

서준식, 《서준식 옥중서한》, 노사과연, 2008.

서준식, 《옥중서간집1-모래바람 맞은 영혼》, 형성사, 1989.

서준식, 《옥중서간집2-새벽의 절망을 두려워 않고》, 형성사, 1989.

서준식, 《옥중서간집3-고뇌 속에서 떠오르는 희망》, 형성사, 1989.

장의균, 〈왜 우리는 전향을 거부하는가-비전향장기수 42인의 사상전향제도 헌법소원 이유서〉, 《실천문학》 29, 실천문학사, 1993.

논문

윤무한, 〈신영복의 감옥 속에 들어온 현대사, 혹은 시대 뛰어넘기〉, 《내일을 여는 역사》 27, 내일을 여는 역사, 2007.3.

임유경, 〈1980년대 출판문화운동과 옥중기 출판 연구〉, 《민족문학사연구》 59, 민족문학사학회, 2015.

임유경, 〈일그러진 조국-검역국가의 병리성과 간첩의 위상학〉, 《현대문학의 연구》 55, 한국문학연구학회, 2015.

최정기, 〈총체적 통제시설과 수형자의 일상문화-1960년대 이후 한국의 비전향 장기수를 중심으로〉, 《형사정책》 13, 한국형사정책학회, 2001.
도마츠 가츠노리, 〈비전향 정치범의 투쟁 기록〉, 《정세와노동》 35, 노동사회과학연구소, 2008.

단행본

레비, 프리모, 이현경 옮김, 《이것이 인간인가》, 돌베개, 2007.
사토 요시유키, 김상운 옮김, 《권력과 저항-푸코, 들뢰즈, 데리다, 알튀세르》, 도서출판 난장, 2012.
서경식, 권혁태 옮김, 《언어의 감옥에서-어느 재일조선인의 초상》, 돌베개, 2011.
서승, 김경자 옮김, 《서승의 옥중 19년》, 역사비평사, 1999.
와일드, 오스카, 임헌영 옮김, 《옥중기》, 범우사, 1995.
최정기, 《비전향 장기수-0.5평에 갇힌 한반도》, 책세상, 2002.
크라카우어, 지그프리트, 김정아 옮김, 《역사》, 문학동네, 2012.
푸코, 미셸, 오생근 옮김, 《감시와 처벌-감옥의 역사》, 나남출판, 2005.
________, 박정자 옮김, 《비정상인들》, 동문선, 2001.
한승헌변호사변론사건실록간행위원회, 《한승헌변호사 변론사건실록1》, 범우사, 2006.

2부

문화 냉전, 국가 서사의 히스테리

: 집단 언어와 난반사하는 서사들

집단 언어와 실어증

:중국 문인들의 한국전쟁 참전 일기

| 조영추 |

21세기 공론장과 '항미원조' 전쟁 담론

1950년 10월 25일, 중국인민지원군이 본격적으로 한국전쟁에 참전함에 따라, 중국에서는 이를 위한 정치 동원 운동, 즉 '항미원조抗美援朝 보가위국保家衛國' 운동이 전국적으로 전개되었다. 중국공산당과 중앙정부는 각급 당 조직과 관제 언론매체를 총동원하여 전국민을 대상으로 선전 교육을 펼쳤던 것이다. 이 과정에서 작가와 화가, 연극인 등 문예창작자들은 소설, 시, 연극, 스케치, 롄환화連環畫,[1] 벽보, 사진, 노래 등 다양한 형식을 활용하여 참전의 당위성과 반제애국反帝愛國 사상, 지원군 사병들의 영웅 사적事績 등을 널리 홍보함으로써 대중들에게 전쟁에 대한 긍정적 인식을 고취하고 견고한 반反제국주의침략 통일전선을 결성하는 데 큰 역할을 한다.

문예창작자들은 대중의 일원으로서 국가이데올로기에 동조하는 한편, 작품을 통해 이데올로기를 예술적·문화적으로 승화시킴으로써 그 힘을 더욱 강화하여 국가와 인민, 그리고 지원군이라는 삼위일체를 구성해 내고, 그 삼자를 연결하고 상호 소통케 하는 매개자가 되기도 했다. 대표적인 예로, 작가 웨이웨이魏巍가 1950년 12월부터 3개월 동안 조선 전장에서 취재한 지원군 사병들의 이야기를 토대로 쓴 〈누가 가장 사랑스러운 사람인가誰是最可愛的人〉라는

[1] 하나의 주제를 둘러싼 연속 그림으로서 만화와 비슷하나 페이지당 그림을 한 장만 넣으며 그림 아래에 내용을 소개하는 문구文句를 넣는다.

글은 마오쩌둥 등 고위 지도자들의 인정을 받아 1951년 4월 11일 《인민일보》 제1면 사설란에 게재되면서 광범위한 반향을 일으켰다. 그 후 이 글이 일종의 국민교육 담론으로 확대되어, 남녀노소를 막론하고 지원군을 '가장 사랑스러운 사람'으로 부르게 되었다. 중국인민지원군은 당시 공론장에서 도덕적 모델로 격상되어 지금까지도 집단기억의 강력한 기호로 지속적인 힘을 발휘하고 있다. 이 과정에서 국가가 '항미원조' 전쟁에 관한 공론장을 만들고 그 방향을 결정하는 지배권력으로 기능했다면, 문예창작자들은 작품을 통해서 전쟁과 관련된 모든 구체적 '내용'들을 재현함으로써 공론장을 채울 실질적 표상들을 창출하고 언어화하는 실현자들이었다고 볼 수 있다. 이런 의미에서 보면, 당시 창작자들은 국가이데올로기를 전술傳述한 자이면서 동시에 인민들로 하여금 이 국제 전쟁을 특정한 의미로 호명하고 인식하도록 이끈 자로서 이중적인 역할을 담당하고 있었다.

그러나 시대와 사회 환경에 따라 공론장의 성격이 변화하게 되면서, 한때 사회 전반이나 개인의 삶에 지대한 영향을 미쳤던 '항미원조' 관련 작품들은 점차 사람들의 시선 밖으로 밀려나게 되었으며, 대부분의 작품들이 문학성이 부족했기 때문에 문학사에서도 중요하게 다루어지지 않고 있다. 그런데 2000년대에 중국에서 조선 전장戰場을 직접 체험한 문예창작자의 일기가 새롭게 조명을 받으며 집중적으로 출판되었으니, 이는 흥미로운 현상으로서 주목을 요한다. 현재까지 필자의 조사에 따르면, 중국에서 '항미원조' 일기는 1980년대 중반부터 단행본으로 출판되기 시작했다. 그 이전에는 주로 부분적 내용만을 발췌하여 잡지나 자료집에 게재했기 때문에 별다른 주목을 받지 못했던 것으로 보인다.[2] 1980~90년대에 출판된 단행본 일기는 총 7권으로,[3] 주로 지원군 군인들, 즉 사병, 장령, 포로 협상 대표 등이 쓴 것으로서 대부분 재편집을 거치고 고위 인사들의 친필 제자題字 등도 첨가된 것이어서, 개인의 사적인 기록물이라기보다는 공식적인 기념출판물의 색채를 강하게 띠고 있다. 2000년대에도 지원군 군인들이 쓴 일기가 새롭게 출간 혹은 재판되기는 하지만, 이보다는 주로 작가·화가·사진작가·기자 등 문예창작자들의 일기가 연달아 출간되면서 '항미원조' 일기는 새로운 양상을 맞게 된다. 재판본을 포함하여 이 시기 총 17권의 '항미원조' 일기가 출간된바,[4] 그중에서 시훙西虹(작가), 황구류黃

---

2 '항미원조' 전장 일기는 1980년대 이전에는 별로 공개되지 않은바, 필자의 조사에 따르면 단편적으로 문집 혹은 잡지에 게재된 3편뿐이며, 그 저자는 지원군 군인들이다. 韓德彩, 〈전투일기戰鬥日記〉, 人民文學出版社編輯部 편, 《조선 관련 보도문과 보고서 선집 3집朝鮮通訊報告選 三集》, 北京: 人民文學出版社, 1953; 秦基偉, 〈항미원조 일기 편린抗美援朝日記片斷〉, 中國作家協會昆明分會 편,《바람에 그림처럼 나부끼는 붉은 기: 혁명 회고록風展紅旗如畫: 革命回憶錄》, 昆明: 雲南人民出版社, 1960; 劉忠, 〈항미원조 일기 편린抗美援朝日記片斷〉,《寧夏文藝》 제10~11期, 1961.

3 ① 華山,《조선전장 일기朝鮮戰場日記》, 北京: 新華出版社, 1986.
② 賀明,《참혹히 유린된 인권: 조선전쟁 포로 송환 협상대표의 일기一筆血淋淋的人權債: 朝鮮戰爭戰俘遣返解釋代表的日記》, 天津: 百花文藝出版社, 1990.
③ 犁丁,《치열한 전장火熾血烈》, 雙峰縣印刷廠 印刷, 1995.
④ 宋崇書, 貴州省六枝特區委員會文史資料委員會 편,《항미원조 일기抗美援朝日記》, 貴州安順地區印刷廠 印刷, 1995.
⑤ 饒弘範,《항미원조 전선 일기抗美援朝戰地日記》, 丹東: 滿族文學雜志社, 1997.
⑥ 李剛,《뒤늦은 추억: "항미원조"전장 일기朝迹夕覓: "抗美援朝"戰場日記》, 北京: 解放軍文藝出版社, 1997.
⑦ 謝受康,《평화의 신: 한 지원군의 전장 일기和平之神: 一個志願軍的戰地日記》, 上海: 上海文藝出版社, 1998.

4 ① 鄭文翰,《정원한 일기: 항미원조 전쟁 시기(1951.4.10~1953.7.27)鄭文翰日記: 抗美援朝戰爭時期(1951.4.10~1953.7.27)》, 北京: 軍事科學出版社, 2000.
② 何孔德,《한 화가가 본 조선전쟁: 삽화 일지一個畫家眼中的朝鮮戰爭: 插圖日

谷柳(작가·사진작가), 뤄궁류羅工柳(화가), 리좡李莊(기자), 쉬광야오徐光耀(작가), 허쿵더何孔德(화가) 등은 각각 파견된 지역과 이동 노선이 달랐던 만큼 그들의 일기는 한국전쟁 현장의 다양한 모습들을 잘 보여 주는 중요한 텍스트다. 특히 이들의 일기는 '내부적 균열'

記》, 北京: 解放軍文藝出版社, 2000.

③ 薛劍強,《영원한 평화와 행복을 위하여: 중국인민지원군 116사 참모장 쉐젠창 열사의 일기爲了永久和平與幸福 : 中國人民志願軍116師參謀長薛劍強烈士日記》, 北京: 長征出版社, 2000.

④ 賀明,《증언: 조선전쟁 포로 송환 협상 대표의 일기見證: 朝鮮戰爭戰俘遣返解釋代表的日記》, 北京: 中國文史出版社, 2001,〔재판본〕.

⑤ 張恩儒,《지난날의 전장: 조선에서의 한 지원군 교환수의 일기昨日硝煙: 一個志願軍報務員在朝鮮的日記》, 北京: 華齡出版社, 2001.

⑥ 陳興九,《조선 전장 1000일: 한 지원군 전사의 일기朝鮮戰場一千天: 一個志願軍戰士的日記》, 北京: 軍事科學出版社, 2003.

⑦ 西虹,《시훙 문집 5권: 항미원조 전선 일기西虹文集 第五卷: 抗美援朝戰地日記》, 北京: 長征出版社, 2003.

⑧ 胡振華,《한 지원군 전사의 전장 일기一個志願軍戰士的戰地日記》, 長春: 吉林人民出版社, 2005.

⑨ 黃谷柳, 黃茵 정리,《황구류 조선 전장 실기黃谷柳朝鮮戰地寫眞》, 廣州: 嶺南美術出版社, 2006, [초판본].

⑩ 李莊, 李東東 편,《리좡 조선 전장 일기: 1950년 12월~1951년 3월李莊朝鮮戰地日記: 1950年12月~1951年3月》, 銀川: 寧夏人民出版社, 2007.

⑪ 周克玉,《전쟁터의 설니: 항미원조 일기戰地雪泥: 抗美援朝日記》, 北京: 解放軍文藝出版社, 2008,〔초판본〕.

⑫ 徐光耀,《햇살, 폭탄과 약혼녀: 쉬광야오 항미원조 일기陽光 · 炮彈 · 未婚妻: 徐光耀抗美援朝日記》, 北京: 中國文聯出版公司, 2008.

⑬ 周克玉,《항미원조 체험자의 전선 일기一位抗美援朝親歷者的戰地日記》, 北京: 作家出版社, 2010,〔재판본〕.

⑭ 西虹,《항미원조 전선 일기(상 · 하, 공화국 풍운 실기 시리즈)抗美援朝戰地日記 上 · 下-共和國風雲紀實系列》, 北京: 長征出版社, 2011.

⑮ 黃谷柳, 黃茵 정리,《황구류 조선 전장 촬영 일지黃谷柳朝鮮戰地攝影日記》, 北京: 解放軍文藝出版社, 2011,〔재판본〕.

⑯ 羅工柳, 羅安.盧家荪 정리,《뤄궁류 조선 전장 촬영 및 스케치 일지羅工柳朝鮮戰地攝影速寫日記》, 北京: 解放軍出版社, 2011.

⑰ 於民,《잠 못 드는 밤: 한 지원군 전사의 일기今夜無人入睡 : 一個志願軍戰士的日記》, 北京: 金城出版社, 2017.

이라 할 만큼 집단이데올로기와는 다른 개인의 진실한 심경 고백을 담아내고 있으며, 조선 전장에서 체험한 생생하고 세부적인 현장 기록을 남기고 있어 문학적·사료적 가치가 돋보이기도 한다.

전쟁 당시 이들이 쓴 일기는 형식적·내용적인 면에서 완성된 문학작품과는 달리 영웅 인물을 집중적으로 형상화하거나 반제애국 사상을 효과적으로 전달하지는 못하고 있기에, 발표와 출판의 가치를 인정받지 못했던 사적 기록물이었다. 작가 본인도 당시에는 발표가 목적이 아니라 자신이 취재한 소재를 기록하기 위해 남긴 글이었으므로 그야말로 '사적 기록'으로서 일기를 써 온 것이었다. 따라서 당시 중국에서 '공적 작품'을 통해 '항미원조'라는 전쟁 담론을 형성해야 했던 작가들이 자신의 사적인 장에서 참전 경험을 어떻게 문학작품에서와는 다르게 서술했는지를 이들의 일기를 통해 엿볼 수 있을 것이다. 요컨대 중국 문예 참전자들의 일기는 단순히 중국인들의 '항미원조'라는 전쟁 역사에 관한 집단기억을 21세기의 공론장 안에 그대로 되불러오는 '증인'으로서의 기술이 아니라, 국가 차원의 '항미원조'라는 전쟁 담론에 수렴되지 못했던 지점들을 밝혀 보여 주는 사적인 경험, 그리고 감정 요소들을 함축하고 있는 텍스트이자, 하나의 '출판물'로서 한국전쟁 역사에 대한 현재 중국의 공론장 모습을 반영하는 매개물이기도 하다.

한국과 중국 학계에서 한국전쟁을 체험한 중국인들의 일기를 집

그 밖에 문집의 일부로 출간된 경우로 魏巍, 〈사행일기四行日記〉,《魏巍文集(續2卷)》, 北京: 中國文聯出版社, 2008; 巴金,《바진전집 제25권: 일기巴金全集 第25卷: 日記》, 北京: 人民文學出版社, 1993 이 있으며, 국공내전國共內戰 일기를 포함한 秦叔瑾,《전지 일기戰地日記》, 南京: 江蘇教育出版社, 2006이 있다.

중적으로 조명하는 연구가 아직까지는 보이지 않지만,[5] 2000년대 초반부터 한국 학계에서 한국전쟁기에 생산된 한국 문인들의 수기나 체험기, 종군기 등을 재조명하는 연구가 나오기 시작했다. 이들의 문제의식과 해석 프레임들은 중국에서 생산된 한국전쟁에 관한 일기들을 분석하는 데 유익한 시사점을 제공한다. 이러한 연구들은 반공 담론의 구성 과정과 서사 전략, 그리고 전쟁기 문학과의 연관성 등 의제에 주목하여, 수기를 비롯한 기록물들이 어떠한 서사적 구조나 감정 기제, 언어적 형식 등을 동원하여 '반공' 담론과 공식 기억을 구축했는지 구체적으로 살펴봤다.[6] 또한 이행선과 권채린의 연구는 각각 내부와 외부 타자의 시선을 통하여 한국전쟁기 수기 텍스트들이 내포하는 이질성과 균열을 밝히는 데에 주력했다. 전자는 시기별로 전쟁 수기의 저자와 내용, 그리고 대체적 변화 맥락을 추적함으로써 이들이 "정부의 전유물이 아니었으며 반공의 밀도와 방식이 시기마다 현저히 달랐고 반공의 범주

---

[5] 이주현의 연구는 중국 화가들이 한국전쟁 현장에 파견된 계기와 활동 양상, 그리고 이들의 작품을 소개하면서 허쿵더의 일기를 간략하게 언급하고 있다. 중국 학계의 연구도 주로 한국전쟁에 관한 역사 정보를 고증하기 위하여 쉬광야오와 황구류, 허쿵더, 바진 등의 일기를 부분적으로 활용할 뿐, 텍스트 자체에 대해 특정한 문제의식을 가지고 집중적으로 분석하는 연구는 아직 보이지 않고 있다. 이주현, 〈한국 전쟁기 북한을 방문한 중국화가들〉, 《미술사학》 제30호, 한국미술사교육학회, 2015; 贾玉民 · 张玉枝, 〈바진의 조선 파견 경력에 대한 고증巴金赴朝有关史实正误〉, 陈思和 · 李存光 편, 《문학 기억을 위한 소장: 바진 연구집간 제9권珍藏文学记忆巴金研究集刊卷9》, 北京 : 生活 · 读书 · 新知三联书店, 2015 등 참조.

[6] 안서현, 〈작가들의 전쟁 체험 수기 연구〉, 《한국근대문학연구》 28, 한국근대문학회, 2013; 신형기, 〈6 · 25와 이야기: 전쟁 수기들을 중심으로〉, 《상허학보》 31, 상허학회, 2011; 유임하, 〈이데올로기의 억압과 공포〉, 《현대소설연구》 25, 한국현대소설학회, 2005; 서동수, 〈숭고의 수사학과 환멸의 기억〉, 《우리말글》 38, 우리말글학회, 2006.

를 넘어선 내용으로 구성되기도 했다"[7]며 수기 텍스트들이 내포하는 다층적 모습을 제시했다. 한편 후자는 미국인을 비롯한 외국인들이 쓴 한국전쟁 수기들을 조명함으로써 한국 "국가주의 패러다임의 강력한 영향력하에 생산되었던 국내 수기들이 의식적으로 억압했거나 누락했던 지점들을" 복원했다.[8] 본 글은 이러한 연구 성과를 바탕으로, 일국의 경계를 넘어 한국전쟁의 다른 한 축, 즉 사회주의 진영에 있던 중국에서 생산된 일기를 면밀히 분석함으로써 한국전쟁기의 실상을 좀 더 입체적으로 조망하고자 한다.

이를 위해, 중국에서 2000년대에 출판된 '항미원조' 참전 문예창작자들의 일기를 집중적으로 분석함으로써 한국전쟁과 관련한 중국 참전일기의 내용적 특징을 살펴보고자 한다. 특히 이 중에서 비교적 전형성을 지니고 있는 시훙, 쉬광야오, 허쿵더의 일기를 주된 연구 대상으로 삼아, 집단적 인식을 대변하고 있는 일기와, 집단적 인식을 인정하되 한 개인과 창작자로서 경험한 사상적·감정적 고민을 진솔하게 기록하고 있는 일기 사이에 어떠한 차이점이 있는지를, 전시戰時 생활 서사와 이국전장異國戰場 서사라는 두 가지 측면에서 살펴보고자 한다. 특히 반세기가 지나서 공개된 이들의 일기가 개인으로서의 체험과 집단의 요구 사이에서 균열을 보이고 있음을 지적하며, 집단의 요구에서 일탈하여 오감을 되찾거나, 주변적 위치에서 시각적 언어인 그림으로 조선 및 조선 사람들과 교감할 때 비로소 실어失語의 상태에서 벗어날 수 있었음을 밝히고자

[7] 이행선, 〈한국전쟁, 전쟁수기와 전시의 정치〉, 《상허학보》 46, 상허학회, 2016, 149쪽.

[8] 권채린, 〈한국 전쟁기 외국인 참전 수기 연구〉, 《어문논총》 68, 한국문학언어학회, 2016, 112쪽.

한다. 이처럼 본고는 출판된 사적 기록물을 문제적 시각에서 살핌으로써, 참전 당시 중국 문예창작자들의 모습을 입체적으로 복원하며 이에 대한 공론장의 다층적 이해의 계기를 마련하고자 한다.

| 전시戰時 생활을 통한 자기 개조와 내부 균열 |

시훙[9]의 《항미원조 전선 일기抗美援朝戰地日記》는 총 2권 614쪽의 분량으로 1952년 3월부터 11월까지 9개월 동안의 경험을 기록하고 있으며, 거의 하루도 거르지 않고 쓴 일기로서 현재까지 출판된 '항미원조' 일기들 중에 제일 편폭이 긴 것이다. 저자가 머리말에서 소개하듯이, 그는 전국문학예술연합회 조선파견창작조全國文聯赴朝創作組의 일원으로서 조선으로 출발하기 전에 베이징에서 전국문련全國文聯, 총정치부 문화부總政文化部, 중국영화국 예술위원회, 중국공산당 중앙선전부가 주최한 여러 회의에 참가했다. 회의 주최자들은 이 파견 문예인들에게 "생활 속에 깊이 들어가 자기를 개조해야 한다(深入生活, 改造自己)"고 거듭 강조했으며, 지원군의 혁명 낙관주의 정신과 문예작품의 사상성 제고에 대해서도 함께 지적했다. 시훙의 일기 내용을 보면 이러한 국가적인 집단 요구에 그가 적극 부

9 1921~2012, 山西 原平 출생. 소설가이자 기자. 1952년 전국문학예술연합회 조선파견창작조 총 18명 중의 한 명으로 조선 전장에 이르러 취재했다. 그는 귀국 후 일기에 기록된 소재를 활용하여 장편소설 《산성山城》을 창작했다. 1956년에는 중국 작가 대표단의 일원으로 조선을 방문하여, 조선 제2회 전국문학예술가대표대회에 참가했다. 1958년부터 《해방군보解放軍報》의 기자, 편집, 문화처 처장 등을 역임했다. 2010년, 90세 고령으로 부인과 함께 일기를 정리하여 중국공산당 성립 90주년을 기념하는 '공화국 풍운 실기 시리즈' 총서의 하나로 출간했다.

응하고 있었음을 알 수 있는데, 비록 그의 기록이 일기라는 사적인 기록물 형식을 취하고 있지만 주로 지원군의 전시 생활과 영웅적 사적을 자세히 묘사하며 개인적인 목소리나 감정을 드러내기보다 정치적 각오와 애국 열정, 국제주의, 평화주의 등을 시종일관 고취하고 있다. 그의 일기 내용은 단조롭고 천편일률적이지만, 면밀히 살펴보면 지원군 생활의 긍정적 모습을 애써 드러내고자 했음을 알 수 있다. 그는 집단생활에 대한 세부 기록을 통하여 "생활 속에 깊이 들어가야 한다"는 집단적 창작 방침을 적극 체현한 것으로 보인다. 그의 일기는 지원군이 조선 전장의 후방에서 어떻게 열정과 근면성, 도전정신과 생활의 지혜를 발휘하여 어려운 여건 속에서 안전하고 편리한 생활환경을 창조했는지 구체적으로 드러내는 경향이 강하다. 특히 지원군들이 어떻게 두부를 만들고, 야채를 심어 영양을 보충하고, 방역 조치를 강화하고, 문화 공부를 하고, 생활 제도를 착실히 수행했는지 등 세부적인 의식주 상황을 자세히 진술하고 있다. 한마디로 그에게 있어서 지원군은 "생활의 즐거움을 누구보다도 잘 아는 이들이다."(1952.10.13)[10]

동굴 밖에서는 적의 포탄이 수시로 터지곤 했다. 그러나 동굴 속에서 사람들은 평소와 마찬가지로 일사불란하게 생활을 했다. 이 태연한 영웅적 기개는 누구나의 몸에서 다 발견할 수가 있는 것이었다. 분명 이곳은 적군과 아군 간의 전쟁의 최전선이며 적들은 매일 공격을 꾀하고 있었다. 위대한 중국인민지원군 전사들은 결코 자신의 힘을 과시하지 않았으며, 각자 참호를 파고 편지를 나르거나, 당

10 西虹,《抗美援朝戰地日記》, 北京: 長征出版社, 2011, 515쪽.

비를 바치고 두부를 만들거나, 정치교육을 준비하거나 하면서 아무도 적들의 포화에 신경을 쓰지 않았다. 이는 이들이 종래로 이 땅을 적들에게 넘겨줄 생각을 한 적이 없기 때문이며, 오로지 더욱 아름다운 자기들의 진지阵地의 '집'을 건설할 일념에만 몰두해 있었기 때문이다.(1952 .4.30)[11]

조선 전장에서 엄격히 집단의 일상생활을 조직하고 통제한 것은 당시 중국 국내에서 적극적으로 추진하고 있던 애국공약운동을 비롯한 정치 동원의 초점과 일맥상통한 것이었다. 애국공약운동은 가정, 마을, 학교, 공장, 기관 등 집단에 소속된 개인들이 일상의 사소한 행위까지 '항미원조'와 결부하여 엄격한 규칙에 따라 실천하도록 요구하고 있었다. 그러나 임우경이 지적하듯이, 사실 이러한 규칙들이 딱히 '미국에 저항하고 조선을 돕는' 방침과 직접 관련이 있는 것은 아니었다.[12] 중요한 것은 그 규칙 내용의 타당성 여부가 아니라, 규칙을 만들고 강제적으로 실천하도록 함으로써 거두는 심리적 효과, 즉 질서감과 안정감을 창출해 내는 이데올로기의 작동 방식이었다. 이러한 질서감은 평화롭고 안전한 심리 감각으로 전환되어 전쟁이 초래한 불안과 혼란을 심적으로 극복할 수 있는 정서적 기반으로 작용했기 때문이다. 시훙의 일기에 빈번하게 나타나는 생활에 대한 세부 묘사는 이에 따라 1) '조국 생활'과 다름이 없는 전선 후방 생활을 창조한 지원군들의 낙관주의 정신

---

11 西虹, 《抗美援朝戰地日記》, 109쪽.

12 임우경, 〈한국전쟁시기 중국의 반미대중운동과 아시아 냉전〉, 《사이間 SAI》 10, 국제한국문학문화학회, 2011, 154쪽.

과 뛰어난 능력을 과시하고, 2) 질서 정연한 조선 전장에서의 생활을 통해 조국과 인민, 그리고 자기 스스로를 안심시키며, 3) 중국 인민과 지원군의 생활 경영 및 평화를 사랑하는 마음을 위협하고 파괴하는 미제국주의자들의 침략전쟁은 정의롭지 못하며 곧 실패하고 말 것이라는 논리를 내재적으로 강화하는 방식으로 구성되고 있다.

> 이러한 환경 속에서 생활하다 보면 노인조차 젊어지고, 피로조차 온몸의 흥분으로 바뀌고 말 것이다. 마오쩌둥, 김일성은 우리에게 서로 친밀하게 단결할 것을 호소했다. 우리는 용감히 전투하고 즐겁게 생활하고 있었으며 누구나 얼굴에 그늘이라고는 없었다. 전쟁은 잔혹한 것이며 장기적인 것이었으나 우리는 이미 이러한 질서 있는 생활에 습관이 되어 있었다. 우리는 정의로운 자요, 승리자인 까닭이었다.(1952.10.9)[13]

위 인용문에서 보다시피 시훙의 일기에 기록된 '생활'은 집단이 규정하는 생활의 질서 그 자체이며 개인은 스스로를 이 질서에 편입시켜야 집단에서 자신의 존재감, 즉 '정의로운 자'와 '승리자'로서의 위치를 확인할 수 있다. 그는 개인적 삶을 집단 대의에 따라 조정하고 집단을 위해 헌신하는 이야기를 재현 혹은 미화함으로써, 집단생활을 통해 "자기를 개조해야 한다"는 요구를 충실하게 반영하고 있다. 여기서 자기를 개조한다는 것은 곧 자신을 집단에 동화시키는 행위와 다름없다고 할 수 있다. "밤 열 시, 적의 포성

13 西虹,《抗美援朝戰地日記》, 504쪽.

이 둔중하게 울려왔다. 조금 지나 다시 한 번 둔중하게 들려온다. 동굴 속의 라디오에서 조국의 소리가 힘차게 울려 퍼졌다. 그 소리는 모든 것을 압도했고 모든 것을 능가했다."(1952.4.28)[14] 시훙의 일기에는 개인의 목소리보다 모든 것을 압도하는 '조국의 소리'가 더 많이 등장한다. 그의 일기에서는 '나' 대신 '우리'라는 집단을 지칭하는 용어가 종종 사용되고 있다는 점이 이를 방증한다.[15]

> 전선에서 지낸 이 몇 개월 동안 나는 우리가 승리자임을 절실히 느낄 수 있었다. 우리는 끊임없이 어려움을 극복함으로써 승리에 이를 수 있었다. 역사는 우리 군으로 하여금 신속히 현대화할 것을 요구하고 있다. 우리의 지휘관들과 사병들은 모두 엄정한 투쟁 속에서 빠른 속도로 자신을 발전시켜야만 한다. 우리의 전투 장비와 기술은 아직 가장 현대적인 수준에 이르지 못했다. 이에 우리는 공산당원의 사상 풍모로서 모든 사람들을 영솔하고 조직하여 창조적 정신을 고양케 함으로써 물질적 조건의 부족함을 보완해야 한다.(1952.9.1)[16]

'나'와 '우리'를 동일시하면서 '나'에서 '우리'로 자연스럽게 탈바꿈함으로써, 시훙은 자신을 집단 안으로 종속시켜 집단 담론을 전술한다. 이와 동시에 집단의 대변인으로 자처함으로써 집단이 지니는 권위도 같이 공유하게 된다. "자신과 집단이 동화될 수 있도록 하기 위하여, '나는 곧 집단이다', '내가 존재하기 때문에 집단이 존재

---

14 西虹, 《抗美援朝戰地日記》, 103쪽.

15 중국어에서는 한국어와 달리, '나'와 '우리'가 엄격히 구분된다.

16 西虹, 《抗美援朝戰地日記》, 431쪽.

한다'고 말할 수 있기 위하여, 그 위임된 자는 어떤 의미에서는 집단 속에서 자아의 자취를 감추어야만 한다. 집단을 위해 자신을 이바지함으로써 '나는 집단을 통해서만 존재한다.'라고 외칠 수가, 선언할 수가 있는 것이다."[17] 사실 시훙이 일기에서 애써 부각하고자 하는 자신과 지원군, 조선인의 모습은 궁극적으로 부르디외Pierre Bourdieu가 거론한 정치집단의 '위임된 자'의 모습과 일치하다고 해도 과언이 아닐 것이다. '위임된 자'는 개인으로서의 존재론적 고민과 의문 등을 경유하지 않으며, 한 집단 안에 공존하는 '나'와 타인은 전적으로 같은 사람이라는 인식적 전제를 가진다. 이런 의미에서 보면 시훙의 일기는 한 개체로서의 '나'에 대한 일기가 아니라, 동질적인 복수의 '나'들로 구성된 집단에 관한 일기라고 할 수 있다.

이상의 시훙의 일기와 대조적으로 쉬광야오[18](《햇살, 폭탄과 약혼녀: 쉬광야오 항미원조 일기陽光·炮彈·未婚妻: 徐光耀抗美援朝日記》)와 허쿵더[19](《한 화가가 본 조선전쟁: 삽화 일지一個畵家眼中的朝鮮戰爭: 揷

---

17 Pierre Bourdieu, translated by Kathe Robinson, "Delegation and Political Fetishism", *Research Article*, Volume 10−11, 1985, p.60.

18 1925~현재, 河北 雄縣 출생. 소설가로서 대표작으로는《꼬마 전사 장가小兵張嘎》가 있다. 1950년 중앙문학강습소中央文學講習所 제1기 입학생으로, 1952년에 문예공작단文工團 성원인 약혼녀 선윈申芸을 만나게 된다. 그는 '항미원조' 전쟁에 참가하고자 자진하여 강습소 소장 딩링丁玲에게 탄원을 했다. 1952년 4월 16일~1952년 12월 22일 동안에 꾸준히 전장에서의 일기를 남기고 있는데, 이에는 작품 창작을 위해 수집한 내용들이 기록되어 있다. 훗날 일기 내용을 접한 그의 지인이자 작가인 원장聞章의 출판 제의를 받아들여 일기를 책으로 출판하게 된다.

19 1925~2003, 四川 西充 출생. 주로 전쟁 소재 그림을 그린 화가로서 중국유화학회 부주석을 역임한 바가 있다. 1945년 쓰촨성 예술전문대학에 입학했으며, 졸업 후 참군하여 1951년 3월 중국인민지원군 12군의 문예공작단 미술대 소속 화가로서 조선에 파견되었다. 1997년에 기자 쉬샹췬許向群의 취재 당시, 허쿵더의 부인 우비위吳碧玉가 허쿵더의 일기를 참조 자료로 제공해 주었다. 쉬샹췬은 일기 내용을 발췌해서 잡지에 게재했는데, 독자 반향이 좋았으므로 나중에 단행본으로

圖日記》)의 일기는 단순한 집단 인식의 발화적 장치가 아니라, 결코 조화되지 않는 집단 담론의 '내적 균열'을 드러내고 있다. 시훙의 일기가 집단의 눈을 차용하여 전시 생활을 관찰하고 서술한 산물이라면, 쉬광야오와 허쿵더의 일기는 개인이 추구하고자 하는 삶과 이러한 집단적 생활 질서의 동일시에 실패하고 자기부정과 긍정 사이에서 몸부림치는 과정에 대한 내적 기록이라고 볼 수 있다. 물론 전쟁 참여 초기에 이들은 이국의 경험과 전투 능력도 갖추지 못한 자로서 집단이 가르쳐 주는 방식에 따라 전선 생활을 학습하고 자기개조를 하겠다는 각오로 고양되어 있었다.

> 후순胡順은 신참인 얼메이二妹에게 "이게 바로 포성이여."라고 가르쳐 주었다. 마치 어머니가 아기에게 새로운 지식을 알려주듯이 가족과도 같은 따뜻함이 담겨져 있었다. 조금만 더 앞으로 나가면 참호에 들어설 수가 있었다. 전사들이 우리에게 "전투입니다."라고 주의를 주었다.
>
> 전투였다! 이 세상의 야만인들을, 추악한 자산계급을 소탕하자! (1951.10.30)[20]

허쿵더 일기에 기록된 위의 장면은 전쟁에 관한 지식 습득과 체험을 통해 자신의 감정과 사상을 집단에 이입시키고자 하는 학습 과정으로 볼 수 있다. 전투 장면을 목격하고 경험한 이들의 정서는

출판하기에 이른다.

20 何孔德, 《一個畫家眼中的朝鮮戰爭: 挿圖日記》, 北京: 解放軍文藝出版社, 2000, 17쪽.

"부풀어 오른 풍선처럼" "한껏 고조가 되었"으며 "당장이라도 날 듯했고 폭발할 듯했다."(1951.10.30)[21] 실제로 전쟁 현장에서는 고조된 집단적 정서, 예를 들어 행진 과정에 대오 전반에 걸쳐 격앙된 정서나 적군의 비행기나 포격을 마주했을 때 촉발되는 적에 대한 분노 등에 휩쓸려 별다른 생각 없이 감정만이 증폭되어 정치적인 광열에 몰입하기가 쉽다. 아래 쉬광야오의 일기에서 끊임없이 돌고 도는 '전쟁의 기계'는 역시 정치적 광희의 쾌감을 부단히 생산하는 집단이념의 표상으로 나타난다.

> 방공 초소에서만 하여도 전쟁 기구가 얼마나 거대하고 얼마나 긴장된 것이며, 얼마나 조화로운 것인지를, 마치도 거대한 기계가 돌아가는 것과 마찬가지인지를 알 수가 있었다. 나조차 이 거대한 기계 앞에서 재빠르게 돌고 있지 않은가?
>
> "미국놈들이 전혀 뾰족한 수가 없는 거야." 전사들이 하늘 위의 비행기를 바라보며 말했다.
>
> 전쟁의 기계여, 돌고 돌아라! 양식을 전선으로 운송하고 탄약을 전선으로 운송하여라. 힘을 전선에 운송하고 조국 인민들의 열정과 정성을 전선으로 운송하여라. 그러고 나서 다시 필요한 것을 조국으로 운송하여 돌아가라! 우리 함께 돌자! 내가 디디고 선 이 땅도 돌아라! 우리의 승리는 필연적인 것이다!(1952.4.20)[22]

---

21 何孔德, 《一個畫家眼中的朝鮮戰爭: 挿圖日記》, 17쪽.

22 徐光耀, 《陽光 · 炮彈 · 未婚妻: 徐光耀抗美援朝日記》, 北京: 中國文聯出版公司, 2008, 6쪽.

이러한 정치적 광열에 호소하는 과정에서 쉬광야오와 허쿵더는 국가와 인민, 나아가 세계 인민의 안위가 달려 있는 전쟁에 참여하게 된 것을 영광이라고 확신하며, 자신의 삶도 이로 인해 의미가 생기고 행복해진다고 생각하게 된다. "이번 달에, 나는 새로운 역사 단계에 진입했다. 잠시이긴 했지만, 나는 근년의 생활 질서를 깨고 참신한 생활에 투신했다. 나 자신을, 우리들의 사랑을 이 시대 전체와, 당면한 전쟁의 정세와, 긴장하고 활기에 넘치는 조국의 기상과 연계시켜 생각한다면 그 얼마나 시적이고 영예로운 것인가!"(1952.5.16)[23] 쉬광야오는 조선에 이르러 자신에 앞서 참전한 약혼녀 선윈을 만나게 되지만, 각자 조직으로부터 맡겨진 업무를 수행해야 했기에 불과 며칠이 지나지 않아 다시 이별해야 하는 상황에 처하게 되었다. 그러나 사랑하는 사람과 함께 전장에 나선 것은 자신들의 삶과 감정에 무척 숭고한 의미를 부여하는 것이라고 생각하고 있었기에, 그의 마음속에는 열정과 희망이 가득 차 있었다. "그렇다, 우리들의 사랑은 이미 1년 7개월 남짓 되었다. 우리들의 사랑은 이미 오랜 이별과 전쟁의 시련을 이겨 냈다. (…) 우리는 함께 조선 전장에서의 사랑의 아름다움과 행복을 맛보았으며, 알게 모르게 숭고함과 위대함을 느끼게 되었다."(1952.5.19)[24] 이처럼 쉬광야오에게 사랑하는 사람과 함께하는 참전은 자신의 삶이 시대의 발전 및 국가의 운명과 결부되어 유의미해지는 일이었으며, 그가 기록하고자 하는 전장에서의 생활이란 바로 이러한 '신생활'에 대한 기대와 환상 그 자체였다.

---

23 徐光耀, 《陽光 · 炮彈 · 未婚妻: 徐光耀抗美援朝日記》, 32쪽.

24 徐光耀, 《陽光 · 炮彈 · 未婚妻: 徐光耀抗美援朝日記》, 37쪽.

한편 허쿵더는 "이번 학습을 통하여 나는 응당 자신의 짓밟힌 감정을 추스르고 자신의 감정과 생명을 소중히 여기는 법을 배워야 한다. 그렇듯 감정을 한곳에 쏟아붓는 것은 수치스러운 일이다. 그 누구든지 자신의 모든 감정을 한 사람에게 쏟아부을 권리가 없다. 왜냐하면 우리는 전체 인민의 사랑을 받는 자이기 때문이다. 더군다나 생명! 생명이란 것은 누구도 그것을 한 치도 훼손할 권리가 없다. 그것은 전체 인민의 것이다."(1953.3.20)[25]라고 기록하고 있다. 그는 실패한 과거의 사랑을 철저히 지양함으로써 집단 대의에 따라 새로운 생활을 추구하겠다는 결심을 했다. 이는 개인 이익과 욕망을 지양하고 자기의 삶을 국가와 인민의 집단적 의미와 연계시킴으로써 신생활을 동경한다는 점에서 쉬광야오의 경우와 일맥상통하다고 볼 수 있다. 사실 이는 주인공이 혼돈에서 방황으로, 다시 사상적으로 온순하고 역사 발전의 거대서사에 알맞은 행위의 주체로 쇄신하고, 종국적으로 공산당이 지도하는 혁명사업과 완전한 동일시를 이루게 된다는 중국 현대 성장소설의 일반적인 패턴과도 유사하다고 볼 수 있다. 그러나 쉬광야오와 허쿵더의 일기에는 집단 차원의 이념과 이상성에 위배되거나 혼선을 일으키는, 혹은 그러한 거대서사를 전복하고자 하는 내적 균열도 혼재하고 있다는 점에서, 그들 일기의 내적 구성은 이러한 성장소설의 구성과 구별된다. 당대에 공식 출간된 문학작품들이 흔히 주인공이 방황에서 벗어나 확실한 이상을 확립할 때까지의 직선적이고 획일적인 성장 과정을 부각하고 있다면, 사적 기록물로서의 일기는 우리로 하여금 이러한 '당위의 성장 과정'에 산재하는 균열의 흔적을 들여

---

25 何孔德, 《一個畫家眼中的朝鮮戰爭: 揷圖日記》, 196쪽.

다보게 해 주는 줌 인zoom in의 기능을 갖고 있다고 할 수 있다.

전쟁 속에서 집단이념이 산출하는 정치적 광열은 숭고의 감정이라고 하지만, 그것은 실상 텅 비어 있는 것이며 트라우마 경험을 부추기는 감정적 공간일 뿐이다. 조선에서 전시 생활을 경험하면서 쉬광야오의 일기에는 점차 소극적이고 자기부정에 시달리는 모습에 대한 기록이 자주 드러나게 된다. "나는 자신의 정치적인 열정이 부족하다고 생각한다. 그래서 마음속으로 늘 두렵다."(1952.11.6)[26] "오후에도, 저녁에도 카드놀이를 했다. 오늘 또 허송세월을 한 것이다. 어려움이라는 것은 늘 나의 개인주의를 부추길 뿐이다."(1952.4.26)[27] 쉬광야오는 집단을 위해 해야 할 일을 완성하지 못한 채, 무거운 마음으로 활력을 상실하고 만 자기에 대한 실망을 일기를 통해 표현함으로써 이러한 두려움과 우려를 해소하려는 모습을 보인다.

조국이 나날이 앞으로 나아가고 있음을 떠올릴 때마다 나는 자신의 성격을 더욱 혐오하고 싫어하게 된다. 나는 요 이틀 동안 까닭 모를 고민에 잠겨 항상 이맛살을 찌푸리게 되며 마음이 무겁곤 했다. 곰곰이 생각해 보면 전혀 그럴 만한 이유가 없었다. 응당 더없이 자유롭고 즐겁기만 해야 하는 것이 아닌가. 의식주를 걱정할 필요도, 다른 근심도 전혀 없지 않은가. 잃은 바도 없으며 누구에게 저해를 당한 바도 없지 아니한가. 나는 왜 즐겁지 않은 것일까. 나

---

26 徐光耀,《陽光 · 炮彈 · 未婚妻: 徐光耀抗美援朝日記》, 260쪽.

27 徐光耀,《陽光 · 炮彈 · 未婚妻: 徐光耀抗美援朝日記》, 13쪽.

는 언제서야 개조될 수가 있는 것일까!(1952. 5.30)[28]

이와 같이 소극적인 일상 상태를 극복하기 위하여 쉬광야오는 개인주의 사상을 버리고 열정적으로 집단생활에 어울려야 한다고 결심하지만, 그것을 실현하지 못하고 있으며, 매일 자기비판의 굴레에 빠져 방황의 두려움에 시달린다. 이는 초기에는 전장의 생활을 알차게 보내지 못하는 고민과 후회로 나타났다가 후기로 갈수록 점차 자기 존재에 대한 회의감으로 노출된다. "아침에 눈을 뜨니 문득 자신의 처지가 슬퍼졌다. 나는 고독에 잠겨 있으며 앞길은 막연하기만 했고 어디로 나아가고 있는지를 알 길이 없다. 나는 자신을 어떻게 해야 할지, 어떻게 다스려야 할지를 모른다."(1952.6.15)[29] 이처럼 정치적 광열이 휩쓸고 지난 뒤의 공허감과 방황감은 하루하루 반복되는 일상에서 거듭 괴로움으로 작동하는데, 이러한 정신적 고통은 개인으로 하여금 집단에 대하여 회의하고 분노하며 그 감정을 직접 표출하게 하는 것이 아니라, 오히려 먼저 자신과 타인에 대한 일종의 비애감과 무력감을 산출하고 있는 것이다.

밤이 되자 왕 연대장은 긴 탄식을 했다. 나 역시 탄식을 금치 못했다. 그는 하고 싶으나 표현할 길이 없는 말들이 있다고 했다. 나는, 어찌하면 눈앞의 시간들을 견디어 낼 수 있을지, 능동적으로 이겨 낼 수 있을지를 생각하고 있었다. (…)

나는 겁을 먹었는지도 모른다. 타협을 하고 싶었던 것일 수도 있다.

---

28 徐光耀,《陽光 · 炮彈 · 未婚妻: 徐光耀抗美援朝日記》, 49쪽.

29 徐光耀,《陽光 · 炮彈 · 未婚妻: 徐光耀抗美援朝日記》, 66쪽.

왕 연대장은 마오 주석의 사진을 꺼내어 보면서 마오 주석의 초상은 모두 공통점이 있다고 했다. 머리가 쉴 새 없이 긴장해 보인다는 것이었다. 이러한 체득은 신선한 것이었다. 한동안 그는 "날은 어둡고 안개는 자욱하네."를 부르더니 갑자기 또 헛웃음을 쳤다. 너무나 슬픈 목소리, 비관적 정서라는 것이었다.

이는 내 마음과 전혀 다름이 없었다.(1952.7.27)[30]

왕 연대장과 쉬광야오의 막막함과 소극적인 모습은 생각을 멈추지 않고 늘 긴장을 유지하는 집단이데올로기 상징으로서의 마오쩌둥 초상의 모습과 무척 선명하게 대조된다. 비관적 정서가 어디서 기인하는 것인지 또 그것을 어떻게 표현하면 좋을지를 몰라서 왕 연대장은 그저 노래 한 구절을 부르며 스스로 헛웃음을 짓는다. 쉬광야오는 그 모습에 무척 공감하지만 역시 마땅한 해석을 내놓지 못한다. 집단과 자기의 실제 사이에 균열이 커지고 있음을 분명히 느끼고 있는 쉬광야오는 타인의 비슷한 상태를 발견함으로써 그것을 확인하되, 언술을 통해 그것을 명확히 표현하고 규명하지는 못한다. 이에 쉬광야오는 믿어 의심치 않던 약혼녀 선윈과의 밝은 미래에 대해서도 우려하기 시작한다.

윈芸은 나를 문밖까지 바래다주었다. 나는 그녀의 손을 꼭 잡았다 놓으며 말했다. "그만 들어가 보오." 그녀는 "네." 하고 대답했다. 나는 혼자서 산을 내려왔다. 나는 내 가슴이 꽉 차오르는 것을 느꼈다. 무한히 차올라 숨이 막히었다. 내 감정이 너무나 취약한 것

---

30 徐光耀,《陽光 · 炮彈 · 未婚妻: 徐光耀抗美援朝日記》, 118~119쪽.

인지도 모른다. 물론 나는 그녀가 이미 공산당원이 된 지 여러 해가 되며 공도 세우고 평소 늘 남보다 앞장서 있음을 알고 있다. 그러나 연인을 만나서 말을 나눌 틈도 없단 말인가. 나는 고민에 잠겼다. 실로 나는 오래도록 기분이 상하여 있었다….(1952.5.13)[31]

잠이 오지를 않았다. 나는 또 윈을 떠올리며 그리워하고 있었다. 여러 차례에 걸친 우리들의 만남과 대화가 떠올랐다. 우리가 나이가 들도록 결혼을 못하고 있는 것은 너무나 서글픈 희생이 아닌가 하는 생각이 들었다. 더욱이나 윈은 젊음이 다하도록 상급에서 놓아 주지를 않지 않는가. 그녀가 희생을 당하고 있는 것은 아닐까?(1952.11.17)[32]

첫 번째 인용문에서 드러나듯이, 참전 초기(1952.5.13) 각자 업무를 수행하기 위해 선윈은 쉬광야오 곁을 떠나야 했다. 쉬광야오는 "가슴이 꽉 차오르는 것을 느꼈"고 그 "느낌이 무한히 차올라 숨이 막히었"지만, 자신의 이러한 모습이 지나치게 취약하다고 자책한다. 그러나 두 번째 인용문에 해당하는 후기(1952.11.17)에 이르러서, 쉬광야오는 문예공작단 단장이 선윈과의 결혼 신청을 허락하지 않는 것을 못마땅해 하며, 이에 선윈의 삶이 희생되고 있는 것은 아닌가 하는 의문을 품는다. 당시 집단 담론의 언어로서 '희생'이라는 용어는 집단을 위한 숭고하고 철저한 헌신을 의미했고 영광스러운 일로 기정사실화 되었음에도, 쉬광야오는 '희생'을 개

31 徐光耀,《陽光 · 炮彈 · 未婚妻: 徐光耀抗美援朝日記》, 28~29쪽.
32 徐光耀,《陽光 · 炮彈 · 未婚妻: 徐光耀抗美援朝日記》, 279쪽.

인의 운명이 집단의지에 의해 좌우되고 그것에 굴종할 수밖에 없는 '서글픈 희생'으로 재인식하고 있음이 드러난다. 허쿵더도 1953년 종전과 더불어 조선을 떠날 준비를 하면서, 2년 동안의 전장 생활이 자기 삶에 어떤 의미를 부여해 주었는지를 스스로 되묻는다.

> 수시로 영웅의 사적에 감동을 받고 수시로 적의 폭행에 격분했으며, 수시로 우리에 대한 조선 인민의 사랑에 감명을 받고 수시로 아군의 강력한 힘과 영웅적 행위에 위안을 받았으며 긍지를 느끼곤 했다. 만약 조국에 돌아가게 된다면 우리를 기다리고 있는 평화롭고 건설적이며 정상화된 생활은 또 어떤 것일까?
>
> (…)
>
> 이태 동안 전장에서 활동했지만 내가 완성한 그림은 별로 없었다. 자료의 수집도 부족했고, 그렇다고 자신에 대한 연마도 충분하지가 않았다. 조선전쟁은 승리했다. 그러나 내 자신은 승리한 것일까?(1953.7.27)[33]

종전과 귀국을 앞두고 허쿵더는 전장에서 집단이 요구하는 대로 응당 지녀야 할 감정과 행동의 패턴을 학습하고 그것을 체화했지만 정작 조국에 돌아가서 새로운 생활을 하게 되면 또 무엇을 어떻게 해야 할지 모르겠다는 고민에 사로잡힌다. 그는 자신이 2년 동안의 전쟁 생활을 통하여 무엇을 얻었는지, 제대로 성장했는지를 되돌아보면서 "내 자신은 승리한 것일까"라는 의문만을 남긴 채 그 '답'을 명시하지 않는다. 전시 생활을 겪고 나서 이제껏 추구해 왔

---

33 何孔德, 《一個畵家眼中的朝鮮戰爭: 揷圖日記》, 229~231쪽.

던 집단의 승리와 '나의 의미'에서의 승리가 결코 같지 않음을 깨닫고 있지만, 허쿵더도 쉬광야오와 마찬가지로 지속적으로 자신의 의문을 파고들거나 그에 대한 답을 명확히 규명하지는 않는다.

우리는 쉬광야오와 허쿵더의 일기를 통해 집단이데올로기에 대한 회의와 동요, 그리고 그로 인한 자기동일시의 혼선을 발견할 수가 있다. 그들의 서사에는 표현 장애에서 비롯된 고뇌와 좌절감 등이 자주 드러나곤 한다. 그러나 이들은 보다 깊이 있는 반성이나 명확한 결론으로 나아가는 데 실패하고 마는데, 이는 작가가 의도적으로 말을 아낌으로써 그 이상의 표현으로 나아가지 않았기 때문일 수도 있다. 일기를 통한 자기고백이 적당한 선에 머무는 것은 일종의 보호책일 수도 있는 것이다. 그럼에도 이들은 기록자와 작가라는 '천직'에 앞서 이국 전장의 목격자이자 생존자였다. 달리 보면 이들이 보인 실의나 침묵, 쓴웃음 등은 반성과 자기성찰의 결과일지도 모른다. "전통적인 의미에서 영웅은 고난을 이겨 내고 이상을 위해 희생하는 자이기 때문에, 생존자는 결코 영웅일 수가 없다. 또한 전통적 의미에서 비극적 인물 역시 개인의 결함으로 인하여 불행을 당하게 되므로, 생존자는 비극적 인물일 수도 없는 것이다. 역사는 우리에게 생존자를 위한 기성된 서사 방식을 제공하지 않는다. 그로 하여 이들은 침묵과 실어의 상황에 처할 수밖에 없다."[34] 결국 생존자이자 목격자로서 쉬광야오나 허쿵더는 일기라는 서사 행위를 선택함으로써 침묵이라는 곤경에서 벗어나고자 했던 것이며, 그 일기의 내용이나 기록의 리듬은 이들이 주체로서의 반성과 성찰 과정의 징후

34 徐賁, 《사람은 무엇을 근거로 기억을 하는가?人以什麽理由來記憶》, 長春: 吉林出版集團, 2008, 225쪽.

를, 그리고 그 지난함을 보여 주는 것이기도 하였다.

다음의 분석을 통해 우리는 쉬광야오가 일기를 통해 자기표현과 창작의 곤경을 어떻게 서술하고 있는지를 보아 낼 수 있다. 그는 비록 자신의 실어 상태를 거듭 기록하고 있지만, 그 이상의 어떠한 해명도 보이지 않고 있다. 그는 반복하여 직접적인 체험의 결여와 문학 창작의 좌절감을 서술함으로써, 조선 전장 초기에 보인 바 있는 역사적 사명감과 집단 영예감에 대한 단순하고 숭고한 서사에 균열과 혼종을 일으키고 있다. 허쿵더의 일기는 자기와 집단의 관계에 대한 반성, 그리고 과거에 대한 회고와 미래에 대한 전망을 언급하는 중요한 대목에 이르러서는 붓을 멈추거나 하고 싶은 말을 삼키고 마는 듯한 인상을 준다. 그러나 시선의 움직임을 통해, 그는 잠시나마 침묵의 곤경에서 벗어날 수 있는 통로를 얻게 된다. 허쿵더는 일기책에 상당히 많은 스케치 작품을 남기고 있는데, 조선의 자연 경물은 물론 사람과 동물의 다양한 자태도 포착해 내고 있다. 이러한 시각적인 묘사를 통해 그는 언어 표현이 미치지 못하는 빈자리를 메우고 있는 것이다. 또한 우리는 문자를 넘어선 허쿵더의 '시각 일기'를 통해 항미원조 이데올로기의 권역 밖에 위치한 '조선'도 함께 엿볼 수 있다.

| 실어증과 이국 형상에 대한 시각 언어 |

개인의 삶과 집단의 요구의 합일에 실패한 쉬광야오와 허쿵더는 외부 세계를 감각하여 언어로 표현하는 데에도 지장을 받게 된다. 집단이 가르쳐 주는 대로 인식해야 할 것인지, 아니면 자신이 보고 느끼는 대로 외부 사물을 파악할 것인지 혼란스러웠기 때문이다. 특히 조선이라는 이국적 환경에서 낯선 미군을 '적'으로서 마주해야 하는 상황 자체가 그들 누구도 경험해 본 적 없는 새로운 것이었기에, 그들은 이 상황 자체를 인식할 '정확한 방법'을 결정할 수가 없었던 것이다. '항미원조' 일기에서는 의외로 조선과 미군에 대한 자세하고 생동감 있는 묘사가 별로 보이지 않는데, 그 이유는 두 가지로 이해가 가능하다. 하나는 집단이 주입한 이미지 그대로 조선과 미군을 생경하게 인식하여 제한적이고 피상적인 인상으로밖에 표현하지 못한 것이고, 다른 하나는 분명히 이질적인 것을 느끼고 표현하려고 했지만 적합한 언어를 찾지 못하여 결국 포기하는 것이다. 시홍의 일기는 이러한 '표현'에 대한 고민이 거의 드러나지 않으며, 조선과 미군에 대한 묘사에 있어서 아이콘화된 이미지를 반복해서 사용하는 획일적인 모습을 보인다. 즉, 미군은 잔인함과 위험을 상징하는 폭탄이나 비행기로 환유되며, 조선 인민은 말은 통하지 않지만 늘 웃음과 감동을 전해 주는 다정한 얼굴로 형상화되는 것이다.

이와 달리 쉬광야오와 허쿵더의 일기에서 조선은 각각 다른 방식으로 노출된다. 쉬광야오의 일기는 글과 함께 당시 전장에서 찍은 사진들을 같이 편집하여 출판되었다. 그는 한 그루 나무 옆에서 있는 자신의 사진 아래에 이렇게 설명을 덧붙인다. "조선은 어딜 가나 아름다운 경치가 있다. 다만 사람들은 간혹 가다가 한 번씩만 주의를 기울일 뿐이다."(1952.4.22)[35] 이는 항시적으로 긴장하고 집중해야 하는 전선 생활로 인해 참전자들이 주변 환경을 구경

---

35 徐光耀,《陽光 · 炮彈 · 未婚妻: 徐光耀抗美援朝日記》, 9쪽.

할 여유가 없었기 때문일 수도 있겠지만, 조선이라는 공간의 이질성은 당시 집단이념에 유용한 소재가 아니므로 관심을 가질 필요가 없다는 논리가 작용했기 때문이기도 하다. 문예창작자들로서는 조선의 독특한 점을 묘사하기보다는, 조선 전장이라는 배경 속에서 조국과 인민을 위해 싸우는 지원군이라는 전쟁 주체를 집중적으로 구상화해야 했던 것이다. 아래의 인용문에서 보듯이, 쉬광야오는 조선의 일초일목에 대해 호기심을 갖고 그와 관련된 모든 것을 알고 싶어 하지만 깊이 있게 살펴볼 길이 없다.

> 이토록 나는 조선의 산을 사랑했다. 얼마나 아름답고 수려한가! 그러나 나는 또 다른 생각이 떠올랐다. '무엇이 조선의 특징일까?' 이것은 쉬쿵徐孔도 진지하게 물은 적이 있었다. '무엇일까?' 이를 위해서 나는 먼저 무엇이 조선의 지역적 특징인지를 찾아내야만 했다. 이는 구체적인 사물에서만 보아 낼 수 있는 것이었다. 가파른 산, 울창한 나무들, 좁고 수려한 산협, 물론 이러한 것들은 모두 특징이었다. 그러나 나는 산 위의 나무들이 무슨 나무인지 알 수가 없었다. 장즈민張志民에게 물어보았으나 호두나무, 상수리나무, 느릅나무, 머루나무, 자등나무, 정향나무 등 몇 종류만을 알 뿐이며 흰 꽃이 가득 피는 나무의 이름은 몰랐다. 들풀들도 '도라지'라 불리는 것 외에 다른 것들은 전혀 몰랐다. 이래서야 조선의 지역적 특징에 대해 어떻게 구체적으로 파악할 수 있단 말인가.
>
> (…)
>
> 특징은 한두 가지만이 아니었다. 우리가 발견하느냐 못 하느냐에 달린 것이었다. 그보다는 조선에 이른 후 사람들이 가지게 되는 사상과 정감의 특징을 파악하는 일이 훨씬 어려운 일이었다. 그럼에

도 조국에 대한 향토적 사랑만큼은 분명히 그중 하나라 할 수가 있었다.(1952.5.31)[36]

쉬광야오는 조선의 특색을 묘사하는 것이 필요한 과제라고 생각했지만, 유용한 표상을 발견하는 정도에서 조선의 특성을 부각할 수밖에 없었다. 또한 그것이 작품에서 중요한 부분은 아니라고 여겼으며 조선을 적극적으로 파악하려 하지 않았다. 중요한 것은 조선적 풍경을 제대로 묘사하는 것이 아니라, 조선이라는 공간에 '조국에 대한 향토적 사랑' 등 서정적인 감정을 의탁하여 표현하는 것이었다. 이를테면 그의 일기 곳곳에서 조선 풍경이 묘사되고 있지만 그 풍경은 단순히 선원을 떠올리고 그리워하는 감수성의 배경으로서만 기능한다. 그만큼 그에게 있어서, 조선을 구체적으로 파악하지 못하는 것은 그리 큰 문제가 아니었다. 그보다는 조선에서 전쟁을 겪고 있는 지원군의 생활을 작품을 통하여 효과적으로 재현해 내지 못하는 것에 대한 고통이 더 크다. 이는 그의 창작관이 집단적인 혹은 '시대의 요구'와는 거리가 멀기 때문에 초래되는 것이기도 하다.

나는 요약 능력이 부족할뿐더러 보도문을 만들 만한 소재도 없었다. 글에 사상을 담아낼 만한 능력이 없으며 '거짓말'과 '창조'해 내는 재주는 더욱 부족했다. 나는 문득 보도문이란 굳이 사람들에게 전형적인 인상을 심어 주거나, 인물로 하여금 독자를 감동시키게 할 필요는 없음을, 단지 한 가지 일 혹은 한 가지 사상만을 선전하

36 徐光耀,《陽光 · 炮彈 · 未婚妻: 徐光耀抗美援朝日記》, 51쪽.

면 되는 것임을 깨달았다. 그러나 나는 바로 이러한 능력이 부족한 것이었다.(1952.9.23)[37]

쉬광야오는 조선 전장의 특수성을 담아내고 싶어 했으며, '항미원조'라는 중차대한 역사적 사명 속에 처해 있는 사람들과 그들이 경험하는 사건들에 대하여 생생하게 묘사함으로써 독자들이 큰 감명을 받을 수 있는 글을 창작하고자 하는 의욕을 지니고 있었다. 이것이야말로 그가 몸소 조선 전장에 나선 이유이자 의미였다. 이 특수한 시공간에서 모든 것을 직접 보고 느낀다는 것은 국내에서는 전혀 불가능한 그만의 체험인 까닭이었다. 그러나 실제에 있어서 그에게 조선의 모든 것은 낯설기만 했다. 시간이 지남에 따라 끝없이 반복되는 후방에서의 집단생활 모습이나 전사들의 거의 중복되는 이야기들은 그에게 지루함만을 안겨 주었다. 워낙 전장에서의 생활이란 무미건조한 것이었으며 사람의 감각을 무디게 하는 것이었다. 외국에서의 전쟁이라는 신선함이나 '가장 사랑스러운 사람', 즉 영웅적인 지원군 전투원들에 대한 동경도 얼마 지나지 않아 사그라지고 말았다. 그는 삶의 대부분 시간이 전쟁의 잔인함이나 어려운 생활 여건으로 인하여 초래되는 피로감과 무력감에 의해 잠식되고 마는 것을 깨닫게 되었다. 게다가 대부분의 지원군 사병들은 문화 수준이 그리 높지 않았으며 표현 능력도 부족하여 인터뷰에서 얻어지는 것도 별로 없었다.[38] 그는 과장적 표현이나 '거짓말'

37 徐光耀, 《陽光 · 炮彈 · 未婚妻: 徐光耀抗美援朝日記》, 187쪽.

38 가장 일찍 조선 현장에 파견된 《인민일보》 기자 리좡李莊의 일기도 지원군들의 생각과 느낌을 취재하는 데 좌절을 겪었다는 내용을 기록하고 있다. "영문을 알 수가 없지만, 나는 우리 전사들과 대화를 나눌 때마다, 그들의 사상을 읽어 내

을 보태어 가면서까지 보도문에서 흔히 보는 인물들을 창조해 내고 싶지는 않았던 것이다. 결국 그는 무미건조한, 그러나 '진실한' 전장에서의 생활을 표현할 만한 언어를 상실하고 만다. 특히 이러한 진실은 그 자신의 상상과 어긋났을 뿐만 아니라 집단적 교육을 통해 상상된 '항미원조' 전쟁의 '본모습'과도 너무나 달랐다. "근래에 나는 뜻이 분명치 않은, 혼란스러운 글귀들을 자주 쓰곤 했다. 이는 내가 쇠락했음을 뜻하는 것일까?"(1952. 7.20)[39] "나는 머리가 아프고 온몸에 기운이 없었다. 걸음을 옮길 힘조차 없어, 쓰러져 한동안 잠에 빠지기도 했다. 그러나 자고 있자니 또 너무나 불안했다. 마치 시간에 미안하기라도 한 듯했다. 움직이기도 싫고 입을 열기도 싫었다. 이는 생활에 대한 체험과는 전혀 어울리지 않는 모습이었다."(1952.11.14)[40] 그의 마음과 자기만의 창작관은 집단이 바라는 방식으로 전쟁과 영웅을 묘사하는 것을 허락하지 않았으므로 그는 무엇도 언술할 수가 없는 곤경에 처했던 것이다.

또한 역으로 이러한 실어 상태는 그로 하여금 생활의 원동력을 상실하게 했으며, 자신이 허송세월하고 있다는 자괴에 사로잡히게

는 것이 참으로 어렵다는 생각이 들곤 한다. 그들에게 한마디 물으면, 그냥 한마디로 대답을 한다. 도무지 더디고 흐리멍덩하다. 소련의 전사들과 같은 유머러스함이나 생동감, 풍부한 상상력이 보이지 않는다. 물론 우리의 전사들은 사상적으로 통일이 되어 있다. 그들에게 질문을 던지면 대체로 같은 대답을 하는데, 그것은 곧 '항미원조, 보가위국'과 같은 결론에 가까운 것이었다. 전사들이 도대체 무엇을 생각하고 있는지 도무지 느낄 수가 없다. 그래서 매번 취재할 때마다 이 때문에 고심할 수밖에 없었다. 전사들은 대부분 시간에 무엇을 생각하고 있는 것인지, 어떤 구체적인 생각을 가지고 있는 것인지 전혀 알 길이 없다."(1951.1.25) 李莊,《李莊朝鮮戰地日記: 1950年12月~1951年3月)》, 39쪽.

39 徐光耀,《陽光 · 炮彈 · 未婚妻: 徐光耀抗美援朝日記》, 112쪽.

40 徐光耀,《陽光 · 炮彈 · 未婚妻: 徐光耀抗美援朝日記》, 271쪽.

한다. 쉬광야오의 일기 내용을 보면 그가 시간에 아주 민감한 것을 알 수 있다. 조선에 있는 내내 그는 한 달 단위로 자기가 한 일들을 되돌아보고 정리하는 습관이 있었으며, 그날그날 작품 창작에 도움이 되는 준비 작업을 완성하지 못하면 시간을 낭비했다는 죄책감에 시달리곤 했다. 그 무엇도 그려 낼 수 없는 실어의 상태에서 시간이 하루하루 헛되이 흐르고 만다는 사실 외에 그는 이 역사적 시공간의 또 다른 '진실'에 더 이상 접근할 수가 없었던 것이다. 그는 분명 역사 현장 속에 있으면서도 자신이 현장에 있음을 실감할 수가 없었다. 집단이 구축하고 가르쳐 준 현장과 그 자신이 직접 경험한 민낯의 현장은 사뭇 다른 모습이었으며, 그렇기 때문에 어떠한 '현장'도 기록할 수 없다는 사실이 계속해서 그를 괴롭힐 따름이었다.

이러한 소극적인 정서는 집단적인 분위기와 상반되는 것이기 때문에 쉬광야오는 늘 자책감에 시달리고, 그럴수록 더욱 우울해지고 과묵해진다. 그러나 조선을 떠나기 한 달 전인 1952년 11월 16일 일기에서 그는 즐거운 에피소드 하나를 기록한다. 물론 그 이전에도 약혼녀 선윈을 만난다거나, 오랜 전우를 만난다거나, 승전 소식을 접한다거나 등의 즐거움이나 행복을 드러낸 바가 없는 것은 아니었다. 그러나 이 에피소드를 그는 "이러한 천진난만한 즐거움은 참으로 오랜만이었다."고 형용하고 있다.

어젯밤, 나는 작은 시냇가에 있는 밭두렁에 다가가 무를 세 뿌리 뽑아 두 개는 풀숲에 묻어 두고, 하나는 물에 씻어서 오는 길에 입으로 껍질을 벗겨 냈다. 나는 교통호 가에 웅크리고 앉아서 그것을 우적우적 씹기 시작했다. 이러한 천진난만한 즐거움은 참으로 오랜

만이었다. 나는 무를 먹으며 나오는 웃음을 겨우 참았다. "간첩의 무를 훔쳐 먹는 것도 규율에 어긋나는 일일까? 허나 이는 얼마나 사람을 흡족케 하는 일인가?" 무는 너무나도 달았다. 베이징의 상큼한 무도 비교가 되지를 않았다. 다 먹고 나서도 나는 오래도록 풀숲에 묻어 둔 다른 두 무를 떠올리고 있었다. 오늘도 나는 그것들을 떠올리고 있다.(1952.11.16)[41]

쉬광야오의 이 기록은 밭에서 무를 뽑고, 풀숲에 묻고, 물에 씻고, 껍질을 벗겨 내며, 다시 웅크리고 앉아 우적우적 씹는 등 일련의 동작들을 서술하는 과정을 통해 그 감촉을 생생히 살려 내고 있다. 무의 맛은 그것이 간첩이 차지한 땅에서 자랐다는 '사실'과 전혀 무관한 것이라고 생각하는 순간, 쉬광야오는 미각이 느끼는 그대로 무의 신선한 맛을 맛볼 수 있게 된다. 여기서 쉬광야오가 경험하는 현장감과 진실감은 진정한 즐거움과 자유로움을 느끼게 하는 일종의 인간 해방 자체로 드러난다. 적과 동지라는 대립적 시각에서 사물을 느끼고 인식하는 것이 아니라 오롯이 자신의 오감으로 사물 본래의 질감을 경험할 때, 이러한 순수함과 자유감은 그동안 집단 담론의 무게감 아래 억눌렸던 쉬광야오의 감각적 능력과 표현 능력을 다시 살려 준다고 볼 수 있다. 언어나 감정은 쉽게 집단에 의해 통제되고 선동되나, 몸으로 느끼는 촉각, 시각, 청각, 후각, 미각 등 오감은 사적이며 은밀하다. 언어와 감정이 늘 외부로 전달되고 표현됨으로써 스스로를 현현하는 것이라면, 몸의 감촉은 오로지 내부로, '나'의 내면으로만 전달되며 '내장'되는 것이

41 徐光耀,《陽光 · 炮彈 · 未婚妻: 徐光耀抗美援朝日記》, 275쪽.

다. 이처럼 오감이라는 몸의 감촉은 집단의 감시에서 벗어나 있는 것이기 때문에 집단에 의해 통제되거나 획일화될 위험이 적다. 사실 일기라는 장르는 저자가 경험한 사건의 내용을 기록하는 것일 뿐 아니라, 저자가 사건을 체험하는 방식 자체를 가장 극명히 보여주는 장르이다. 즉, 사건과 사물을 감각하는 데에는 언제나 저자의 오감이 동원되며 몸과 마음이 함께 움직이는 법이라는 것을 일기는 솔직하게 드러내 보여 준다. 스스로 감각하고 표현하는 '개인'일 수 있을 때에만 분명해지는 그러한 사적인 느낌을 있는 그대로 기록하여 보존하는 것이 일기의 미덕이라 할 것이다.

이와 비슷하게 허쿵더도 어느 날 업무를 수행하다 경험한 재미있는 에피소드를 기록한다. 그는 동료 두 명과 함께 산꼭대기에 이르러 숯을 나르게 되는데, 눈 위에서 미끄럼을 타고 산을 내려가기로 했다. "눈이 날려 눈앞이 흐려졌고 얼굴도 눈발에 젖어 차가웠다. 눈은 장갑 안에도 파고들어 손마저 꽁꽁 얼어 들면서 통증이 일었다. (…) 그러나 그 뒤로는 두려움이 사라지고 재미를 느끼게 되었다. 특히 마지막 구간은 너무나도 재미나 우리는 그 구간을 다시 한 번 미끄럼질 쳤다." 허쿵더는 이런 경험이 "체육 운동도 오락도 노동도 아닌" "순전히 모험이었다."고 서술하는데, 흥미로운 것은 그가 이 과정에 느낀 "스릴과 긴장감, 그리고 짜릿함을 그 어떤 말로도 형용하기가 힘들 것이"며, "아마 미국의 영화 광고일지라도 이리 서술할 도리밖에 없을 것이다."(1952.2.20)[42]라고 언급한다는 점이다. 기존의 집단 언어나 적국 미국의 언어 어떤 것도 눈 위에서 빠른 속도로 미끄럼을 타서 산비탈을 내려오는 모험 과정

---

[42] 何孔德,《一個畵家眼中的朝鮮戰爭: 插圖日記》, 87쪽.

에서 온몸으로 느낀 모든 감각들을 설명하기에 충분하지 않다고 생각했기 때문에 허쿵더는 그날의 일기 옆에 미끄럼을 타는 모습을 그린 스케치를 덧붙인 것인지도 모른다. 사실 허쿵더가 쉬광야오와 다르게 일기에서 실어 상태의 괴로움을 별로 많이 언급하지 않은 것은 바로 그가 문자화된 언어를 대신해, 스케치라는 시각(눈)과 촉감(손)의 언어로 자신의 경험을 표현함으로써 집단 담론의 속박에서 벗어날 수 있었다는 것과 관련이 있다. 그는 1951년 3월 22일부터 1953년 11월 17일까지 장기간 조선 전장에 머물렀지만 문자로 기록된 일기의 양은 그리 많지가 않다.

〈그림 1〉 동료 두 명과 함께 눈 위에서 미끄럼을 타고 산을 내려가는 모습.

그의 일기는 규칙적으로 기록되지 않았으며(보통 한 달에 10~15편 정도였다), 한 달 동안 일기를 한 편도 쓰지 않은 경우도 있었다. 그러나 짧은 편폭에도 불구하고 그는 늘 사물의 색채와 형상을 구체적으로 관찰하여 기록했으며, 스케치를 통해 조선의 풍경과 그가 만난 조선인들의 모습을 생생하게 포착하곤 했다.

허쿵더는 집단생활에 몰두하기보다 혼자 있기를 더 좋아하는 성격이었다. 이에 주변 동료들 눈에 비친 그는 "사람들과 하나로 어울리지를 못하며" "주관의식이 너무 강해, 생각은 정확하나 군중 노선을 갈 줄 모르"는 사람이었다. 심지어 "한가한 틈을 타 자주 자연 경치를 감상하곤 했는데, 포격 속에서도 마찬가지였다." 평가회의에서 그들이 논의한 내용에 따르면, 허쿵더의 이러한 성격은 문예 창작에 좋지 않는 영향을 주고 있으며, 그가 "마오 주석께서 제시한 문예 방향을 깊이 연구"해야 "지식인 자세에서 벗어나 새로운 관점으로 창작할 수 있으며 군중의 수준에 접근할 수 있다."(1951.12.8)[43]는 것이다. 참전 초기의 일기에서 허쿵더는 자신의 성격에 대한 집단 성원들의 평가에 대하여 반박하는 글을 남기기도 한다.

> 새 사회에서 괴벽한 성격은 더는 존재가 가능치 않은 것일까? 조용한 것을 좋아하고 홀로 있는 것을 좋아할 권리는 없는 것인가? 내 생각으로는 그렇지가 않다. 그것을 두고 군중을 이탈하는 것이라 할 수는 없다. 나와 같은 사람은 다른 사람과 함께 어울릴 때 전혀 재미를 느끼지 못하니 차라리 혼자만의 구석에 박혀 있는 것이 더 자유롭지가 않은가. 내가 염증을 느낀 것일까? 그렇지는 않은 것 같다. 내가 비관적인 것일까? 더욱이나 그렇지는 않다. 무엇일까? 왜 웃음이 나오지 않는 것일까? 왜 춤을 출 수가 없는 것일까? (가끔 춤추고 떠들 때도 있긴 하지만) '유쾌함'이란 마치도 아침 녘 화로 속의 곧 사그라지고 마는 불씨처럼 얼마만큼이나 노력을 기울여야 타오를 수 있는 것일까 ! (1952.1.28)[44]

집단 요구에 따라 그는 자기비판을 하기도 했지만 지속적으로 그림을 통하여 자기가 관찰하고 느낀 조선 전장 속의 사람, 동물, 식

---

43 何孔德,《一個畵家眼中的朝鮮戰爭: 揷圖日記》, 37쪽.

44 何孔德,《一個畵家眼中的朝鮮戰爭: 揷圖日記》, 74쪽.

물, 물품의 모습을 드러낸다. 그가 그린 1인一人 초상이나 여러 사람의 군상들은 대부분 인물의 옆모습이나 뒷모습을 포착하고 있다. 또는 풍경 속에 혼자 있거나 흩어져 있는 사람들의 외곽을 그린 경우가 많다. 대상에 가깝게 접근하지 않고 소외된 위치에서 조용히 대상을 관찰하는 것이 허쿵더의 괴벽한 성격의 영향일 수는 있지만, 이는 오히려 대상의 있는 그대로의 모습을 순간적으로 포착하는 데에 도움이 된다. 허쿵더의 그림에서 인물들의 표정은 자연스럽고 몸의 자세도 긴장되어 있거나 생경하게 느껴지지 않는다. 그림 속 인물들은 군인으로서의 혹은 조선 사람으로서의 특색을 과장되게 드러내야 하는 초상 모델이 아니라, 실제 전시 생활 속에서 살고 있는 한 개인으로 생생하게 살아 있다.

허쿵더의 스케치와 창작조 성원으로서 조선 전장에 간 기타 화가들이 그린 《조선 전장 스케치 모음집朝鮮戰場速寫集》(1954)의 그림들을 비교해 보면 그 분명한 차이점을 느낄 수 있다. 조선인민군, 중국지원군, 조선 어린이와 여성 등 네 가지 대상에 대한 허쿵더의 스케치와 《조선 전장 스케치 모음집》의 스케치 작품을 뽑아 정리해 보면 다음과 같다.

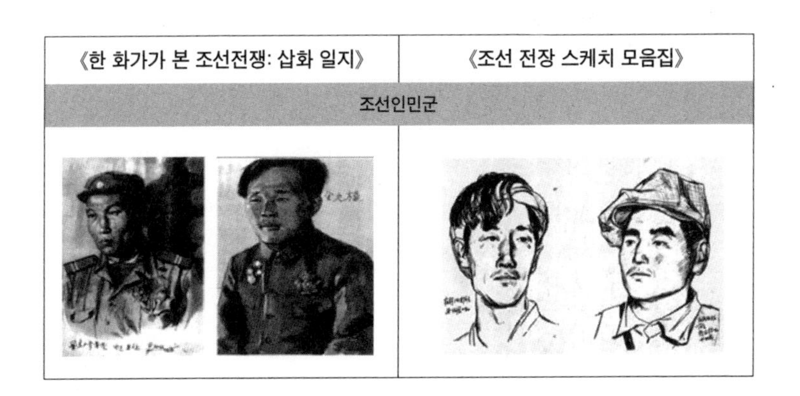

《한 화가가 본 조선전쟁: 삽화 일지》	《조선 전장 스케치 모음집》
조선인민군	

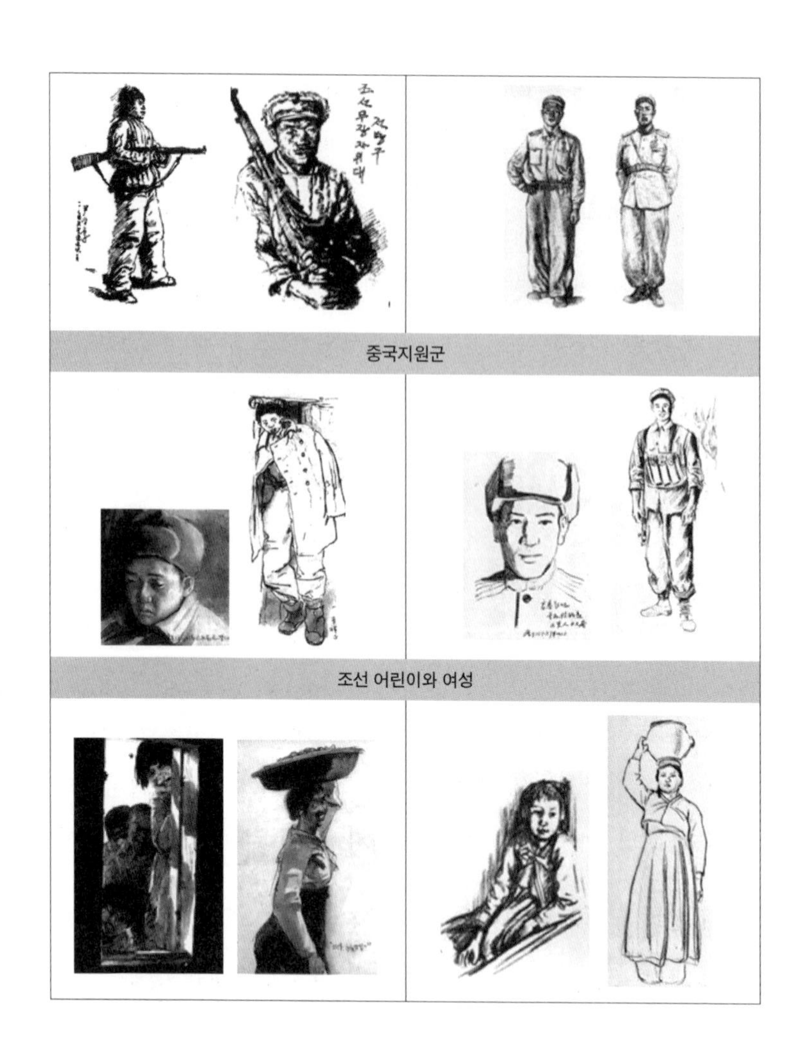

《조선 전장 스케치 모음집》은 구위안古元, 시예西野, 뤄궁류, 신망辛莽 등 여덟 명의 화가들이 그린 백여 편의 스케치들을 수록하고 있다. 책의 머리말에서 이 그림들은 "조선 전시 생활과 조선 인민들, 그리고 인민군과 중국인민지원군의 불패의 강철의지와 견결하고 용감하게 미제 침략자들을 무찌르는 숭고한 국제주의, 애국

주의와 혁명영웅주의 정신"[45]을 드러내고 있는 것이라고 서술된다. 여덟 명의 화가들이 그린 조선 사람과 지원군의 모습들은 그 표정과 동작, 시선, 옷차림 등이 거의 일치하는데, 대부분 시선을 위로 한 채 눈빛이 단호하며 자세는 무척 단정하고 절제되어 있다. 반면에 허쿵더는 변함이 없는 획일적인 인물을 그려 내기보다, 한 사람의 순간적 모습과 그를 둘러싼 유일무이한 분위기를 함께 살리는 데에 집중하고 있다.

또한 허쿵더가 그린 조선 어린이와 여성들의 스케치를 보면, 허쿵더가 단지 멀리서 관찰한 대상을 그리는 것이 아니라, 대상과 교감하는 순간을 포착하는 경우도 있다는 것을 알 수 있다. 사물을 관찰하는 방식에 대한 존 버거John Berger의 지적에 의하면, "우리는 결코 한 가지 물건만 보지 않는다. 언제나 물건들과 우리들 사이의 관계를 살펴본다. 우리의 시각은 끊임없이 능동적으로 움직이고, 우리를 중심으로 하는 둥그런 시야 안에 들어온 물건들을 훑어보며, 세계 속에 우리가 어떻게 위치하고 있는지 가늠해 보려 한다."[46] 허쿵더는 이미지 언어로 자신과 조선이라는 이국 공간, 조선 사람과의 관계를 표현하며 '그림 그리기'라는 행위를 통해 이 역사적인 시공간에서 자기가 처해 있는 유동적인 위치를 파악하고 기록한 것으로 보인다. 그는 이미지라는 언어를 통하여 그림을 그리는 당시 자신이 촉각, 시각 등 몸으로 감각한 모든 것들을 보존함으로써 현장감과 진실감을 확보하고자 했다. 그는 관찰하는 자로서 자신의 감정과 시선을 외부 세계로 투사할 뿐만 아니라 그림의

---

45 古元 외, 〈머리말〉, 《朝鮮戰場速寫集》, 北京: 朝花美術出版社, 1954.

46 존 버거, 최민 옮김, 《다른 방식으로 보기》, 열화당, 2012, 11쪽.

대상이 되는 조선 사람들의 시선을 받아들이는 자로서 자신을, 즉 그들의 눈에 '보이는' 존재로서 자신을 그 '현장감'으로부터 배제하지 않음으로써, 자신이 '조선에 있다'는 존재 감각을 확인하는 것 역시 중요하게 생각했다.

> 나는 그림을 그리기 시작했다. 처음에 그녀는 매우 당황스러워했으나 앉은 채로 원래의 자세를 유지했다. 나는 안심하고 계속 그림을 그렸다. 한데 그녀는 불현듯 달아나 숨고 말았다. 아마 한동안 생각해 보니 나의 요구를 들어주는 것이 무리였던 것 같았다. 그녀는 방 안에 들어가 숨긴 했으나 뚫린 구멍을 통해 나를 훔쳐보았다.(1952.9.8)[47]

서로 말이 통하지 않는 상황에서 조선 사람들에 대한 적지 않은 진술들이 아주 간단한 언어 표현 혹은 집단이 미리 부과해 준 '웃는 얼굴, 친절한 얼굴'의 표상을 경유하여 그들을 늘 부재하거나 결여된 존재로 타자화했다면, 허쿵더의 그림과 일기의 내용은 조선과 조선 사람들의 모습을 생생하게 살아 있는 것, 어떤 방식으로든 말을 걸어오는 것으로 제시하고 있다. '뚫린 구멍을 통해 나를 훔쳐보'는 시선을 지워 버리지 않음으로써 허쿵더는 언제나 주어진 표상의 이상을 말하고 또 그려 내고 있었던 것이다. 조선 전장이라는 현장에서의 구체적 감각은 자신이 소속되어 있는 집단 혹은 미국이라는 적과의 관계 구도가 가르쳐 주고 진술해 줄 수 있는 것은 아니었다. 전장이란 무엇보다 생생한 현장인 동시에 또 가

---

47 何孔德,《一個畫家眼中的朝鮮戰爭: 插圖日記》, 167쪽.

장 환멸적이고 비현실적인 장소이기도 하기 때문이다.[48] 이에 이국의 전쟁터에서 스스로 그 시공간을 경험하고 있다는 구체적 존재감 혹은 현장감은 오로지 조선이라는 현실적 공간에서 줄곧 살아온 조선인들이 응시의 시선을 보내 줄 때, 그리고 창작자 스스로 그 시선이 느껴질 때, 비로소 얻어지는 것이었다.

한편 허쿵더는 구체적인 생활 장면 속에서 조선 사람들의 모습을 포착함으로써 생활의 현장감과 생동감도 느낄 수 있도록 만든다. 《조선 전장 스케치 모음집》의 화가들도 비슷한 장면을 그리기는 하지만, 그들의 그림에서 인물들과 그들이 처해 있는 환경(그리고 분위기)은 서로 무관해 보이며, 어색하고 생경해 보인다. 특정한 분위기를 부각시키려는 의도가 뚜렷이 드러나는 배경과 사물의 과도한 질서감, 그리고 그 질서를 채우고 있는 평온함이 오히려 감각적 진실로부터 멀어지는 역효과를 거두고 있는 것이다.

48 쉬광야오의 경우는 전장에서도 늘 스스로의 부재감不在感을 느끼고 있었으며 시간이 헛되이 흐르는 절망감을 느끼곤 했다. 또한 다른 예이지만 일부 귀환 포로의 경우에도, 국가에서 이들의 존재를 망각 혹은 무시함으로써, 이들이 조선 전장에서 목숨을 걸고 싸운 현실은 종적이 없이 사라지고 만다.

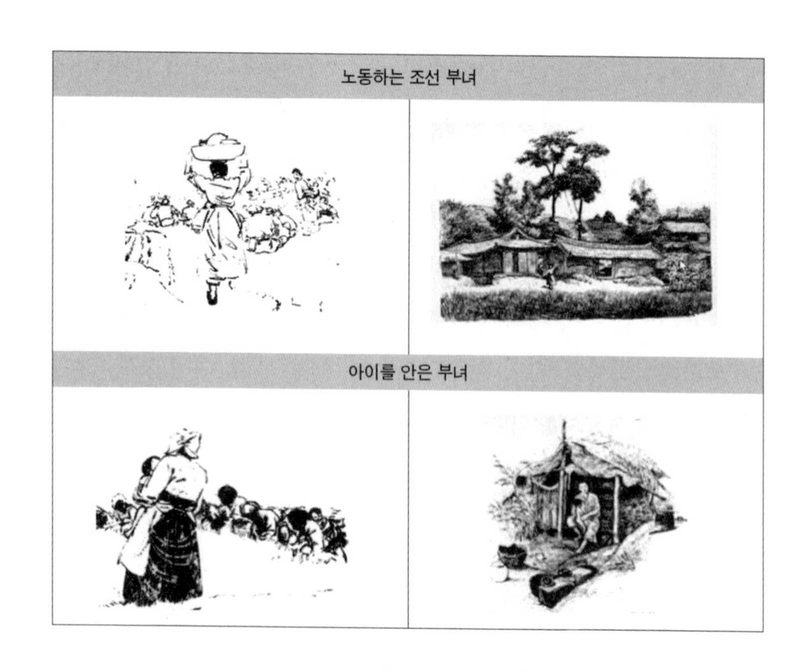
노동하는 조선 부녀

아이를 안은 부녀

위의 그림들이 보여 주듯이 《조선 전장 스케치 모음집》의 스케치가 대상의 형태와 명암, 구도 등을 섬세한 선으로 정밀하게 그려 내는 완성도 높은 소묘素描 작품이라고 한다면, 허쿵더의 스케치는 특정한 순간에 대상의 모습과 분위기, 화가가 느끼는 감각들을 재빨리 옮겨 그려 내는 밑그림에 더 가깝다고 볼 수 있다. 밑그림은 일종의 예비적인 작업이라고 하지만, 그것이 지니는 임시적이고 비공식적인 형식적 특성이 오히려 화가로 하여금 집단의 요구에 어긋나거나 불필요한 것으로 여겨지는 소재들을 포착하고 형상화할 수 있는 기회를 획득하게 한다. 예컨대 허쿵더의 일기에는 말, 소, 새, 닭 등 동물들의 스케치가 많은데, 《조선 전장 스케치 모음집》에는 동물 스케치가 한 편밖에 없다. 사실 전쟁 가운데 동물은 늘 홀대받는 존재이며, '항미원조' 전쟁 담론을 구상하는 데에도 별

표현력을 가지는 요소가 아니었다고 할 수 있다. 그러나 허쿵더는 인간의 언어를 사용하지 못하는 동물을 통해 집단 담론으로부터 자유로울 수 있는 생존의 순수한 상태를 발견한다. 다음의 그림들이 보여 주듯이, 허쿵더는 섬세한 선으로 말의 신체와 동세動勢, 그 생명력의 힘을 살려 내고 있다. 반면에 《조선 전장 스케치 모음집》에서는 말들이 말구유 앞에 질서 있게 늘어서 있는 모습으로 드러나면서 마치 정지되어 있는 한 기호처럼 나타난다. 중국지원군 기숙사를 그리는 경우에도, 허쿵더는 《조선 전장 스케치 모음집》처럼 기숙사의 내부 환경만 그리는 것이 아니라, 그 안에 있는 고양이와 문턱에 서 있는 지원군의 옆모습도 같이 포착한다. 《조선 전장 스케치 모음집》이 기숙사라는 공간의 기능적인 특성만 강조한다면, 허쿵더가 그려낸 기숙사는 낯선 외국의 땅과 전쟁이라는 혼란스러운 시공간에서 인간과 동물을 정착시켜 주는 장소로 표상된다. 허쿵더는 이 공간에서 전쟁 생활을 전개하는 거주자들의 모습을 같이 그려 냄으로써, 단순한 임시적인 이국의 생활공간이 아니라 거주자의 정서와 기억이 고여 있는 장소로 기숙사를 구축해 (혹은 복원해) 내고 있다.

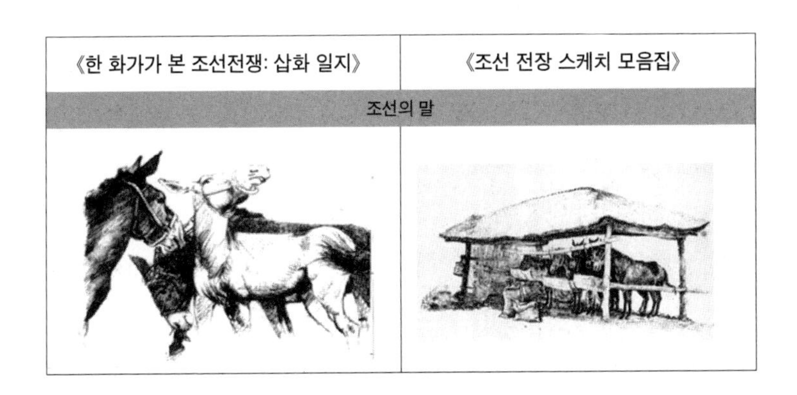

중국지원군의 기숙사

여기서 다시 허쿵더가 사람의 뒷모습이나 옆모습을 즐겨 그린 이유를 덧붙여 살펴볼 필요가 있다. 물론 이는 그가 자신이 관찰하기 편한 위치에서 그림을 그렸기 때문일 수도 있다. 그러나 그가 진정 그리고 싶었던 것은 집단에 의해 주목되거나 응시되지 않는 자신의 진실한 모습과 그 투영물일 수도 있다. 아래의 지원군과 조선 사람의 옆모습을 그려 내고 있는 그림들이 보여 주듯이, 허쿵더 그림 속의 인물들은 그저 서 있거나 앉은 상태로 전쟁 상황과 관련이 없듯이 자기만의 시간을 향유하는 인간으로 보인다. 반면에 《조선 전장 스케치 모음집》은 인물들의 옆모습을 그리는 경우에도 늘 무기를 들고 있거나 전쟁 업무를 수행하는 진지하고 기운찬 모습으로 나타난다. 허쿵더의 그림은 인간의 주변으로부터 외면된 상태를 노출하고 있는 것으로도 이해되는데, 달리 보면 그는 그림들을 통하여 '항미원조'라는 역사적 사건 혹은 집단적 의미로부터 스스로를 유리시키고, 집단 담론이 요구하는, 마땅히 그러하게 있어야 하는 자신의 코드화된 모습에서 일탈하고자 하는 내적 욕망을 드러낸 것일 수도 있다.

결국 《조선 전장 스케치 모음집》의 배후에는 인간이 무엇을 하

〈그림 2〉 한 지원군의 옆모습.

〈그림 3〉 지원군에게 신년 편지를 전달하는 조선 아이 백영수.

든, 어떠한 표정과 자세를 취하든 모두 전쟁 논리와 집단 담론과 결부되어야 하며, 또 그렇게 해야만 즐거움과 영예감을 얻을 수 있다는 이데올로기가 작동하고 있다. 이와 비교할 때 허쿵더의 스케치는 '항미원조' 전쟁 담론을 형상화하는 데에 별 도움이 되지 않는 소재들까지 그려낸 '습작'이라고 할 수도 있지만, 이러한 요소들이 오히려 한국전쟁의 전장이 이념과 무력투쟁의 공간만이 아닌, 순간적이며 또 말로 형용하기 어려운 수많은 감각과 정서들이 솟아나는 장소였다는 점을 가시화해 주는 데 기여한다고 할 수 있다.

현장의 언어와 동어반복적 세계의 균열

이상에서 시훙과 쉬광야오, 그리고 허쿵더의 일기를 분석함으로써 집단 언어를 되풀이하는 방식으로 구축된 '항미원조'의 '생활 현장'

〈그림 4〉 토굴 앞에 서 있는 한 지원군.

과, 한 개인으로서의 창작자가 조선 전장에서 마주한 존재론적 고민과 실어 상태라는 '정신적 현장'을 살펴보았다. 현재 중국의 공론장에서는 '항미원조' 일기를 전쟁의 '진실' 혹은 '본모습'을 보여 주는 소중한 역사 자료(혹은 교과서)[49]로 부각시키고 그 저자를 역사 현장의 '증인'으로 부상시키고 있지만, 역설적으로 쉬광야오와 허쿵더의 일기는 국가이데올로기의 기대와는 상반되는 또 다른 '진실'과 '현장'을 기록하고 있는 것으로 보인다. 조선 전장을 실제로 경험한 그들의 일기에서 지속적으로 노출되는 내용은 현재까지도 많은 사람들에 의해 기대되고 요구되는 방식으로 역사의 '증인'이 되기까지 그들이 감당해야만 했던 고통스러운 혼란의 흔적들을 보여 주고 있기 때문이다. 따라서 그들의 일기는 조선 전장에 대한 구체적인 증언이기보다, 한 개인이 자신의 감각과 체험에 대한 어떤 형언의 불가능성을 마주했을 때 드러낸 정신

49 예를 들면, 시훙 일기의 대서代序에서는 "신생활의 교과서"로, 리딩 일기와 쑹충수 일기의 대서에서는 "후대에게 애국주의와 혁명적 인생관과 세계관, 가치관 교육"을 하는 데에 있어 "좋은 교재"가 될 것으로 평가하고 있다. 西虹, 〈대서〉, 《抗美援朝戰地日記》, 1쪽; 犁丁, 〈대서〉,《火炽血烈》, 雙峰縣印刷廠 印刷, 1995, 3쪽; 宋崇書, 〈출판 설명〉,《抗美援朝日記》, 貴州安順地區印刷廠 印, 1995.

적 증상의 집약체에 더 가깝다고 볼 수 있다.

쉬광야오와 허쿵더의 일기 내용을 세밀하게 살펴봄으로써 우리는 당시 '항미원조' 공론장의 영향으로부터 자유로울 수 없던, 그럼에도 불구하고 그 영향 안으로 완전히 흡수되어 들어갈 수도 없었던 '개인'의 생각과 감각의 양상을 구체적으로 파악할 수 있다. 그러나 '항미원조' 문예창작자들의 일기 출판과 관련하여 현재의 공론장은 이들의 일기를 단지 객관적 역사 정보를 제공해 주는 자료로만 인식하거나,[50] 각각의 일기에서 드러나는 개인성을 지워 버린 채 '가장 사랑스러운 사람'의 일기로 통칭해 버리는 경향[51]을 보이고 있다. 그렇다면 '항미원조' 일기의 출판은 전쟁 체험자의 다양한 경험을 노출하기보다 획일화된 인식 틀에 이들 일기들을 재편입시킴으로써, 그 고유한 특성과 의미를 은폐하는 결과를 낳을지도 모

50 자위민과 장위즈의 조사에 따르면, 기존 연구나 언론 매체 등에서 '전국문련 조선파견창작조全國文聯赴朝創作組'를 '전지 방문단戰地訪問團', '위문단慰問團', '대표단代表團'등 명칭으로 잘못 지칭하는 오류를 자주 범하고 있으며, 실제 조선에 파견된 창작조 인원수에 대한 견해도 일치하지 않는다. 이에 당시 참전한 문예창작조 성원들의 일기는 이러한 문제들을 규명하는 데에 유용한 자료가 되는데, 특히 쉬광야오의 일기는 창작조 인원수가 총 17명인지, 아니면 18명인지를 확인하는 데에 중요한 정보를 제공해 준다. 당시 총 18명의 창작자들이 조선으로 파견된다는 공식적인 보도가 있었는데, 구리가오古立高라는 작가는 창작조 성원으로 뽑혔지만 사적인 이유로 다른 성원들과 함께 조선으로 떠나지 못했다. 쉬광야오의 일기에 따르면, 구리가오는 나중에 자신과 함께 4월 19일에 압록강을 건너서 조선에 도착했다고 한다. 그러나 창작조 성원들이 4월 6일부터 단체활동을 끝내고 각각 부대에 내려가서 전시 생활을 체험하기 시작했다는 사실을 감안한다면, 4월 6일 이후 창작조는 이미 한 단체로서의 의미는 잃어버린 것으로 보인다. 때문에 창작조 성원들의 일기나 회고록에서는 조선에서 활동한 성원이 총 17명으로 기록되고 있다. 賈玉民 · 張玉枝, 〈巴金赴朝有關史實正誤〉, 陳思和 · 李存光 편, 《珍藏文學記億 巴金硏究集刊 卷9》, 北京: 生活 · 讀書 · 新知三聯書店, 2015, 319~320쪽.

51 이는 출판된 대부분 '항미원조' 일기들이 그 대서나 편집자의 말 등에서 "가장 사랑스러운 사람의 일기"라고 평가되고 있는 관습을 통하여 엿볼 수 있다.

른다. 사적인 기록물의 출판은 새로운 정보나 경험을 제공함으로써 기존의 공론장을 갱신, 혹은 교란시키는 계기를 마련해 줄 수 있지만, 공론장의 압도적인 목소리하에서라면 이 기록물들은 오히려 자기현시, 혹은 발화를 충분히 하지 못한 채 대중의 시선 밖으로 밀려나 그 고유한 목소리가 결국 소실되어 버릴 수도 있다. 또한 '항미원조' 일기라는 사적 기록물이 처해 있는 작금의 상황은 다양한 개인성을 마주할 때 그것을 담론에 새로운 자극을 주는 것으로서 소화하지 못하고 늘 기존의 패러다임으로 인식하고 평가하는 (일종의 공론장의 실어 상태라고 부를 법한) 이 시대 공론장의 침체 상태, 즉 스스로를 갱신하지 못하고 또 그 답보 상태를 의식하지 못한 채로 늘 동어반복만을 거듭하는 공론장의 결여된 모습을 역으로 폭로하고 있는 것으로 보인다. 그럼에도 다양한 시각에서의 이에 대한 연구는 기존의 인식을 깨고 '항미원조' 일기의 다층적 의미를 밝혀 냄으로써 21세기에 새롭게 공론장의 시야에 들어선 사적 기록물의 공적 의미와 문헌적 가치를 빛내는 작업이 될 것으로 생각된다.

| 참고문헌 |

자료

何孔德, 《一個畫家眼中的朝鮮戰爭: 揷圖日記》, 北京: 解放軍文藝出版社, 2000.

西虹, 《抗美援朝戰地日記-共和國風雲紀實系列》, 北京: 長征出版社, 2011.

徐光耀, 《陽光 · 炮彈 · 未婚妻: 徐光耀抗美援朝日記》, 北京: 中國文聯出版公司, 2008.

논문

권채린, 〈한국전쟁기 외국인 참전 수기 연구〉, 《어문논총》 68, 한국문학언어학회, 2016.

서동수, 〈숭고의 수사학과 환멸의 기억〉, 《우리말글》 38, 우리말글학회, 2006.

신형기, 〈6 · 25와 이야기: 전쟁 수기들을 중심으로〉, 《상허학보》 31, 상허학회, 2011.

안서현, 〈작가들의 전쟁 체험 수기 연구〉, 《한국근대문학연구》 28, 한국근대문학회, 2013.

유임하, 〈이데올로기의 억압과 공포〉, 《현대소설연구》 25, 한국현대소설학회, 2005.

이영구, 〈파금(巴金)과 한국전쟁문학〉, 《외국문학연구》 25, 한국외국어대학교 외국문학연구소, 2007.

이주현, 〈한국 전쟁기 북한을 방문한 중국화가들〉, 《미술사학》 30, 한국미술사교육학회, 2015.

이행선, 〈한국전쟁, 전쟁 수기와 전시의 정치〉, 《상허학보》 46, 상허학회, 2016.

임우경, 〈한국전쟁시기 중국의 반미대중운동과 아시아 냉전〉, 《사이間 SAI》

10, 국제한국문학문화학회, 2011.
賈玉民.張玉枝, 〈巴金赴朝有關史實正誤〉, 陳思和 · 李存光 主編, 《珍藏文學記億 巴金研究集刊 卷9》, 北京: 生活 · 讀書 · 新知三聯書店, 2015.
Pierre Bourdieu, translated by Kathe Robinson, "Delegation and Political Fetishism", *Research Article*, Volume10-11, 1985.

단행본

존 버거, 최민 옮김, 《다른 방식으로 보기》, 열화당, 2012.
古元 等, 《朝鮮戰場速寫集》, 北京: 朝花美術出版社, 1954.
犁丁, 《火熾血烈》, 雙峰縣印刷廠 印刷, 1995.
李莊 著, 李東東 編, 《李莊朝鮮戰地日記》, 銀川: 寧夏人民出版社, 2007.
宋崇書 著, 貴州省六枝特區委員會文史資料委員會 編, 《抗美援朝日記》, 貴州安順地區印刷廠 印刷, 1995.
徐賁, 《人以什麼理由來記憶》, 長春: 吉林出版集團, 2008.

정체, 인민 그리고 베트남이라는 사건

: 베트남 전쟁을 쓰기

| 김예림 |

베트남(전쟁)의 시간과 전쟁기록의 수행성

냉전의 역사를 향할 때, "냉전의 기원은 단순히 시간의 문제일 뿐만 아니라 중요한 의미에서 도덕적 문제"라는 점을 환기할 필요가 있겠다. 권헌익은 이를 "양극화된 세계의 어느 쪽이 이러한 글로벌 질서를 형성하고 정치적, 군사적 위기를 초래하는 데 책임이 있었는가의 문제"[1]로 설명한다. 냉전이 도덕 혹은 책임의 지평에서 사유되어야 한다는 데 이의를 제기하기는 어려워 보인다. 환언이 가능하다면, 이 말은 오직 현실논리에 의해 정당화되고 현실논리만을 정당화했던 냉전이, 바로 그러했기 때문에 도덕과 책임의 차원에서 되물어져야 한다는 말로 이해해도 될 것이다. 그러나 여기에 한 가지 덧붙여 생각할 부분이 있다. 즉, 도덕이나 책임은 냉전의 '기원'을 향해서만 던져질 질문은 아니라는 것이다. 그것은 냉전의 '전개'를 향해서도 제기되어야 할 사안이다. 특히 아시아의 반공국가가 참여하면서 커진 냉전의 부피를 떠올린다면 더더욱 그러하다.

아시아의 반공국가는 '우산'이 아니라 '우산 밑'에 들어간 국가들로, 미국의 아시아 관리 파동에 따라 움직이면서 냉전질서의 (재)생산에 직간접적으로 관여하고 복무했다. 이런 까닭에 기원이 아닌 위치에서도 무겁게 응해야 하는 도덕과 책임의 사안을 갖게 되는 것이다. 한국에서 베트남전쟁은 바로 이러한 문제계 한가운데

---

[1] 권헌익, 이한중 옮김, 《또 하나의 냉전》, 2013, 민음사, 12쪽.

놓여 있다. 당시에도 "다른 약소국가의 전쟁을 이용해서 딸라만 벌자는 도대체 국가정책으로서의 윤리를 도외시한 그런 저열한 정책이라는 비난을 다른 약소국으로부터 듣게 될 것이 두렵다"[2]는 의식이 있었지만, 국가의 생존과 안전의 확보가 절대명령이 되면서 여타의 것에 대해서는 눈감아도 되는 상황이 조성되어 왔다. 베트남 혹은 베트남전쟁과의 관계 설정은 이 과정에서 거듭 왜곡되었다. 현실적 관계의 측면만이 아니라 이와 연동하는 상상적 관계의 측면 역시 총체적인 냉전의 맹목을 전제로 한 것이었다.

이 냉전의 시대에, 전쟁을 기록한다는 것은 어떤 의미를 생산하고 어떤 의미를 가졌을까. 현실의 한계와 인식, 망탈리테, 감각의 한계는 서로 맞물려 있는 만큼 1960년대의 베트남(전쟁)에 관한 기록에서 시대의 제약을 드러내거나 넘어서는 언어를 발견하기란 그리 쉽지 않다. 전쟁을 쓰는 행위 그리고 이로부터 생산된 텍스트는 종종 지배 언어·이념의 재생산에 복무하곤 했기 때문이다. 전체적으로 집단적 상투어가 반복, 변주되는 와중에 냉전의 틀을 넘어서 베트남(전쟁)을 말하기 시작한 것은 리영희였다. 1972년, 1973년 그리고 1975년 세 번에 걸쳐 그는 《창작과비평》에 〈베트남전쟁〉을 게재한다. 이 전쟁사는 그간 한국에서 통용된 베트남(전쟁)에 관한 일방적이고 폭력적인 언설을 비판하면서 "냉전 용어"를 벗어난 말들로 베트남(전쟁)의 역사를 재구성하고자 했다. 타자를 말한다고 하면서 오히려 가려 버리는 냉전의 '언어의 감옥'에 대한 반박이었다. "'태초의 말씀'과 '바른말'의 정신으로 베트남전쟁을 볼 수 있다

---

2 〈월남과 한국문제〉(좌담회), 《사상계》, 1968.1., 199쪽. 베트남 문제에 대한 방대하고 본격적인 좌담회 기록이다.

면 모든 정치적 선전과 조작된 관념을 뚫고 현재의 세계정세와 인류의 역사적 움직임을 더 올바르게 파악할 수 있다. 그리고 그 의식적 작업을 통해서 우리는 우리 사회의 실태와 그 속에 나타나는 여러 가지 사실에 대한 올바른 눈을 가질 수 있을 것"[3]이라는 믿음에서 쓴 《베트남전쟁》은 탈냉전적 인식의 출현을 알린 의미 깊은 텍스트이다.

하지만 이런 텍스트는 당시로서는 오히려 예외적인 것이기 때문에, 1960~1970년대 전쟁기록의 인식론적 정황을 살펴보는 일은 전반적으로 퍽 곤혹스러운 일이 되고 만다. 당대 언설 생산자들이 반공주의, 개발주의, 국가주의에 얼마나 심하게 매몰되어 있었는지를 거듭 확인하는 작업이 되고 말기 때문이다. 이 글에서는 1960~1970년대 베트남전쟁 기록의 언설 지평과 한계를 고려하면서 특히 1960년대에 주목하여 전쟁기록의 내면을 살펴본다. 이를 통해 언설 주체가 한국의 정치적 상황과 베트남(전쟁)의 정치적 상황을 어떤 연관 속에서 인지했는지를 검토할 것이다. 초점을 맞추고자 하는 부분은 전쟁기록자가 자신이 처한 환경 속에서 전쟁을 경유하여 무엇을 문제화하는가이다. 이때 주목할 점은 통치의 원리 및 제도를 놓고 지펴졌던 분석과 전망의 추이推移다. 통치의 형태, 즉 정체政體를 둘러싼 논의와 구상은 1960년대 초반에 들어서면서 활발하게 개진된다. 이러한 상황의 배경에는 1963년에 총선거를 실시하여 민정 이양을 실행하겠다는 군사정권의 공언이 있었다. 4·19가 민주주의를 향한 열망과 기대가 폭발적으로 분출했던 시점이라면, 군정 초기는 4·19 때와는 다른 방식으로 체제의 전환

3 리영희, 《베트남전쟁》, 두레, 1985, 12쪽.

이 예정되어 있다고 여겨졌던 시기다. 그러나 약속이 계속 번복되면서 개혁에의 믿음은 우려와 불안으로 빠르게 교체되었다. 곧 군정이 교활한 방법으로 민정으로 둔갑하고 제3공화국이 들어선다. "민정 참여라는 점잖은 이름을 빌리기는 했지만 대통령을 비롯하여 그 밖의 감투들도 군복을 벗었다는 차이는 있을망정 그 얼굴이 그 얼굴"[4]이라는 염증의 토로에서도 읽히듯이, 당시 많은 사람들이 바랐던 형식의 민정은 온전히 도래하지 않았다.

1960년대 통치와 정체에 관한 논의는 이처럼 군정과 민정이 벌이는 위태로운 곡예의 장에서 이루어지고 있었다. 논의의 가치론적 핵심에 있는 것은 민주주의 그리고 그것의 제도적 실현태라 할 민정이었다. 하지만 당위와 현실의 간극으로 인해서 민주주의라는 중심문제는 쿠데타, 혁명,[5] 독재, 군정과 같이 그것에 반하는 교호 개념들을 거치면서 다루어졌다. 관련된 논의는 통치권력이나 체제의 측면에 초점을 맞춰 이루어지기도 했고 또 특정한 정치적 조건에서 살아가는 피통치집단, 즉 인민의 영역에 방점을 찍어 전개되기도 했다. 필자는 1960년대 초중반에 출현한 통치 및 정체에 대한 고민의 현장에 베트남(전쟁)이라는 사건 혹은 베트남(전쟁)을 겪고 기록한다는 행위를 정위할 것이다. 이는 바람직하다고 생각되는 통치의 원리와 구조를 확립하고 이에 의거해 국가·정권·국민이 나가야 할 방향과 위치를 잡으려는 시도가 모색되던 때, 베트남(전쟁)이라는 계기가 어떤 의미와 효과를 가졌는지 묻는 일이다.

---

[4] 《동아일보》 1964년 2월 29일자. 그 외 신상초, 〈최고회의통치시대〉, 《사상계》, 1964.5.

[5] 이 시기 '혁명'이 쿠데타를 의미하는 용어로 함께 자주 쓰였기 때문에 당시의 용법으로 그대로 쓴다.

이 질문은 넓게는 당시 아시아에서 민주주의라는 것이 어떻게 사유되었는지, 그리고 그 상을 구성해 나가는 과정에서 각 로컬들 사이에 경계를 넘는 상호 참조가 직간접적으로 어떤 식으로 형성되었는지를 규명하는 작업과 만난다. 1945년 이후 동아시아나 동남아시아 지역의 인민은 대부분 민주주의가 유예되거나 붕괴되는 장면을 목도하면서 국가를 체험하고 국민됨을 수행했다. 이러한 역사적 과정에서 생겨나거나 교환되거나 소실된 인식과 감각이 있을 터인데, 그 구체적인 양상에 대한 해석은 아직 충분하지 않은 듯하다. 냉전기 한국과 베트남(전쟁)의 관계를 분석하는 자리에서도 이 질문은 그리 중요한 것이 아니었던 것 같다. 베트남(전쟁)이라는 경로를 쭉 따라가면서 살펴보면 한국 민주주의의 운명은 분명하게 '일몰日沒'의 그것으로 나타난다. 한국 등 아시아의 참전국이 전쟁 종결 후 독재체제 강화로 나아가게 된 경위를 분석한 연구[6]에 기대서도 그려 볼 수 있듯이 베트남전쟁의 시간은 한국에서는 민주주의의 가능성이 빠르게 소멸되어 가는 시간과 일치한다. 두 시간 사이의 평행 관계를 떠올린다면 베트남(전쟁)을 통해 한국의 통치 및 정체를 문제화하고 있는 언설들을 새롭게 배치해 보는 것도 가능하다.

한국과 베트남(전쟁)에 대한 연구는 지금까지 여러 분야에 걸쳐 폭넓게 제출되어 왔다. 전체적으로 한국의 파병과 참전의 정치·경제·사회적 맥락이 주요한 논구 대상이 되고 있다. 그 가운데서도

---

[6] 박태균, 〈파병 50주년에 되돌아보는 베트남전쟁과 한국군 파병〉, 《시민과세계》, 2014. 종전 후 한국과 필리핀, 태국에서 공통적으로 나타난 주요한 정치적 변화, 즉 "민주주의 질서의 흔들림" 현상을 각국의 베트남 참전 효과와 미국의 대아시아 정책의 전환을 통해 규명하고 있다.

베트남(전쟁)을 표상의 정치학 측면에서 접근하는 연구, 파월 군인을 비롯하여 전쟁에 관여했던 집단 및 개인을 중심으로 기억의 정치학에 천착하는 연구, 그리고 베트남의 애도의 인류학을 구명하는 연구는 한국–베트남(전쟁) 연관을 문화적 차원에서 미시적으로 고찰하면서 방법론과 해석의 다각화를 제안하고 있다. 필자의 문제의식과 관련해서 가까이 참조할 만한 것으로는, 먼저 한국의 베트남(전쟁) 인식에 대한 역사적 탐구를 들 수 있다. 식민지기나 해방기로 거슬러 올라가 한국의 베트남 심상지리 형국을 보여 주는 논문을 통해서는, 아제국주의적 차이화와 (아시아)내셔널리즘적 동질화가 서로 착종되고 있는 상황을 파악할 수 있다.[7] 더불어 베트남의 전장과 일상을 가까이서 목격할 수 있었던 파월 특파원의 기록을 통해, 복잡한 '월남'의 현실 혹은 진실이 반공주의와 애국주의의 틀에서 각색되는 메커니즘을 분석한 연구도 시사적이다.[8] 파월 특파원은 현지에서 이쪽으로 사태를 전하는 매개자였다. 따라서 체험과 파악의 직접성이라는 면에서는 독보적인 존재였다고 할 수 있다. 이 집단의 말이 무엇에 의해 오염되고 또 무엇을 오염시키고 있었는지를 살펴본다면 뒤틀린 베트남(전쟁) 서사가 만들어지고 국내로 흘러들어 와 퍼지는 현상의 일면도 파악할 수 있다.

이처럼 한국의 베트남(전쟁) 인식을 관통하는 이데올로기적 경향에 대해서는 두터운 고찰이 이루어진바, 이 글은 관심의 방향을 약간 달리하여 전쟁기록 텍스트에서 드러나는 정치 및 정체에 대

---

7 오태영, 〈제국–식민지 체제의 지정학적 상상과 베트남〉; 임종명, 〈해방 직후 연대와 적대, 동요의 베트남 표상〉 참고. 두 논문 모두 제87차 한국문학연구학회 학술대회 '베트남이라는 타자와 한국의 국민국가 이데올로기' 2014. 6.21. 자료집.

8 김주현, 〈파월특파원 수기에 나타난 월남 이미지〉, 위 학술대회 자료집.

한 관심을 살펴볼 것이다. 한국에서 군정과 민정이 교묘하게 중첩되고 교차되는 1960년대 초반, 베트남은 계속되는 쿠데타로 동요하고 있었다. 미국의 본격적인 군사 개입으로 전쟁이 확대되고 한국의 파병이 시작된 것이 1964년이므로, 두 국가의 관계는 한국이 전쟁에 개입했다는 측면에서만이 아니라, 아시아신생국–후발국–제3세계로서 서로 유사한 역사적·정치적 상황을 공유하고 있었다는 측면에서도 조망될 점이 있다. 실제로 후자와 관련된 문제의식은 베트남의 정황을 전하는 국내의 논단에서도 보이지만 한국이나 베트남을 경험한 일본 지식인에게서도 뚜렷하게 나타나는 감각이다. 따라서 한국과 베트남만이 아니라 한국과 베트남을 이어 보는 일본 역시 공재했음을 감안하여, 한국 및 일본에서 나온 기록을 함께 살펴보면서 한국 내부의 상황을 규명하도록 하겠다. 일본이라는 위치에서 발신된 내용을 보기 위해 주목할 논자는 오다 마코토小田実와 히노 게이조日野啓三이다. 두 인물은 한국과 베트남을 모두 경험했다. 이들이 두 지역을 놓고 정치와 정체에 관해 월경적 연상과 사고를 할 수 있었던 것은 어떤 체계적인 이론적 기반에 의해서라기보다는 나름의 경로로 육화된 체류자로서의 현장 감각과 실감에 의해서라고 할 수 있다. 두 인물이 한국이나 베트남과 관련해서 남긴 텍스트는 성격이나 집필 배경이 서로 다르고 담고 있는 내용도 다층적으로 해석될 여지가 있지만, 여기서는 두 장소를 가로지르면서 기록 주체가 구성한 유관한 관심사에 초점을 맞춰 독해할 것이다. 한국 내부의 현황을 파악하기 위해서는 1960년대에 나온 다양한 성격의 전쟁에 대한 기록을 포괄했음을 밝혀 둔다.[9]

[9] 관련 문헌은 논의 과정에서 각주로 대신한다.

알려져 있듯이, 한국의 지배적인 인식틀에서 한국과 베트남은 식민화의 시련과 공산주의의 위협을 공유한 사이로 이야기되곤 했다. 이 가운데 특히 공산주의의 위협이라는 두 번째 서사는 참전의 도덕과 논리를 구사할 때 종종 동원되고 강조되었다. 그러나 두 지역의 중요한 동시대적 연계는 비민주적 정체의 존속이라는 정치적 상황에도 있었다. 일반적으로 참전론에서는 이 점이 흐릿해져 그다지 두드러지지 않는다. 한국과 베트남의 정황政況을 연결시켜 포착하는 것은 한국이나 베트남을 체험한 일본 지식인에게는 익숙한 일이었던 것으로 보인다. 국경을 넘어 자신들의 사회와는 꽤 달리 감각되는 공간으로 들어온 일본인 주체에게 쿠데타와 독재가 유지 또는 반복되는 아시아 두 나라의 현실은 금방 겹쳐진다. 이들은 두 곳을 넘나들면서 무엇을 보았을까.

오다 마코토는 쓰루미 슌스케鶴見俊輔와 함께 베트남 반전운동을 주도한 인물이다. 베트남전쟁은 한국과 일본에서 상당히 다르게 받아들여졌다. 일본에서는 전쟁과 패전이라는 쓰라린 경험을 원초적 기원으로 하는 반전운동이 일어났다. 이것은 전후 일본의 사회정치적 맥락에서 구성된 '시민'이라는 정체성 그리고 '평화'라는 이념이 아시아 타자를 경유하면서 발산된 현상이라 할 수 있다. "보통의 시민", "조직이 아닌 운동"을 표방한 '베헤렌'(베트남에게 평화를! 시민연합)은 1965년 4월 첫 시위를 벌인다. 그리고 1967년에는 미군 병사를 대상으로 탈주를 장려하는 문건을 돌리고 실제로 탈주병을 도와 탈출시키는 활동을 하기도 했다.[10] 이렇게 보면 일본에서는 베트남전쟁으로 경제적 이익의 확보와 시민사회-시민운동의 확대가 동시에 일어난 셈이다. 오다 마코토는 1960년대 일본 시민운동의 활성을 상징하는 존재이기도 하며, 전후 일본에서 가능했던 탈국경의 실천적 관심과 성찰의 지평을 알려 주는 존재이기도 하다. 베헤렌에 참가한 것은 동정자의 시점에서가 아니라 자기에 밀착한 에고이스틱한 시점 즉 전쟁 체험자가 느끼는 불안과 분노에서였다는[11] 언급은 일본의 전쟁 체험 세대가 취한 1960년대적 태도를 잘 보여 준다.

제국주의 전쟁과 냉전기 전쟁에 걸쳐 개인적, 사회적 이력을 쌓은 그는 한국과 베트남이 교차하는 장면이 담긴 흥미로운 텍스트를 남긴다. 〈한국, 닥치는 대로 견문기〉(1963)[12]가 그것이다. 오다 마코토는 1963년 8월 14일에 공보부 초청으로 한국에 와서 한 달간 머물면서 여러 곳을 돌아보았는데 〈한국, 닥치는 대로 견문기〉는 이 탐방의 결과물이다.[13] 한국의 첫인상을 묻는 질문에 "한국에는 군인

---

10 베헤렌에 대해서는 小熊英二, 《'民主'と'愛国'》, 新曜社, 2002, 16장. 베트남 반전운동과 탈영병에 대해서는 권혁태, 〈'국경' 안에서 탈/국경을 상상하는 법〉, 《동방학지》, 2012; 남기정, 〈베트남 '반전탈주' 미군병사와 일본의 시민운동 : 생활세계의 전쟁과 평화〉, 《일본학연구》, 2012. 인터뷰로는 鶴見俊輔 외, 《戦争が遺したもの》, 新曜社, 2004 특히 359~387쪽 참조.

11 小熊英二, 앞의 책, 769쪽 재인용.

12 한국에서는 《신사조》, 1963. 9에 게재되었고, 같은 글이 그의 책 《이것이 일본이다》(한치환 옮김, 휘문출판사, 1964)에 '내가 본 한국'이라는 제목으로 실린다.

13 일본어 원제는 〈韓國, 何でもみてやらう〉로, 《中央公論》, 1963. 11에 실렸다. 그가 쓴 미국-아시아-유럽 세계여행기는 1962년 《나는 이렇게 보았다》(인태성 옮김, 휘문출판사, 1962)라는 책으로 번역 출간되어 베스트셀러가 되어 있었다. 이 책은 세계 각지의 세밀한 생활의 장을 샅샅이 보고 쓴 발랄한 여행기다. 한국에서 머문 기간에도 그는 "정부의 초청으로 왔으나 단신 무전여행처럼 전국 각지의 뒷

이 많군요"[14]라고 답한 오다 마코토에게 그동안 한국은 그다지 깊이 생각하고 싶지 않은 대상이었다. 여기에는 두 가지 이유가 있는데 하나는 한국과 일본이 과거에 맺었던 "까다로운 연관성"(247) 때문이고 또 다른 하나는 "최근에 군사정권이라는 것까지 생"(247)겨버린 한국의 복잡한 사정 때문이다. 그래서 그는 아시아–아프리카 제국諸國의 범위에서도 한국은 빼버린 채로 멀리 두었다고 한다. 인도, 북한, 아랍, 중국에 "산뜻한" 연대나 지지 또는 비판을 보낼 수 있는 것과는 달리, 한국에 대해서는 그럴 수 없었다고 그는 적고 있다. 전체적으로 보면 오다 마코토의 한 달간의 여행은 명단에서 빠져 있던 한국을 아시아–아프리카의 지평 내부로 위치를 이동시켜 집어넣는, 인식의 여행이었다. 이 과정에서 그가 던진 관심과 질문의 주된 축은 "아시아–아프리카의 신흥국"(249)인 한국이 "박 정권"과 함께 어디로, 어떻게 가게 될 것인가였다.

오다 마코토가 한국에 머물렀던 1963년 여름은 한국에서는 대통령 선거를 앞둔 때였고 베트남에서는 불교도의 반정부 항거와 고딘디엠 정권의 탄압이 극점에 올라 있던 때였다. 한국 언론은 베트

골목을 쏘다녀 보고"(小田實, 앞의 책, 9쪽) 간 것으로 알려졌다. 실제로 그는 열흘간의 공식일정을 마치고 이후 20일 동안은 혼자 자유로운 여행을 했다. 보통 사람들의 생활 현장을 탐문하고 "보고 듣고 생각한 대로" 기록하는 방식, 그의 표현을 빌자면 그야말로 "무엇이든 봐 준다"는 고현학적 태도는 전후 베트남 견문기에서도 그대로 반복되고 있다. 1981년 10월 중순에서 11월 초에 걸쳐 2주간의 짧은 베트남 여행을 하고 쓴 《トナム以後'を步く》는 한국에서 《분단 베트남과 통일 베트남 그 현장을 가다》(곽해곤 옮김, 일송정, 1988)로 출판되었다. 여기에는 베트남과 북한 그리고 제3세계에 대한 인식이 중요하게 전개되고 있는데, 이를 포함하여 오다 마코토에 대한 본격적인 논의는 이 글의 범위를 벗어나므로 자리를 달리하여 시도하고자 한다.

[14] 《동아일보》 1963년 8월 16일자.

남 소식을 전하면서 "극히 관료적인 독재정권"이 그 "일가의 정치, 사회적인 혼돈과 더불어 세계의 양식 앞에서 준열한 심판을 받고 있다"[15]는 논평을 덧붙였다.[16] 오다 마코토는 베트남 소식을 들으면서 박 정권과 고딘디엠 정권을 병치시켜 한국의 군사정권과 이에 관한 국민의 입장에 대해 생각하기 시작한다.

> 한국에 있을 때 남베트남의 불교도 탄압, 그를 빙자한 독재제獨裁制 강화가 그 최고조에 달했던 것인데 (이것은 농담이지만 또 그렇기를 빌거니와 박 씨의 친위대의 청년장교 한 사람이 청년장교의 회합에서 저 탄압의 장본인 고딘누 부인을 한국으로 수입하라는 소리가 외쳐졌다고 나에게 일렀다.) 나는 몇 번이나 남베트남을 한국에다 견주어서 생각해 보았다. 고딘디엠 정권은 어느 정도 내셔널리스트하고 반미적일 것이다. 그러나 물론 끝끝내 미국한테 방패를 버틸 태도도, 또한 그럴 기분도 없는 게 틀림없다. (…) 이 상황은 어느 정도 한국의 사정을 설명해 주고 있는 것으로 보인다. 물론 박 정권은 고 딘 디엠 정권 같은 독재정권은 아니지만 그 점을 빼놓는다면 이 대비는 꽤 들어맞는 것 같다. 즉 박정권의 민족주의적 반미적 경향은 미국을 노엽게 하여 〈박 골리기〉에 나서게 하는 것인데(…) 결국에 가서 미국이 자기를 떼쳐 버리지 않는다는 것을 박정권 자체가

---

15 《경향신문》 1963년 8월 19일자.

16 《사상계》도 베트남의 불교분쟁과 반정부 움직임을 전하는 기사를 여러 차례 싣는다. "고딘디엠 정권이 공산게릴라전과 불교분쟁의 두 가지 일로 시달린다는 것은 중대한 관심사가 아닐 수 없"는데 "그 어느 것도 저이 자체의 모순이 말썽을 번식하는 온상이 되어 있다는 점은 크게 반성할 점"이라는 입장이다.〈불길 커지는 불교분쟁〉(〈움직이는 세계〉), 《사상계》, 1963.8.

잘 알고 있는 것이다. 그리고 그 안심감 위에서 민족주의, 반미는 파쇼즘으로 옮아 갈 위험을 가지고 있다.(259)

아시아 신생국의 반공정권은 두 개의 위험에 처해 있다. 즉 (남)베트남이나 한국처럼 미국의 처분에서 자유로울 수 없다는 위험과, 바로 이 때문에 정권 안정을 위한 전권 확보를 도모하게 되는 위험 사이에서 진동하고 있는 것이다. 그렇다면 이 위험의 스펙트럼 안에서 움직이게 될 정부를 향해 국민은 무엇을 걸거나 무엇을 포기할 것인가? 그는 방문하는 동안 만난 다양한 한국인들의 의견을 조합, 종합하면서 한국 국민이 군사정부를 발전과 신흥의 미래를 앞당겨 줄 "다리"로 여기고 있다는 점을 확인한다. 실제로 군사정부가 어느 정도는 다리의 역할을 해왔다고 판단하면서 오다 마코토는 "그 건너지른 다리의 구조가 앞으로 어떤 것으로 변화되어 갈는지 언제 목적하는 언덕에 다달을른지"(261)를 묻는다. 그러면서 뭔가를 빨리 이루어야 한다고 생각하고 움직이는 한국인은 군사정권이 발휘하는 "힘과 매력"에 상당 부분 자기를 허용하고 있는 것으로 보이지만 그럼에도 불구하고 이것이 완전히 무력한 허용이나 복종은 아닐 거라는 전망을 제시한다.

이와 같은 조심스런 긍정형 판단의 근거를 그는 군사정권 자체에서 찾기보다는 통치받는 국민에게서 찾고 있다. 물론 "군사정권의 출현은 직접으로 2·26 사건과 그에 연달은 일본의 악몽 시대를 우리에게 연상케 하고 박정희 김종필 양씨와 大野伴睦씨 혹은 모某 기관機關과의 연결은 우리에게 한국이 신흥국이라는 사실을 잊게"(260) 만들 지경이다. 그러나 그럼에도 불구하고 마지막에 그가 찾아보려 한 것은 보수적이고 진부한 권력이 제어될 수 있는 가능성인 듯하다. 무엇인가를 너무도 강하게 열망하기 때문에 오히려 열망하는 자들을 주도하고 압도해서 위험하게 몰고갈 수도 있을 군사정권이 그래도 "파시즘으로 기울어"지지 않도록 견제되고 조율될 여지가 아주 없어보이지는 않는 것이다. 그는 가능성을 정권-국가의 규율과 감시를 향한 국민의 거부에서 보고 있는데, 이 점에서라면 제약 많은 조건 속에서도 "어느 한도 내에서 한국민은 최선의 노력을 하고 있"(261)다고 판단한다.

한국과 베트남의 현실을 병치시키면서 국가, 정권, 정치의 곤란을 진단하고 미래를 타진하는 행위가 단지 저편에서 건너온 외부자에 의해서만 이루어졌던 건 아니다. 베트남에서 일어난 쿠데타는 한국에서도 중요한 관심사였다. 쿠데타 직후의 베트남을 스케치하고 분석한 한국 저널리스트들의 기록에는 다음과 같이 4·19와 5·16의 환기가 제시되어 있다.

> 다시 말하면 혁명의 성격이 우리나라의 4·19와 5·16을 합쳐놓은 것이었다. 말하자면 두 개의 짬뽕이다. 4·19와 같은 점은 혁명의 주체인 군인이 모든 국민들의 지지와 환영을 받고 있다는 점, 혁명 후의 길거리가 무질서하다는 점 모든 국민과 외국에서도 혁명의 불가피성을 부인 못한다는 점, 혁명의 대상이 국민이 지탄을 받고 있는 독재정권이라는 점 (…) 그리고 5·16과 비슷한 점은 혁명의 주체가 학생이 아니고 군인이라는 점이다. (…) 우리가 4·19와 5·16에서 겪은 일과 본 현상을 모두 다시 볼 수 있는 것이 월남의 11월 1일의 군사혁명이었다.[17]

[17] 민영빈, 〈내가 본 월남혁명〉, 《사상계》, 1963.12., 155쪽.

군인들의 쿠데타 한 번으로 과연 월남은 면목을 일신하였다고 아니할 수 없었다. 그러나 이것은 모두 무엇을 말하는가. 그것은 마치 한국의 4·19 직후처럼 억압되었던 자유가 무질서하고 무책임하게 터져 나왔던 것을 말하는 당시, 이 혼돈과 불안정 속에 아직도 많은 문제점이 남아 있다는 것을 단적으로 반증한 데 지나지 않는다. 민중들은 아직 흥분에 들떠 있고 자기들 자신과 군사통치자들 앞에 가로놓인 참다운 문제를 인식하기엔 좀 더 시간이 필요한 것 같다.[18]

이들은 새로 정권을 잡은 군부가 "민생, 민주화, 베트콩전"이라는 세 과제에 직면해 있다는 점, 그리고 군사지도자들이 빨리 민정 이양을 꾀하여 독재 요소가 되풀이되는 것을 피하는 것이 관건이라는 점을 강조한다.[19] 더불어 "국토의 허리가 짤린 채 공산군과 싸우면서 미국 원조로 연명해 나아가는 월남의 앞길은 순탄해 보이지 않는다"고 언급하면서 "민주주의가 꽃이 필 날은 아직도 멀"[20]다는 점을 확인하기도 한다. 베트남의 쿠데타를 바라보는 이들의 눈에는 4·19와 5·16으로 이어지는 짧은 기간이 남긴 숙제, 즉 독재의 타도, 군사정권의 방법적 안정, 민정 이양의 과정을 거쳐 '자유'와 '민주'라는 것을 확보해야 한다는 숙제가 함께 비치는 듯하다. 베트남을 놓고 민정(이양)의 중요성을 강조하는 맥락에는 민정 이양을 둘러싸고 뜨거웠던 이 무렵의 한국의 상황과 관심이 반영되어 있다 해도 틀리지 않다. "월남에 쿠데타가 일어나고 독재자

---

[18] 조세형, 〈월남쿠데타와 그 장래〉, 《사상계》, 1963. 12., 143쪽.

[19] 앞의 글.

[20] 민영빈, 앞의 글, 159쪽.

형제가 피살되었기에 4·19를 다시 회상하지 않을 수 없지만 독재 정치는 반드시 역사의 수레바퀴에 깔려서 먼지가 된다는 것을 절실히 느끼지 않을 수 없다. 독재정치 체제를 펴놓고 국민을 억누르다 보면 반드시 민중의 힘에 의하여 타도되기 마련이거니와 억눌리는 국민의 불평을 해소시키려고 해외에 눈을 돌리게 하면 나라까지 망하게 하고 만다"[21]는 것을 강조하면서 "군정 체질"을 버리고 "참된 민정"을 수립할 것을 요구하는 입장도 마찬가지다.

이렇게 여러 개의 "혁명"들을 교차시켜 바라보는 시선은 보다 깊게는 아시아 신생국에 민주주의의 도래라는 것이 과연 어떻게 가능할지, 그 복잡한 그림의 심연을 향해 있다. 비합법적이고 비민주적인 정권 교체를 의미하는 쿠데타는 아시아 국가의 후진성을 상징하는 현상으로 받아들여지고 있었다. 동남아시아, 중근동, 아프리카 지역에 걸쳐 "쿠데타의 지도"를 그린 문형선은 "소위 군사혁명이라고 일컫는 쿠데타는 거의 대부분이 미개발 지역인 후진국을 그 온상으로 하고 있다"고 하면서 군사혁명을 나쁜 기운을 오래 남기는 썩은 멜론에 비유했다.[22] 정치적 불안과 빈곤 그리고 독재의 출현과 부패는 꼬리에 꼬리를 물고 순환하기 마련이라는 비판은 당시의 언설 공간에서 넓게 공감되었다. 쿠데타와 후진국의 (군사)혁명에 대한 논의도 지속적으로 소개되고 있었다. 군정연장론이 나오는 등 민주정의 실현 가망성이 자꾸 희박해지고 흔들리던 1960년대 초반,[23] 한국의 지식인 집단은 불안과 실망감에 시달리고

---

21 박운대, 〈버려야할 군정체질과 유물〉, 《사상계》, 1963. 12., 33쪽.

22 문형선, 〈쿠데타의 지도. 후진국〉, 《사상계》, 1963. 3.

23 당시 언론매체에서도 군정연장론에 대한 우려는 강하게 피력되고 있었다. 《사상

있었다. "군정 연장은 비극"[24]이라는 입장은 특정한 누군가의 것이 아니었다. 그래서 베트남의 쿠데타와 정변의 기록은 결국 자기 문제에의 고심을 담게 된다. 아프리카, 중남미 그리고 아시아의 여타 지역과 마찬가지로 베트남 역시, 위기에 빠진 듯 보이는 민주주의와 민정의 한국적 현실을 일깨우는 장소였다. 베트남 사태와 '더불어' 자기를 보는 것이다.

이처럼 군정/민정의 경계에서 초조하게 서성이는 한국과 쿠데타로 들썩이는 베트남을 이어-보는 의식은 부서지는 정체와 멀어져 가는 민주주의를 주시하고 있었다. 그렇다면 베트남(전쟁)은 한국의 상황을 비춰볼 수 있는 '바깥'의 거울 같기만 한 것이었을까. 그렇게만 파악할 수는 없을 듯하다. '참전'으로 인해 베트남(전쟁)은 이미 한국 내부의 일이 되었기 때문이다. 그리고 이렇게 안으로 들어오면서 한국의 민주주의라는 것은 다시 한번 완연하게 붕괴된다. 1963년의 오다 마코토는 그래도 생성될지도 모를 민주화의 가능성에 대해 말했었다. 하지만 여행자가 한국을 떠난 후, 적어도 베트남(전쟁)이라는 계기와 관련해서 국민은 민주적 (의사결정) 제도가 철저하게 무시되는 사건을 또 겪어야 했다. 파병 결정을 둘러싸고 일어난 일련의 사태들이 그러했다. 파병 자체에 대해서도 우려가 많았지만 "사전에 국민들이 깊이 생각할 여유도 주지 않고 이렇다 할 상세한 예고도 없은 채 어두운 밤에 주먹 내밀 듯이 문제를 들고 나와 전격적으로 국회에 상정시키고 그 통과를 서

계》 역시 군정연장론을 비판하는 논의들을 묶어 게재한다. 《사상계》(1963.4.)의 특집 〈문제의식을 바로잡자〉 참고.

24 허정, 〈군정연장은 비극〉, 《사상계》, 1963.4. 신상초 역시 "군정 연장은 국가적 비극"이라는 표현을 쓴다. 신상초, 〈한국은 민국이다〉, 《사상계》, 1963.4.

둘렀던"[25] 정부와 국회를 비판하는 목소리가 곳곳에서 터져 나왔다.[26] 모두 정부의 일방적인 방침, 국회의 기능부전, 언론 차단, 국민의 알권리 무시 등 파병을 둘러싸고 일어난 일련의 비민주적 행태에 대한 지적이었다.[27]

월남파병안은 한일협정비준동의안과 더불어 "비등하는 반대 여론과 야당 의원들의 일괄 의원직사퇴서 제출도 아랑곳없다는 듯이" "여당만의 변칙적인 의사 진행으로" 가결되었고 언론은 이 광경을 보면서 "오늘날의 이땅의 의회민주주의의 전도가 암담"[28]하다는 것을 공표해야 했다. 비밀과 봉쇄가 장악한 불통의 장에서, 베트남(전쟁)이 고조되는 시간과 한국의 민주주의가 침몰하는 시간은 서로 유착되어, 한국의 (의회)민주주의는 치유와 회복이 어려운 상태로 악화되기에 이른다. 파병 이전인 1960년대 초반의 상황이 말해 주듯이, 베트남은 참전을 시작으로 비로소 한국에 인지되기 시작한 것은 아니다. 이보다 조금 앞서, 신생국의 정체 및 정치의 모호한 미래라는 맥락에서 한국과 공진共振하는 관계에 있었기 때문이다. 한국과 일본의 언설주체들은 두 지역의 연관을 포착하면서 한국의 현재와 미래를 심각하게 묻고 있다.

---

25 〈월남 파병에 관한 우리의 견해〉(권두언), 《사상계》, 1965.3., 22쪽.

26 《동아일보》 1965년 1월 13일자; 《동아일보》 1965년 1월 14일자; 《동아일보》 1965년 1월 31일자; 《경향신문》 1965년 1월 26일자; 《경향신문》 1965년 7월 2일자; 《경향신문》 1965년 7월 21일자; 《경향신문》 1965년 12월 1일자 등 참고.

27 1968년 1월 《사상계》에 실린 〈월남과 한국문제〉(좌담회)에도 이 점이 다뤄지고 있다. 여러 가지 경위가 국민에게 알려지지 않은 점, 국회에서 간단한 토론만을 거쳐 대통령이 동의 요청을 한 점 등 여론의 참여 없이 정부의 일방적인 방침에 의해서 추진되었다는 것을 문제로 지적하고 있다. 161~165쪽 참고.

28 《경향신문》 1965년 8월 16일자.

| 인민을 보기: 리얼리티와 역능 |

정체가 통치의 제도적 장치에 해당한다면, 불안하거나 억압적인 정체가 인민의 삶을 어떻게 만드는가 하는 것 역시 중요한 문제가 된다. 그래서 정체를 둘러싼 고민은 인민을 향해 가지를 뻗어 나가기도 했다. 이를 넓게 '인민의 발견'이라고 해 두자. 베트남은 이곳에 와 있는 한국 및 일본의 관찰기록자에게는 전시의 혼란을 일상으로 받아들이는 삶을 목격하게 되는 곳이었다. 이러한 형질의 삶은 적어도 1960년대의 한국인이나 일본인에게는 좀 낯선 것이었다. 정권은 줄곧 명멸하고 전쟁은 상시 계속되는 열대의 이국에서 기록자들은 피통치 집단의 무엇을 보았을까. 앞에서 '인민의 발견'이라는 표현을 썼는데, 여기에 크게 두 갈래의 의미를 담고자 한다. 하나는 베트남의 현실을 살고 있는 보통의 베트남 인민을 발견하는 것, 그리고 다른 하나는 그들의 역사정치적 존재성과 역능을 발견하는 것이다. 베트남 인민의 현실을 발견한다는 것이 이들을 역사정치적 주체로 발견한다는 것으로 자동적으로 등치되는 것은 아니다. 따라서 두 흐름은 구분하여 달리 이해하고 평가해야 한다.

특히 베트남전쟁기에 나온 한국인 이동자들의 기록을 읽다 보면 우리가 왜 베트남 인민에 대한 인식을 구분하여 파악해야 하는지 그 이유가 비교적 명확해진다. 기존의 연구가 이미 충분히 알려 주었듯이 베트남 인민에 대한 한국 언설주체의 의식은 대부분 큰 여운 없이 직설적인데 기본적으로 휴머니즘, 이그조티시즘exoticism, 인종주의가 불규칙하게 엉켜 있다. 냉정하게 말해 한국 파월 특파원의 의식이 어느 정도로 저열할 수 있는지를 여실히 보여 주는 "월남전쟁기행"《피묻은 연꽃》 같은 텍스트는 "월남 백성"에게 중요한 것은 "눈에 보이지 않는 자유나 민주주의"가 아니라 "직접 발로 걸어 보고 손으로 만져 볼 수 있는 소원 풀이가 선행되"[29]는 것이라고 이야기한다.[30] 한국의 경우 모든 사태를 재단하고 판단하는 중심축이 파월 한국군에 있었기 때문에, 베트남 인민을 본다 해도 이데올로기적 구도상 늘 후경의 진창에 빠져 있는 것으로밖에 볼 수 없었다.

최인훈의 베트남 방문 기록은 한국인의 경험과 의식이 대부분 이 틀에서 벗어날 수 없었음을 반성적으로 고백하는 것 같다. 1973년 1월, 종전이 가까워 오던 무렵에 그는 고은, 최인호 등과 함께 주월한국군사령부 초청으로 열흘 동안 베트남을 방문한다. 그리고 〈베트남일지〉를 쓰는데 기록에 따르면 이 '국군방문작가단'의 동선은 클라크 기지, 사이공, 비둘기부대, 맹호부대, 백마부대로 이어진다. 이 여행은 베트남의 "산천과 거리를 감각으로 접"하고 "이 지구 위에 베트남이라는 곳이 정말 있는 줄 알게"는 되었지만 "베트남 그 자체에 대해서는 정작 할 말이 없"어져 버리는 그런 여행이었다. 그래서 최인훈은 "한 사람의 베트남인의 마음속에 초대되었을 때 나는 베트남인을 안 것이고 그 사람을 통해 베트남이라는 큰 덩어리 속에 통로를 가지는 것이다. (…) 그러나 이런 것 어느 하나에 대해서도 직접 경험해 본 바는 아니다. 여기 오지 않고도 알 수 있는 일들이다. 그런 식으로 알고 있는 일이 너무 많아서 괴

29 이규태, 《피묻은 蓮꽃》, 영창도서, 1965, 308쪽.

30 이 점에서는 '동남아 본대로 느낀 대로'라는 부제를 단 최두고, 《해는 다시 돋는다》(동아출판사, 1965)도 마찬가지다. 일본, 대만, 향항, 월남, 말레이시아 등을 돌고 쓴 책이다.

로운 나의 불쌍한 의식."[31]이라고 토로하지 않을 수 없었다.

최인훈이 베트남을 방문한 1973년 1월 초순은, 제국주의 시대의 조선과 동남아시아 지역을 혼성한 가상 국가를 배경으로 아시아의 탈식민지적 주체의 탄생을 가늠하는 《태풍》(《중앙일보》, 1973. 1.1~10.13)을 막 발표하기 시작한 때다. 그는 베트남 경험이 《태풍》의 구상에 의미 있는 계기가 되었다고 언급하기도 했는데, 그렇다면 이 잠깐의 방문으로 얻은 의식의 진동이 소설을 통해 높은 역사적 안목과 매력적인 감각으로 심화, 재생된 것은 분명하다. 하지만 〈베트남일지〉 자체는 그의 다른 글이나 사유에 비하면 앙상하고 건조하며,[32] 최인훈 자신이 말한 그대로 무엇인가 결정적인 부분이 비어 있다. 이 공백은 미국과 한국의 군사 경관에 가려져버린 본토 인민이 나타나야 비로소 채워질 수 있음을 그는 알고 있었다. 그곳에 뚜렷이 그리고 엄연히 존재하는 인민을 발견하는 일이 진짜라는 것을, 인민을 발견하지 못한 이 텍스트는 역으로 알려준다. 만약 볼 수 있었다면, 그는 인민의 리얼리티뿐 아니라 역능까지도 함께 볼 수 있었을까. 〈베트남일지〉만으로는 이 질문에 답하기가 어렵기 때문에 우리는 나름대로 인민을 발견하려 한 또 다른 문헌으로 넘어가야 할 듯하다.

관련해서 한국인 저널리스트가 남긴 기록에서 베트남 인민의 경제적 빈곤에 주의를 기울인 지점에 주목해 보자. 빈곤을 베트남인

---

31 최인훈, 《유토피아의 꿈》, 문학과지성사, 1980, 127~128쪽. 〈베트남일지〉 자체가 쓰여진 시점은 1973년이다.

32 또 다른 에세이 〈아메리카〉에서 부분적으로 베트남 문제를 다루고 있다. 미국의 "강대국주의"를 비판하면서 미국에게 (남)베트남은 "이미 모든 정치적 가용자원을 탕진한 정치적 파산자"였다고 언급한다. 최인훈, 앞의 책, 179~181쪽

의 종족성이나 생활 태도의 문제로 환원하지 않는 경우들에 한해서다. 전체적으로 빈곤은 이국인 관찰자의 눈에 가장 잘 띄는 문제였으며, 전쟁으로 인한 '흔한' 죽음과 더불어 베트남의 비참을 구성하는 핵심으로 받아들여지고 있다. 빈곤에 대한 기술記述은 종종 이들이 얼마나 심각한 문명적 열등 상태에 있는지를 보여 주는 데 그치곤 하지만 이런 수준을 넘어서는 이해도 있다. 이때 중요하게 지적되는 것이 정부의 무능과 부패 그리고 통치권의 타락이다. 기록자는 인민의 피로 뒤편으로 부정과 부패에 빠진 특권층을 본다. 파월종군기 가운데 가장 무게감을 갖고 있는 《불타는 월남》[33]은 이런 관점에서 베트남의 빈곤과 부정의를 파악한다.

> 사이곤 정부는 독자나 학생을 제외한 만 20세부터 25세까지의 청년들에게 병역의무를 과하고 있다. 그러나 부잣집 아들들은 해외로 유학하고 고급 관리의 자식들은 빈둥빈둥 놀고 있어도 신병 사냥에는 걸리지 않는다. 가짜 병역면제증이 나돌고 있다지만 가난한 백성들에겐 8만 삐아스타라는 돈이 없다. 궁지에 몰린 청년들은 마지막 호신책으로 사람 사태를 이룬 국제도시 사이곤 속에 꺼져 들어오는 것이다.(225)

> 미국 남녀가 모터보트를 앞세우고 물 위를 치닫는 정경이 펼쳐지면 미칸은 더 시원해집니다. 전쟁의 와중에서도 인생을 즐기는 미국인들의 생활 태도가 퍽 부럽더군요 (…) 기분이 갑작스레 바뀌집니다. 강 저편에는 빈촌이, 다닥다닥 붙은 판잣집들이 베트남의 불

---

33 손주환 · 심상중, 《불타는 월남》, 대영사, 1965.

운을 안고 말없이 항변하는 듯하려 한 사이곤 시가와 맞서 있는 것입니다. 하등 생활을 연명해 가는 베트남의 빈촌 사람이 수상스키를, 그리고 레스토랑을 바라볼 때마나 무엇을 느끼고 생각하고 있을까…. 이렇게 사고의 폭이 넓어지면 금방 기분이 잡쳐지는 것입니다.(296~297)

베트남 인민의 극빈 건너편에 권력층의 부패가 있고 다시 그 바로 건너편에 이 모든 것을 방기하고 이용하는 미국의 권력이 있다. 《불타는 월남》의 필자들은 이 암담한 구도의 그림을 현역 월남군 중령이 주재한 가든파티에서 또 보게 된다. 불란서식 주택의 우아함, 진수성찬의 풍요로움, 정장의 신사들로 은성한 저녁나절의 파티 한켠에서 이들은 동석한 미군에게 "정부의 관리나 군대는 잘살고, 대다수 시민이 빈곤에 허덕인다면 전쟁의 결과는 어떻게 될"것인지를 묻는다. 그리고 베트남 곳곳의 비참한 생활을 알고 있는지 추궁하며 "당신이 이 나라에서 보고 느낀 바로 힘만이 월남 문제를 해결하는 유일한 수단이라고 보"(134)는지를 추궁한다. 이 부분은 〈아시아인끼리라면서…〉라는 제목을 달고 있다. '자유와 민주주의를 위해 싸우는 같은 아시아인' 운운하는 환영사를 들으면서, 이들은 연설과는 달리 "산악 지대에는 석기시대를 살고 있는 원주민이 숱하며, 사이곤의 향략은 쉽게 겁잡혀지지 않는 고질로 되어"(132)버린 상황을 떠올린다. "아시아인끼리"라는 권력자의 말은 위선이고 거짓인 셈이다.

《불타는 월남》의 이런 입장이 근대화론이나 개발론을 유도, 연상시키는 쪽으로 이어지는 것은 아니다. 이 방향으로 나아가지 않기 때문에 이들의 발언은 현장 체류자의 기록으로는 흔치 않은 성찰력을 보여 준다. 한 가지 부연해야 할 것은 여기서 주로 발견되거나 분석된 것이 인민의 현실이나 현실의 구조이지 이것을 변경하거나 타개하기 위한 인민의 수행성 또는 수행성이 갖는 정치적 의의는 아니라는 점이다. 어딘지 위험하고 불투명한 베트남 인민을 놓고 수행성을 의미화하기에는 한국의 관찰자들이 갖고 있는 반공주의적 우려와 의심 그리고 적대감이 너무 강하다. 반대로 이들을 무력한 존재로 상상하고 이에 대해 동정, 연민, 휴머니즘을 표하는 것에는 너무도 익숙하다. 그래서 결국 인민의 수행성이란 전자의 입장에서는 '위험'과 '도발'이며, 후자의 입장에서는 미약하거나 부재하는 어떤 것이 되어 버린다. 비교적 비판적 균형 감각을 갖고 사태의 원근법을 파악하려는 《불타는 월남》에서도, 인민은 복잡한 문제를 반영하고 표출하면서, 그렇게 정지해 있다. 정체의 비민주성, 권력층의 종속성과 부도덕성의 결과를 고스란히 반영하긴 하지만, 거기까지인 것이다. 이들은 자신의 삶을 억누르는 복합모순의 해결을 '기다리는' 존재이지, 그 모순을 해결하기 위해 스스로 움직이는 존재는 아닌 것이다.

인민의 역능의 발견은 단지 '관찰'을 통해 확보되는 게 아니라 '전망'을 통해 확보된다. 히노 게이조의 베트남(전쟁) 취재기가 한국 저널리스트들의 그것과 다른 점은 여기에서 찾을 수 있지 않을까. 히노 게이조는 식민지 조선에서 유년기를 보내고 패전과 함께 일본으로 돌아간 식민 2세 저널리스트이자 작가다. 그는 자전적 요소를 담은 일련의 소설을 통해 인양자가 전후 일본 사회에서 갖게 되는 배외자 의식에 관해 언급하곤 했다. 식민지를 고향으로, 본국을 이향으로 겪으면서 엉키고 만 이 세대의 감각은 그리 명징하거나 의식적이지는 않을지라도 식민지-제국의 복잡한 역사적 흔적을 담은 서사를 낳았다. 히노 게이조가 묘사한 일본으로의 귀환, 다시 시작되는 입사入社의 혼란, 타자화의 고통에 대해서는 다른 글에서 다룬 적이 있으므로 여기에서는 저널리스트로서의 경력에 초점을 맞춰 검토한다.

요미우리신문 기자였던 그는 1960년 가을부터 1961년 여름까지 특파원 자격으로 서울에 머물렀고, 1964년 말부터 1965년 여름까지 사이공 특파원으로 베트남에서 활동했다. 이 과정에서 히노 게이조는 한국과 베트남의 내부를 가까이서 볼 수 있는 기회를 가졌는데, 그가 체류한 시기는 모두 두 지역이 정치적 동요와 격변으로 흔들리던 때다. 5·16 무렵의 서울 풍경과 분위기는 소설에서 묘사된 바 있다. 그리고 베트남에서 돌아온 후 《ベトナム報道: 特派員の証言》(1966)을 출간한다. 일본 귀국 후에 쓴 것이긴 하지만 후기에서도 밝히고 있듯이 "현재의 시점에서 되돌이킨다는 자세가 아니라 사이공의 동란과 수수께끼, 열기와 유언비어 가운데 내던져졌을 때의 자기로 돌아가"(275)려 노력하면서 집필한 것이다. 복귀 후에도 베트남전쟁은 계속되고 있었기 때문에 글을 쓸 당시에 그의 현지 체감도가 낮아졌다고 보기는 어렵다.

앞에서 살펴본 오다 마코토가 한국에서 베트남의 정치 현실을 떠올리며 양자 공통의 곤란과 한계를 보는 동시에 아직은 미지수인 한국의 상황을 점치고 있었다면, 히노 게이조는 전쟁이 한창인 베트남에서 자신이 보았던 1960년대 초 한국의 상황을 떠올린다. 그래서 몇 차례 베트남과 한국을 함께 언급하곤 했다. 원조를 받는다는 사실 자체가 한국인과 베트남인에게는 자존심을 다치는 일인데, 이에 대해서는 베트남인의 심리 구조가 한국인의 그것보다 훨씬 더 복잡하다는 비교도 그 가운데 하나다. 그리고 베트남 "특권층의 퇴폐"를 보면서도 역시 한국을 거론한다.

> 일본에도 오직汚職은 있고 퇴폐도 있다. 하지만 후진국 지배층의 정신적 퇴폐상은 일본에서는 결코 상상할 수 없다. 나는 서울에서도 표면만 아메리카화된 특권층의 정신적 불건전에 강한 저항감을 느꼈지만 사이공의 그것도 서울에 결코 뒤지는게 아니라 그 이상으로 이미 파리와 정글로 가고 남은 찌꺼기 무리로 구성된 사이공 특권층의 그것은 더 심하다. 지금도 가정에서는 가족끼리 프랑스어를 쓰는 상류 가정이 있지만, 그런 표면만의 물질적 문화적 특권층의 민중에 대한 감각은 꼭 노예 앞에서는 나체가 되어도 수치심을 느끼지 않는다는 고대 로마의 귀부인들과 비슷하다.(162)

그는 베트남의 부패한 특권층이 "자국의 민중을 같은 인간으로 생각하지 않"는다고 비판한다. 그런데 한국도 베트남과 크게 다르지 않다. 고도성장기의 일본에서는 낯선 것이 된 (극심한) 정권 부패와 빈부 차를 히노 게이조는 두 신생국에서 함께 목격한다. 중요한 것은 그가 해방전선을 이 구조를 타파하고 변혁하려는 의지의 주체로 파악한다는 점이다. 즉, 해방전선은 "역사의 창조력도, 사회 결집력도, 추진력도, 독립의 보지력도, 지배층으로서의 제 능력도 갖추지 못한 지배층을 능력 있는 새로운 층으로 바꾸려는 운동"(166)이다. 이런 점에서 베트남전쟁은 기본적으로 "살아남기 위한 민족의 적극적이고 건전한 의지와 에네르기의 현현"이라 할 "혁명이고 내전"이다. 그러므로 그는 "혁명과 내전에 끼어든 미국이 죽이는 것은 단지 게릴라와 촌의 농민만이 아니라 하나의 희망과 실험"(166)이라는 점을 분명히 한다. 더불어 한국의 경우와 마찬가지로 베트남에서도 변혁운동의 판세를 공산주의/민족주의, 용공/반공으로 분할해서 파악하는 것은 형식논리에 지나지 않는다는 점 역시 역설하고 있다. 결정적인 것은 좌/우 분열이 아니라, 인민은 앞으로 나아가지만 (사이공)정권은 뒤로 가고 있는 전/후의 괴리다. 이렇게 진보/반동이라는 방향과 이념의 차이를 베트남 역학의 핵심으로 파악했기 때문에 그는 전진하는 인민으로부터는 "밝은 음화"를, 정부로부터는 "어두운 양화"(167)를 보았다.

《ベトナム報道:特派員の証言》은 전체적으로 베트남전쟁을 제3세계적 모순을 극복하려는 "인민전쟁"(215)으로 이해한다. 여기에는 일본 특파원, 해외 각국의 특파원, 베트남 기자들, 사이공 정부 각료, 베트남 지식인, 일상 공간의 베트남인 등과의 접촉과 만남이 서술되어 있는데, 전반적으로 분석적이고 성찰적인 접근을 취하고 있기 때문에 한국 특파원들의 방식과는 달리 인민에 관한 서술은 묘사적이지 않다. 그가 전하는 취재 풍토에 따르면, 일본 특파원들은 특명을 받고 해방구에 들어가거나 아니면 개인적으로 잠입해서 억류 생활을 하다 나오기도 했다. 히노 게이조는 사이공 상주 특파원이었기 때문에 해방구에 들어가는 것이 임무가 아니었지만, 현지의 잔류 일본인에게 의뢰하여 게릴라 대장과의 만남을 도모하기도 했다. 그러나 미군의 북폭이 강화되고 게릴라 진지가 폭격을 맞으면서 이 계획은 무산되어 직접적인 해방구 체험이나 해방전선이라 표명하는 인물과의 만남은 성사되지 못했다. 해방지구 접근의 기회는 없어졌지만 그는 사이공 측의 리버럴리스트 좌파, 즉 해방전선 측의 우파 지식인을 접해 이런저런 의견을 듣기도 했다. 《ベトナム報道:特派員の証言》는 직간접적 관찰, 취재, 각종 보도 그리고 인적 교류를 조합하면서 인민전쟁으로서의 의의와 인민의 능동성을

거듭 확인해 가는 기록으로 읽을 수 있다. 베트남 사태에 대한 해석이나 해방전선의 의미에 관해서 당시의 현지 일본인 기자들은 어느 정도 정치적 판단을 공유했던 것으로 보이며, 히노 게이조의 입장 역시 이 자장에 놓여 있다고 하겠다.

그가 지적하고 있듯이 일본 취재기자들의 해방전선관은 "단순甘い"하고 낭만적인 데가 있었을지도 모른다. 모험적 열정 그리고 "소박한 선의" 같은 것으로 해방지구에 들어간 한 특파원의 열정도 그 표현일 수 있다.[34] 깊이 뚫고 들어가서 혹은 이와는 좀 달리 히노 게이조처럼 지적으로 탐문, 분석하면서 베트남 인민의 무엇인가를 보고 인정하려 했던 일본 저널리스트의 시각은 우리에게 다소 복잡한 질문을 불러일으키는 게 사실이다. 즉, 베트남 인민에 대한 이들의 의식이 사실상 제3세계를 관망하는 고도성장기 일본의 역逆의 정치적 환상이나 기대가 투사된 결과는 아닐까 하는 질문 같은 것 말이다. 1980년대 오다 마코토가 묘사한 상황, 즉 "베트남전쟁 동안에 너무도 베트남을 추켜올리기도 했지만 요즘 베트남에 대한 사람들의 인식은 새삼스레 베트남의 여러 가지를 마이너스로 보려는 경향이 있는데 그 경향은 특히 일본에서 현저히, 그것도 또한 예전에 베트남 반전운동에 진지하게 참가했던 사람들 사이에서 크게 나타나고 있"[35]는 상황도—물론 베트남전쟁 이후에

[34] 그는 이러한 점에도 불구하고 일본인 특파원이 해방전선에 대해 갖는 의식은 구미 제국이나 같은 아시아 지역의 한국의 경우와는 확실히 달랐음을 언급하고 있다. "한국의 기자들이 베트콩이라면 아메리카인 기자 이상으로 두려워"한 것과는 대조적이었다. 어쨌든 일본인의 해방전선 취재에는 해방전선 측이 일본인을 크게 적대시하지 않는 분위기도 영향을 미친 것으로 보인다. 일본 특파원의 활동과 해방전선의 관계에 대해서는 日野啓三, 앞의 책, 147~156쪽 참조.

[35] 오다 마코토, 앞의 책, 22쪽.

일어난 베트남-캄보디아 전쟁, 중국-베트남 전쟁 등의 정세가 반영된 결과이기도 하겠지만—어쨌든 전前 시대의 이념적 경사에 얼마간의 반작용의 여지가 있었음을 말해 준다.

그러나 베트남 현장 체험을 한 일본 관찰자들의 인식을 섣불리 평가하거나 단정 짓는 것은 가급적 피하고 싶다. 타자의 발견은 대상과의 거리를 필연적 전제로 한다는 점에서 벗어날 수 없는 근원적 한계, 즉 자기발원성과 자기중심성에 묶여 있다. 중요한 것은 이 같은 제약과 더불어 타자를 향하는 예각을 확보하는 일일 터인데, 적어도 히노 게이조의 텍스트에서 드러나는 인민 역능의 발견은 이들에게 환상이나 낭만을 덮어씌우기보다는 이들이 무엇을 원해 움직이며 무엇 때문에 이 움직임이 타인의 것이 되고 있는가를 규명하는 차원에서 진행되기 때문이다. 이 기록을 옆에 두고 한국에서 생산된 베트남(전쟁)론을 생각해 볼 때, 대다수의 한국인 관찰자들이 공유한 난독증으로 인해 베트남 인민은 의미가 빈약하거나 행간을 이탈하는 기호 정도로 오인되고 만 게 아닌가 싶다. 〈베트남일지〉, 《불타는 월남》, 《ベトナム報道:特派員の証言》은 이 반공국가 한국의 언설 체제에 내화된 오인의 구조 자체를 드러내는 계기로 참조할 수 있을 것이다.

교환되는 것과 공통의 것

오늘의 전위적인 이론은 민주주의의 핵심을 국가, 그리고 국가가 선호하는 모든 것들에 대한 지속적인 싸움으로 설명한다. 민주주의란 민의 이름으로 과두정치가 난무하는 것을 허락하는 통치 형태도 아니며, 교환경제의 논리가 모든 것을 결정하는 사회 형태도 아니라는 것, 궁극적으로는 공공 영역에 대한 과두정부의 독점을 지속적으로 파괴하는 '행위'이며 생활 전반에 대한 유산계급의 강력한 영향력을 뿌리 뽑는 '행동'이라는 것[36]을 강조하는 자크 랑시에르Jacques Ranciere의 논의도 이런 맥락에서 이해할 수 있다. 민주주의는 단지 통치의 절차나 정체의 문제로 축소 환원되는 게 아니다. 그러므로 군정은 말할 것도 없거니와 민정도 근원적인 의미에서 민주주의를 구현한다고 말하기 어렵다. 그것은 다른 차원의 문제이기 때문이다. 민주주의에 대한 사유가 이런 틀에서 이루어져야 한다는 데 우리는 동의하지 않을 수 없다.

하지만 한편으로 1960~1970년대 아시아의 (아)분쟁 지역에서 끓어오르고 있던 시대적 구성물로서의 민주주의(론)와 그것을 향한 선망의 내막을 알기 위해서는 당시의 화용과 기대의 구조를 우선 존중할 필요가 있을 듯하다. 이 글에서 민주주의라는 말의 역사성을 고려하면서 당대의 내용을 수용하여 그대로 쓴 것은 이런 의도에서였다. 물론 그렇다 해도 냉전기 한국이 추구한 민주주의가 철저하게 반공주의적 기반을 가진 '자유민주주의'였으며 그런 까닭에 반공주의 없이는 상상할 수도 없고, 상상해서도 안 되는 성격의 것이었음을 부정하는 것은 아니다. 반공주의와 민주주의 그리고 개발주의는 서로를 조건으로 하면서 긴밀하게 연결되어 있었다. 그러나 민주주의론이 언제나 반공주의나 개발주의를 정당화하거나 지지하기 위해 전개되었던 것은 아니다. 특히 정권과 정체의 문

---

36 자크 랑시에르, 허경 옮김, 《민주주의는 왜 증오의 대상인가》, 인간사랑, 2011, 195쪽.

제를 사안으로 할 때는 셋 사이의 연접이 상대적으로 느슨해져 눈여겨볼 면이 많아진다. 제3세계적 정치의 후진성에서 벗어나 민주적인 체제를 갖고자 하는 의지는 결국 1980년대까지 추동과 좌절을 지속한 셈인데, 그 추이를 살피기 위해서는 1960년의 4·19만이 아니라 1963년을 전후한 시기도 기억해야 하는 것이다.

이 시기 정체론에서 뚜렷하게 드러나는 양상은 '군사정부–독재–빈곤'과 '민주정부–탈빈곤–안정'을 대립하는 체계(가치)로 놓고 후자의 구축을 지향하는 이념적·실천적 움직임이다. 이러한 움직임이 불투명하고 혼란스러운 환경에서 힘겹게 조성되고 있을 때, 베트남(전쟁)은 이 모색과 고민의 잠깐의 박동과 곧 도래할 파국이 동시에 공연되는 무대가 되었다. 베트남전쟁의 내화가, 박동이 파국으로 변하는 데 결정적인 문턱이 되었다. 모든 것이 결정되고 '일단 주사위는 던져졌다'는 판단이 불가피한 국면이 되자, 그때부터는 파병국으로서의 현명한 계산과 적절한 처신 그리고 현실적 분별력이 주요한 쟁점이 되었다. 이 과정에서, 민주주의와 경제성장 사이의 점착도를 점점 더 높여 상상하는 상황이 전개되었고 급기야는 경제성장이 민주주의를 뛰어넘는 압도적인 원리로 자리 잡는 현상이 나타났다. 이러한 (재)배치를 주도한 것은 국가였다. 민주주의를 향한 것이건 경제적 안정을 향한 것이건, '이런 식으로는 통치받고 싶지 않'은 다중의 복합적이고 불규칙적이며 비균질적이었을 욕망과 열의의 지대를, 국가가 큰길을 내고 표지판을 만들어 가며 접수하고 점령한다. 합리적이고 선진적인 것이라 여긴 정체에 대한 신뢰, 삶의 필연성의 차원을 넘어서고자 하는 바람은 이 무렵, 한편으로는 패배를 또 한편으로는 승인을 경험하면서 형질 전환하게 되는 것이다.

베트남(전쟁)은 이렇게 변모해 가는 한국의 지형 한가운데 들어와 있는 낯설고도 낯익은 타자였다. 정확히 말하면 한국은 베트남(전쟁)을 가지고 들어와 이것과 더불어 변모를 추동한 셈이다. 그래서 베트남(전쟁)은 한국이라는 국가-사회의 외양과 내면을 형성한 계기이자, 외양과 내면 자체를 확연하게 드러내는 화면인 것이다. 이 글에서는 베트남과 일본이라는 지점을 고려하면서, 1960년대 초중반 한일 두 지역에서 생산된 베트남 기록의 관심사를 살펴보았다. 이 기록들은 제3세계가 제3세계를 향해, 그리고 제3세계 아닌 세계가 제3세계를 향해 분사한 의식들의 교착交錯을 고스란히 보여 주고 있다. 서로 난반사하는 시각장에서 이질성과 차이에도 불구하고 공통의 것으로 보고 물은 바가 무엇인지를 찾을 수 있다면, 이를 공유해야 할 오늘의 문제로 재전유하여 사유할 수 있을 것이다. 지금까지 살펴본 한국, 일본, 베트남을 가로지르는 기록들은 민주주의가 바로 그 공통의 것 가운데 중요한 하나였음을 말해준다.

|참고문헌|

논문

김예림, 〈포스트콜로니얼의 어떤 복잡한 월경적 연애에 관하여〉, 《서강인문논총》 31, 2011.

김주현, 〈파월특파원 수기를 통해 본 한국의 베트남전쟁〉, 《현대문학의 연구》 54, 2014.

권혁태, 〈'국경' 안에서 탈/국경을 상상하는 법〉, 《동방학지》 157, 2012.

남기정, 〈베트남 '반전탈주' 미군병사와 일본의 시민운동-생활세계의 전쟁과 평화〉, 《일본학연구》 36, 2012.

박태균, 〈파병 50주년에 되돌아보는 베트남전쟁과 한국군 파병〉, 《시민과세계》 25, 2014.

오태영, 〈제국-식민지 체제의 지정학적 상상과 베트남〉, 《현대문학의 연구》 54, 2014.

임종명, 〈해방 직후 남한 신문과 베트남전쟁 재현, 표상〉, 《현대문학의 연구》 54, 2014.

단행본

권헌익, 이한중 옮김, 《또 하나의 냉전》, 민음사, 2013.

랑시에르, 자크, 허경 옮김, 《민주주의는 왜 증오의 대상인가》, 인간사랑, 2011.

리영희, 《베트남전쟁》, 두레, 1985.

오다 마코토, 인태성 옮김, 《나는 이렇게 보았다》, 휘문출판사, 1962.

오다 마코토, 한치환 옮김, 《이것이 일본이다》, 휘문출판사, 1964.

오다 마코토, 곽해곤 옮김, 《분단 베트남과 통일 베트남 그 현장을 가다》, 일송정, 1988.

손주환, 심상중, 《불타는 월남》, 대영사, 1965.

이규태, 《피묻은 蓮꽃》, 영창도서, 1965.

최두고, 《해는 다시 돋는다》, 동아출판사, 1965.
최인훈, 《유토피아의 꿈》, 문학과지성사, 1980.

日野啓三, 《ベトナム報道－特派員の証言, 現代ジャーナリズム出版會》, 1966.
小熊英二, 《'民主'と'愛国'》, 新曜社, 2002.
鶴見俊輔·上野千鶴子·小熊英二, 《戦争が遺したもの》, 新曜社, 2004.

'우정'이라는 심리전

: 1960년대 한국의 펜팔 운동과 문화 냉전

| 정승화 |

| 1960년대 한국, 편지 쓰기라는 취미의 등장 |

국가의 경계를 넘어 미지의 사람들 사이에서 편지를 주고받으며 우정을 쌓는 펜팔pen pal[1]은 언제부터 유행하게 된 것일까?

영어로 쓰인 서적에서 사용된 단어의 빈도를 보여 주는 구글의 엔그램 뷰어Google Books Ngram Viewer를 통해 펜팔이라는 말의 빈도수 변화를 살펴보면, 매우 드물지만 1800년도에도 펜팔이라는 말이 영어권에서 사용되었음을 확인할 수 있다.[2] 〈그림 1〉은 1900년에서 2000년까지 펜팔 단어의 빈도수 변화를 나타낸 그래프다.

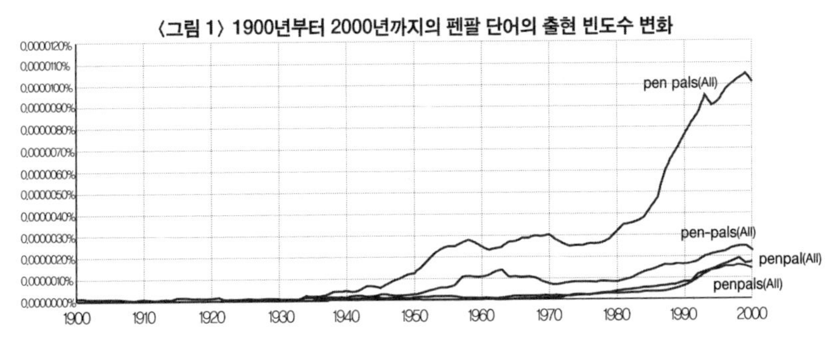

〈그림 1〉 1900년부터 2000년까지의 펜팔 단어의 출현 빈도수 변화

* 세로축은 100단어당 단어의 출현 빈도수를 나타내는 것으로 10억 단어당 10회 단위로 구분됨
출전: Google Books Ngram Viewer https://books.google.com/ngrams

---

1 펜팔은 모르는 사람과 편지를 주고받으며 친구 관계를 맺는 것을 일컫는다. 영어에서의 펜팔은 편지 왕래를 통해 사귄 친구를 의미하고 편지를 주고받으며 친구를 사귀는 행위를 지칭할 때도 사용된다.

2 penpal, pen-pal, pen pals, pen-pals 네 단어의 사용 빈도를 비교하였다. 대문자와 소문자 구분은 하지 않았다.(접속일 2017. 09. 11).

1940년을 전후로 펜팔이라는 말의 사용 빈도가 급격하게 증가하는 양상을 보이고 있는데, 1958년 'pen pals'이라는 단어는 10억 단어당 28회 정도 사용되었다. 구글 엔그램은 펜팔이 1960년대를 전후로 크게 유행했음을 보여 준다.

펜팔의 역사에 관해 알려진 바는 많지 않다.[3] 한국에서는 제1차 세계대전 이후 덴마크 시민이 중심이 되어 전쟁의 비극을 교훈 삼아 "펜(편지)을 통해 이웃을 만들자"라는 슬로건을 내걸고 시민운동을 전개한 것을 펜팔 운동의 시발점이 된 것으로 보고 있다.[4] 그리고 제2차 세계대전 이후 냉전체제하에서 청년들의 국제적인 연대를 통해 평화를 증진할 수 있는 고상한 '취미생활'로 펜팔이 논의되기 시작하였고 펜팔은 전 세계적으로 붐을 이루게 되었다.[5]

덴마크의 수도 코펜하겐에 본부를 둔 펜팔디렉토리The Pen Pal Directory는 가장 오랜 전통을 가진 펜팔 클럽으로 알려져 있다. 펜팔디렉토리는 스벤 V. 늣젠Sven V. Knudsen 박사가 1926년에 창립한 클럽으로 1960년 당시 전 세계 60여 개국에서 약 6백만 명에 달하는 세계 최대의 회원을 보유한 클럽이었다. 늣젠 박사는 '펜팔의 아버지'라고도 불리는데, 그는 1927년에서 1931년까지 유럽과 미국의 소년들 간의 친선방문 교류 행사를 주관하기도 하면서 소년들의 국제적인 교류와 편지 왕래를 장려하는 다양한 활동을 전개

---

3 영어권 데이터베이스를 통해서는 펜팔의 역사를 조명한 연구를 찾을 수 없었다. 개인적인 취미 활동으로 여겨진 측면이 강해서 그 기원이나 역사적 전개 과정에 대한 개괄적인 설명을 시도하는 역사적 접근의 필요성을 별로 인식하지 못한 것으로 보인다.

4 〈젊은 세대의 UN 번져가는 「펜 · 팔」운동〉, 《동아일보》 1960년 10월 7일자.

5 〈우의를 나누는 풍속 「부움」을 이루는 「펜 · 후랜드」〉, 《동아일보》 1959년 4월 13일자.

했다.[6]

네덜란드에 본부를 두고 국제적으로 지부를 두고 있는 국제친선연맹International Friendship League은 1931년 노엘 에드Noel Ede에 의해 창립되었는데, 그는 제1차 세계대전을 경험하면서 유럽 국가들 사이의 경쟁과 갈등을 우정과 평화로 대체할 수 있는 방법을 모색하던 중, 베를린대학 학생들을 초청하여 영국 학생들과 함께 머물게 하였다. 유럽 학생들이 서로 우정을 쌓으며 대화를 나누는 것이 상호 이해 증진과 평화에 기여할 수 있다며 국제친선연맹을 만든 것이다.[7] 국제친선연맹은 펜팔 활동을 비롯하여 다양한 사회사업 활동을 벌이고 있다. 국제친선연맹은 회비를 모아서 오슬로와 런던에 회원들을 위한 휴게소를 만들고 50여 개국에 클럽 지부를 두어 활발한 문화 교류와 민간외교, 관광 유치 활동을 벌이고 있다. 영국의 국제친선연맹 지부에서는 방학 동안 유럽 각국의 젊은이들을 단체로 초청하여 숙박하게 하면서 영국의 문화를 소개하는 활동을 적극적으로 펼치고 있다.[8]

유네스코 산하의 국제학교통신연맹FIOCES에서는 세계 60개국에 지부를 두고 국제 친선과 문화 교류 운동에 힘썼다. 국제학교통신연맹에서는 펜팔의 목표로 첫째, 세계시민 교육, 둘째, 외국과의 문화 교류, 셋째 외국어교육 등을 꼽았고 학생들의 펜팔 활동이 교

---

6 1927년에서 1931년까지 유럽과 미국의 약 6백여 명의 소년들이 서로의 집에서 숙박하며 문화 교류를 하였고 이후 편지 왕래 등의 펜팔 활동을 이어 갔다. 소년들의 상호 방문행사의 전 과정을 기록한 책 《My Friend Abroad》가 1932년 보스턴에서 비매품으로 발간되었다.

7 국제친선연맹의 간략한 역사는 현재에도 활동하고 있는 국제친선연맹의 홈페이지를 참조하였다. http://iflworld.org/history-of-ifl/(접속일 2017년 11월 13일).

8 〈펜팔 활동의 목적과 그의 문화교류〉, 《경향신문》 1960년 6월 20일자.

육에 도움이 되도록 교사의 지도하에 펜팔 활동을 할 것을 강조하였다. 국제학교통신연맹에서는 동서양 학교 간의 교육통신 교환 실험사업 등을 실시하기도 했다.

1960년대 미국의 카랴반은 세계에서 두 번째 규모의 펜팔 클럽으로 회원이 30만 명인 것으로 알려졌다. 특히 1956년에 설립된 '피플 투 피플People to People' 프로그램의 33개 위원회 중 하나인 레터라이팅위원회Letter Writing Committee가 펜팔 운동에 크게 기여한 것으로 평가된다.[9] 1960년대 초반, 전 세계적으로 펜팔에 참여하고 있는 인구는 약 2~3천만 명가량으로 추산되었다.[10]

1960년을 전후로 한국 사회에서도 펜팔이 붐을 이루었다. 우편제도와 통신기술이 발달하면서 국가의 경계를 넘는 교류가 활성화되면서 펜팔도 자연스럽게 증가되었다고 생각할 수 있지만, 제2차 세계대전 이후 세계적으로 유행한 펜팔은 문화적 냉전의 측면에서 조명할 필요가 있다. 1960년 미국 대통령 아이젠하워의 한국 방문과 1961년 '피플 투 피플' 프로그램에 공감하여 손수 펜팔 편지를 전달하기로 나선 미국인 친선우편배달부의 방문을 계기로, 한국에서 정부가 후원하는 펜팔 운동이 활발하게 전개되었기 때문이다. 1962년에는 국제 친선우편배달부를 세계 각국에 파견하여 30

---

9 한국펜팔클럽 편, 《세계의 펜팔》, 이문각, 1962, 8쪽.

10 〈젊은 세대의 UN 번져가는 「펜 · 팔」운동〉(《동아일보》 1960년 10월 7일자)에서는 2천만 명으로 소개하고 있고, 1962년에 출간된 《세계의 펜팔》에서는 3천만 명으로 추산하고 있다. 한국펜팔클럽 편, 앞의 책, 7~8쪽 참조. 미국, 영국, 덴마크가 국제 펜팔에 활발하게 참여하고 있고 아시아 국가 중에서는 일본과 한국 외에 인도네시아가 활발하게 참여하였다. 1960년대 펜팔 클럽의 수는 미국이 7백 개가량이고, 전 세계적으로는 1200개가량 되는 것으로 추정되었다(한국펜팔클럽 편, 앞의 책, 7쪽).

만 통의 펜팔 편지를 전달하는 프로젝트를 추진하기도 했다. 펜팔을 통해 국제 교류와 민간외교에 참여하는 청소년들은 "10대의 유엔UN"으로 불렸고, 국제 펜팔은 "어린 열정"을 불태울 수 있는 건전하고 애국적인 취미이자, "수폭전의 공포에 떠는 인류"를 구원할 수 있는 세계 젊은이들의 순수한 연대라고 논의되었다.[11] 펜팔은 세계의 무력 도발과 핵폭탄의 위협을 초월하여 세계 젊은이들의 상호 우애 증진을 통해 국제 평화에 기여하는 것으로 신문을 통해 적극적으로 홍보되었고 중학교와 고등학교 교사들도 학생들에게 펜팔을 적극적으로 권장하였다.

이 글은 냉전 시기 국제 교류의 증진과 평화 정착을 청년들의 편지 쓰기를 통해 실현하려고 했다는 점에 주목하여, 1960년대 한국 사회에서 전개된 펜팔 운동을 문화 냉전이라는 측면에서 조명하고자 한다. 문화 활동과 인적 교류 활동을 안보 구축과 국정홍보의 선전 수단으로 간주한 냉전 시기의 심리전 전략의 일환으로 펜팔을 조명하였을 때, 우정이라는 감정이 소환되었던 동아시아적 맥락의 특수성을 살펴볼 필요가 있다. 이 글에서는 신문과 잡지의 펜팔에 관한 기사와 해외 펜팔을 위한 교본, 출판된 펜팔 편지 등을 중심으로 냉전 시기 한국에서 펜팔 운동이 전개된 양상을 살펴보고자 한다.

---

11 〈젊은 세대의 UN 번져가는「펜 · 팔」운동〉, 《동아일보》, 1960년 10월 7일자.

| 문화적 냉전과 펜팔이라는 탈/정치적 국가기획 |

제2차 세계대전 이후 미국과 소련을 중심으로 냉전체제가 형성되면서 미국과 소련 모두 각 진영의 연대를 공고히 하려는 대외정책이 활발하게 추진되었다. 미국에서는 자유 진영의 지도 국가로서 미국의 위상을 정립하고 미국을 중심으로 자유 진영의 연대를 공고히 하려는 국제주의가 부상했고, 소련에서도 사회주의적 국제주의를 기반으로 하는 공산 진영의 결속에 관한 담론과 활동이 활발히 전개되었다. 적국의 병사를 상대로 한 심리 전략은 자국과 우방의 연대와 결속을 위한 내부 심리전와 국제 심리전으로 활용되었고 그 과정에서 개인들 간의 사적인 교류와 감정적 유대, 문화적 교류는 문화적 냉전의 새로운 각축장으로 부상하였다. 특히 문화 영역에서 다양한 사회과학적 전술과 테크닉이 활용된 선전과 공보 활동, 문화정책과 커뮤니케이션 활동이 은밀한 "심리전"으로 추진되었다.

'정보,' '선전,' '심리적 전략,' '심리전' 등의 용어는 종종 서로 바꿔서 쓸 수 있는 용어로 사용되기도 하기 때문에 심리전을 정확하게 정의하기는 어려운 점이 있다. 냉전체제하의 심리전의 의미는 적대적인 국가를 상대로 해서만이 아니라 중립적인 집단, 혹은 우호적인 외국 집단에 대해서 국가적 목적을 수행하기 위한 방안으로 여론이나 감정, 태도, 행동에 영향을 미치기 위해 고안된 계획된 선전 전략이나 행위를 포괄적으로 일컫는 데 사용된다.[12] 사람

---

12 William E. Daugherty and Morris Janowitz, (eds.), *A Psychological Warfare Casebook*, Baltimore, 1958, pp. 1-34(Osgood, Kenneth A. "Form Before Substance: Eisenhower's Commitment to Psychological Warfare and Negotiations with the Enemy", *Diplomatic History* 24-3, 2000, p. 407에서 재인용).

들의 '가슴과 마음heart and mind'을 얻기 위한 심리전 전략은 라디오와 텔레비전, 대중연설과 리플릿, 신문 등과 같은 관습적인 수단 외에도 무역 업무나 문화 외교, 피플 투 피플 프로그램 등을 포괄하는 것으로 정의되기도 한다.[13] 이러한 맥락에서 '문화적 냉전'은 냉전체제하에서 대중문화나 문화 정책, 정부 주도 프로그램이 문화적 자원을 동원하여 일반 시민들의 정신과 감정을 규율하기 위한 목적에서 심리전의 양상으로 추진되었던 방식을 지칭하는 데에도 적용될 수 있다.[14]

1960년을 전후로 국제적으로 붐을 이루게 된 펜팔은 냉전의 문화 속에서 형성된 유행이자 문화적 냉전의 맥락 속에서 장려된 활동이었다. 제2차 세계대전 이후 미국 행정부와 미국 정보국은 공공외교의 일환으로 민간 교류의 활성화와 인적 교류 활동에 주목하였고 "평화를 위한 원자력" 캠페인, "인간 가족Family of Man" 전시회 등에 자금을 지원하며 학생 교환 프로그램과 펜팔 프로그램, 각종 무역회의와 각국 도시들 간의 자매결연을 후원하였다.[15]

---

13 아이젠하워 대통령 아카이브 소장 자료 목록, 〈선전, 정보 그리고 심리전: 냉전과 열전〉, 서문 3쪽. https://www.eisenhower.archives.gov/research/subject_guides/pdf/Propaganda_Psychological_Warfare.pdf(접속일 2017년 11월 14일).

14 문화적 냉전에 관한 연구들은 1990년대 후반 이후 증가하고 있다. 주로 냉전 시기 미국의 문화 정책과 유럽의 맥락에서 심리전의 선전 도구로 활용된 문화예술에 관한 연구가 대부분이다. 암스트롱은 미군 점령 시기 한국에서 문화자원을 활용한 선전을 문화적 냉전의 맥락에서 분석하였다(Armstrong, Charles K. "The Cultural Cold War in Korea", *The Journal of Asian Studies* 62-1, 2003, pp. 71-99). 존스톤은 보다 포괄적으로 문화적 냉전을 냉전에 관한 연구에서의 문화적 전회의 한 흐름으로 평가한다(Johnston, Gordon. "Revisiting the Cultural Cold War", *Social History* 35-3, 2010, pp. 290-307).

15 Wall, Penny M. "America's "Best Propagandists": Italian Americans and the 1948 "Letters to Italy" Campaign", in Appy, Christian G. (ed.), *Cold War Constructions–The political Culture of United States Imperialism, 1945-1966,* The University of Massachusetts

1948년 이탈리아에서의 의회 선거는 미국과 소련 양측의 관심과 긴장 속에서 진행되었는데, 당시 이탈리아 출신 미국인들이 주축이 되어 "이탈리아에 편지 보내기Letters to Italy" 캠페인이 전개되었다. 공산주의의 위험성을 알리고 미국식 생활방식의 장점을 지인과 친척들에게 알리는 대중적인 편지 쓰기 캠페인은 효과적인 선전 형식으로 주목되었고 트루먼 행정부의 지원을 받았다.[16] 1953년에 미국 대통령으로 취임한 아이젠하워는 피플 투 피플 프로그램을 통해 민간에서의 시민들 간 교류를 증진하려는 노력을 보였고, 그 하위 분과인 레터라이팅위원회에서 펜팔 운동을 적극적으로 추진하였다.[17] 아이젠하워는 냉전에서 심리전이 갖는 중요성을 잘 이해하고 있었고 심리전 전문가인 C. D. 잭슨을 발탁하여 선거 직후 소위 '잭슨위원회'를 구성하고 미국 공보처USIA를 설치하는 등 전 세계를 상대로 하는 대외 선전에서 미국의 입지를 강화하려는 다양한 노력을 전개하였다.[18]

냉전 초기인 1950~60년대 동구권에서도 소련과 체코슬로바키아 사이의 '사회주의적 국제주의socialist internationalism'가 강조되면서 문화적 협력과 펜팔 활동이 장려되었다.[19] 스탈린 사후 소비에트의

Press, 2000, pp. 90-91.

16 Wall, ibid., 2000, pp. 89-90.

17 한국펜팔클럽 편, 앞의 책, 1962, 7쪽.

18 박인숙, 〈아이젠하워 행정부와 '평화'의 수사학〉, 《미국사연구》 22, 2005, 182쪽 ; Wall, ibid., 2000, pp. 90-91. 최근 아이젠하워의 대외 정책과 관련하여 평화주의자로서의 그의 연설과 활동을 심리전의 차원에서 주목하는 연구가 활발히 진행되고 있다(Osgood, Kenneth A., ibid, 2000, pp. 405-433; Corke, Sarah-Jane., "The Eisenhower Administration and Psychological Warfare", *Intelligence and National Security* 24-2, 2009, pp. 277-290 참조).

19 Applebaum, Rachel., "The friendship project: Socialist internationalism in the Soviet

동구권에 대한 권위적인 정책에 수정이 가해지면서, 소련과 위성 국가의 시민들 사이의 개인적인 대면과 문화적 접촉을 통해 동구권의 연대를 공고화하려는 전략이 추진되었다.[20] '자유 진영' 대 '공산 진영', '국제 친선' 대 '사회주의적 국제주의'를 축으로 미국과 소련 모두 펜팔 활동을 공공외교의 일환으로 주목하였고 우정의 감정을 동원하여 냉전 진영의 연대를 공고화하려는 선전 전략으로 활용하였다.

아이젠하워는 사람들 사이의 상호 이해를 증진시키는 것이 평화를 위한 초석임을 강조하였고, 도시 간 자매결연 맺기와 펜팔 활동, 우표 교환과 국제 스포츠 행사, 음악회, 여행자에게 숙박을 제공하는 프로그램 등을 적극적으로 추진하였다. 이러한 인적 교류와 문화 활동은 시민사회의 자발적인 운동임이 강조되었지만 미국 공보처가 예산을 지원하는 방식으로 정부에 의해 적극적으로 후원된 활동이었다. 또한 아이젠하워 대통령뿐만 아니라 케네디 대통령도 직접 펜팔에 참여할 정도로 관심을 가지고 추진한 활동이었다.

한국의 펜팔 운동과 공보公報 활동

냉전 시기 미국의 정책입안자들은 의식적으로 집단 안보의 유토피아적 이상을 대외 정책의 수사로 활용하였고, 아시아와의 동맹을

Union and Czechoslopvakia in the 1950s and 1960s", *Slavic Review* 74-3, 2015, pp. 484-507.

[20] 이에 관해 연구한 애플바움Rachel Applebaum은 이를 "프렌드십 프로젝트"라고 명명하였다(Applebaum, op. cit., 2015).

세계 공동체의 일원으로 묘사할 뿐만 아니라 가장 친한 친구, 혹은 가족이라는 정서적 용어를 사용하여 묘사하곤 했다.[21] 한국에서도 이와 같은 생각을 공유한 사람이 있었다. 임병직(1893~1976)은 미국 시민들의 온정적인 원조와 한국 시민들의 감사 표현을 통해 형성된 친밀한 감정이 정치적으로 유용할 것으로 생각했다.[22] 1953년 4월 6일 이승만 대통령의 부인인 프란체스카 여사에게 편지를 보낸 그는 한국과 미국의 학생들 사이의 편지 교환이 양국 관계의 모든 측면에서 엄청난 가치를 갖는 일이 될 것이라고 제안하면서, 이를 위해 편지 교환을 장려하는 노력을 추진할 필요가 있음을 역설하였다. 미국의 여대생들이 한국에 소포를 보내는 운동이 미국인들의 마음에 한국에 대한 친근한 감정을 심어 줄 것이고, 한국에서 이에 대해 충분한 반응을 보인다면 미국에서의 이 운동은 확대되어서 양국 간의 적절한 이해를 증진시키고 심지어는 "정치적인 사유의 증진"에도 기여할 것으로 전망하였다.[23] 그의 펜팔에 대한 관심은 시민들 간의 인적 교류를 통해 국제적 유대를 형성함으로써 공산 진영의 확대를 막고 세계 지도국가로서 미국의 위상을 정립하고자 한 1950년대 미국의 대외 정책과 공명한 것이었다.

---

[21] Klein, Christina "Family Ties and Political Obligation: The Discourse of Adoption and the Cold War Commitment to Asia", in Appy, Christian G. (ed.) *Cold War Constructions – The political Culture of United States Imperialism, 1945-1966*, The University of Massachusetts Press, 2000, p. 37.

[22] 임병직은 대한민국 정부 수립 후 외무부장관을 지내고 1951년 주유엔대사로 활동하기도 했다.

[23] 임병직, 〈한, 미 초등학생 펜팔 장려 요청〉(1953년 4월 6일), 《이승만관계서한자료집 5(1953)》. 국사편찬위원회 한국사데이터베이스. http://db.history.go.kr/item/imageViewer.do?levelId=le_005_0780(접속일 2017년 11월 13일).

국제연합 대표 부대사이기도 했던 임병직은 1955년 2월 10일 이승만 대통령에게 보낸 편지에서는 미국의 보이스카우트연맹이 한국의 보이스카우트연맹과 더 친밀한 관계를 증진하는 데 관심을 보이고 있다며, 이를 위해 펜팔 운동을 벌일 것을 제안하였다. 바다를 건너 양국 대원들이 편지와 문학작품, 사진과 작은 선물들을 교환할 것이고 이것이 한국 스카우트 운동의 성장을 돕고 양국 젊은이들 사이의 상호 이해를 증진시킬 것으로 전망하며, 양국의 스카우트 지도자들의 직접적인 지도하에 이를 추진할 것이라고 전했다. 임병직은 이승만 대통령에게 한국에서의 스카우트 운동을 증진시킬 수 있는 적절한 공직자를 추천해 줄 것을 요청하며 가능한 한 빨리 답해 달라고 편지에 썼다.[24]

임병직의 서한은 대통령에게 펜팔 운동을 제안하고 촉구한 것이었지만 이승만 정권에서 정부 주도하의 펜팔 운동이 전개되지는 않았다.[25]

펜팔 운동의 전개

펜팔이 한국 사회에서 국민운동 차원에서 전개된 것은 1961년 5·16군사쿠데타 이후의 일이다. 5·16쿠데타 직후 군사정권은 민

---

24 임병직, 〈한미 학생 펜팔 운동 제안〉(1955년 2월 10일), 《이승만관계서한자료집 7(1955)》. 국사편찬위원회 한국사데이터베이스 http://db.history.go.kr/item/imageViewer.do?levelId=le_007_0750(접속일 2017년 11월 13일).

25 임병직의 서한은 미국과 한국의 펜팔 교류의 활성화가 1950년대 미국과 한국의 연대를 증진하기 위한 외교적인 노력의 일환으로 관심 있게 추진되는 사안이었음을 보여 준다.

간 주도였던 재건국민운동본부를 '국가재건최고회의' 산하 기구로 배치하고 「재건국민운동에 관한 법률」(1961년 6월 11일)을 공포하였다. 두 달여의 짧은 기간 동안 전국에 걸쳐 조직이 구성되었고, 1963년 전국에 360만 회원이 있었다고 알려질 정도로 빠른 규모로 성장하였다.[26] 재건운동본부는 내핍 생활, 근면 정신, 생산 및 건설 의식, 국민도의 앙양, 정서 관념의 순화, 국민 체위의 향상 등을 목표로 다양한 국민운동을 전개하였다. 재건국민운동은 신생활운동과 함께 '국민 생활의 명랑화'와 '정서의 순화'를 목표로 하는 '국민운동가요'를 제정 보급하였을 뿐 아니라 펜팔 운동도 적극 전개하였다. 신문 매체는 펜팔 운동을 적극적으로 홍보하고 각종 펜팔 전시회를 소개하였다.[27]

펜팔 운동은 1961년 10월 1일 미국인 버날드 J. D. 케놀리가 미국 국민들이 아시아인에게 보내는 10만 통의 친선편지를 전달하기 위해 방문한 사건을 계기로 추진되었다.[28] 케놀리는 미국 우정성 소속의 우편배달부인데 아이젠하워의 '국민과 국민 간의 국제적 이해 증진을 위한 계획people to people international' 및 케네디 대통령의 '평화의 십자군' 정신에 개인적으로 공명하여 미국인들의 친선편지를 전 세계에 전달하기로 했다는 것이다. 케놀리는 1차로 유럽을 방문하였고 다시 아시아 13개국을 방문하여 10만 통의 편지를 전달하려는 계획의 일환으로 일본에 이어 한국을 방문하였

26 박태균, 〈1960년대 중반 안보위기와 제2경제론〉, 《역사비평》 72, 2005, 253쪽.

27 신문 매체에서 펜팔과 관련한 기사가 실리기 시작한 것은 1959년부터이다. 신문은 적극적으로 펜팔 운동을 홍보하였다.

28 〈뿌려질 한국의 우의(友誼)〉, 《경향신문》 1962년 7월 13일자.

다. 그는 미국 캘리포니아 주지사가 박정희 최고회의 의장 앞으로 보내는 친선편지를 비롯하여 한국인에게 배달할 5백여 통의 편지를 가지고 입국하여 3일간에 걸쳐 편지를 전달한 후 대만으로 떠났다.[29]

미국인 국제친선우체부의 방문은 정부와 국민운동 주도 세력에게 큰 인상을 남긴 것으로 보인다. 1962년 4월 1일부터 9월 말까지 재건운동본부에서는 6개월 동안 "자유 우방 및 중립국 여러 나라와 우리나라 국민 간에 친선편지를 권장하는" 펜팔 운동을 전개한다고 선포하였다.[30] 이 펜팔 운동은 한국펜팔클럽과 국제친선우체부 파견추진위원회가 그 사무를 주관하고 공보부, 외무부, 교통부, 체신부 등 정부 각 부처가 적극적으로 후원한다고 하였다. "민간의 우호 증진을 통하여 민간외교와 문화 교류에 이바지함을 목적으로 하고 있으며 해외 우리 교포의 사상 지도에도 그 효과를 볼 것이라"는 펜팔 운동은 순수한 민간운동으로 선전되었다.[31] 하지만 1960년대 전개된 펜팔 운동의 목표는 자유 진영의 연대를 공고히 할 외국의 시민뿐만 아니라 외국에 나가 있는 우리나라 국민들을 대상으로 한 '사상 지도'라는 선전과 공보 활동을 포함한 것으로 정부가 실질적으로 후원한 동원적인 운동이었다.

---

29 〈미국의 친선우체부 내한 편지 10만 통 갖고〉, 《동아일보》 1961년 10월 1일자.

30 〈펜팔 운동 전개. 우방과 친선 편지〉, 《조선일보》 1962년 3월 25일자.

31 《조선일보》, 앞의 글.

국제친선우체부 파견 프로젝트

1962년 3월 재건운동본부는 펜팔 운동을 적극적으로 전개해서 "자유 우방국가 및 중립 제국과의 서신 교환으로 우리나라의 자연, 역사, 문화 및 생생한 발전상과 생활 감정 등 다채로운 자기소개로 상대방 국민에게 참된 우리나라를 인식케 하고 의곡된 선전을 시정하도록 하는 민간운동을 추진하기로" 한 것이다.[32] 애초에 이 파견 계획은 4월 1일부터 9월 30일 사이에 국제친선우체부를 파견하여 세계 각국에 30만 통의 편지를 전달할 계획이었고, 각국의 중요 도시에 한국을 소개하는 행사는 5 · 16 1주년 기념행사와 때를 같이하여 개최될 수 있도록 일정을 잡을 예정이었다. 하지만 재건운동본부와 한국펜팔클럽이 공동으로 주관한 국제친선우체부 선발 일정은 애초 계획보다 늦어졌고 3차의 선발 전형을 거쳐서 최종적으로 5명의 친선우체부가 선발된 것은 1962년 7월 3일이었다. 선발 전형에는 160여 명의 응모자가 쇄도할 정도로 관심이 높았다. 국제친선우체부들은 유럽과 동남아, 아프리카와 중남미, 그리고 아메리카 80여 개국에 우정의 편지 30만 통을 전달하기로 하였다.[33]

"세계 어느 곳에 가도 「펜 · 팔」이 있고 거기에서 이미 한국의 「펜 · 팔」로부터 얻은 한국에의 이해를 기초로 열렬한 환영을 받게 될 광경이란 상상만 해도 가슴 뻐근해지리라"[34]는 기대에 부풀게

---

32 〈友邦各國(우방각국)에 親善郵遞夫(친선우체부)파견〉, 《동아일보》 1962년 3월 27일자.

33 〈뿌려질 한국의 우의(友誼)〉, 《경향신문》 1962년 7월 13일자.

34 〈「펜 · 팔」운동과 국제친선우체부의 파견〉, 《조선일보》 1962년 5월 7일자.

할 만큼 국제친선우체부 프로젝트는 세계 속의 한국을 상상함으로써 국민들의 심상 지리를 확대하고 시민들 간의 우정과 환대를 상상하게 하였다. 국제친선우체부를 통해 세계에 보내게 될 30만 통의 편지는 재건학생회를 통해 수집되고 있었는데, 1962년 5월 초에 겨우 5천 통을 수집한 정도여서 우려를 사기도 했다.[35] 펜팔 운동은 표면적으로는 자발적인 민간운동이었지만 실제적으로 30만 통의 편지는 중고등학교를 중심으로 각 학교 교사들을 동원하여 학생들에게 작성하게 하였다. 《조선일보》 1962년 5월 7일자 사설에서는 이 국제친선우체부 파견 운동이 "관제官製가 되어도 못 쓰고 더구나 교사들의 지나친 경쟁심으로 반강제가 되어도 그의 본의를 잃어버리기 쉽다. 어디까지나 젊은 학생들에게 스스로 우러나는 마음으로 「펜·팔」 운동을 이해하도록 지도하는 이상의 간섭은 삼가야 할 일이다"라고 충고하였다.[36] 펜팔 운동에 학생들이 자발적으로 참여할 수 있도록 지도해야지 반강제적으로 동원해서는 안 된다는 이 사설의 논조는, 30만 통이나 되는 편지를 모을 수 있었던 펜팔 운동의 전개 과정이 관 주도로 학생들을 동원하는 분위에서 이루어졌음을 암시한다.

국제친선우체부로 선발된 이들은 편지를 전달하는 것과 함께 한국을 세계에 소개하는 문화행사와 선물 전달, 강연과 같은 다양한 임무를 수행하였다. 친선우체부들은 방문하는 나라의 수도에서 "혁명 한국을 소개하는" 사진전시회와 한국의 우표전시회도 열고 세계의 국가원수들에게 체신부에서 제공한 우표 앨범을 선물하

35 〈몇 번이고 空轉(공전)하는 결의〉, 《동아일보》 1962년 5월 7일자.

36 〈「펜 · 팔」운동과 국제친선우체부의 파견〉, 《조선일보》 1962년 5월 7일자.

는 임무도 맡았다.[37] 친선우체부들은 출발 전 매일같이 모여서 "우리나라를 똑바로 소개하기 위하여 우리나라의 역사 지리, 특히 가장 오해가 많을 것으로 여겨지는 남북으로 분력되어 있는 한국의 현실과 북괴의 만행 등"을 공부하였다고 한다.[38] 이들은 편지 전달과 함께 각국에서 강연의 기회가 있을 때마다 분단의 현실과 공산군의 만행, 혁명 이후 한국의 발전된 변화상을 알리는 임무를 수행하였다.

1964년에도 재건운동본부에서 국제친선우체부를 파견하는 프로젝트를 계속 추진하였다. 2명의 국제우체부를 선발하여 10만 통의 친선편지를 전달하는 계획으로 남미에 2만 통 일본에 8만 통을 전달할 예정이라고 하였다.[39] 2차 국제친선우체부 파견 프로젝트는 1차에 비해 크게 주목받지는 못했다.

펜팔 운동은 1960년대 중반에 접어들면서는 베트남전 파병 군인에 대한 위문편지 쓰기 운동으로 대체되었다. 그리고 1960년대 후반에는 국내 펜팔이 활성화되고 이성 교제의 일환으로 펜팔이 유행하게 되었다. 국내 펜팔의 유행과 함께 펜팔 문화에 대한 비판적인 논의도 확대되기 시작하면서 1960년대 중반 이후 펜팔은 더 이상 학교에서 장려되는 활동이 아니게 되었고 개인적인 취미 활동으로 사사화私事化되었다.

---

37 〈각계인사 찾아 직접전달〉, 《경향신문》 1962년 7월 13일자.

38 심홍택 외, 《친선우체부세계일주기》, 동성문화사, 1963, 9쪽.

39 〈친선편지 10만 통〉, 《경향신문》 1964년 2월 18일자.

펜팔 교재를 활용한 공보 활동

1960년대 한국에서는 펜팔 붐과 함께 해외 펜팔을 하고자 하는 사람들을 위한 다양한 펜팔 교본이 출판되었다.[40] 그중에서 이문각에서 비매품으로 발행된 《세계의 펜팔》(1962)은, 펜팔 운동의 확대 보급을 위한 교재로 만들어져 배포된 책이라고 할 수 있다.[41] 《세계의 펜팔》은 펜팔 운동의 주관 사무를 맡았던 한국펜팔클럽이 편집을 맡았다. 서문에는 국제친선우체부 파견추진위원회의 협조와 노력에 감사의 말을 전하고 있고, 마지막 페이지에는 혁명공약이 실려 있다. 서문에서 밝힌 책의 발간 의도는 한국을 소개하는 데 도움이 될 수 있는 교재를 만들고자 한다는 것이다.

> 재건국민운동본부에서도 이 Pen Pal 운동을 국민운동으로써 전개하고 있으므로 여로분도 이 책 한 권을 잘 이용하여 외교관계를 맺고 있지 않는 나라에까지 우리나라를 소개하는 민간 외교관으로서의 자랑과 긍지를 갖고 한강변의 기적을 이룩하려는 혁명 한국의 줄기차고 새로운 모습을 해외에 소개하는 데 앞장섰으면 이 책을 엮은 사람으로서도 여러분과 함께 더욱 보람을 느낄 것입니다.

---

40 1960년대 대표적인 펜팔 교본은 진명서림 영어편집부, 《사계절의 영문편지》, 진명문화사, 1960 ; 엑스체인지 인터내쇼날 편, 《해외펜팔교본》, 휘문출판사, 1961 ; 한국펜팔클럽 편, 《세계의 펜팔》, 이문각, 1962 등이 있다.

41 국제친선우체부 추진위원회는 친선우체부 파견 비용 136만 9,840달러를 국제친선우체부 추진위원회가 발행한 《펜팔》 책자(값 10원)를 판매한 돈으로 마련할 것이라고 했다(〈각계인사 찾아 직접전달〉, 《경향신문》 1962년 7월 13일자). 《세계의 펜팔》이 여기서 언급된 《펜팔》 책자로 여겨지지만 비매품으로 발간된 것이어서 돈을 받고 판매한 것인지는 알 수 없다.

《세계의 펜팔》에는 실제 펜팔 편지가 예문으로 실렸다. 해외로 보내는 편지 예문과 해외에서 온 편지 예문에는 각각 편지를 보낸 사람의 이름과 주소가 구체적으로 적혀 있었다. 한국펜팔협회 회원들이 실제로 해외의 펜팔과 주고받은 편지들 중에서 선별하여 예문을 구성했다고 한다. 그런데 《세계의 펜팔》에 실린 예문 중에서 보낸 이의 이름, 혹은 이름과 주소가 적혀 있지 않은 예문이 있었다. 40개의 해외 펜팔에게 보내는 편지 예문 중에서 36번부터 40번까지 마지막 다섯 개의 편지 예문에는 이름과 주소가 누락된 채 당신의 벗(Yours very sincerely, Sincerely yours)으로만 기재되어 있었다.

36. 적십자사 주최의 수영 강습을 받음
37. 난 6·25 사변으로 부모를 잃었습니다.
38. 혁명 후의 학생 활동
39. 혁명 한국은 자유와 행복과 번영이 약속되어 있다.
40. 대학생들은 무의촌 순회와 농어촌 계몽을 한다.

이 다섯 개의 편지는 펜팔 운동이 장려하는 편지 쓰기와 모범적인 주체의 형상을 예시하기 위해 인위적으로 덧붙여진 예문으로 판단된다. 다섯 개의 예문 편지는 고등학생과 대학생을 주인공으로 한 편지로 5·16 이후 수립된 군사정권의 정당성과 질서 유지 능력, 번영하는 국가의 모습 등 홍보적인 성격이 강하게 담겨 있다. 이 편지들은 재건운동본부를 비롯한 정부 주도의 펜팔 운동이 지향하는 국정홍보와 민간외교로서 펜팔의 역할을 가장 압축적으로 제시할 뿐만 아니라 펜팔 운동이 형성하고자 한 편지 쓰기의 주체가 어떠한 모습인지도 잘 보여 준다.

친애하는 벗에게

저는 이 편지가 오랜 우정의 시작이 되기를 바랍니다. 저는 멀리 떨어진 친구와 교제를 할 수 있게 되어 참 기쁩니다.

저는 한국 소녀이며, 연령은 16세이며 성신여고를 다닙니다. 저의 학과목 중의 가장 좋아하는 것은 영어이며, 저는 영어를 매우 열심히 하였기 때문에 저의 선생님은 외국의 펜팔을 사귀도록 영어로 편지를 쓰라고 권하셨읍니다. 그리하여 저는 이 편지를 쓰는 것입니다.

저의 가족은 5명인데, 언니들과 부모님과 저입니다. 그리하여 저는 여름방학을 이용하여 캠핑을 하였고 시골에 있는 친척들을 방문하였습니다. 그리고 적십자사에서 개최한 수영 강습을 받은 결과 지금은 나 혼자서도 10메타가량은 수영을 할 수 있게 되었습니다.

저의 취미는 바느질하는 것, 영화배우의 사진을 모은 것, 바레를 구경하는 것도 들 수 있습니다. 저는 역시 자전차, 등산, 스케트타기에도 흥미를 갖고 있습니다.

그럼 저의 펜후랜드가 되어 주겠지요? 만일 저의 친구가 되어서 나에게 편지를 해 준다면 저는 제 자신과, 저의 가족과, 우리나라에 관하여 더 많이 말해 주겠습니다.

안녕히[42]

위의 36번 편지 예문은 영어 선생님의 권유로 펜팔을 하게 된 사연을 적고 있다. 두 언니와 의사인 아버지와 어머니와 함께 사는 단란한 중산층 가정의 여학생이 예로 등장하고 있다. 성신여고에

42 한국펜팔클럽 편, 앞의 책, 1962, 59쪽.

다니는 소녀는 적십자사에서 개최한 수영 강습을 받아서 수영을 잘하게 되었다는 내용을 담고 있다. 취미는 바느질과 영화배우의 사진을 모으는 것, 발레를 구경하는 것이라고 소개한 후 자전거, 등산 스케이트 타기에도 흥미를 갖고 있다고 말한다.

해외에서 한국으로 보내진 편지들에서는 자신들의 취미, 학교생활, 특히 미국 도시의 풍경이나 역사 등에 대한 이야기가 많다. 수영이나 야외 스포츠를 즐기는 것과 같은 취미생활은 국제적 친교의 무대에서 소년, 소녀가 갖춰야 하는 소양으로 제시되고 있는 것이다. 이 편지는 직접적인 국정홍보의 내용은 담겨 있지 않지만 중산층 가족의 풍요로운 일상을 담고 있고 국제적 감각에 뒤지지 않는 취미생활과 문화생활을 하고 있는 한국의 여학생을 등장시켜서 번영하는 국가 이미지를 홍보하고 있다.

37번 편지 예문은 한국전쟁으로 부모를 잃고 친척 집에 살고 있는 소녀의 사연이 적혀 있다.

이름 모를 벗에게

머나먼 외국에 있는 낯서른 친구인 당신에게 갑자기 이 편지를 보내는 것을 허락하기 바랍니다. 저는 항상 외국 특히 미국 사람과 서신 교환하기를 바랐습니다. 저는 16세된 소녀이며 고등학교를 다닙니다. 저는 부모님을 六.二五 사변 때 공산군의 침략으로 잃었습니다. 그리하여 저는 저의 아저씨 댁에서 살고 있습니다. 저의 신장은 5휘-트 3인치이며, 무게는 105파운드입니다. 저의 머리색은 검고 눈은 갈색입니다. 다음 편지에는 저의 사진을 보내겠읍니다.

저의 취미들은 독서, 음악, 여행, 그리고 우표 수집입니다. 저 역시 농구, 정구, 배구 같은 운동에도 흥미를 갖고 있습니다. 저는 이 편지가 우리의 앞날의 서신 교환의 시작이 되기를 바라며 당신이 곧 편지 하기를 바랍니다.

당신의 벗[43]

한국전쟁은 세계에 한국을 알리게 된 사건이다. 한국전쟁 때 세계 여러 나라의 군인들이 유엔UN군으로 참전하면서 한국에 대한 국제적인 관심이 증가하여 펜팔을 원하는 경우가 많았다. 이 예문 편지는 해외에서 펜팔을 원하는 소년, 소녀들이 한국을 어떠한 이미지로 상상하는지에 관한 관심을 반영하여 작성된 것으로 보인다. 전쟁고아인 검은 머리와 갈색 눈의 여고생으로 등장하는 소녀는 한국에 대한 외국인들의 동정심과 호기심을 자아내는 형상인데, 그녀도 다양한 취미활동을 하고 있고 여러 운동에도 관심을 갖고 있는 것으로 재현되고 있다. 자기소개에서 키와 몸무게를 말하는 것은 당시의 일상적인 표현이라고 보기 어려운데, 이 편지에서는 키와 몸무게, 머리색과 눈의 색깔로 자신을 소개하고 있고 한국에서는 잘 사용하지 않는 인치와 파운드 단위를 사용하여 표현하고 있다. 전형적인 미국의 소녀가 자신을 소개할 내용을 한국의 여학생이 자신을 소개하는 내용의 예문으로 싣고 있는 것이다.

38번 편지 예문은 아버지가 선생님인 부산에 사는 17세 고등학생 소년의 사연으로, 매일 버스를 타고 통학을 한다며 군사혁명 이후 질서 정연한 사회상을 묘사하고 있다.

(…)

---

43 한국펜팔클럽 편, 앞의 책, 1962, 60~61쪽.

요사이는 빠-스를 타는 데나 횡단보도를 건느는 데도 질서 정연합니다. 우리 한국도 군사혁명정부가 탄생한 후로는 우리 학생들도 솔선하여 교통규칙을 지키며 또한 방과후를 이용하여 교통정리하는 순경 아저씨들을 도와 우리들도 교통정리를 하고 있습니다. 그리하여 이제는 교통 위반을 하는 차량이나 사람은 거의 볼 수 없게 되었습니다. 이렇게 우리 학생들도 여가를 이용하여 자진하여 정부의 시책에 적극적으로 협력하고 있습니다.

(…)[44]

39번과 40번 편지의 경우 본문에 이름이 서술되어 있지만, 제시된 예문이 보다 직접적인 국정홍보의 내용을 담고 있어 만들어진 편지라고 생각된다.

그러면 요사이 우리나라 사정을 간단히 소개하겠습니다. 군사혁명정부가 수립되면서부터는 15년간에 걸친 부패와 구악과 무능을 불과 2, 3개월 내에 일소하고 반공을 국시의 제1위로 삼고 보다 더 훌륭한 민주국가로 발전시키는 데 정부와 국민이 전력을 경주하고 있습니다. 이것은 한국의 장래가 틀림없이 자유와, 번영과, 행복이 약속되어 있다는 것을 증명합니다.[45]

40번 편지 예문은 "군사혁명정부가 수립된 이후로" 대학생들이 농어촌 계몽운동과 무의촌 봉사활동을 하면서 국가를 위해 활동하

---

44 한국펜팔클럽 편, 앞의 책, 1962, 62쪽.

45 한국펜팔클럽 편, 앞의 책, 1962, 64쪽.

고 있다고 소개하면서, 동시에 펜팔을 통해 "미국인의 생활, 그들이 가정에서 어떻게 살며, 어떻게 사고하며, 무엇을 입으며, 듣는 음악의 종류, 텔레비전의 방송하는 푸로, 읽는 책, 그들의 취미" 등 세세한 사항을 알고자 한다고 서술하고 있다. 이 마지막 예문에서는 펜팔 운동의 주체들이 가졌던 펜팔의 목적과 비전이 담겨 있는 것으로 보인다.

> 평화에 이르는 단 하나의 확실한 길은 국민 상호간에 사상과 의견과 희망과 꿈과 풍속과 문화를 이해하는 데 있다고 저는 확신합니다. 더 나아가서 이러한 목적에 도달하는 더 훌륭한 길은 마음이 충분히 이해하도록 성숙되었으나 아직도 고정되지 않아서 표현할 길이 없는 다른 나라들의 젊은이들 간에 서신 교환을 하는 방법밖에 없다고 봅니다.[46]

일반적으로 출판된 다른 펜팔 교본이 한국인의 일상생활이나 한국의 민속 문화와 역사 등을 소개하는 데 비해, 《세계의 펜팔》은 국가의 상징과 정부의 시책을 선전하고 민족적 자부심을 드러내는 역사적 인물에 대해 소개하는 내용이 두드러진다. 또한 《세계의 펜팔》에서 한국을 해외 펜팔에게 소개하는 영문 자료에는 무궁화와 태극기, 한국의 위인, 한글, 한국 지리 외에도 〈5·16 군사혁명의 역사적 배경(한국 역사)〉과 같은 자료가 부록으로 포함되어 명시적으로 정부가 지향하는 한국 문화와 국정에 대한 홍보 자료가 실려 있다.

---

46 한국펜팔클럽 편, 앞의 책, 1962, 67쪽.

《세계의 펜팔》은 5·16쿠데타의 정당성을 홍보하고 군정하에서 질서 잡힌 사회상과 발전, 번영하고 있는 한국의 이미지를 선전하려는 펜팔 운동의 교재였다. 한국펜팔클럽과 재건국민운동이 추진한 펜팔 운동은 편지 쓰기를 통해 학생들이 미국을 비롯한 우방 국가의 국민들과 인적 교류를 확대하면서 한국의 발전된 사회상을 홍보하고 자립경제 형성에 관한 자신감을 드러내면서 민족문화의 자부심을 선전하는 민족주의적 '국민' 주체가 되기를 요구한 것이었다. 또한 펜팔을 통해 청년들이 우정을 다지는 가운데 자연스럽게 미국 문화를 수용하고 미국식 생활방식과 가치에 익숙해지는 것이 평화 정착에 이바지하는 상호 존중의 길이라는 메시지를 전달하고 있다.

펜팔 편지 쓰기와 자아의 확장

한국에서 펜팔이 활발하게 전개되기 시작한 것은 한국전쟁 이후부터다. 하지만 식민지 시기에도 일본의 우편우회, 세계학생우회의 한국 지부가 있어 약 1백여 명의 회원이 활동했던 것으로 전해진다.[47] 1960년대 활동한 펜팔 단체로는 '엑스체인지 인터내쇼낼Exchange International'이 회원 수 8천 명으로 가장 규모가 컸고 한국우취협회 부설 펜팔 클럽이 그 다음으로 3천 명의 회원을 가지고 있었다. 세계취미회 1,500명, 국제펜친우회 1,500명, 국제우표취급문화회(군산) 1천 명으로 모두 합쳐서 약 2만 명이 클럽 활동을 한

47 한국펜팔클럽 편, 앞의 책, 7쪽.

것으로 추산되었다.[48]

펜팔에 참여한 학생들 중에는 한국 대표로 국제펜팔클럽 회의에 참석하기도 하고 세계의 유명 인사와 펜팔을 주고받는 경우도 있었다. 1960년 7월 아이젠하워 대통령은 당시 중앙대학교 영문학보인 《중앙 헤랄드》 편집위원인 김대영과 펜팔을 하기도 했다. 방한 당시 아이젠하워가 〈대한민국 학생들에게To the Student of the Republic of Korea〉라는 제목의 편지를 보내, 이 내용이 신문에 실리기도 했다.[49] 휘문고교 2학년 학생 노종구는 1961년 9월부터 미국 대통령 존 F. 케네디John Fitzgerald Kennedy와 펜팔 친구가 되어 편지를 교환하고 있다고 알려졌는데, 케네디가 대통령으로 당선된 후에도 다섯 번이나 편지를 교환하고 가족사진도 받은 것으로 소개되었다.[50] 펜팔의 인연으로 미국에 입양되거나 유학 초청을 받는 경우도 신문에 종종 소개되었다.

영어를 학습하고자 하는 청년들의 열의와 서구 문화에 대한 동경, 우표 수집과 선물 교환, 유학의 기회를 얻고자 하는 열망 등은 자연스럽게 펜팔 붐으로 표출되었다. 하지만 이러한 펜팔 붐의 배경에는 미국과 아시아 시민들 간의 친밀성과 인적 교류를 통해 '자유 진영'의 국제연대를 공고히 하려는 냉전 시기의 공보정책이 있었다. 또한 언론은 펜팔을 세계 평화의 증진에 기여하고 국제 친

---

48 한국펜팔클럽 편, 앞의 책, 8~9쪽.

49 《펜팔로 여는 세계의 창》 저자 김종환 블로그 http://blog.naver.com/johnkim07/100126385646 (접속일 2017년 11월 9일).

50 한국펜팔클럽 편, 앞의 책, 10쪽. 《세계의 펜팔》 서문에 실린 사례들은 〈펜을 통한 우정의 유대 민간외교 · 문화교류에 크게 역할〉(《동아일보》 1961년 5월 20일자)이라는 기사에도 실렸다.

선에 공헌하는 행위로 적극 홍보하고 정당성과 의미를 부여하면서 많은 이들을 펜팔에 참여하도록 유인하였다.

1961년부터 신문에는 펜팔전시회 소식이 게재되기 시작했다. 양정고등학교 유엔학생부 펜팔반의 펜팔전시회와 배재고등학교의 펜팔전시회가 신문지상에서 자주 소개되었다. 펜팔은 외국 여행이 제한되어 있는 상황에서 외국의 문화를 접할 수 있는 통로였다. 펜팔을 통해 접하게 되는 외국인 친구의 사진이나 외국의 풍경, 일상의 소소한 생활 등은 이국적인 풍물이자 애국적인 취미로 조명되었다. 전시회에는 학생들이 받은 외국의 펜팔 서한과 사진, 우편물, 서적, 선물 교환물 등이 전시되었고 펜팔 운동을 통한 "민간외교"의 모습을 보여 주는 것으로 의미화되었다.[51] 펜팔은 개인들의 사적이고 내밀한 소통이 아니라 공적으로 전시되고 과시할 수 있는 '고상한' 취미이자 자랑스러운 민간외교관의 활동으로 상찬되었다.

1960년대 이래 꾸준히 이어진 펜팔 붐은 국민운동으로 전개된 캠페인과 언론의 적극적인 의미 부여, 여기에 펜팔에 참여하는 사람들의 열망이 결합하여 형성된 것이었다. 펜팔을 통해 형성된 친밀한 국제적인 우정은 아메리칸 드림을 실현할 수 있는 통로로 상상되었다. 펜팔을 통해 양부모 결연을 맺거나 의형제·자매가 되기도 하고 때로 연인으로 발전하여 결혼을 하게 된 사연도 신문에 자주 소개되었다. 양부모 결연은 때로 유학을 갈 수 있도록 도움을 주거나 학비를 지원하는 등의 후원으로 이어지는 경우도 있었다. 1967년에는 펜팔을 하던 미국인 양어머니의 권유로 미국에 입양되어서 미국 항공사의 스튜어디스가 되어 9년 만에 한국의 가족을

---

51 〈제3회 펜팔전시회, 양정중고교서〉, 《동아일보》 1961년 10월 3일자.

만나기 위해 귀국한 여성의 사연이 기사로 실렸다.[52] 10년 동안 펜팔을 이어 오며 양모녀 관계를 맺은 미국의 에이모스 여사(67세)와 박정순 씨(26세)의 사례도 신문에 소개되었다. 부모를 이북에 두고 온 박정순 씨는 중학교 3학년 때부터 독신의 교사였던 에이모스 여사와 펜팔의 인연을 맺었고, 에이모스 여사는 박정순 씨의 고등학교 학비를 보내 주고 나중에는 미국 유학을 알선하여 공부할 수 있도록 도왔다. 유학 후 귀국하여 결혼하고 자녀를 출산하게 된 박 씨를 만나기 위해 한국에 온 에이모스 여사를 취재하여 기사로 작성한 것이다.[53] 이러한 기사들은 펜팔을 통해 양부모 결연을 맺거나 유학이나 해외여행의 기회를 갖고자 하는 열망을 부추겼다. 1972년 초판이 발행된 《해외펜팔》은 펜팔을 하는 학생들이 외국의 나이든 사람과 펜팔을 할 때 양부모 결연을 맺고 싶어 하는 경향에 대해 다음과 같이 충고하고 있다.

> 우리나라의 많은 학생들은 해외의 나이든 분을 사귀게 되면 양부모를 삼겠다느니, 오빠 또는 누나로 삼겠다는 편지를 곧잘 보내는 형편이다. 심지어 어떤 학생들은 "나를 미국에 데려가 주지 않겠느냐?"는 등 상대편에서 생각할 때는 퍽 실망을 주는 편지들을 종종 쓰는 예가 있다. 이런 투의 편지는 쓰지 말아야 할 것이다. 단, 상대방이 자식이 전혀 없는 사람으로서 그 사람이 양자를 원하고 있는

52 〈펜팔로 미에 입양했던 아가씨 9년 만에 스튜어디스로 귀국〉, 《조선일보》 1967년 3월 14일자.

53 〈「펜팔의 모정」, 에이모스여사 영녀 새 가정 보러 한국 땅에〉, 《조선일보》 1968년 5월 7일자.

기미를 알아챘을 때에나 그런 제의를 해 보는 것이 좋을 것이다.[54]

이 책에서는 자기보다 나이든 사람을 사귈 때 항목의 하부 예시 문장들로 "친구로 받아 주십시오," "오빠라고 부르고 싶어요," "나이는 어리지만," "아버지로 삼고 싶어요," "딸로 삼아 주시겠어요?" "할머니로 모시고 싶은데요"라는 제목으로 한두 문단의 영작 예문들을 제시하고 있다. 단순히 편지로써만 부모니, 오빠니 하고 부르는 것도 나쁘다고만은 생각할 수 없고, 많은 학생들이 그런 투의 편지 문장을 원하고 있으므로 이와 같은 예문들을 제시한다고 설명하였다. 펜팔을 했던 많은 한국 학생들이 펜팔을 통해 우정 이상의 가족적인 친밀함을 원하기도 했음을 알 수 있다.

중학생이었던 1965년부터 35년간 꾸준히 해외 펜팔을 해온 김종환은 자신을 민간외교관으로 자처하며 자신이 받은 펜팔 편지를 모아 《펜팔로 여는 세계의 창》(2008)이라는 책을 출간하였다. 그는 블로그를 운영하며 자신의 펜팔 이야기를 소개하기도 했는데, 그의 서사는 1960년대 펜팔 운동이 형성하려고 했던 주체의 형상을 단적으로 보여 준다. 그는 중학교 시절 읽은 세계 무전여행기 〈끝없는 여로〉에 감명을 받아 미지의 세계에 대한 꿈을 꾸게 되었고 "해외 펜팔의 슬로건인 '프렌드십', '문화 교류', '민간외교관' 등이 모험심과 호기심으로 다가와 매료되었다"고 서술하였다.[55] 블로그에서는 아이젠하워 대통령의 방한을 계기로 민간외교관이라는 꿈

---

54 김종곤, 《해외펜팔》, 대현출판사, 1980, 185쪽.

55 김종환, 《펜팔로 여는 세계의 창》, 한솜, 2008, 5~6쪽.

을 갖게 되었다고 회고하기도 하였다.[56]

펜팔은 외국의 문화와 생활상을 접하면서 세계에 대한 경험을 확대하고 자기 문화의 대변자가 되는 확장된 자아를 경험하게 한다. '민간외교관'이라는 자아상은 한국의 문화를 외국에 알리고 외국인과 친밀한 관계를 형성하는 것이 애국적인 행위라는 자부심을 심어 주기도 하였다.

> 제가 펜팔에 관심을 갖게 된 것은 모름지기 외국의 어느 한 사람에게 편지를 낸다는 것은 작은 범위 내에 일이지만 제가 한국을 대표하는 하나의 민간외교관임을 자처하였기 때문이였죠. 그 당시는 상당수의 외국인들이 우리나라가 중국이나 일본에 속해 있는 것으로 알고 있었죠. 또한 한국전쟁의 참상과 최빈국으로 인식하던 시절이었습니다.
>
> 펜팔 운동을 국민운동으로써 전개하여 외교관으로서의 자랑과 긍지를 갖고 한강변의 기적을 이룩하려는 혁명 한국의 줄기차고 새로운 모습을 해외에 소개해야 하는 사명을 부여받았던 시절이기도 하였답니다.[57]

김종환이 묘사하는 민간외교관으로서의 자긍심과 "혁명 한국의

---

[56] 《펜팔로 여는 세계의 창》 저자 김종환 블로그(http://blog.naver.com/johnkim07/100126385646). 접속일 2017년 11월 9일. 아이젠하워는 당시 한국에서 매우 인기가 많아서 '아이크'라는 애칭으로 불렸고 그의 방한을 기념하는 우표가 발행되기도 하였다.

[57] 《펜팔로 여는 세계의 창》 저자 김종환 블로그http://blog.naver.com/johnkim07/100126385646 (접속일 2017년 11월 9일).

줄기차고 새로운 모습"을 해외에 소개하는 사명감은, 1960년대 박정희 정권 시기 펜팔 운동이 형성하고자 한 국민주체의 형상을 전형적으로 보여 준다. 김종환은 미국인 부부와 양부모 결연을 맺었고 당시 사진사로 월남에서 일한 경험이 있는 그의 아들과도 의형제를 맺어 펜팔을 이어 갔다. 일본인 사업가와도 오랜 우정을 나누었고 한국에서 관광 안내를 한 인연으로 알게 된 뉴질랜드 여성과도 양어머니 관계를 이어 가는 등, 세계 각국의 사람들과 35년에 걸쳐 펜팔을 하였다. 오랜 펜팔을 통해 쌓은 영어 실력으로 김종환은 관광업에 종사하였고 해외에 관한 지식을 통해 건강기능식품 해외영업을 하기도 했다. 그는 현재도 광역시의 시민명예외교관으로 활동하며 한국을 외국에 알리는 일을 보람으로 여기고 있다.

정부 주도의 펜팔 운동이 심어 준 민간외교관이라는 자아상은 펜팔에 참여하는 사람들의 영어 학습 열의와 서구 문화에 대한 호기심, 그리고 아메리칸 드림을 민족주의적으로 해석하고 수용할 수 있게 하였다.

우정이 환기시키는 평등에의 환상

국제친선우체부로 파견되었던 이들은 귀국 후 자신들의 여행기를 《친선우체부세계일주기》(1963)라는 책으로 발간하였다.[58] 이 책을

---

[58] 이 책은 출판된 지 얼마 되지 않아 초판이 매진되고 재판을 발행할 정도로 인기가 있었고 신문에 광고가 실리기도 하였다. 1967년에 최장림이 대표저자로 표시되고 제목만 바꾸어 문교출판사에서 《펜팔을 통한 세계일주여행》이라는 책으로 다시 발간되었다. 최장림 외, 《펜팔을 통한 세계일주여행》, 문교출판사, 1967 참조.

통해 한국의 국제친선우체부 파견에 대한 세계 각지의 반응을 엿볼 수 있다. 또한 당시 세계 각국의 펜팔에 대한 인식을 짐작할 수 있다. "미국을 비롯한 몇몇 자유 우방국"은 한국의 국제친선우체부를 국빈 대우로 환영하여서, "공항에 내리자마자 신문기자가 몰려오고 우체국에서 나온 안내인에 따라 하루의 스케줄이 진행되"었다. 국제친선우체부들은 시장을 비롯한 정부 고관 인사들을 만나 면담하고 환영행사에 참여하고 라디오 방송에도 출현하는 등 정부기관과 언론, 대중 모두에게서 큰 주목을 받았다. 이에 비해 중립국에서는 별다른 반응이나 환영을 받지 못하였고 펜팔 편지 전달에도 협조를 얻지 못했다. 이러한 상황에 대해 책의 저자들은 다음과 같이 묘사하였다.

> 동서양 진영 간에서 코가 높아질 대로 높아진 중립국에서는 별다른 국제적 선전으로 오해하고 무협력에 의심하는가 하면 무지와 빈곤에서 허덕이는 미개지의 신생 독립국들은 펜팔이라는 데 대해서 이해가 없거니와 경제적으로 영접해 줄 만한 여유도 없어 무관심하기 짝이 없었다. 어떤 곳에서는 친선 자체를 교육한 꼴이 되었고 친선을 억지로 나누고 다닌 것 같은 감도 가졌든 바 있었다.[59]

'친선을 억지로 나누고 다닌 것 같은 감'이라는 국제친선우체부의 회고는, 1960년대 한국 정부가 추진한 펜팔 운동의 인위성을 보여준다. 미국에서의 국빈 대접과는 대조적으로 제3국에서는 아무도 마중 나온 사람이 없고 오히려 법무부와 외교부, 경찰 등으로 불려

59 심홍택 외, 《친선우체부세계일주기》, 동성문화사, 1963, 10쪽.

다니며 심문을 당하기도 하고 학교를 추천받지 못하여 고생한 경우도 종종 있었다. 이들의 고생담은 펜팔 붐이 미국과 한국을 비롯한 몇몇 '자유 진영' 국가의 외교 프로젝트의 일환임을 보여 준다.

이 여행기에는 당시의 냉전체제하에서 남북한이 경쟁적으로 심리전을 전개했던 양상도 단편적으로 담겨 있다. 파리를 방문했던 국제친선우체부 박하용은 파리의 유학생들이 북한으로부터 매년 연말이 되면 달력과 함께 연하장을 받는다는 소식을 접한다. 그는 북한에서 이들 유학생들에게 장학금을 주거나 논문 자료를 보내주는 방식 등으로 포섭 활동을 벌이고 있음에 우려를 나타냈다.[60] 이러한 사실로 보아 1960년대 북한에서도 해외의 유학생이나 해외에 거주하는 한국인을 타깃으로 한 선전 활동을 활발히 전개했다는 사실을 알 수 있다.

중립국에서의 친선우체부에 대한 냉담한 대우는 펜팔에 대한 몰이해와 무관심 때문만이 아니라 미국의 헤게모니에 대한 비판적인 인식에 기반한 경우도 있었다. 쿠바를 방문했던 국제친선우체부 김진수는 쿠바국립대학교 학생회장의 주선으로 대학 강당에서 법대생을 대상으로 친선 강연을 진행하였다. 그는 한국전쟁과 38선으로 분단된 현실, 공산주의의 위협을 성토하면서 미군의 주둔 이유를 설명하기도 하였다. 강연 도중 쿠바의 한 대학생이 "당신네 나라 정부에서는 미군의 주둔을 마음대로 제한할 수 없을뿐더러 미국 정부의 원조 없이는 살 수 없는 나라이니 미국의 식민지가 아니요?"라는 질문을 던졌다. 김진수는 공산군의 만행과 끊임없는 침투를 설명하였으나 학생들의 비위를 거스르게 되어 강의실에서

[60] 심홍택 외, 앞의 책, 209쪽.

쫓겨나는 경험을 하였다. 학생들은 "미국놈은 물러가고 큐바인은 남아라"라고 고함을 쳤다고 한다.[61]

주한미군 문제와 대미 의존적인 원조경제라는 한국과 미국 사이의 불균등한 관계를 정면으로 문제 제기하는 이 장면은, 펜팔이라는 우정의 프로젝트가 애써 은폐하고자 한 '불편한 진실'을 음각陰刻으로 보여 준다.

1950년대 후반에서 1960년대 전반기는 전 세계적으로 반미 감정이 고조된 시기로 알려져 있다. 소련과 중국 등의 공산 진영 외에 남미와 중동, 동남아시아 국가들에서도 반미 감정이 형성되었다.[62] 한국에서도 주한미군이 주둔하면서 일으킨 각종 반인류적 행위와 범죄가 사회적 공분을 일으켰다. 또한 한미경제협정 등 치외법권을 강화한 미국과의 불평등한 조약 등으로 인해 미국의 영향력을 비판적으로 인식하는 논의가 대두하기 시작했다. 1962년 파주에서 일어난 일련의 미군 범죄와 성폭력 사건을 계기로, 1962년 6월 고려대학교 학생들이 불평등한 한미관계 개선을 요구하는 시위를 벌이기도 했다.[63] 불평등한 한미관계는 민족주의자들의 비판에 직면하고 있었다. 통일에 대한 열망과 중립주의에 대한 관심, 신식민지주의론의 등장과 함께 냉전체제에서 미국의 역할을 재고하고 한국에서 미국의 위상을 재평가하는 지식인들의 논의가 대두하였다. 미국은 자유민주주의의 수호자라는 얼굴 이면에 자국의 이해관계

---

61 심홍택 외, 앞의 책, 232~233쪽.

62 허은, 《미국의 헤게모니와 한국 민주주의》, 고려대학교 민족문화연구소, 2008, 399쪽.

63 허은, 앞의 책, 2008, 400쪽.

에 따라 제국주의적 측면을 가진 국가라는 인식도 생겨났다. 이러한 배경 속에서 자유 진영의 연대와 친밀한 관계의 형성은 미국 중심의 냉전질서를 유지하는 데 중요한 전략으로 부상하였다.

펜팔을 통해 형성된 우정과 결연 관계를 통해 형성된 친밀한 감정이 국가 간 관계에서의 우호 증진에도 도움이 된다는 인식은 한국과 미국 양국의 정부가 공유한 외교적, 심리적 전략이었다. 시민들 간의 인적 교류를 통해 국제적 유대를 형성함으로써 자유 진영의 결속을 공고히 하고 중립국에 외교적 영향력을 확대하려는 펜팔 운동은 한편으로는 미국의 군사적 · 경제적 지배력의 확대를 우려하는 제3세계 민족주의 담론에 대응하여 만들어진 심리전이기도 하였다. 펜팔 운동이 강조한 '민간외교' '국제 친선' '자유 진영의 연대'는 주권국가 간의 평등하고 우호적인 국제관계를 상상하게 하였다. 이는 중심의 미국과 아시아 주변국이라는 불균등한 관계에서 비롯된 긴장과 불만, 민족주의적 비판을 '우정'이 환기하는 평등의 감각을 통해 해소하려는 '우정의 심리전' 프로젝트였다고 할 수 있다. 우정의 심리전으로서의 펜팔은 개인들 간의 사적인 감정적 유대와 결속을 통해 미국적 생활방식과 가치, 문화를 거부감 없이 수용하게 만들었고, 민간외교관이라는 자부심을 통해 친미적 세계관과 민족주의적 주체성을 조화시킬 수 있는 길을 열어 놓았다.

|참고문헌|

1차 자료

〈펜팔 활동의 목적과 그의 문화교류〉, 《경향신문》 1960년 6월 20일자.

〈뿌려질 한국의 우의(友誼)〉, 《경향신문》 1962년 7월 13일자.

〈각계인사 찾아 직접전달〉, 《경향신문》 1962년 7월 13일자.

〈친선편지 10만 통〉, 《경향신문》 1964년 2월 18일자.

〈海外親知(해외친지)들에게 편지보내기〉, 《경향신문》 1973년 7월 6일자.

〈우의를 나누는 풍속 「부움」을 이루는 「펜 · 후랜드」〉, 《동아일보》 1959년 4월 13일자.

〈젊은 세대의 UN 번져가는 「펜 · 팔」운동〉, 《동아일보》 1960년 10월 7일자.

〈펜을 통한 우정의 유대 민간외교 · 문화교류에 크게 역할〉, 《동아일보》 1961년 5월 20일자.

〈제3회 펜팔전시회, 양정중고교서〉, 《동아일보》 1961년 10월 3일자.

〈몇 번이고 空轉(공전)하는 결의〉, 《동아일보》 1962년 5월 7일자.

〈미국의 친선우체부 내한 편지 10만 통 갖고〉, 《동아일보》 1962년 10월 1일자.

〈펜팔 운동〉, 《마산일보》 1965년 12월 14일자.

〈펜팔 운동 전개. 우방과 친선 편지〉, 《조선일보》1962년 3월 25일자.

〈「펜 · 팔」운동과 국제친선우체부의 파견〉, 《조선일보》 1962년 5월 7일자.

〈펜팔단체에 보조금, 체신부 우편번호제실시도 앞당겨〉, 《조선일보》 1967년 1월 24일자.

〈펜팔로 미에 입양했던 아가씨 9년 만에 스튜어디스로 귀국〉, 《조선일보》 1967년 3월 14일자.

〈「펜팔의 모정」, 에이모스여사 영녀 새 가정 보러 한국 땅에〉, 《조선일보》 1968년 5월 7일자.

〈젊은 세대의 행방을 좇아6〉, 《조선일보》 1968년 6월 9일자.

김종환, 《펜팔로 여는 세계의 창》, 한솜, 2008.
심홍택 외, 《친선우체부세계일주기》, 동성문화사, 1963.
엑스체인지 인터내쇼날 편, 《해외펜팔교본》, 서울: 휘문출판사, 1961.
임병직, 〈한, 미 초등학생 펜팔 장려 요청〉(1953년 4월 6일), 《이승만관계서한자료집 5(1953)》. 국사편찬위원회 한국사데이터베이스. http://db.history.go.kr/item/imageViewer.do?levelId=le_005_0780(접속일 2017년 11월 13일).
임병직, 〈한미 학생 펜팔 운동 제안〉(1955년 2월 10일), 《이승만관계서한자료집 7(1955)》. 국사편찬위원회 한국사데이터베이스.http://db.history.go.kr/item/imageViewer.do?levelId=le_007_0750(접속일 2017년 11월 13일).
진명서림 영어편집부, 《사계절의 영문편지》, 진명문화사, 1960.
최장림 외, 《펜팔을 통한 세계일주여행》, 문교출판사, 1967.
한국펜팔클럽 편, 《세계의 펜팔》, 이문각, 1962.
《펜팔로 여는 세계의 창》 저자 김종환 블로그. http://blog.naver.com/johnkim07/100126385646(접속일 2017년 11월 9일).

논문

김시근, 〈펜팔을 통한 외국어 학습흥미 증진과 자주성 형성에 관한 연구〉, 《金龜論叢》 1, 1993.
박인숙, 〈아이젠하워 행정부와 '평화'의 수사학〉, 《미국사연구》 22, 2005.
박태균, 〈1960년대 중반 안보위기와 제2경제론〉, 《역사비평》 72, 2005.
오마리아, 〈전자펜팔활동을 통한 초등학생들의 영어학습자자율성신장 연습〉, 《외국어 교육》 13-1, 2006 봄.
Armstrong, Charles K., "The Cultural Cold War in Korea", *The Journal of Asian Studies* 62-1, 2003.
Johnston, Gordon. "Revisiting the Cultural Cold War," *Social History* 35-3, 2010.
Osgood, Kenneth A., "Form Before Substance: Eisenhower's Commitment to Psychological Warfare and Negotiations with the Enemy," *Diplomatic History*

24-3, 2000.
Applebaum, Rachel, "The friendship project: Socialist internationalism in the Soviet Union and Czechoslopvakia in the 1950s and 1960s," *Slavic Review* 74-3, 2015.
Corke, Sarah-Jane, "The Eisenhower Administration and Psychological Warfare," *Intelligence and National Security* 24-2, 2009.

단행본

허은, 《미국의 헤게모니와 한국 민주주의》, 고려대학교 민족문화연구소, 2008.
Klein, Christina, "Family Ties and Political Obligation: The Discourse of Adoption and the Cold War Commitment to Asia," in Appy, Christian G. (ed.), *Cold War Constructions–The political Culture of United States Imperialism, 1945-1966*, The University of Massachusetts Press, 2000.
Wall, Penny M., "America's "Best Propagandists": Italian Americans and the 1948 "Letters to Italy" Campaign," in Appy, Christian G.(ed.), *Cold War Constructions–The political Culture of United States Imperialism, 1945-1966*, The University of Massachusetts Press, 2000.
아이젠하워 대통령 아카이브 소장 자료 목록 〈선전, 정보 그리고 심리전: 냉전과 열전〉 서문 https://www.eisenhower.archives.gov/research/subject_guides/pdf/Propaganda_Psychological_Warfare.pdf(접속일 2017년 11월 14일).

3부

자서전의 시대, 공적 자아의 탄생

: 문화 공간과 자기 서사의 대중화

시인들의 문학적 자기 서사

:《자작시 해설집》 총서(1958~1960)를 중심으로

| 박연희 |

1950~60년대 문학적 자기 서사의 맥락

자작시 해설이 증가한 전후 시문학장

정한모, 김용직의 해방 후 시문학사가 본격적으로 출간되기 시작한 것은 1970년대 이후지만, 이미 1950년대 후반부터 현대 시문학을 역사화하는 담론이 눈에 띄게 증가했다. 《사상계》는 1962년 5월부터 1963년 3월까지 3회 연속기획으로 〈특집 문학심포지움: 신문학 50년〉 을 마련했는데 첫 지면에서 논의된 시 관련 내용이 이후 시문학사 서술에서 중요한 모티프로 활용되기에 이른다. 박지영에 따르면, 특집에 참여한 조지훈이 이 무렵에 연재한 〈한국현대시문학사〉(《문학춘추》, 1964)는 김용직의 시문학사 서술에 상당한 영향을 끼쳤다.[1]

이 시기 문학사를 둘러싼 담론 지평의 변화는 1950년대에 쟁점화된 전통 단절론-계승론의 문제의식과 무관하지 않은 것이다. 제도권 국문학에서 고전문학의 비중이 커지고,[2] 서정주의 신라정신이 유

---

[1] 박지영, 〈해방 후 전통적 지식인의 탈식민 민족(시문학)사의 기획—조지훈의 반공/보수/민족주의와 한국현대시문학사 서술〉, 《반교어문연구》 37, 반교어문학회, 2014. 김용직의 《한국근대시사》에서 정리된 개화가사, 창가, 신체시의 3개 장르 분할이 이미 조지훈의 문학사에서 기술되었다고 박지영은 설명한다.

[2] 1950년대에 〈국어국문학회〉 회원들은 국문학 내 고전문학의 범주를 확장시키며 제도권 국문학장의 변화를 주도했다. 정학모, 고정옥 등의 식민지 세대 국문학자들이 '국문학'의 일본식 명명법에서 '한문학=외래문화'이라는 한글문학에 대한 강

력한 전통의 재현 체계로 제출되었으며, 문협(한국문학가협회) 중심의 문학사적 연속성이 부각되었다. 다른 한편으로 전통 단절론도 있었다. 〈특집 문학심포지움: 신문학 50년〉에서 유종호는 최남선의 신시 이후 정지용에 이르는 계보를 단절론의 근거로 삼았다. 김기림, 김광균, 김춘수처럼 모더니즘 지향의 시인뿐 아니라 이에 반발했던 전통 지향의 서정주, 유치환, 청록파 시인들도 토착어 발굴이라는 맥락에서 보면 "차라리 지용의 전통" 속에 있는 것이다. 이를테면 《청록집》은 《청산별곡》으로부터 단절되었으나 정지용과는 연속된다.[3] 《사상계》의 특집 지면에서 이어령, 유종호, 조지훈, 박목월 등의 필자들은 '신문학 50년'의 전통을 내재적으로 추적하는 가운데 '과연 신시=현대시인가?', '50년의 신문학사에서 전통과 현대는 상이한 관점인가?' 등을 주제로 논쟁했다. 다시 말해 전통을 현대적 가치로 세공해 내는 데에 공감하면서도 문학사적 입장에서는 서로 달랐던 것이다.

그런 의미에서 해방 이후 생산된 시문학의 이념과 성격을 포함해 문학사적 계보, 곧 '시문학사의 현대시 편'을 재구성하는 것이 중요한 과제가 된 때는 1950~60년대였고, 그 정전화 작업도 바로

박을 보여 준 것과 달리 정병욱, 김동욱 등의 해방 후 세대는 식민지적 단절 의식에 연연하지 않고 한문, 한시를 한국문학사에 포함시켜 더욱 확고한 민족문학의 영역을 만들고자 했다. 박연희, 〈1950년대 '국문학 연구'의 논리〉, 《사이》, 국제한국문학문화학회, 2007.

3 조지훈은 최남선부터의 현대시 60년사에 수긍하면서 엄밀한 현대시는 시문학파 이후이고, 고유시와 외국시 두 갈래의 전통이 있다고 단서를 달았다. 조지훈, 〈한국현대시사의 반성〉, 《사상계》, 1962.5, 301~302쪽. 오히려 조지훈의 전제 조건—전통서정시, 모더니즘시의 다른 전통 흐름—을 전통론의 한국적 특수성으로 설명하며 문학사적 전통을 토착된 내셔널리즘에 한정하지 않는다. 유종호, 〈현대시의 50년〉, 같은 책, 304~305쪽.

이 무렵에 집중적으로 논의될 수밖에 없었다. 1950년대 지식인들은 기존의 문학 이념과 범주를 계승하거나 아니면 소거해야 하는 상황에 직면했고, 제국적/식민지적 사상이 교차한 일제 말기부터 좌/우의 이념이 공존한 해방기까지 전향과 월경의 민족사를 공식화하는 작업은 비단 학문장에서만 일어나지 않았다. 1950년대에 회고적 역사 기술이 '해방 후 10년사'와 같은 저널리즘의 기획물이나 지식인 개인의 수기, 자서전의 글쓰기에 이르기까지 하나의 붐을 형성하게 된 것은 그러한 맥락에서 이해될 만하다.[4] 예컨대 해방기, 전쟁기, 전후 사회에 대한 연구가 상당히 진척되면서부터 회고록에 대한 관심과 연구의 성과가 가시적으로 증가했음을 확인할 수 있다. 문학의 주변적인 사료 또는 참고자료에 불과했던 회고록 자체가 심도 있게 논의되면서 미시사적으로 해방 후 보수주의 문학장 형성 과정이 재조명되었다.[5] 문단사적 기억을 소환해 보수주의 문학의 역사가 두터워질 무렵에, 사실 더욱 주목할 것은 개개의 연보를 산문화하는 방식, 곧 개별 문학사 서술의 난립에 있다.

〈표 1〉 전후 문학지에 급증한 자작시 해설 담론

《문학예술》 (1955~56년)			《현대문학》 (1955~57년)			《자유문학》 (1958년)		
1955.8	김종문	나와시-자작자석(自作自釋)에 대해서	1955.9	손창섭	나의 작가수업	1958.2	이원수	나의 시작여담
	박태순	외국문학과 나	1955.10	곽학송	나의 작가수업	1958.3	최태응	나의 창작여담

4 이봉범, 〈해방10년, 보수주의문학의 역사와 논리〉, 《한국근대문학연구》 22, 한국근대문학회, 2010.

5 이미경, 〈기억의 정치학과 해방 이후 한국문단 형성 과정 연구-1948 ~1960년의 문단 회고록을 중심으로〉, 《문화와융합》 39, 한국문화융합학회, 2017.

	전봉건	시, 예술, 사랑	1955.12	강신재	나의 작가수업	1958.4	김억	시작생활 자서
1955.10	김윤성	시작에 관하여	1956.1	장용학	나의 작가수업	1958.7	홍효민	소설수업의 길
	김수영	무제	1956.3	김구용	나의 작가수업	1958.10	김동명	문단진출기
	김구용	나의 시의 발상과 방법	1956.4	이형기	나의 작가수업		변수주	문단진출기
1956.2	박영준	누워서 글쓰는 버릇	1956.5	오상원	나의 작가수업		계용묵	문단진출기
	최인욱	〈월화취적도〉를 쓸 때	1956.6	권선근	나의 작가수업		정비석	문단진출기
	이봉구	향수와 분위기		정한숙	나의 작가수업	1958.11	이희승	자작시와 그 해설
	정 규	나의 인물화	1956.9	이봉래	나의 작가수업		김동명	자작시와 그 해설
	박두진	나의 추천시대		전영경	나의 작가수업		양명문	자작시와 그 해설
1956.3	이원수	불운속에서	1956.10	임희재	나의 작가수업		이인석	자작시와 그 해설
	박종화	소년때 이야기		정창범	나의 작가수업		김종문	자작시와 그 해설
1956.4	최태응	나의 추천시대	1956.12	한하운	나의 시작수업		김남조	자작시와 그 해설
	주요한	나의 문학수업	1957.1	한하운	나의 시작수업		노문천	자작시와 그 해설
1956.5	전영택	나의 문학수업	1957.2	최인희	나의 작가수업		김동인	문단도 30년
	박목월	나의 추천시대	1957.5	김규동	나의 작가수업		홍효민	다독다작지변
			1957.7	이종학	나의 작가수업		김용호	속 문학적 자화상
			1957.10	황금찬	나의 작가수업			
			1957.12	오유권	나의 작가수업			

위의 표는 1950년대 후반에 증가한 '자작시 해설' 류의 일부이다. 1950~60년대의 경우, '자작시 해설' 담론은 《문학예술》, 《현대

문학》, 《자유문학》 같은 주요 문예지를 중심으로 각종 저널리즘(신문, 잡지, 동인지 등)에 다양하게 분포되어 있다.[6] 여러 매체에서 널리 유통된 '자작시 해설' 담론은 일종의 작은 시사詩史라는 점에서 전후 시문학장을 이해하는 데에 긴요한 과제가 된다. '자작시 해설' 담론이란 해설(또는 해석)을 통해 시 텍스트의 생산, 유통, 소비의 전 과정이 시인 자신과 곧바로 연관되어 있다는 점에서 근본적으로 '자기self에 대한 역사적 담론'이라 할 수 있다. 이를 실증적으로 조사하고 심화 분석함으로써 시인들의 자기-서사가 한국 시문학사에 어떤 방식으로 기입되고 고정화되는지를 재구할 수 있을 것이다.

《자작시 해설집》 총서 출간

그 가운데 신흥출판사에서 《자작시 해설집》 총서(1958~1960)가 발간되어 주목되는데 시문학사적으로 중요한 시인들의 문학적 자기-서사의 방식을 고찰하는 데 매우 유용한 저본이라 할 만하다. 이제, 총서에 수록된 자작시 해설의 자기-서사가 시인의 시학적 입장은 물론 1970년대 이후 시문학의 역사적 내러티브를 형성하는 하나의 기원으로 작동하는 과정을 해명하고자 한다.

《자작시 해설집》은 표제와 달리 단순히 시 해설에 국한하지 않는 방향으로 기획되었다. 시인들의 문학 이력이나 활동, 위상에 따라 해설집의 부록도 다르게 편집된 것이다. 조병화의 《밤이 가

---

6 '자작시 해설' 담론에 관해서는 추후에 다른 학술 지면을 통해 좀더 면밀하게 논구할 계획이다.

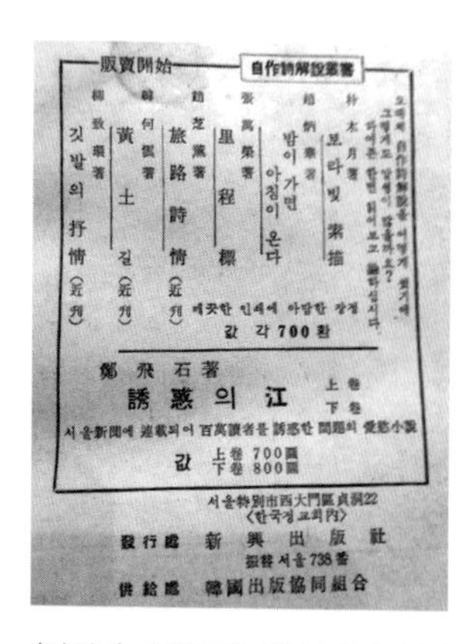

〈사진 1〉《이정표》 책 날개에 실린 총서 출판(예정) 목록과 홍보글 "도대체 자작시해설을 어떻게 썼기에 그렇게도 말썽이 많을까요? 하여튼 한번 읽어보고 논하십시다"

면 아침이 온다》에는 〈펜 여적〉이라는 일본 국제 펜클럽의 기행문이 재수록되었고, 장만영의 《이정표》의 경우 번역시가 실렸다.[7] 시론, 비평, 일기, 기행문, 번역 등 여러 성격의 산문을 수록한 총서는 작품 해석과 역사적 의미를 시인의 자전적 회고를 기준으로 평가하도록 만든다. 1960년대 초까지 신비평적인 작품 이해가 유행했으나 《자작시 해설집》은 여전히 역사전기적 비평을 기반으로 텍스트를 읽는 데 충실한 편이다. 달리 말하면 총서의 기획은 시를 얼마나 새롭고 정확하게 해설할 것인가의 문제보다 시를 쓴 시인에

---

7 **〈표 2〉 신흥출판사의 《자작시 해설집》 총서(1958~1960) 목록**

시인명	서명(출판연도)	목차 구성
박목월	보랏빛 소묘(1958)	초기(동시 해설)–추천시기–청록집 시기–산도화 시기–산도화 이후–한국 현대시 감상–문학적 자서전–작품 목록
조병화	밤이 가면 아침이 온다(1958)	시집별 시해설–펜대회 기행문–대만 기행문–출판사 요청에 따른 나에 대한 간단한 이야기–원고를 마치고
장만영	이정표(1958)	서–시집별 시해설–등단시기 회고–내가 좋아하는 국내외 시인군–신석정 회고–책 끝에
유치환	구름에 그린다(1959)	나의 시 나의 인생(시해설)–시론–기행문
박두진	시와 사랑(1960)	자서–시집별 해설–자서전(유년기–추천기–시작법)–오늘의 한국시(작품평)
한하운	황토길(1960)	서문–시론–시해설
조지훈	여로시정	※ 미확인

게 해석적 권위를 부여하는 방식에 무게를 두고 있다. 그런 점에서 총서는 자전적 시를 서술하는 자서전의 성격으로 볼 수 있다. 필립 르죈Philippe Lejeune의 논의를 빌려 말하자면 총서는 저자, 화자, 주인공의 동일성이 무엇보다 확연하게 드러나며 시인이 자기의 삶을 과거 회상형으로 서술하는 자서전 글쓰기에서 이야기와 담론의 관계를 어떻게 표현할지가 주목된다.[8] 총서를 출간하며 박두진이 염려했던 부분, 곧 "내 현재의 관념만으로 무리하게 합리화시키지 않으려고 조심"[9]했다고 해도 시인 자신의 회고를 통해 초기 시세계의 문학사적 의미가 재구성될 여지는 다분했다. 총서의 내용으로 들어가 보자.

'회고'의 정치학

박목월이 '나그네'를 강조한 까닭

《자작시 해설집》 총서 중 먼저 발간된 박목월의 《보랏빛 소묘》는 주요한, 변영론, 김소월 등의 근대 시인에 대한 회고와 평가를 포함하고, 박두진의 《시와 사랑》은 《현대문학》 등에 발표했던 시 평론을 싣고 있다. 주지하듯 박목월과 박두진은 한국문학가협회(약칭 문협)의 핵심 멤버로서 우파 문단의 형성 과정에서 중요한 위상

---

8 필립 르죈, 윤진 옮김, 《자서전의 규약》, 문학과지성사, 1998, 18~19쪽.

9 박두진, 〈자서〉, 《시와 사랑》, 신흥출판사, 1960, 2쪽.

을 차지했던 시인들이다.[10] 이른바 청록파로 일컬어지는 이들은 한국 서정시의 전통과 계보 속에서 논의된다. 이들 시의 자연 발견은 일제에 대한 시적 반응이어서 제국주의식 동양주의와 어떻게 거리를 두고 전통의 근대적인 재창조를 성취했는지가 관건이었다. 그런 면에서 이들이 도달한 이상적 자연이 현실도피의 공간의 재현이었음은 불가피하게 혹평되는 부분이다.

> 나는 그 무렵에 나대로의 지도를 가졌다. 그 어둡고 불안한 세대에서 다만 추군히 은신하고 싶은 〈어수룩한 천지〉가 그리웠다. 그러나, 한국의 천지에는 어디에나 일본 치하의 불안하고 바라진 땅이었다. 강원도를 혹은 태백산을 백두산을 생각해 보았다. 그러나 그 어느 곳에도 우리가 은신할 한 치의 땅이 있는 것 같지 않았다. 그래서 나혼자의 깊숙한 산과 냇물과 호수와 봉우리와 절이 있는 〈마음의 자연〉-지도를 간직했던 것이다.[11]

> 〈나그네〉는 청록집에 수록한 내 작품들의 가장 바탕이 되는 세계다. 〈나그네〉의 주제적인 것은, 〈구름에 달 가듯이 가는 나그네〉였다. 그야말로 혈혈단신 떠도는 나그네를 나는 억압된 조국의 하늘 아래서, 우리 민족의 총체적인 얼魂의 상징으로 느꼈으리라. (…) 혹은 신라 때부터 맥맥히 내려오는 우리의 구슬픈 핏줄에 젖어 흐르는 꿈이거나 혹은 한평생을 건너가는 인생행로의 과객으로서 나 자신

---

[10] 그런 점에서 박목월과 박두진이 《자작시 해설집》에 부록 지면을 마련하여 선후배 시인들을 대거 거론한 것은 그들을 평가하기보다 자신의 문학사적 위상을 보여주려는 의도가 더 크다.

[11] 박목월, 《보랏빛 소묘》, 신흥출판사, 1958, 83쪽.

이거나, 그것을 헤아리지 않았다. (…) 과연, 그것이 어느 정도로 성공했는지 나 자신은 모르거니와, 어떻던 〈나그네〉는 내게 한 편의 작품으로서가 아니라, 〈청록집〉에 수록한 작품들과 모조리 통하는, 그 무렵의 내 정신의 전 우주 같은 느낌이다. 이것은 작품으로서의 좋고, 나쁜 것을 따지는 것이 아니다.[12]

1946년에 을유문화사에서 출간된 《청록집》은 '자연'에 천착해 이를 민족의 보편적 미의식으로 승화시킨 점에서 서정주 시와 나란히 전통 서정시의 중요한 텍스트로 수용되어 왔다. 그런 점에서 박목월 스스로 《청록집》을 발간하게 된 일화를 실감 나게 회고하고 자신의 시세계를 구체적으로 밝히고 있는 《보랏빛 소묘》는 박목월의 연구사에서 중요한 자료가 될 수밖에 없다.[13] 특히 위의 인용문은 청록파로서 박목월 시를 이해할 때 널리 회자되는 부분이다. 여기서 박목월 스스로 〈나그네〉를 중심으로 《청록집》의 문학적 특징을 논의했던 부분은 고스란히 박목월의 초기시를 이해하는 데 유력한 관점이 되었다.[14] 가령 나그네인 시적 화자는 현실 세계에 정주하지 못한 채 고립되고 외로운 이방인일 수 있지만, 이 시에서는 "구름에 달 가듯이" 현실을 초월해 자유롭게 떠도는 낭만적 심상으로 이해된다. 〈나그네〉에서 전경화된 풍요롭고 아름다운 마을 또한 하나의 유토피아로서 그가 "마음의 자연"이라고 했을 정도로 마

---

12 박목월, 앞의 책, 85, 88쪽.

13 이에 관해 유성호, 〈박목월 문학과 문학장〉, 《한국근대문학연구》 32, 한국근대문학회, 2015 참조.

14 류찬열, 〈문학의 권력화와 정전화에 대한 성찰과 반성〉, 문학과비평연구회 편, 《한국 문학권력의 계보》, 한국출판마케팅연구소, 207쪽.

음껏 상상한 자연이다. 시인이 창조한 자연은 마치 낙원처럼 더할 나위 없이 평온해서 나그네인 시적 화자의 외부적 입장이 개입해도 가공된 현실과 긴장관계를 보이지 않는다. 요컨대 박목월의 시에 농후한 낭만적 정서는 이렇듯 역사적, 현실적 감각에서 벗어난 하나의 이상향으로 형상화된 자연 때문이다.

그런데 박목월은 해설의 산문적 형식을 빌어 이 시에 역사의식을 첨가한다. 위의 글에 따르면, '나그네'라는 낭만적, 서정적 주체는 신라정신이자 민족혼의 화신을 일컫는 시어로 재정의된다. "억압된 조국"과 "일본 치하"라는 식민지 현실이 창작 배경으로 강조되면서 《청록집》에서 지향하는 순수서정은 반파시즘적으로 독해될 가능성을 보여 준다. 박목월의 이와 같은 해설에 기대어 〈나그네〉는 "표면적으로는 환상적인 이상향을 노래하는 것 같지만, 행간에는 고통스런 현실과의 긴장관계가 여실히 드러나고 있는 것이다"라고 재론되기도 한다.[15] '나그네' 또는 '밀밭 길', '술 익는 마을' 등의 시어가 지시하는 서정적인 의미뿐 아니라 그 궁극의 시대적 의미가 논의되기 시작한 데에는 시인 자신의 해설이 중요한 기점이 된 셈이다.

'청록파'의 시적 확대와 자기해설의 증가

물론 《자작시 해설집》 이후에 박목월 초기시가 재조명된 것은 아

---

15 최승호는 《보랏빛 소묘》를 통해 박목월의 순수자연의 공간을 "반파시즘을 꿈꾸는 박목월이 마음으로 상상해 낸 공간"으로 설명하고 시인의 역사적, 현실적 대결의지를 언급했다. 최승호, 〈근원에의 향수와 반근대의식〉, 박현수 편, 《박목월》, 새미, 119쪽.

니다. 《보랏빛 소묘》는 첫 개인시집 《산도화》(1955)를 낸 직후에 발간되었는데 이 무렵에 박목월론은 그리 활발하지 않았다. 청록파 시인들의 영향을 많이 받았다고 자평했던 김춘수도 《한국 현대시 형태론》(1959)에서 이들 시인들의 영향력에 대해 비판적 거리를 둔 것처럼[16] 이미 1950년대는 해방기 문학장과 달라진 시기였던 탓도 있다. 그런 점에서 《산도화》를 소개하는 박목월의 입장에 주목해 볼 필요가 있다.

통상적으로 박목월 문학에서 《산도화》는 《청록집》과 함께 전원적 상상력과 향토적 정서 등의 특징을 지닌 초기시로 구분되는데 《보랏빛 소묘》에서 박목월은 두 시집의 내재적 연속성을 부정하고자 했다. 《청록집》의 해설을 마치고 《산도화》에 실린 시를 언급하기 전에 그는 "〈청록〉의 세계에서 탈피하려는 〈엉뚱한 야심〉"[17]이 있다고 고백적으로 서술한다. 흥미롭게도 새로운 문학에 대한 갈증을 토로하면서 그는 해방기에 발표된 김동리의 평론을 고스란히 발췌해 실었다. 박목월이 인용한 김동리의 〈자연의 발견〉(1948)은 시적 제재인 자연 이미지의 특성을 향토성으로 구명했던 최초의 글이며, 다른 한편 서정시의 원론에 비추어 박목월 시에 나타난 자연 이미지의 한계를 지적한 글이기도 하다.

김동리는 전통론의 독법 속에서 박목월 시가 인간의 근원성을 설명하기에 적절한 텍스트임에도 불구하고 이를 개성적으로 표현했다고 비판을 겸해 언급한 것이다. 이러한 혹평까지도 줄이지 않

---

16 조강석은 청록파 시인들에 대한 김춘수의 대타의식을 화해적 가상으로 축조된 자연의 세계를 무비판적으로 수용하던 자신의 초기 시세계에 대한 반성으로 설명한다. 조강석, 《비화해적 가상의 두 양태》, 소명출판, 2011, 85~86쪽.

17 박목월, 앞의 책, 103쪽.

고 싶은 것은 스스로 "엉뚱한 야심"이라고 언급한 현대성에 대한 시적 욕망을 드러내려는 것이다. 《산도화》 해설에 이르면 김동리가 아닌 장만영의 논평을 발췌하고 "〈순수한 서정시인〉이라고 남이 부르는대로"[18] 순수한 서정성을 지키려고 애쓰는 것에 환멸을 느낀다고 말하기도 했다.

1950년대 후반은 현대시의 르네상스라 할 정도로 시인과 시작품이 증가하면서 유례없이 풍성한 시단이 형성된 때였다. 이른바 청록파 시인으로 공인된 박목월, 박두진 등은 더 이상 새로운 시세계를 만들지 못했다는 평가를 감수해야 했다. 모더니즘시의 공세 때문에 청록파 시인의 자연파적 경향이 후퇴했다거나, 《청록집》을 능가하는 시세계를 보여 주지 못했다는 혹평과 함께 박목월 스스로도 더 이상 〈나그네〉와 같은 자연 취향의 시를 쓰지 못하겠다고 심정 토로를 하고 있을 무렵이었다.[19] 한국시의 현대성에 대한 인식이 달라지고 난해시를 쓰는 신인이 대거 등장하는 등의 급변하는 전후 시단에서 《자작시 해설집》과 같은 기획은 청록파 계열의 시적 확대를 가능하게 하는 계기가 되어 주었다.

---

18 박목월, 앞의 책, 147쪽.

19 유정, 〈우리 현시단의 제경향〉, 《자유문학》, 1957.6, 131쪽; 유종호, 〈인상-7월의 시〉, 《사상계》, 1958.8, 254쪽; 박목월, 〈수운록〉, 《자유문학》, 1957.6, 331쪽. 박두진도 해방 후부터 1960년대 초까지 '새로움'이라는 시어가 압도적으로 증가한다. 김지윤, 〈박두진 전후 시의 시간성과 현실인식〉, 《한국시학연구》 47, 한국시학회, 22쪽.

월남시인 한하운의 문둥이 표상

《자작시 해설집》을 자기 문학의 쇄신과 극복의 기회로 삼은 것은 한하운이 쓴 《황토길》도 마찬가지였다.[20] 《황토길》에서 한하운은 자신의 문학을 가리켜 무엇보다 훼손되고 절단된 신체의 비극적인 심상에 바탕을 둔 "한국의 문둥이의 서러운 영가"[21]라고 표현했다. 여기서 문둥이의 영혼을 노래한다는 것은 삼복더위 길 천리를 절뚝거리며 걷는 (〈전라도 길〉) 장면에서 시적 자아가 괴로움과 슬픔을 '생명의 시'로 승화시키는 것이다. 가령 〈목숨〉의 "간밤에 얼어서/ 손가락 한 마디/ 머리를 긁다가 땅 위에 떨어진다"라는 시구절처럼 한하운 스스로도 "너무나 처참한 표현"[22]이라고 언급할 수준의 고난과 절망의 시적 현실이 초반에 등장하고, "이 뼈 한 마디 살 한 점/ 옷깃을 찢어서 아깝게 싼다"처럼 생명과 영혼의 가치를 발견하는 수순으로 씌어진 한하운의 시가 '문둥이의 영가'이다. 생명과 영혼의 시라는 자의식은 조연현, 서정주, 김동리 등의 문협파가 주장하는 영원성, 또는 구경의 삶과 상통한다. 어떤 면에서는 나환자 시인이 구체화하는 인간의 구경적 삶은 순수문학론의 한 사례가 되기에 그리 나쁘지 않았다.

《황토길》에는 시 해설에 앞서 〈나의 시작 수업〉, 〈시작 과정〉 등

---

20 《고고한 생명: 나의 슬픈 반생기》(인간사, 1958)는 1955년 5월부터 1957년 1월까지 《희망》에 연재된 글을 모은 나병 수기이고, 《황토길》(신흥출판사, 1960)는 1956년 12월부터 1957년 1월까지 《현대문학》에 실린 〈나의 시작 수업〉, 1958년 9월 《신문예》에 발표된 〈시작 과정〉 등을 바탕으로 기획된 자작시 해설서이다.

21 한하운, 〈전라도 길〉(《황토길》), 인천문화재단 한하운 전집 편찬위원회 엮음, 《한하운 전집》, 문학과지성사, 2010(이하 《전집》으로 표기), 540쪽.

22 한하운, 〈손가락 한 마디〉(《황토길》), 《전집》, 542쪽.

의 에세이가 첫 장에 배치되어 있다. 그중 〈나의 시작 수업〉(1956.12 ~1957.1)은 시를 통해 나병의 고통을 극복했다는 일종의 투병기인데 1955년 9월부터 《현대문학》의 〈나의 작가수업〉이라는 고정란에, 이례적으로 2회 게재되어 주목된다. "숙라宿癩의 반생半生 속에 시세계의 환상을 좇으면서" "재생"했다는 한하운의 처절한 고백은 우선 《현대문학》의 순수문학론에 부합된다. 나환자라는 한하운 시의 자전적 요소에 몰입할수록 독자들은 문학을 현실과 다른 영역, 적어도 현실을 초월하는 심미적인 삶에 더욱 근접하게 된다. "시가 나에게는 제2의 생명"[23]이라는, 곧 문학을 통해 구원받고 다시 살아났다는 고백은 영원하고 신성한 가치를 발견하는 것이야말로 진정한 문학이라는 정신주의적 태도와 구별 불가능하다. 1950년대 우파적 민족문학론은 초월주의를 탈이념적 문학 경향으로 수정, 변경하여 주류화하는 데 성공했다.[24] 더욱이 〈나의 시작 수업〉에 삽입된 월경 장면은 반공주의의 맥락에서 한하운 시의 숙명론, 영원성 등을 독해할 참조점이 된다.

《황토길》의 서문 격에 해당하는 글 중 〈생명과 자학의 편력〉은 "집시가 되어 설움 찬 문둥이의 영가", "메마른 황토길을 걸어가며 나의 마음의 영가를 불렀다. 나는 시를 읊지 않고는 살 수 없다"[25] 등의 절박한 고백을 다루었는데, 그렇다고 해서 이를 나문학의 특징으로 한정해 읽어서는 곤란하다. 1950년대 중반부터 자작시를

---

23 한하운, 〈나의 시작 수업〉(《황토길》), 《전집》, 511쪽.

24 박현수, 〈해방기 초월주의의 본질과 사상사적 특성〉, 《한국현대문학연구》 45, 한국현대문학회, 2015, 156쪽 참조.

25 한하운, 〈생명과 자학의 편력〉(《황토길》), 《전집》, 526, 535쪽.

해설하면서 곳곳에 주석처럼 강조한 북한 탈출기는 남한을 유토피아적 공간으로 설정하는 장치로 기능했다. 요컨대, 《황토길》에서 '문둥이'라는 시적 표현은 어느 순간 남한을 유토피아로 표상하는 정치적인 수사가 되어 버린다. 남한을 가리켜 유일한 파라다이스라고 자평한 애인과의 대화를 회고록에 정성스레 옮긴 것도 '나병만큼은' 남한 사회가 이상향이 될 수 있음을 보여 주기 때문이다. 《한하운 시초》 발간의 과정을 회고하는 서술에 르포 형식을 갖추어 등장한 '나환자 정착촌'에서도 남한을 "유토피아"[26]로 인식하는 월남민의 자의식을 발견할 수 있다. 그러나 해석되지 않은 한하운 시는 나병의 신체를 그로테스크하게 재현함으로써 나환자의 서러움보다 오히려 육체적인 공포가 부각된다. 〈전라도 길〉, 〈손가락 한 마디〉, 〈목숨〉, 〈삶〉 등의 떨어진 손가락, 발가락 등의 흉측한 대상으로 재현된 시적 주체는 '집시가 된' 이방인을 드러낸다. 한하운의 시는 월남민이 겪는 타향살이와 그 애환, 정주하지 못하는 삶의 비극성을 '문둥이'라는 지극히 불온하고 비하적인 표현을 통해 새롭게 환기시킨다. 그 과정에서 시인 스스로 '영가'라고 부른 〈황토길〉은 반공의 월남 서사를 매개로 하여 순수문학론에 접속된다.

'자작시 해설' 담론을 통해 친일, 진보/보수, 전향 등에 대한 시인의 방어적 심리, 내면화된 반공 이념 등이 문학적으로 공유되고 사회적으로 공론화된다. 다시 말해, 시인의 사적 기억이 '해설'이라는 장치에 의해 여과됨으로써 그 자체로 시인 자신의 문학적 연대기가 될 뿐 아니라 공식적인 연보로 객관화되기까지도 한다. 그런데 한하운의 경우, 약력 및 작품 연보의 기초적인 작업은 바로

---

26 한하운, 〈운명의 반항1〉(《황토길》), 《전집》, 615쪽.

이 '자작시 해설'의 서술 내용에서 비롯되었다 해도 무방하다. 그의 '자작시 해설'이 회상'의 심미적 형식에 맞물려 섬세하게 서술되었다 해도 결국 당시에 유행한 반공 수기와 크게 다르지 않고, 이를 바탕으로 구성된 연보는 종종 사실과 달라서 엄밀한 고증이 필요할 정도이다.[27] 그럼에도 한하운의 연보는 여전히 이 상태로 유통되고 있으며 그 담론적 기원을 거슬러 올라가면 앞서 언급한 '자작시 해설'의 자기-서사와 마주치지 않을 수 없다. 1950년대 전후 시단에서 왜 '자작시 해설'과 같은 기획이 부상하게 되었는지 그 계기와 역사적 의미를 살펴보는 작업이 중요한 이유는 위와 같은 이유에서다.

'해설'의 역설

유치환의 〈구름에 그린다〉 출간의 의미

《자작시 해설집》 총서에 참여한 시인은 박목월, 조병화, 장만영, 유치환, 박두진, 한하운 등이다. 총서 중 가장 주목받은 해설집은 유치환의 《구름에 그린다》였다.[28] 1950년대에 유치환은 여러 문학

---

27 최원식은 《보리피리》(1955)의 연보에 나오는 북경대가 중국 국립대학이 아닌 친일 정부 시기 설립된 북경대였음을 밝히며 한하운의 출몰년, 가계도, 학력, 근무지 등에 대한 엄밀한 고증이 필요하다고 지적한 바 있다. 최원식, 〈한하운과 《한하운 시초》〉, 《민족문학사연구》 54, 민족문학사학회, 2014.

28 신흥출판사는 이범선의 《오발탄》(1959), 한국시인협회의 기관지 《나의 시 나의 시론》(1960) 등을 포함해 1950-60년대에 대학교재, 문학서, 번역서, 자기계발서 등을 활발하게 발간했던 소형출판사이다. 신흥출판사 대표인 이준범은 시인이자

단체를 대표하고 한국시인협회상(1958), 자유문학상(1958) 등의 각 종 문학상을 수상하면서 중진 시인으로서 활발하게 활동 중이었다. 당시 문단은 〈두 개로 완전 분열 〈문협〉과 〈자유문협〉〉(《경향신문》, 1955.6.21) 등의 신문기사 제목이 대수롭지 않게 읽힐 정도로 문단 파벌이 만연된 시기였다. 익히 알려졌듯 문총(전국문화단체총연합회)이 두 단체로 분열된 것은 1954년 예술원 선거에서 불거진 파벌 논쟁 때문이었다. 해방기 문단에서 청년문학가협회 회장으로 활동한 유치환은 예술원 파동 이후 김동리, 조연현, 서정주 등과 함께 예술원 초대 회원이 되고 소위 주류 문단에 포함된다. 하지만 김종길의 회고에 따르면, 예술원에 피선된 사실을 오히려 "창피하게"[29] 여겼을 정도로 유치환은 문협의 파벌 의식을 이용하여 문학 활동을 하지는 않았다. 오히려 체제비판적인 글을 썼는데, 1950년대 후반이라는 문제적인 시점에서 유치환은 《구름에 그린다》를 통해 자신의 초기시를 재맥락화하고 있다.

시문학사에서 유치환의 독자적 위상은 시문학파 순수서정시의 기교주의, 모더니즘시의 서구 지향에서 벗어나 새로운 서정시를 모색했다는 데에 있다.[30] 서정주와 함께 '생명파'로 분류되는 유치환은 허무의식, 생명의식 등을 시의 주제로 삼는 한편 전통과 현대, 형식과 내용 등의 도식에 편향되지 않고 현실참여적인 작품을 다

동화작가로서 출판사 초기에 김용호, 장만영, 유치환 등과 교우관계를 바탕으로 《자작시 해설집》 총서를 발간할 수 있었다. 그에 의하면 대중적으로 총서를 대표했던 해설집은 유치환의 것이다. 이준범, 〈〈나의 문학수업〉이란 우변〉, 《아동문학평론》 1, 아동문학평론사, 1976, 147쪽.

29 김종길, 〈청마 유치환론〉, 《창작과비평》, 1974.6, 312쪽. 4 · 19혁명 직후 5월에 유치환은 예술원 회원을 자진 사퇴한다.

30 김은전, 〈청마유치환의 시사적 위치〉, 《다시 읽는 유치환》, 청마문학회, 2008.

수 남겼다는 평가를 받는다. 가령 〈칼을 갈라〉, 〈열리렴 문이여〉, 〈뜨거운 노래는 땅에 묻는다〉 등 1950년대 이후 현실정치를 묵인하지 않은 수 편의 시를 발표함으로써 그는 저항적 성향의 모더니즘 그룹보다 더욱 적극적으로 현실참여의 태도를 보여 주었다. 이와 관련하여 김수영의 글을 떠올려 볼 수 있는데, 1960년대 참여시의 전범으로서 1950년대 저항시를 살피며 김수영이 특히 주목했던 시인이 바로 유치환이었다. 〈참여시의 정리〉(1967)에서 그는 유치환의 〈칼을 갈라〉(1955)를 통해 참여성의 문제를 재론한 바 있다.

주지하듯 유치환은 '환도를 갈라'라는 다소 자극적인 시구절을 통해 부패한 자유당 정권을 비판했다. 그러나 김수영은 1960대 순수/참여 논쟁이 애초에 유치환 시를 저항시로 읽었던 착오의 과정에서 비롯되었다고 주장한다. 자유당 말기 유치환의 현실인식을 상징적으로 보여 준 〈칼을 갈라〉는 김수영의 표현처럼 정치적 실천에 거리를 두고 쓴, 찌를 수 없는 '칼'로 쓴 시였어도 당시에 저항문학으로 읽히기에 충분했다. 즉 김수영이 비판하려던 것은 "청마의 낡아빠진 〈칼을 갈라〉 같은 시가 저항시의 인상"을 지닐 수밖에 없었던 1950년대 모더니즘시의 한계였다고 할 수 있다. 즉, "청마의 시의 대용품적 역할"에서 역설적으로 참여문학의 가능성을 확인하며 당시 모더니즘시에 결여된 현실적 논리, 문학적 지성 등을 지적한 것이다.[31] 달리 말해 〈후반기〉 동인을 중심으로 모더니즘시가 전통서정시 계열과 경쟁하는 구도가 있었지만 유치환의 현실지향적인 태도는 그 경계에서 예외적인 면모를 지닌다. 시단에서

---

[31] 김수영, 〈참여시의 정리—1960년대의 시인을 중심으로〉(1967), 김수영 편, 《김수영 전집》 2, 민음사, 2009, 388, 390쪽.

유치환의 목소리에 대해 '동정적인 침묵'을 했던 것은 그가 〈오탁의 이유〉(1956), 〈대한민국과 도둑〉(1957), 〈몰윤리의 근원이 되는 것〉(1958) 등의 반정부적인 논설을 꾸준하게 발표하고 급기야 1959년에 교장 직에서 강제 사임하며 보여 준 현실지향적 행보 때문이다.

하지만 1950년대 유치환 시와 산문에 나타나는 현실비판적인 성격은 식민지기 초기시의 형이상학적인 경향과는 다소 거리가 있다. 대표적인 초기시인 〈旗ㅅ발〉(1936)의 경우 '기'를 표현한 "소리 없는 아우성", "영원한 노스탈쟈의 손수건"의 시구절은 존재론적인 그리움, 고독을 나타낸다. 이처럼 형이상학적 상상력에서 발휘된 참신한 표현은 널리 회자되었지만 한편으로 지극히 관념적인 시로도 평가된 바 있다. 가령 허약한 센티멘탈리즘, 영탄 정도로도 읽혀졌는데, 그것은 이 시가 정작 만주 탈출을 앞둔 유치환의 입장을 어느 정도는 반영한 작품이었기 때문이다.[32] 유치환은 《청마시초》(1939)의 출판기념회를 마친 후 1940년 4월에 만주로 떠났다. 일제의 식민 지배가 강력히 작동되었던 만주에서 재만 조선인 농민들은 만주제국 신민으로서 이중적인 수탈의 지배 구조에 놓여 있었다. 유치환의 경우 전시 수탈체제 아래 고통받았던 한인 농민들과는 처지가 달랐을 뿐 아니라 심지어 하얼빈협화회에서 일하며 치안공작 등에 가담했다는 논의가 있을 정도로[33] 식민지기 행적은 1950~60년대의 현실참여적인 면모와 사뭇 달랐다. 《생명의 서》에서 재만 경험으로 씌어진 시들 대부분은 고독, 허무 등의 비관적인 정서가 많고 〈수〉처럼 체제순응적인 시도 있다. 다시 말해 "유

---

32 김윤식, 〈유치환론〉(1970), 청마문학회 편, 앞의 책, 77쪽.

33 박태일, 《유치환과 이원수의 부왜문학》, 소명출판, 2015, 75쪽.

치환의 초기시적 경향을 두고 대부분 시대 상황을 외면한 현실 회피적 성향이라 비판하는 까닭"[34]에서 유치환 문학 연구에는 뚜렷한 단절이 있다는 문학사적 관점이 공고히 되고 있다. 그런 점에서 《구름에 그린다》를 통해 그가 자신의 시세계를 조망하는 방식은 주목할 부분이다. 이 해설집은 단계별로 단절된 시세계를 처음으로 스스로 평가하고 해명하는 지면이었기 때문이다.

유치환의 자작시 해설과 북만 이주 서사

《구름에 그린다》에서 해설되는 시들 대부분은 초기시에 국한되어 있다. 대략 40여 편의 시를 다루는데 《청마시초》(1939)의 6편, 《생명의 서》(1947)의 15편, 《울릉도》(1948)의 7편, 《보병과 더불어》(1951)의 9편 등으로 《생명의 서》와 《보병과 더불어》에 수록된 시를 적극적으로 언급했다. 해설집은 유치환 시를 대표하는 〈깃발〉은 물론 《청마시초》는 소홀하게 다루며 문학사적으로 재평가될 만한 텍스트를 중심으로 씌어졌다. 요컨대 만주국 체류 시기와 종군작가 활동기에 대한 자기고백이 서술의 주된 비중을 차지했다. 〈하르빈 도리공원〉, 〈수〉, 〈전야〉, 〈북두성〉 등의 재만 시기에 쓴 시들은 선행 연구에서 친일시로 평가된 바 있고[35] 남한체제 순응의 차

---

[34] 김윤정, 〈유치환의 문학에 나타난 인간주의적 형이상학 고찰〉, 《한민족어문학》 69, 한민족어문학학회, 2015, 500쪽.

[35] 윤은경, 〈유치환의 시에 나타난 디아스포라적 의식과 혼종성—만주 이주를 전후한 시편을 중심으로〉, 《비평문학》 54, 한국비평문학회, 2014, 258쪽. 공론장에서 유치환의 부왜시가 처음 알려지게 된 일은 장덕순에서부터이다. 장덕순, 〈일제암흑기의 문학사(완)—1940년에서 45년까지의 비양식의 국문학〉, 《세대》 12, 세대사, 1963. 229쪽; 박태일, 〈청마 유치환의 북방시 연구〉, 《어문학》 98, 한국어문

원에서 반공주의를 표방했던 종군문학의 이력은 평가에서 간과된 영역이다.[36] 문제적인 시기의 문학을 더욱 구체적으로 설명하며 변증법적인 지속의 양상을 서사화하고자 했다.

가령 유치환 문학에 대한 "고정된 선입견"이나 "획일화"된 연구경향 등의 문제는 이미 제기된 바 있고,[37] 이것이 고착화되는 계기 가운데 《구름에 그린다》는 중요했다. 즉, 《자작시 해설집》은 시(시인)와 해설집(해설자) 간의 거리 유지가 어렵고 어떤 면에서는 해설집에 인용된 시가 하나의 텍스트가 되어 새롭게 수용될 여지도 있다. 유치환의 시는 시인이 스스로 표방한 해설을 중심으로 평가되는 경향이 있다.[38] 잘 알려지지 않은 유치환의 생애가 상세하게 기록되어 있기 때문에 《구름에 그린다》는 작가론에 활용되기에 용이했다.

> 만주! 만주는 이미 우리의 먼 선대에서부터 광막한 그 벌판 어디메에 모진 뼈를 묻지 않은 곳이 없으련만 나는 나대로 내게 따른 가권을 거느리고 건너갈 때면 속으로 슬픈 결의를 가졌던 것입니다. 그것은 무슨 다른 부풀은 희망에서가 아니라, 오직 나의 인생을 한 번 다시 재건하여 보다는 데 있었던 것입니다. 사실 나는 식민지 백

학회, 20017.12, 292쪽 재인용.

36 대표적으로 청마탄신 100주년 기념문집(청마문학회, 《다시 읽는 유치환》, 시문학사, 2008)에서도 유치환의 종군시를 재론하는 지면은 없다.

37 오탁번, 〈청마 유치환론〉, 박철희 엮음, 《유치환》, 서강대 출판부, 1999, 109쪽.

38 박철희, 〈의지와 애련의 변증〉, 청마문학회 편, 앞의 책, 149쪽. 유치환에게 있어 식민지기 자작시에 대한 해설 부분은 자신의 문학 이력을 재해석하는 것이었다. 박태일에 의하면 유치환은 1952년 안의중학교 이력서, 1954년 예술원 회원 자격 이력서 등을 작성하면서 북만행에 대한 회고를 감행했다. 박태일, 《유치환과 이원수의 부왜문학》, 소명출판, 2015, 47쪽 각주11.

성으로 모가지에 멍에가 걸려져 있기도 하였거니와 그보다도 조국의 푸른 하늘 아래에서 너무나 자신에 대한 준렬을 잃고 게을하게 서성거리고만 살아왔던 것입니다.[39]

위의 인용문은 재만 시기에 쓴 시를 소개하며 만주행을 선택한 계기와 문학적 의미 등을 설명한 부분이다. 유치환 문학 연구에서 만주 활동은 《구름에 그린다》에 회고된 내용에 의존해 이해되어 왔다. 예를 들어 아나키스트와의 친분으로 인해 일제의 감시와 압박이 심했고 이를 피해 탈출했다는 북만 이주의 서사는[40] 유치환 시를 친일과 무관한 지사적인 선택으로 만든다. 그러나 더 문제적인 것은 위와 같은 비정치적인 서술 영역이다. 재만 조선인이 경험한 만주는 유치환 시에 적혀 있듯 "암담한 진창에 갇힌 절벽 같은 절망의 광야!"(〈광야에 와서〉)의 고립된 자연이다. 하지만 만주에서 겪은 절망을 개인의 부덕의 소치라고 반성하거나 인간의 본질적 한계라고 에둘러 설명한 부분은 아무래도 석연치 않다. 〈절명지絶命地〉, 〈절도絶島〉, 〈하르빈도리공원〉, 〈광야에 와서〉 등의 해설을 보면 시적 자아의 절망은 "나의 천성의 나약함" 또는 "인간의 원시적 원형"으로 간주된다. 만주국은 오족협화의 건국이념과 왕도낙토의 담론을 통해 대동아공영권을 실현하는 제국주의의 판타지적 공간이다. 따라서 만주국에는 성장과 승리를 낙관하는 진취적인 표상이 있었다. 유치환의 서술도 탈향의 정서를 상쇄시키며 절망을 극복하고자 만주를 "우리의 먼 선대에서부터" 거쳐 온 기원적

---

39 유치환, 〈광야의 생리〉, 《구름에 그린다》, 신흥출판사, 1960, 34~35쪽.

40 유치환, 〈차단의 시간에서〉, 앞의 책, 22쪽.

공간으로 삼고, 만주행을 나를 "재건"하는 개인적 성찰의 공간으로 드러내고 있다. 이러한 해설의 방향을 통해 그는 역사적 경험의 형이상학적 승화를 기도한다. 1950년대 중반부터 그가 '신'을 탐구하며 발표한 산문의 서술 방식과 중첩되는 부분이기도 하다.

새로운 자기-구성의 욕망

> 즉 인간의 둘레 앞에 사상도 미칠 수 없는 무중대한 신의 영역-휘황찬란한 밤하늘의 경이와 한 톨 적은 씨앗이 간직한 무궁한 오묘가 펼쳐 있는 한 그리고 인간의 생명이 저 까마득한 어디에서 유래하는지를 알 수 없는 어떤 절대의 힘에 속하여 있는 한 인간은 오히려 아직도 고독도 불안도 할 리 없다. 그러므로 오늘 인간이 병들어 있는 이 고독과 불안이 애당초 부당하고 망집한 것임을 깨달아 신의 실체와 인간의 한계를 정확히 파악함으로써 인간은 자신의 중환에서 시급히 구하여야 할 것이다.[41]

유치환은 〈칼을 갈라〉를 쓴 직후에 〈신의 자세〉(《현대문학》, 1956. 2), 〈신의 영역과 인간의 부분〉(《동아일보》, 1956.7.17.~18.) 등을 연달아 발표하고 '신의 죽음'이라는 니체의 명제와 맞닿는 형이상학적 세계관을 피력한다. 유치환 글에서 핵심적인 주제인 '신'은 인간 세계를 진단하고 구원할 계기이면서 동시에 기독교적 신과 구분되는 새로운 세계의 윤리적 표상으로서 등장한다. 〈신의

---

41 유치환, 〈신의 영역과 인간의 부분—나는 고독하지 않다〉, 앞의 책, 198쪽.

자세〉의 서두가 "신의 인식을 종교에서 뺏아 와야 한다"[42]는 반기독교적인 논리로부터 시작한 연유도 그러하다. 그는 노골적으로 기독교적 신을 비판한다. 인간의 영원성, 초월성에 대해 권능을 발휘하지만 "계집같이 자기의 비위"에 따라 "인간을 골탕 먹이는 그러한 신" 등으로 기독교의 신에 대한 혹독한 비판을 서슴지 않는다.[43] 기독교적으로 영원성을 추구하는 가치로서 신이 현존해 온 방식에 항의하며 절대자에 대한 새로운 자세를 천명한다. 유치환이 보기에 기독교의 신은 인간의 한계를 이용하고 극복의지를 독점하는 권위의 상징이다.

'천국'으로 표상되는 진실되고 선하고 아름다운 가치란 그동안 신이 군림할 수 있었던 알리바이에 불과하다. 《구름에 그린다》의 서문을 대신해 쓴 "악을 판 자도 위선자였고/ 선을 판 자도 위선자였다"라는 구절도 마찬가지다. 기독교적으로 신을 숭배해 온 방식, 곧 인간의 한계를 극복하기 위해 영원성과 초월성을 기원하고 선을 추구하는 태도의 모순을 비판한 것이다. 따라서 위의 인용글처럼 유치환이 강조하는 '신'의 영역은 인간의 유한성을 정확히 파악하여 고독과 불안을 떨쳐 내는 태도에 있다. 그는 원죄를 구원해 주는 신성을 인간의 자각과 의지의 차원으로 제시하고 인간의 신성을 추구하며 고독과 불안을 극복할 수 있다고 믿는다. 인간이 결단하고 구현하는 신성은 〈칼을 갈라〉 식의 현실참여적 태도로서도 일맥상통한다.

---

[42] 유치환, 〈신의 자세〉, 앞의 책, 169쪽.

[43] 유치환, 〈신의 자세〉, 앞의 책, 169~170쪽. 유치환은 글은 "종교에 대한 몰상식한 주장"이라고 혹독한 비판을 받기도 했다. 김창수, 〈인간의 영성과 종교〉, 《동아일보》 1955년 12월 3일자.

해설집에서 다룬 시집들 가운데 《예술살렘의 닭》(1953), 《청마시집》(1954), 제5회 자유문학상(1958)을 수상한 시집인 《제9시집》(1957), 이듬해 김수영에 이어 제2회 한국시인협회상을 수상하고 출간한 《유치환 시선》(1959) 등은 포함되지 않았다. 1950년대 말 체제비판적인 목소리를 낼 무렵에 발표한 시집들, 즉 다른 무엇보다 자신의 문학적 태도에 부합하는 작품이었음에도 배제한 것이다. 그런 점에서 개별 시작품에 대한 해설 지면에 비해 결코 적지 않은 분량으로 실린 1950년대 산문은 후기시를 대신하여 배치된 텍스트라고 해도 이상하지 않다. 그런데 신의 관념에 경도된 유치환의 후기문학은 초기시의 존재론적인 시적 형상을 재독할 가능성을 제공하기에 주목된다.

> 잘 모르는 일이긴 하지마는 기독교에 있어서는 인간의 원죄의식에서 그 죄의 구원을 받기 위하여 사랑의 손길에 매달리는 것이나 동양적인 불교사상으로는 인간의 희노애락의 문門인 오관의 기능까지를 단절하므로 겁죄의 번뇌에서 놓여 나려 비원하는 것이 아니겠습니까? 나도 나의 목숨이 부대껴 견디어 낼 수 없는 인생의 애환의 침부에서 차라리 보아도 보지 않고 들어도 듣지 않는 목석으로 되는지 아니면 해바라기 같은 거만한 의지의 화신이 되고 싶은 희원까지 하였던 것입니다.[44]

유치환의 시사적 위상을 검토한 글에서 김은전은 1950년대 신의 관념을 통해 "신의 개념에 대한 이해 없이는 그의 시, 특히 〈바위〉

---

44 유치환, 〈나의 시 나의 인생〉, 앞의 책, 103~104쪽.

나 〈생명의 서〉를 깊이 있게 읽어 내기가 어렵다"고 논평한 바 있다.[45] 이처럼 1950년대 유치환 시문학에 특유한 '신'의 개념은 초기시 해설에 중요한 비평적 방법론으로 사용되어 왔다. 하지만 이는 유치환이 자작시 해설을 쓰면서 의도한 방향과 대체로 일치하는 것이기도 하다. 〈바위〉(1947)는 죽어서 바위가 되고 싶다는 화자의 목소리를 담고 있는 시이다. 이때 바위의 이미지란 억년 동안 비바람에 풍화되더라도 침묵하는 존재다. 그런데 위의 인용문에 따르면 〈바위〉는 시적 주체가 기독교, 불교 등의 종교적 관점에서 벗어나 "인생의 애환"을 극복하는 과정을 다룬 시이다. 이러한 해석은 1950년대 동안 유치환이 보여 준 신의 관념이 그대로 적용된 분석이라고 해도 무방하다. 이를테면 "목석"이 되는 방법과 "거만한 의지의 화신"에 이르는 방법 중 어느 하나에서 자기갱신이 가능하다는 것이 〈바위〉의 핵심적인 주제가 되는 셈이다. 물론 바위의 시적 이미지는 전자에 해당한다.

그런데 〈신의 자세〉에서 "우주의 영원한 침묵! 이것이 곧 신의 자세"[46]라고 강조한 부분을 고려하면, 앞서 언급한 〈바위〉 해석은 1950년대의 문학관을 10여 년 전 작품에 투사하여 그 의미를 재가공한 것이라 볼 수밖에 없다. 이로써 초기시와 전후시의 해소 불가능한 간극, 곧 관념/현실 지향으로 단절된 시세계는 신의 관념을 통해 극적으로 연속되기에 이른다. 가령 해설집에서 유치환은 8년의 시차가 있는 〈바위〉와 〈칼을 갈라〉를 동시에 다루면서 공히 신의 상실이나 니힐리즘에서 현대적 모랄의 필요성을 제기했다. 이

45 김은전, 〈청마 유치환의 시사적 위치〉, 앞의 책, 117쪽.
46 유치환, 〈신의 자세〉, 앞의 책, 169쪽.

처럼 개인의 기억과 달리 자작시에 의존한 문학적 기억은 자연발생적일 수 없다. 재구성된 기억을 확인하는 방법은 개인적 기억에서 문학적 기억으로 이행되는 과정에 어떤 정치적, 문화적 조건이 있었는지를 추적하는 것이다. 《자작시 해설집》은 당시 급증하는 문단 회고와 다르게 집단적 기억을 주조하는 텍스트라기보다 오히려 하나의 문학 그룹으로 적잖이 규정될 법한 자작시들을 교호적으로 기재하고자 하는 새로운 자기-구성의 욕망이 엿보인다.

| 문학적 자기 서사의 재검토를 위하여 |

시문학사를 통해 전유되는 '자작시 해설'

지금까지 1950년대 후반에 신흥출판사에서 발간한 《자작시 해설집》 총서의 문화사적 의미에 대해 살펴보았다. 박목월, 조병화, 장만영, 유치환, 박두진, 한하운 등의 중진 시인이 특별히 '총서'의 형태로 산문집을 발간한 것은 시문학장의 변화와 관련이 깊다. 한국시인협회가 설립된 1957년에 이르면 시인이 2백여 명으로 증가하는 등 현대시의 르네상스기를 맞는다. 흥미롭게도 1950~60년대는 문예단체의 분과별 재편성이 이루어지며 한국시인협회(1957)가 창설된 역동적인 시기였다.[47] 시(인)의 양적 증가가 가속화되면서

47 창립 총회에서 선출된 임원진은 유치환(대표간사), 조지훈(사무간사), 이한직(기획간 물사), 박목월(출판간사), 김경린(사무간사), 정한모 · 전봉건 · 김요섭 · 박태진(상임위원), 서정주 · 박남수 · 양명문 · 박두진 · 함윤수 · 장수철 · 조병화 · 이봉래(심의위원)이다. 이를테면 《자작시 해설집》에 참여한 필자들은 한국시인

시의 전문성을 확보하고 운문문학 영역을 확대하려는 노력은 협소했던 시단의 규모를 재편성하는 계기가 되었다. 제도적으로 시문학의 독자적인 위상이 만들어지는 가운데 시인들의 자작시에 대한 비평적, 회고적 발언이 급증하는 이채로운 현상이 있었다. 물론 '자작시 해설' 류의 글쓰기는 식민지기부터 현재까지 상존하지만, 해방과 분단으로 숨가쁘게 이어진 정치사의 격동으로 인해 어느 때보다 이념적, 사회적 신원 증명에의 요구가 높았으며, 다른 한편 식민지 문학과의 연속/단절을 역사적으로 정당화할 필요성도 절실했던 시기가 바로 1950~60년대였다.

《자작시 해설집》은 시인들의 문학적 변화를 단절 또는 연속의 과정으로 재구성하면서 현대(박목월), 세계(조병화), 번역(장만영), 반공(한하운), 신(유치환) 등의 이념 및 주제를 전후 시문학의 판본으로서 새롭게 모색하는 자기-서사의 방편이기도 했다. 가령 총서의 지면을 통해 모더니즘시의 공세 때문에 낡은 시로서 혹평을 받고 있던 청록파 시인은 고백적 문체와 함께 문학적 성찰과 극복의 서사를 만들고, 한하운도 레드 콤플렉스가 내재한 상태에서 순수문학론에 부합하는 자기 문학의 쇄신을 반복해 보여 준다. 유치환은 해설집에서 해방을 전후하여 단절된 시세계를 형이상학적 논의 속에서 총체성을 획득하였다.

요컨대 이 총서는 1950년대 중반 이후 한국 현대시사 서술이 본격화되고, 저널리즘에서 수기·자서전 등이 붐을 이룰 때 회고적

협회에서 핵심적인 역할을 담당한 시인들이었다. 《자작시 해설집》 총서의 특징을 한국시인협회와 연관지어 온전히 설명할 수는 없다. 하지만 총서를 기획한 신흥출판사에서 한국시인협회 시론집인 《나의 시 나의 시론》(1960)을 발간했을 정도로 협회와 관련이 있었다고 판단된다.

역사 기술에 의존해 자신의 문학사적 위상을 새롭게 마련하고자 한 텍스트였다. 시인은 텍스트의 해석을 경유하여 결국 자기 자신에 관해 말하고 있는 것이다. 이러한 자기에의 담론은 '나/너는 누구인가'라는 질문에 답함으로써 자신의 사회적 정체성을 (재)정립하거나, 시인 자신과 시 텍스트에 고유의 문학사적 위상을 부여하거나, 혹은 두 가지 방식을 모두 취할 수 있다. 그러므로 개인/집단의 역사 속에 자기/시 텍스트를 재배치하는 과정에서 사용되는 언어적 조건(어휘, 개념, 이미지, 범주, 수사 등)과 그 발화의 사회적 조건(문단, 학술장, 제도, 네트워크 등)이 상호작용하면서 일으키는 효과effect들에 주목할 필요가 있다. "자유롭게 행동할 수 있는 개인을 대상으로 하는 경우에만 권력이 된다"는 푸코의 유명한 경구가 일러 주듯, 자작시를 둘러싼 시인의 자유로운 발화가 어떻게 자기에 대한 역사적 담론을 부단히 재생산하는 가운데 특정한 이념, 가치, 제도 안으로 용해되어 가는지를 해명하는 것은 중요한 과제라 할 만하다. 따라서, 신흥출판사의 〈자작시 해설〉 총서뿐 아니라 여러 매체에 편만한 문학적 자기-서사의 문학적 사례들이 과연 한국 시문학사에 어떤 방식으로 기입되고 고정되는지 좀더 면밀하게 검토할 필요가 있다.

|참고문헌|

자료

《경향신문》, 《동아일보》, 《문학예술》, 《사상계》, 《자유문학》, 《창작과비평》, 《현대문학》

논문 및 단행본

김윤정, 〈유치환의 문학에 나타난 인간주의적 형이상학 고찰〉, 《한민족어문학》 69, 한민족어문학학회, 2015.

류찬열, 〈문학의 권력화와 정전화에 대한 성찰과 반성〉, 문학과비평연구회 편, 《한국 문학권력의 계보》, 한국출판마케팅연구소.

박두진, 〈자서〉, 《시와 사랑》, 신흥출판사, 1960.

박목월, 《보랏빛 소묘》, 신흥출판사, 1958.

박연희, 〈한하운 시에 나타난 월남의식과 '문둥이' 표상〉, 부평역사박물관 편, 《다시 보는 한하운의 삶과 문학》, 소명출판, 2017.

박철희 엮음, 《유치환》, 서강대 출판부, 1999.

박태일, 《유치환과 이원수의 부왜문학》, 소명출판, 2015.

박현수, 〈해방기 초월주의의 본질과 사상사적 특성〉, 《한국현대문학연구》 45, 한국현대문학회, 2015.

박현수 편, 《박목월》, 새미, 2002.

유성호, 〈박목월 문학과 문학장〉, 《한국근대문학연구》 32, 한국근대문학회, 2015.

유치환, 《구름에 그린다》, 신흥출판사, 1960.

윤은경, 〈유치환의 시에 나타난 디아스포라적 의식과 혼종성-만주 이주를 전후한 시편을 중심으로〉, 《비평문학》 54, 한국비평문학회, 2014.

이준범, 〈나의 문학수업〉이란 우변, 《아동문학평론》 1, 아동문학평론사, 1976.

조강석, 《비화해적 가상의 두 양태》, 소명출판, 2011.

최원식, 〈한하운과 《한하운 시초》〉, 《민족문학사연구》 54, 민족문학사학회, 2014.
한하운, 《보리피리》, 인간사, 1955.
홍기돈, 〈김동리와 문학권력〉, 문학과비평연구회, 《한국 문학권력의 계보》, 한국출판마케팅연구소, 2004.

자서전의 시대, 구성되는 정체성
: 1970년대 자서전 붐의 문화적 토양

| 김성연 |

| 근대인의 자서전, 언어로 구성되는 정체성 |

자서전의 변화는 인간의 자기재현 관습, 그리고 사회 내 개인의 존재 방식의 변화와 함께한다. 1728년 이탈리아 철학자 지암바티스타 비코Giambattista Vico는 자신의 자서전(《The Life of Giambattista Vico written by himself》)에서 진화론적 관점의 인간관을 펼침으로써 신의 계율과 신분제에 기반 한 봉건사회에 파장을 일으켰다.[1] 그는 인간을 신과 운명에 의해 결정된 존재가 아니라, 스스로를 창조할 수 있고 그 산물을 다음 세대에 전수하는 진화의 과정에 놓인 존재로 보았다. 아우구스티누스(354~430)의 《고백록Confessiones》에는 신 앞에 참회하는 인간이, 루소(1712~1778)의 《고백록Les Confessions》에는 독자에게 고백하고 공감을 구하는 인간이 있었다면, 비코의 자서전에는 자기가 이룩한 삶과 그에 관한 진술을 다음 세대에 전하는 인간이 있었다. 인간이 자기 정체성을 스스로 생성하고 자신의 언어로 규정할 수 있다는 개념이 보편화되면서 근대의 자서전 장르는 본격화된 것이다.

자서전은 자아란 '고정된 진정한 것'이 아니라 '언어로 구성되는 허구'라는 개념이 대두하면서 보다 의미 있는 장르로 주목받게 되었다.[2] 이에 따라 근대의 자서전에 관한 연구 역시 변화해 왔다. 서

---

[1] 제레미 리프킨, 이경남 옮김, 《공감의 시대》, 민음사, 2010, 377~378쪽.

[2] James Olney, "Autobiography and the Cultural Moment", *Autobiography: Essays*

구의 자서전 연구는 다른 장르 문학 연구보다 뒤늦은 1970년대에야 본격화되었으며[3] '근대성'과 '개인'이라는 키워드를 중심으로 생산되어 왔다. 초기 연구들은 근대 자서전 장르를 '근대-서구-기독교'라는 특정한 조건에서 생성된 산물로 보았기 때문에 '기독교-백인-남성'의 자서전을 주된 분석 대상으로 삼았고 이를 통해 개인이 특정한 내면과 성찰의 단계에 도달했는지를 살펴보곤 했다.[4] 하지만 이후 연구자들은 비서구권의 자서전 역사를 근거로 들어 서구적 개인화만이 아닌 개인과 사회의 관계를 담아내는 보편적 장르로 자서전을 살펴볼 것을 제시했다.[5] 그리고 1990년대 이후에는 여성, 흑인, 소수민족, 난민 등, 주류 문학이나 역사서에 그들의 존재를 충분히 재현할 수 없었던 주체들의 자기 기록에 주목하게 되었다. 즉, 자서전 연구의 대상은 근대적 자서전으로의 변환 시점과 그 특수성을 규명하는 데에서 출발하여, 글쓰기 주체의 계급, 젠더, 인종, 지역, 시대를 확장시키는 방향으로 나아갔다.

한국의 문학 연구에서 자서전은 주로 작가를 이해하고 문학작품을 해석하는 참고 자료로 활용되었다가, 최근에는 근현대사에 대한 재조명 속에서 자서전과 그 인접 장르라고 할 수 있는 수기, 그리고 보다 확장된 장르인 논픽션, 저널리즘 글쓰기에 대한 연구가 양산되기 시작했다. 주로 1970~80년대 노동자 수기나 식민지, 전

Theoretical and Critical, (ed. James Olney), Princeton University Press, 1980., p.22.

[3] John Eakin, "Remembering James Olney–James Olney and the Study of Autobiography", *Biography* 38.4(Fall 2015). pp.466~467.

[4] Georges Gusdorf, "Conditions and Limits of Autobiography", *Autobiography: Essays Theoretical and Critical*, Princeton University Press, 1980. p.29.

[5] 클라우디아 울브리히, 〈역사적 시각으로 본 유럽의 자기 증언〉, 《일기를 통해 본 전통과 근대, 식민지와 국가》, 정병욱 공편, 소명출판, 2013, 33쪽.

쟁기의 난민·포로들의 사적 기록물이 주목되었는데, 이들 시도는 대문자 역사에는 기록되지 않았던 서발턴적 주체들의 존재와 그들의 글쓰기의 의미를 조명한다는 점에서 그 의의가 컸다.[6]

그런데 특정한 주체나 시대를 밝히는 것을 목적으로 하는 것이 아닌, 자서전 자체를 연구 대상으로 삼는 연구는 아직 초기 단계에 있다고 볼 수 있다. 일단, 자서전의 역사와 흐름이 어떻게 되는지조차 파악되지 않은 시점에서는 연구 대상으로 삼을 만한 정전을 선정하기도 쉽지 않다. 게다가 자서전은 그 문학적·미학적 수준과 진실성을 의심받는 장르이자, 텍스트와 인물과의 밀접성이 높고 스스로 자기 비평을 발화하는 장르이기 때문에 연구자가 연구 의의와 목적, 방법을 설정하는 데 곤란을 겪기도 한다. 따라서 자서전 연구는 소설이나 시 분석과는 다른 연구 접근 방법론을 요구한다. 이런 점에서, 1970년대 논픽션 글쓰기의 부상이라는 현상을 저널리즘 글쓰기라는 제도와 문법 속에서 살핀 선행 연구는[7] 자전적 서사물의 출판과 저널리즘과의 상관관계를 살펴볼 필요가 있음을 시사해 준다.

---

[6] 국문학에서 노동자, 여성, 난민의 수기나 자서전류에 관한 기존 연구는 김성한, 〈하층민 서사와 주변부 양식의 가능성—1980년대 논픽션을 중심으로〉, 《현대문학의 연구》, 2016.; 김예림, 〈노동의 로고스피어-산업-금융자본주의 회랑의 삶—언어에 대하여—〉, 《사이》 15, 2013.; 천정환, 〈서발턴은 쓸 수 있는가—1970~1980년대 민중의 자기재현과 "민중문학"〉, 《민족문학사연구》 47, 2011.; 김혜인, 〈기억의 변방, 증언으로서의 글쓰기: 시베리아 억류 포로 수기를 중심으로〉, 《동악어문학》 62, 2014.; 김혜인, 〈자본의 세기, 기업가적 자아와 자서전—1970년대 재계 회고와 기업가적 자아의 주체성 구성의 정치학〉, 《사이》 18, 2015.; 장영은, 〈근대 여성 지식인의 자기 서사 연구〉, 성균관대학교 박사학위논문, 2016.

[7] 김성한, 〈1970년대 논픽션과 소설의 관계 양상 연구〉, 《상허학보》 32집, 상허학회, 2011.6., 18~23쪽.

이 글은 한국 자서전 역사에서 유의미한 변화와 확장의 시점인 1970년대에 주목하며 당시 자서전이 일반 대중독자들에게 접촉되던 방식과 자서전 집필 주체들의 특징을 살펴보고자 한다. 근대인의 자서전은 근대적 삶을 반영한 장르로, 탈전통의 현대사회에서 "전기적 서사biographical narratives를 일관되게 끊임없이 수정"[8]하고 작성하면서 자아 정체성을 유지하게 되었다. 근대인은 "새로운 형태의 매개된 경험"을 통해 삶의 형식과 내용을 끊임없이 선택해야 하게 된 것이다. 이는 자서전의 독자와 필자에게 모두 적용된다. 근대적 자서전의 독서 관습은 일제시대부터 시작되었으나,[9] 해방 이후가 되어서야 자서전 집필과 출판의 주체가 될 수 있었다. 한국전쟁 이후 1960년대를 거치면서 자서전은 그 존재감이 확장되었고, 1970년대에 이르러 그 출판 규모가 폭발적으로 증가하기 시작했다. 1970년대는 도시화와 산업화가 급속도로 진행되면서 '자수성가'한 근대인의 전형적인 성공 신화들이 나오기 시작했다. 이 시기 독서 인구는 1950~1960년대 이루어진 국민교육의 성과로 증가되었으며 정기간행물을 비롯한 인쇄물이 늘어 원고에 대한 수요도 증가했다. 학생과 주부, 노동자를 비롯한 비전문가 집단의 글쓰기도 상업출판물로 경쟁력을 띠게 되었고 "1960년대 논픽션 공모 사례에서 보듯, 전문적 문필가가 아닌 사람들도 충분히 글을 쓸 수 있음이 증명되었다."[10] 그리고 식민과 한국전쟁을 경험한 사회 중

---

8 앤서니 기든스, 권기돈 옮김, 《현대성과 자아정체성》, 새물결, 1997, 43쪽.

9 식민지 시기 번역된 자서전을 독서하던 문화에 관해서는, 김성연, 〈'그들'의 자서전—식민지 시기 자서전의 개념과 감각을 형성한 독서의 모자이크〉, 《현대문학의 연구》 49, 한국문학연구학회, 2013.3.

10 김성환, 〈1970년대 대중 서사의 전략적 변화〉, 《현대문학의 연구》 51, 한국문학

진 세대들이 전후 세대에게 자기 세대의 역사적 경험을 전달하고 싶은 욕망을 적극적으로 표출하기 시작한 시기이기도 하다.[11]

그런데 한국의 근대 자서전에 대해서는 이론적 정립은 물론이고 그 실체도 충분히 정리되어 있지 않다. 따라서 개별 자서전에 대한 텍스트 분석에 앞서 자서전이 생산되고 소비되던 현장을 전반적으로 파악해 볼 필요가 있다. 자서전을 둘러싼 문화적 감각을 재구해 보고 여기서 도출한 보편성과 특수성을 토대로, 향후 자서전 장르에 어떻게 접근하고 여기에서 무엇을 읽어 내야 할지 이론과 방법론을 모색할 수 있을 것이다. 출판된 자서전들은 상당수가 글쓰기 수준이 검증되어 있지 않은 비전문가나 혹은 전문 대필작가에 의해 쓰여진 글로, 미학적 · 윤리적 · 이론적 잣대를 들이댄다면 생산적인 논의가 나오기 힘들어진다. 게다가 자서전 장르에는 엄격한 규범이나 합의가 있었던 것은 아니지만 이 장르에 대한 사회적 기대지평이 전혀 없었던 것도 아니다. 무엇보다도 출판물들을 살펴보면 '자서전'이라는 장르명은 '회고록, 수상록, 수기, 자전수필' 등 유사 장르명과 경계가 모호하여 대상을 선별하는 것조차 쉽지 않다.

따라서 이 글은 먼저 '자서전'을 표방한 텍스트들이 1950~60년대를 거치면서 1970년대 한국 사회에서 존재하고 감각되었던 방식을 당시 주요 미디어인 신문과 잡지 같은 정기간행물들을 통해 파악하

연구학회, 2013.10. 163쪽.

[11] 당시 일간지에 인터뷰한 사회 각 분야의 중진들은 자서전 집필 의사를 내비치고 있었다. "이것은 완전히 욕심이지만 일제 말기, 6.25 등을 통한 운명의 변화를 소재로 한 《자서전》을 하나 내고 싶어요."(〈나의 서재-일석 이희승〉, 《매일경제》, 1970.4.28.), "일제, 군정, 자유당, 민주당, 제 3공화국에 이르기까지의 자신이 살아온 여정을 수록한 자서전을 내고 싶다."(〈나의 서재-기당 이한기〉, 《매일경제》, 1970.4.30.)

고자 한다. 자서전 텍스트가 미디어를 매개로 어떤 수용자에게 어떻게 노출되었는가를 이해할 필요가 있기 때문이다.[12] 그리고 자서전 집필 주체의 성격이나 태도가 이전 시기와 달라진 점을 살피고 텍스트들의 특징을 밝힌다. 이때, 제목에 '자서전, 회고록'을 표방하는 텍스트를 주로 다루되, '자전적 서사'로 인식되는 그 밖의 관련 서사들도 포괄하며, 한국 사회에서 자서전이 존재했던 전모를 파악하기 위해, 국내 출판물과 해외 번역서를 함께 살펴볼 것이다.

출판 미디어와 자서전의 공모 관계

인물 기사와 자서전 소식

인물에 대한 서사의 확산과 소비는 미디어의 속성과 긴밀히 연관되어 있다. 신문은 특정 인물들에 대한 반복적인 기사를 통해 그들의 인지도를 높이고 고정된 이미지를 확산시킨다. 익히 알려져 있다시피 신문 독자들은 유사한 패턴의 뉴스를 반복해서 접하며 '상상의 공동체'로 거듭나게 되는데, 이것은 비단 '국민'으로서의 귀속감을 향상시키기만 하는 것이 아니라 '문화 공동체'로서 집단적 기억과 감각을 공유하게도 만든다. 그런 점에서 신문은 개인에 대한 소식을 공유시키고 그들의 출판물을 다시 홍보하는 역할도 했다고 볼 수 있다. 출판시장에서 자서전은 텍스트 내용보다도 필자 이름

---

12 미디어 연구와 텍스트 분석의 긴밀한 관계에 대해서는 요시미 순야, 안미라 옮김, 《미디어 문화론》, 커뮤니케이션북스, 2007, 8~10쪽.

을 보고 선택하는 장르였기 때문에 미디어와 함께 살펴볼 필요가 있다.

자서전이 번성했던 1970년대 미디어의 중심에는 신문이 있었다. 사실 맥루한Marshall McLuhan에 따르면 정부의 뉴스를 전달하는 역할에서 벗어나지 못하는 신문은 책 혹은 개인의 목소리와 화해하기 힘든 미디어였다. 이러한 내용을 담고 있는 마샬 맥루한의 《미디어의 이해Understanding Media》는 1974년 《중앙일보》의 자매지 《월간중앙》의 별책문고로 보급되었는데, 그 안에는 "신문은 사실을 공표함으로써 개인적 견해를 일소하려는 의도를 가지고 있기 때문에 책이라는 미디어와는 피치 못할 충돌이 일어나지 않을까 염려"[13]가 된다는 서술이 들어 있었다. 위의 맥루한의 분석이 놓치고 있는 지점은 현대 신문은 일간신문, 일요신문, 경제지 등 다원화되고 복합적 이해관계와 목적으로 분화되어 더 이상 단일한 권력이나 정보 출처에 의해 통제되는 존재로 볼 수는 없게 되었다는 점, 그리고 방대하고 연속적인 지면 안에는 충돌하는 사실들과 다성적 목소리들이 담길 수밖에 없었다는 점이다. 그런 점에서 신문이 개인의 목소리인 자서전과 회고록을 소개하고 게재하고 있는 장면은, 개인의 삶에 기반한 진술이 공적 지면으로 틈입하고 있었음을 뜻한다. 자서전류는 "체험을 통하지 않은 추측 기사"를 제공하곤 한다는 점에서 비판받던[14] 신문의 한계를 보완하는 유용한 장르였다.

1950~1970년대 한국의 경우 신문과 자서전은 서로 공생하기 좋은 장르였다. 신문은 새로운 소식을 신속히 공개하고 공유시킨

13 하버트 마샬 맥루한, 김영국 외 편집, 《미디어의 이해》, 중앙일보사, 1974, 168쪽.
14 최은희, 〈서문〉, 《조국을 찾기까지-한국여성활동비화-상권》, 탐구당, 1973, 1쪽.

다는 명분으로 존재했기 때문에, 기사의 독점성, 신속성, 신뢰성이 핵심이었다. 자서전은 이런 기사보다 생생하고 소문보다는 믿을 만한 독물로 기능했다. 진실을 알 수 없고 공적 발화에 대한 신뢰가 떨어진 상태일수록 자신이 경험하고 목격하고 들은 바를 말하는 개인의 목소리에 목마른 사회가 될 수 있다. 개인이 정보의 출처로 책임을 지는 발화에 대한 관심은 국가도 신문도 속 시원히 밝혀 주지 못하는 지점들에 대한 공중의 관심을 반영한다. 신문기사가 자서전을 소개하는 방식을 살펴보면 미디어에서 자서전의 쓸모를 짐작할 수 있다. 예컨대, "의문의 해외 도피 행각 중인 존 스톤 하우스 영국 하원의원의 자서전"이 출간되고 일요신문에 발췌 연재될 것이라는 소식을 전하는 기사는, 자서전이 죽음 위장·여권 위조·해외 도피·간첩 혐의 등 그간 설명되지 않았던 그의 기이한 행보들에 대한 "해명"을 담고 있을 것이라 전망했다. 신문으로서는 진술에 대한 책임이 발화자에게 있는 자서전과 같은 글은 사실 규명에 대한 부담이 덜한 기삿거리였다.

신문이 해외 자서전에 관한 기사를 보도하기 시작한 것은 1950년대 중반부터였다. 해외 단신 기사들은 세계 각처 유명인의 자서전 집필 동향과 출판 소식을 보도하기 시작했다. 유명 인사의 자서전 집필이나 출판 근황을 전하는 기사는 UPI와 같은 미국의 통신사나 주로 미주 특파원이던 해외 특파원이 제공하는 미국발 뉴스였다.[15] 고백이나 증언을 담고 있는 유명인의 자서전은 수백만

---

[15] 《경향신문》 1956년 1월 16일자, 처칠 회상록, 지스마르크 자서전 언급.; 《동아일보》 1959년 10월 10일자, 《독서신문》, J.S.밀 자서전 추천.; 《동아일보》, 1959년 12월 13일자 파스테르나크 자서전 《인생여권》 소개.

권 단위로 판매되는 베스트셀러가 되었고, 혹은 역으로 어떤 사건에 연루된 까닭에 먼저 판매가 되고 이후 필자가 유명세를 얻기도 했다. 이런 식으로 상업적 경쟁력을 얻게 된 자서전 장르는 1950년대 미국 출판계에서 주요 비중을 차지하게 되었다. 자서전 대필자를 가리키는 "유령작가"는 워싱턴에만 5백여 명 가까이 있는 것으로 파악되었고, 이들이 대필하는 글의 범위는 정치인의 자서전뿐 아니라 그들의 연설문·의사록까지 포함되었다.[16] 유명 정치인의 연설문 대필자들은 이름이 공공연하게 공개되기도 했다. 한 기사는 소련의 후루시초프 자서전 출간 소식을 전하며 "자서전 쓰는 것"을 "당대의 유행"으로 진단했다.[17] 당시 "보통 상식으로"도 "자서전이라면 자기가 쓰는 것인 줄 알았는데 이 자서전은 그가 임명한 의원들이 집필 중"이었다는 것이다. 이 책은 "장삿속이 빠른 미국의 어떤 출판사"가 인세를 선금으로 내고 판권을 획득했다. 자서전 출판은 기본적으로 출판·언론 자본의 속성, 혹은 정치권력과 결부되어 있었다. 그리고 앞선 기사의 예처럼 정치인이나 사회적 이슈 메이커의 자서전 집필 소식에는 대필작가의 문제나 진실성의 문제가 함께 언급되고는 했다.

1960년대에도 해외 자서전 발간 소식은 이어졌다. 1950년대 뉴스에서는 정치와 연관된 인물, 혹은 사상가나 작가의 자서전이 보도되었다면 1960년대는 각 분야의 인물에서부터 범죄자에 이르기까지 다양한 군상이 등장했다. 달라이 라마와 같은 종교인을 비롯하여, 리즈 테일러, 찰리 채플린과 같은 영화계 스타가 자서전 집

16 《동아일보》 1959년 10월 24일자, 파스테르나크 자서전 《인생여권》 소개.

17 〈써취라이트〉, 《동아일보》, 1960년 2월 10일자.

필에 착수했거나 출판했다는 근황이 연일 소개되었다.[18] 스포츠 스타의 자서전 출판도 주목받았다. 야구선수 페리의 자서전 《나와 스핏볼》 집필 소식이 소개되고,[19] 축구선수 펠레나 무하마드 알리로 개명한 클레이와 같은 권투선수 자서전의 계약료와 저작료, 그리고 출판기념회나 싸인회와 같은 행사 소식도 기사화되었다. 이들 유명인의 자서전은 대체로 "장사에 눈치 빠른 어떤 출판사"의 수완으로 출판되었고, 초판본이 발간 즉시 매진되었다는 식으로 출판 전후 맥락이 함께 공개되었다.[20] 이와 같은 가십성 외신 뉴스 역시 주로 UPI를 통해 세계로 전송된 것이었다.[21]

미국에서는 1970년대에도 전기물과 자서전의 붐이 더욱 확산되고 있었다.[22] 당시 한국의 신문 지면에서도 그 붐을 타고 서구권 저널에 연재되거나 출판된 유명인의 자서전을 "특파원을 통해 긴급 입수, 그 요지를 연재한다"고 소개하는 특집기사들을 종종 접할 수 있었다.[23] 예컨대, 미국에서 출판된 케네디의 어머니 로즈 여사의 자서전을 영국 《옵저버The Observer》지가 발췌 연재한 것을 한국의 특파원이 일종의 '본사 독점 특종'으로 소개하는 식이었다. 당시 빈

---

18 당시 해외 단신 기사들은 더글러스 맥아더, 페레, 찰리 채플린, 프랑수아 사강, 달라이 라마, 서머싯 몸, 아돌프 아이히만, 시몬느 드 보부아르, 리처드 닉슨, 버틀란트 러셀, 리즈 테일러 등의 자서전 집필 소식을 이들의 사진과 함께 보도하고 있었다.

19 〈변칙투구가 낳은 신화, 스핏볼의 마술사 미 페리 투수〉, 《동아일보》 1973년 9월 11일자.

20 〈축구선수 페레씨의 경우 자서전 내어 벼락부자〉, 《경향신문》 1962년 1월 24일자.

21 〈헤비급 권투선수 캐시어스 클레이 자서전〉, 《동아일보》 1970년 1월 8일자.

22 〈미 새봄맞아 전기물 출판붐〉, 《동아일보》 1971년 2월 23일자.

23 〈대통령의 어머니 로즈 여사가 처음으로 공개하는 케네디가의 영광과 비극 1〉, 《동아일보》 1974년 4월 4일자.

번히 출판되던 미국의 정치인 자서전 관련 뉴스는 진실 논란과 가짜 필자나 사기 계약 사건,[24] 거짓된 진술을 둘러싼 공방과 자서전 불매운동 등의 가십거리와 함께 보도되기도 했다. 예를 들면, 미국 37대 대통령 닉슨의 자서전은 참회보다는 변명에 치우쳤다는 비판을 받아 불매운동이 일었다는 소식이 보도되었다.

물론 이와 같은 시대의 흐름에 편승한 자서전들이 단기적으로 유통되기도 하였으나, 동시에 지성인의 자서전은 '시대의 고전'이자 '교양서적'으로 꾸준히 소개되고 있었는데 이들의 경우 문학상 수상 소식이나 작가의 권위를 등에 업고 선전되는 경우가 대부분이었다. 예를 들면, 1960년대에는 80세가 된 아놀드 토인비의 자서전 《체험》이 옥스퍼드대학 출판부에서 출간되며, 출판 기념행사와 강연 소식이 보도되었다.[25] 퓰리쳐상에는 자서전·전기 부문이 있었기 때문에 그 수상작 소식이 종종 보도되었으며[26] 처칠의 회고록도 1953년 노벨문학상을 수상하면서 인구에 회자되었다. 하지만 기본적으로 신문을 통해 접하게 되는 '자서전' 장르에 관한 기사는 인물이나 사건에 대한 세간의 관심을 자극하는 세속적인 내용을 담고 있는 것이 우세했다. 자서전은 그 '제작-계약-실상'과 같은 생산과 소비의 전모가 현실적 차원에서 실시간 보도되어 공개되었다는 점에서 시나 소설과 같은 장르 문학과는 다른 방식으로 소개된 것이다.

---

24 하워드 휴즈 자서전 사건 보도 기사가 다루어진 지면은 《경향신문》, 《동아일보》, 《매일경제》, 1972년 2월~1973년 3일.

25 〈자서전 《체험》 출판에 큰 관심〉, 《동아일보》 1969년 4월 5일자.

26 〈자서전 부문의 조지 케난〉, 《동아일보》 1968년 5월 9일자.

국내 인물들의 자서전 집필 정황 역시 기삿거리가 되었다. 장관, 국회의원 등의 정치인이나 정재계 은퇴 인사들의 근황을 소개하는 기사는 이들이 자서전을 집필 중이거나 정기간행물에 연재 중이라는 내용을 담고 있었다.[27] 1960~70년대에는 좀 더 다양한 직분과 계층의 자서전 집필 소식이 보도되었다.

이처럼 신문은 인물의 인지도를 높이거나 자서전 출판 소식을 전할 뿐만 아니라, 자서전을 연재하기도 했다. 일간신문 연재 자서전은 주로 서구 사상가나 문인, 정치인들의 것이었다. 장 콕도나 리처드 닉슨과 같은 미국 대통령 후보자 자서전은 번역본이 출판되기 이전에 신문에 간략한 버전으로 번역 연재되었다.[28] 《매일경제》나 《서울경제신문》 같은 경제 전문지는 경제인들의 회고록을 지면에 적극 올렸다. 하지만 본격적으로 자서전 연재를 담당했던 지면은 신문보다는 잡지였다. 1960년대 중반부터 신문사와 출판사들은 안정적 수익 확보를 위해 잡지 발간을 주요 사업으로 삼게 되고, 이에 《주간한국》, 《월간중앙》, 《주간경향》, 《선데이서울》 등 주간·월간 단위의 종합지, 대중지, 전문지들을 발행한다. 1970년대에 지속적으로 판매되었던 이들 정기간행물을 통해 대중들은 자서전이라는 장르에 대한 균질화된 감각을 공유하게 되고 이들은 다시 자서전의 독자와 작가로 양산되게 된다.

---

27 〈여가에 자서전집필 원용석〉(67), 《동아일보》 1978년 8월 15일자.

28 《경향신문》 1964년 2월 18일자, 〈장 콕도의 자서전 연재–본사독점〉 연재 시작; 《경향신문》 1962년 7월 22일자, 〈리차드 닉슨 자서전〉 연재 시작.

잡지 연재와 출판 관행

1970년대 무렵 각종 정기간행물들이 월간지나 주간지의 형태로 정착되면서 각계 인사들의 회고담, 인생담은 그 지면을 연속적으로 채워 주는 연재물로 자리 잡게 되었다. "신문이 보여 주지 못하는 심층 기사와 르포·수기·논픽션"[29] 등을 한데 묶어 제공하는 잡지는, 기삿거리로서뿐 아니라 독자들의 참여와 관심을 유도하는 데에도 유용한 수기나 르포와 같은 논픽션 장르를 적극 발굴하기 시작했다. 정기간행물에 자신의 과거를 회고하는 글을 연재하는 필자들은 이것들을 모아 출판하거나 더 상세히 진술하고자 하는 욕망을 내비치기도 했다. 예컨대, 이희승의 경우 근황을 소개하면서 《사상계》에 조선어학회 사건에 대한 회고담을 10회 연재했는데 '그 다음 6·25를 통한 운명의 변화를 소재로 한 자서전을 하나 내고 싶다'는 '욕심'이 생겼음을 고백한다.[30] 그가 자신의 삶을 술회할 때 내세우는 역사적 변곡점은 '6·25'와 '일제하 옥중 생활'이었으며 이는 그 세대의 공통점이었다. 타인의 삶에 관한 기록을 보는 독자나 자신의 삶을 진술한 필자 모두에게 완결된 삶의 서사에 대한 욕구를 불러일으켰다는 점에서 자서전 연재물들은 또 다른 자서전 연재물이나 자서전 단행본의 출판을 연쇄적으로 자극했다.

자서전이 신문이나 잡지와 같은 정기간행물에 연재될 때, 이는 '단독', '독점'이나 '최초'라는 수식어와 함께 홍보되었다. 이는 우선

29 김성한, 〈1970년대 논픽션과 소설의 관계 양상 연구〉, 《상허학보》 32, 상허학회, 2011, 19쪽.

30 〈나의 서재 7-일석 이희승〉, 《매일경제》 1970년 4월 28일자.

당시 높은 판매율을 보인 주간지류가 다양한 계층과 세대로 구성된 도시생활자들을 아우르는 대중지로서[31] 상업적 경쟁력을 어필할 수밖에 없었기 때문이다. 일간지 《경향신문》에 연재된 장 콕도의 자서전도 "본사 독점"으로 번역 연재되었는데 이처럼 당시 자서전 연재나 출판 기사에는 '독점'이라는 말이 붙어 있곤 했다. 자서전은 상대적으로 판권과 계약이 명확한 장르였을 뿐 아니라, 대중적 이슈 몰이나 상업성이 분명한 출판물이었으며 따라서 그에 관한 기사 역시 뉴스거리가 되기 쉬웠다. 당시 다른 문학 장르들이 번역 원본을 정확히 밝히지 않곤 했던 데 반해, 자서전 장르는 상대적으로 원본의 출판일, 출판 경로, 필자에 관한 정보, 평가를 명백히 밝힌 장르였다.

당시 정보의 업데이트와 공유가 제한적이었기 때문에, 정기간행물에 자서전이 연재될 때에는 최신 자료를 최초로 독점 공개한다는 점이 강조되었고, 이러한 상품성 때문에 자서전은 대체로 정기간행물을 통해 먼저 활자화된 이후에 출판되는 수순을 밟았다. 연재 후 출판이라는 순서는 잡지사로서는 기삿거리를 선점했다는 점에서, 그리고 출판사로서는 출판물을 미리 홍보할 수 있다는 점에서 서로 상생하는 길이었다. 자서전·수기·회고록은 독자의 호기심을 자극하는 기삿거리를 다수의 필자들에게서 얻는 손쉬운 방법이었기 때문에 이를 연재하고 출판하는 관행은 자서전 출판을 가속화했다. 다수의 지식인과 정치인, 예술인들의 자서전을 포함해서 희극배우 배삼룡 자서전의 경우도 《주간한국》에 35회 연재된

[31] 송은영, 〈1960~70년대 한국의 대중사회화와 대중문화의 정치적 의미〉, 《상허학보》 32, 상허학회, 2011, 201쪽.

이후 단행본으로 출판된 경우였다. 여성 화가로 선구적 존재였던 천경자의 자서전도 잡지 《문학사상》에 연재된 이후 《그림이 있는 나의 자서전》(문학사상, 1978)으로 출간되었고, 미술잡지 《선 미술》에 연재된 박수근 미망인 김복순의 자서전 역시 "긴급 입수"된 자서전으로 먼저 소개되었다. 이렇게 자서전이 연재된 지면을 보면 종합지나 문학지만이 아니라 각 분야의 전문지들도 해당 분야 인물들의 자서전을 연재했음을 알 수 있다. 즉, 분야별 잡지의 세분화와 발달이 다양한 인물의 자서전 양산을 촉진하기도 했다.

여성 자서전의 연재와 출판도 여성잡지와 연동되어 있었다. 여원사의 경우, 1950년대부터 국내외 여성 자서전을 출판했다. 그 초반 주자는 펄벅의 《나의 자서전》(펄 S. 벅, 김귀현 옮김, 1959)으로 국내에서 펄벅의 인기 여세를 몰아 적극 광고하며 호응을 얻었다. 여원사가 발행한 한국 여성의 자서전 중 주목할 만한 것은 1960년대 중반에 간행된 박화성과 김활란의 자서전이었다. 이들은 근대 여성 원로 지식인 중 '여류 작가'이자 '여성 교육자'로서의 대표성이 띠고 있었다. 유명인의 자서전과 더불어 사회적 약자, 예를 들어 《생일없는 소녀》(김성필, 1959)와 같은 '천재 고아 소녀의 수기'도 간행되었으므로 사실상 양극화된 자서전이 공존했다고 볼 수 있다. 이렇게 여성 자서전을 적극 발굴한 출판사인 여원사는 자사 잡지인 《여원》의 기획 연재물을 이후 단행본으로 묶어 출판하곤 했다. 앞서 언급한 책들도 그러하거니와, 한국 남성과 결혼한 외국인 여성의 수기인 《나는 코리안의 아내》(아그네스 데이비스 김, 양태준 옮김, 1958)도 그 예에 해당한다. 이와 같은 책의 경우 일회적 출판에 그치지 않고 1960~70년대에 4개 출판사를 옮기며 재출판되었기 때문에 독서 시장에서 무시할 수 없는 영향력을 미치고 있었다.

그리고 이러한 논픽션을 표방한 텍스트들은 미디어 종사자들이 배출되면서 함께 성장했다고 볼 수 있었다. 방송국이나 신문·잡지사 기자 출신들이 자서전과 전기를 비롯한 논픽션 장르의 번역가와 집필자로 대거 참여했다. 논픽션 글쓰기는 저널리즘 글쓰기와 긴밀히 연동되어 있었던 것이다.[32] 예를 들면, 1978년 베스트셀러였던 이사도라 던컨의 자서전과 버지니아 울프의 전기의 번역자는 KBS 기자 출신이었다. 그는 버지니아 울프의 문학이나 작품론, 작가론이라면 적어도 영문학 전공자가 번역해야겠지만 전기의 경우는 비전공자도 무리 없을 것이라는 데에 위안을 삼고 번역하게 되었다고 그 번역의 계기를 밝혔다.[33]

이렇게 게재·연재된 글이 단행본으로 묶여 발간되면서 출판계에서도 비중을 차지하게 되었다. 1970년대 출판계를 총람하는 《문예연감》은 당시 전기와 자서전류가 높은 비중을 차지하고 있었다는 사실을 강조하고 있었다. 당시 출판된 자서전들은 크게 보면 교양서와 대중서라는 두 갈래로 나뉘어 수용되고 있었다. 당시 명저로 인식되던 자서전은 서구 남성 지식인과 여성 문인의 번역 자서전이었다. 이 책들은 대중들에게 필자의 다른 사상서나 문학작품보다 쉽게 이해할 수 있는 교양서로 다가갔다. 예컨대 버틀란트 러셀 자서전은 1950년 노벨문학상 수상자의 자서전으로 주목받으면서 1967년 두 개 출판사에서 동시에 번역 출간되었다. 이 책은 일

---

[32] 김성환, 〈1970년대 논픽션과 소설의 관계 양상 연구 : 《신동아》 논픽션 공모를 중심으로〉, 《상허학보》 32, 상허학회, 2011.

[33] 조지 스페이터 · 이안 파슨스, 유자효 옮김, 《누가 사랑을 두려워하랴》, 모음사, 1978.

반인 독자를 상대로 적극적인 광고 홍보를 했고, '마음의 평화와 정신적 양심을 주는 글이자 역사에 남을 문헌'[34]으로 소개되면서 난해한 그의 철학과 달리 쉽고 재미있게 그를 이해하게 하여 독자의 공감을 불러일으켰다고 평가되었다.[35] 이는 지식인의 자서전이 대중들에게 어필할 때 보이는 일반적인 속성으로, 알튀세르의 자서전이 프랑스에서 발간되었을 때 이전에 그의 사상서와 달리 대중적으로 높은 호응을 얻은 것도 이와 같은 맥락이었다.[36] 해외 정치 동향이나 스캔들, 스타성에 편승해 출판되는 자서전들은 상업적인 대중서적으로 소비되고 있었다. 1976년 번역 출판된 지미 카터의 《나의 자서전》(태양문화사, 1976)은 그해 있을 39대 미국 대통령 선거의 유력한 후보자의 자서전으로 광고되었다. 선거 후보자로 물망에 오른 정치인의 자서전은 선거 직전에 상품성이 가장 높았다. 리즈 테일러와 같은 대중 스타의 자서전도 세간의 호기심을 자극할 만한 제목으로(《사랑의 자서전》) 번역 출간되었다.

이렇게 출판된 자서전들은 1970년대 독자들의 '권하는 책, 읽고 있는 책, 읽고 싶은 책' 리스트에 진입했다. 독자들은 "존경받는 인물들의 자서전"을 "읽고 싶은 책"으로 꼽았고,[37] 자신들처럼 "고민하던 인간들의 자서전"을 읽어야겠다는 의지를 밝히기도 했다.[38]

---

34 버어트란드 러셀, 《기나긴 사랑이 있는 대화》, 태양출판사, 1967, 294쪽.

35 김우탁 옮김, 《사랑이 있는 기나긴 대화》, 휘문, 1967.; 진보헌 옮김, 《기나긴 사랑의 오솔길》, 신아, 1967.; 〈러셀 자서전 2개 번역물에 대해〉, 《동아일보》 1967년 7월 13일자.

36 〈알튀세르의 자서전 출판에 즈음하여〉, 《이론》 2호, 1992, 303쪽.

37 〈독후감 공모 1위 입선한 임영숙 여사〉, 《동아일보》 1972년 2월 1일자.

38 《경향신문》 1976년 9월 24일자.

"양서를 추천해 달라고 묻는 일반 독자들에게 권하고 싶은 책은 우선 관심 있고 존경의 대상이 되는 인물들의 좋은 전기와 자서전을 권하는"[39] 풍토가 형성되어 있었다. 다음 장에서는 이렇게 미디어에 의해 기사화되거나 광고되면서 독자들에게 주목된 한국의 자서전 집필자들의 특징을 파악하고자 한다.

자서전 집필 주체의 대두: 공인과 여성

집단적 기억의 대리자

국내 자서전은 근현대사에 대한 기록과 증언의 가치를 지닌 것으로 조명되곤 했다. 독일에서도 1970년대에 나치즘에 대한 문화적 반성의 계기로 개인의 자서전·회고록·일기·편지·수기 등이 주목받게 되었다.[40] 하지만 역사적 경험의 차이로 인해 독일에서는 자기 진술의 사실성과 반성적 가치가 강화되었다면 한국의 경우 수난사로서 진술되고 공감되는 분위기가 지배적이었다는 차이가 있었다. 특히 식민과 전쟁, 분단이라는 현대사 속에서는 역사 서술로는 포괄할 수 없는 개인의 경험과 기록의 가치가 높아졌다. 해방 이후 발간된 초기 자서전의 필자들은 민족과 국민의 대표성을 띤 정치인이나 사회운동가들이었고, 그들의 수기·르포·회고

---

39 〈어떤 책을 어떻게 읽나〉, 《매일경제》 1976년 10월 5일자.

40 류은희, 〈자서전의 미시적 역사기술과 그 문화적 의미—1970년대와 1990년대 독일 작가의 자서전을 중심으로〉, 《독일어문학》 25, 2004, 81~84쪽.

록은 민족사로서의 기능뿐 아니라 정치적 헤게모니 속에서 '독립-반공-민주'의 아이콘을 획득하려는 인정투쟁의 성격이 강했다. 이러한 시대적 흐름 속에서 1970년대가 회고와 자서의 시기일 수 있었던 사회적 배경 중 하나는, 식민과 한국전쟁을 경험한 세대가 1950~60년대 활발한 사회 활동을 한 이후 1970년대에는 원로층으로 포진하게 되었기 때문이다. 이들은 주로 1890~1910년대 사이에 태어났으며 60~80세의 나이에 집필·출간했다. 게다가 1975년이 되면 광복 30주년 기념 출판물들이 대거 간행되면서 역사적 증인의 기록물이 집중 양산된다. 이들 필자는 서문에서 대체로 '일제시대-전쟁-분단'을 경험한 세대로서 이에 대해 후세에게 남겨야 한다는 사명감을 피력한다. 기록자로서의 사명감을 가지고 자서전 및 회고록을 남긴 인물 중에는 언론인도 있었다. "내가 입을 닫고 죽으면 후세의 학자들이 무엇을 근거로"[41] 과거를 이해할 것인가라고 한 '최초 여기자' 최은희의 발화는 이들의 심중을 잘 보여준다. 집단적 정체성은 기억에 의해 확립되고, 기억은 '집단적 경험'에 대한 기록으로 구체화된다는 점을 상기하면, 일제강점기와 한국전쟁을 경험한 세대의 기록들은 식민지와 분단 역사를 기반으로 한 집단적 기억공동체를 형성했다고 볼 수 있다.

국가와 민족의 역사를 중심으로 서술되던 1950~60년대 자서전과 달리 1970년대를 거치면서 각 근대적 제도와 분야에서 그 기틀을 마련했다고 자임할 수 있는 이들의 저술도 발간되기 시작했다. 1970년이 되면 언론, 교육, 종교는 물론이고 문화, 예술, 경제 분야에서 최소 20년사, 길게는 50년사를 기술할 수 있는 세대가 형

---

41 최은희, 《조국을 찾기까지 1905-1945 한국여성생활비화》, 탐구당, 1973.

성된다. 따라서 《최경자 자전년감 패션 50년》처럼 개인의 생애사와 한국의 패션사를 병렬적으로 기술하는 저술도 나올 수 있게 된 것이다.[42] 이들 저술에서 개인의 생애는 곧 해당 분야의 근대사가 될 수 있었다.

사실 1960년대만 해도 정치를 제외하고는 문학과 종교와 같은 분야의 사회 지도자들의 자서전이 대부분이었다. 함석헌의 자서전 《죽을 때까지 이 걸음으로—나의 자서전》(삼중당, 1964)은 성별이나 분야를 넘어선, "민중의 대언자가 피눈물로 쓴 신념의 정신사"로 홍보되었다.[43] "애국심과 용기를 발판으로" 삼은 "우리나라의 지도자상"이 쓴 자서전은 "우리의 미래상을 제시"하는 것으로 주목되었다.[44] 지도자급 인물의 경우 개인의 편지, 수상, 일기를 곁들인 자서전이 집단적 주체인 "민중의 자서전"으로 기능하게 되었다. 이 책이 출판된 해인 1964년에는 전반적으로 서적 판매가 저조했는데, 이 책은 인물의 유명세로 베스트셀러가 되었다.[45] 주목할 점은 그가 자신의 자서전을 집필하기 전에 간디의 자서전을 번역했으며, 식민지 시기 읽었던 부커 티 워싱턴의 자서전을 비유 삼아 식민지 역사를 거친 자기 자신과 민족의 정체성을 서술했다는 점이다. 유달영의 자서전 역시 간디와 헬렌켈러 자서전을 높은 비중으로 언급했다. 1960~70년대 자서전 필자들에게는 공통된 '자서전의 전범典範'이 있었으며 이는 해외 번역 자서전과 국내 자서전

---

42 최경자, 《최경자 자전 년감 패션 50년》, 의상사 출판국, 1981.

43 《동아일보》 1964년 3월 23일자 광고.

44 《동아일보》 1964년 5월 25일자.

45 〈봄이 와도 풀리지 않는 서점가〉, 《경향신문》 1964년 3월 12일자.

의 영향 관계, 즉 한국인의 자기 기술이 갖는 서사적 모방성에 대해 살펴볼 필요가 있음을 시사해 준다.

1964년 출판된 박화성의 자서전 《눈보라의 은하》 역시 회갑 기념 출판물이었는데, 이 책은 당시 한국 문단에서 회갑이 지나서 자서전을 출판한 작가가 한 명도 없었다는 점에서 더욱 주목받았다.[46] 따라서 40여 년 간 같은 업에 종사해 온 그의 자서전은 "개인만의 자서전일 수 없다는 데 의의가" 있었고 "민족문화의 측면사"로서의 의의가 부각되었다. 당시에도 '자서전'이라 하면 이전의 독서 경험으로 인해 "흔히 참회록을 연상"했지만, 박화성의 자서전은 "한국 여성의 수난사"로 "수난 속에 살아온 자기 의지"를 "자랑스런 감회"로 엮은 것이었다. 일제 시대나 한국전쟁을 배경으로 한 자서전은 참회록이 아닌 수난록이었다.

1970년대 원로 문인의 자서전으로 주목받았던 대표적 자서전은 1976년 출간된 《김광섭 자전문집-나의 옥중기》(창작과 비평사, 1976)이다.[47] 그 당시 자전적 출판물들은 여러 장르의 개인적 글들을 모아 발행하는 관행이 있었는데, 김광섭의 자전문집 역시 일기, 회고록, 병상기, 자전적 에세이 등을 모은 것이었다. 당시 자서전 출판의 관행처럼 원고의 상당수가 1960~70년대 정기간행물에 연재되었던 것들이었다. '자서전'이라는 장르명하에 기술된 글은 없었고 집필 시기와 동기도 달랐지만 그 모음집은 일제 시대 쓰여졌던 옥중일기를 중심으로 "한 권의 문학적 자서전"으로 불렸다. 즉,

---

46 〈박화성 저 《눈보라의 운하》 려원사 발행〉, 《경향신문》 1964년 8월 12일자.

47 김성연, 〈'자전문집'의 출판과 사회적 정체성의 형성: 김광섭의 《나의 옥중기》〉, 《민족문화연구》, 2016.5.

자기에 관해 서술하거나 자기의식이 드러나는 글들에 '자전적'이라는 수식어가 흔히 쓰였기 때문에 자서전은 명확한 장르 구분과 의식이 있었다기보다는 '자전적' 글로 인식되는 식이었다.

1960~70년대 출판된 자서전의 원로 집필자들은 일제 시대와 한국전쟁을 공통적으로 경험한 세대였다. 이들은 공통적으로 자신이 경험했던 근대사의 두 굴곡인 "일제 시대와 6·25를 통한 운명의 변화"를 남기고 싶다는 집필 동기를 가지고 있었다.[48] 이들의 자서전은 역사서에서는 볼 수 없거나 은폐된 지점을 밝혀 주는 "귀중한 재료"로 제시되었다.[49] "구한말에 태어나 근대 우리나라의 민족수난과 건국 후의 혼란, 어려움을 겪고 투쟁했던 그"들의 일생은 "하나의 실록으로 문헌적인 가치를 지닌 자서전"이었다.[50]

당시 한국에서 자서전은 대개 어느 분야의 원로가 쓰는 것으로 인식되고 있었다. 회갑이나 칠순이라는 계기를 빌어 혹은 공직의 퇴직을 기념하여 발간하는 경우, 문집간행위원회가 결성되어 자서전과 기념문집을 발간하고 기념강연을 여는 관례가 많았고[51] 자서전 출판기념회 소식은 일간지의 단골 기사였다.[52] 이런 자서전의 서두에는 대체로 한 분야에서 일가를 이룬 원로가 은퇴를 하고 시간적 여유가 생기면서, 후대의 요청에 따라 자신의 경험과 업적, 지혜를 정리해 보려 한다는 출판 계기와 소회가 담겨 있다. 예를

---

48 〈나의 서재-일석 이희승〉, 《매일경제》 1970년 4월 28일자.

49 〈모윤숙-회상의 창가에서〉, 《경향신문》 1968년 10월 30일자.

50 백남훈, 《나의 일생》, 신현실사, 1973. 소개는 《동아일보》 1973년 12월 27일자.

51 최이순, 《살아온 조각보》, 최이순문집간행위원회.(《동아일보》 1971년 12월 10일자)

52 자서전 출판기념회 기사 〈천기 이범석 장군 자서전 《우등불》 출판 기념회 성황〉, 《매일신보》 1971년 12월 22일자.

들어, 종교계 원로의 자서전인 《신애균 자서전—할머니 이야기》(대한기독교서회, 1974)에는 '생활에 여유가 생김-과거를 돌아봄-세대 차이 느낌-서러움-스스로 정리하고 젊은 세대에게 이해받기 위해 집필함'이라는 자서전 집필 계기와 목적이 명료하게 밝혀져 있다. 이들은 민족·국민 집단에 대한 책임감과 대표성을 피력하며 자신이 이룩한 바와 경험, 지혜를 전수하기 위한 사명감을 밝히곤 했다.

이는 지암바티스타 비코Giambattista Vico의 자서전이 열고 벤자민 프랭클린Benjamin Franklin 자서전이 확산시킨 근대적 자서전의 대표적 유형이라고 할 수 있다. 하지만 1970년대 《자서전의 규약Le Pacte autobiographique》으로 자서전 연구의 이론화의 장을 연 필립 르죈Philippe Lejeune은 이후 이러한 근대적 자서전의 쇠퇴 혹은 소멸을 예감했다. 전 세대가 다음 세대에게 전수할 것이 있는 시대란 사실상 20세기 중후반의 산물로, 빠르게 급변하는 21세기에는 기대하기 힘든 장르인 것이다.[53] 1960~70년대 원로의 자서전은 이러한 시대적 특수성 속에서 부상한 장르였다.

공인 범주의 확장

앞서 살펴본 것처럼, 1970년대에는 역사적 증언을 남기려는 원로가 자서전 필자로 존재한 한편, 보다 다양한 연령과 분야의 자서

[53] Philippe Lejeune (translated by Katherine Durnin), "Autobiography and New Communication Tools", Julie Rak, Anna Poletti, *Identity Technologies: Constructing the Self Online*, University of Wisconsin Press, p.250.

전 필자들이 등장하면서 집필 연령이 낮아졌다. 개인의 정체성과 가치관은 시간이 흐르면서 변하기 마련인데 보통 생애 한두 번 남기게 되는 자서전은 고정된 서사로 항구적이고 영구적인 정체성을 부여한다.[54] 자서전 집필과 출판은 자신을 호명하고 판단할 권리를 타인이 아닌 자기 자신이 확보하는 적극적인 사회적 행위이므로 누가 자서전의 주체로 진입하고 태도가 변모하는지 살펴볼 필요가 있다.

국가 건립의 시기인 1950년대 자서전 필자들은 독립운동가, 사회운동가, 정치인이 주를 이루었다. 윤보선의 《구국의 가시밭길: 나의 회고록》(한국경제사, 1967)이나 조병옥의 《나의 회고록》(민교사, 1959)과 같은 대통령 후보자나 장관, 국회의원의 자서전은 1950년대부터 단골로 출판되었다. 정치권에서 유권자를 유인하기 위해 발간된 자서전·회고록의 경우, "항일, 반공, 반독재의 피로 물들인 투쟁기록"[55]으로 선전하며 출판을 통해 노리는 효과가 명백했다. 정치인의 자서전은 "공직"에 복무하고 있다는 점과 민족과 국가의 역사와 함께했다는 점에서 자기 자신을 "공인으로서" 호명하고 있었고, "일사인一私人의 생애의 적나라한 기록인 동시에 (…) 민족 독립투쟁사나 해방 후 민주주의투쟁사"임을 강조함으로써 이들의 삶은 개인사일지라도 "공적 생활"로 주목될 수 있었다.[56]

1960년대 후반부터 경제인, 예술인, 예능인, 마이너리티들도 필

---

54 알프레드 그로세르, 심재중 옮김, 《현대인의 정체성》, 한울, 2002, 25쪽.

55 "차기 민주당 대통령 후보 예상자 조병옥 박사의 항일, 반공, 반독재의 피로 물드린 투쟁기록을 보시라"(《동아일보》 1959년 8월 23일자 광고면)

56 《동아일보》 1959년 9월 12일자; 《경향신문》 1963년 6월 8일자.

자로 등장하게 되어 1970년대가 되면서 자서전 집필자의 직종은 다양해졌다. 1970년대는 해방 이후 산업화가 20여 년이 지난 시점에서 국가 경제의 중심에 기업 단위들이 정착하게 되었고, 기업인의 지위 부상으로 이들의 재계 회고물과 자서전이 1960년대에 비해 월등히 증가하기 시작했다.[57] 경제가 국가와 사회의 중심 영역이 되고, '회사원'이라는 신분이 중산층의 상징이 되면서 이들에게 신화적 존재인 '자수성가형 기업가'의 자서전이 주목받게 된 것이다.

1970년대의 두드러지는 특징은 국내외적으로 미디어 시대의 스타인 연예인의 자서전이 베스트셀러가 되었다는 것이다. 일본에서도 1970년대에는 "현대의 영웅"인 배우나 가수의 자서전이 큰 붐이 일게 되어, 당시 연예인의 자서전과 일기가 300여 종 출판되었고, 그중 10퍼센트 정도가 10만 부 이상 팔린 베스트셀러가 되었다.[58] 젊은 층이 주요 독자였으므로 자서전의 주인공 역시 젊은 세대였으나, 본인이 직접 쓴 것은 거의 없고 대필자가 참여 관찰이나 인터뷰를 통해 원고를 만들어 출판하는 식이었다. 미국에서도 사회적으로 이슈가 된 사건에 연관된 이들의 회고록이 쏟아져 나오고 있었다. 한국에서는 미국의 자서전 유행에 대하여 "독서 인구가 많고 시장이 넓은 미국에서는 웬만큼 이름이 알려진 사람이 책을 쓰면 손쉽게 돈벌이가 되기 때문"이라고 진단하고 있었다.[59]

한국에서도 대중 스타, 즉 스포츠·연예인·배우 등의 자서전

---

57 김혜인, 〈자본의 세기, 기업가적 자아와 자서전—1970년대 재계회고와 기업가적 자아의 주체성 구성의 정치학〉, 《사이》 18, 2015, 163쪽.

58 《동아일보》 1976년 5월 29일자.

59 〈회고록으로 보는 미출판계〉, 《동아일보》 1978년 5월 19일자.

이 등장했다. 그런데 이들 자서전의 등장은 단지 인기인에 대한 대중들의 세속적 관심으로만 치부하고 넘어갈 수 없는 다른 지점들도 존재한다. 코미디언의 자서전이 등장하고 주목받게 되는 배경 역시 상품성만이 아니라 당시 희극배우의 사회적 역할도 고려해서 살펴야 한다. 대중문화에 대한 검열과 탄압의 수위가 높았던 1960~70년대 당시 코미디는 지배이데올로기를 "엄숙주의적 통제논리를 조롱하거나 거부하고 싶었던 심리를 유쾌한 웃음과 오락적 유희 등을 통해 표현"[60]할 수 있게 한 창구이기도 했다. 물론 개인의 정체성은 직업만이 아니라 다른 사회적 조건들에 의해 복합적으로 규정된다. 따라서 재일교포 야구선수 장훈 자서전 《방망이는 알고 있다》(단문당, 1977)의 예처럼 스포츠 스타라는 점뿐 아니라 일본 사회에서 성공한 재일교포라는 점 때문에 더욱 주목받는 경우도 있었다.

이들 자서전 집필자들은 직업군을 막론하고 공통된 태도를 취한다. 먼저 자서전을 낸다는 것에 대한 부끄러움을 밝힌다. 하지만 거짓이 아닌 진실만을 사실대로 담아냈다는 점을 강조한다. 이는 1950년대 자서전에서도 볼 수 있었던 태도로 정치인 조병옥 역시 '주저⇒용기⇒부끄럼 무릅쓰기'의 단계를 거쳐 '있는 그대로 집필한다'는 진실성으로 자서전에 임했음을 강조했었다. 1970년대 새롭게 등장한 예능인 자서전의 대표적 존재인 《바보스타 배삼룡》(무등출판사, 1975)에도 이 두 가지 태도가 담겨 있다. 그도 서문에서 역시 "자랑할 것이라곤 하나도 없는 인생" "주제에 자서전이란 것

---

60 송은영, 〈1960~70년대 한국의 대중사회화와 대중문화의 정치적 의미〉, 《상허학보》 32집, 2011.6., 216쪽.

을 펴냈"으며, 그 와중에서도 "꼭 한 가지 자랑할 것"은 "사실대로 털어놓았다는 것"이며 "이 용기 얼마나 자랑스러운 것"인지 모르겠다고 기술한다.[61]

이들은 공통적으로 자기 인생의 미천함과 자서전을 갖고자 하는 마음에 대해서는 '겸손과 부끄러움'을, 그리고 자신의 삶에 대해 진실되게 쓰는 태도에 대해서는 '자랑'을 표했다. 여기까지는 기존의 자서전과 크게 다르지 않다. 차이가 나는 점은 새롭게 부상한 자서전 필자는 자서전의 발화 대상이자 독자로 '고객'을 진입시켰다는 것이다. 그는 존칭도 없이 "저기 삼룡이 아냐?"라고 자기를 함부로 부르는 동네 꼬마들 때문에 속상한 마음을 표하며 자서전을 시작한다. 에마뉘엘 레비나스Emmanuel Levinas의 말처럼, "개인의 정체성은 그 개인을 가리키는 손가락에 의해 밖으로부터 규정되는 것이 아니"[62]기 때문에 그는 외부의 호명에 저항할 수 있었다. 하지만 그는 꼬마들조차 "나의 인기를 지켜 주는 '훌륭한 고객'이란 생각 때문에 불러 주는 호칭을 거부할 수 없다고" 밝힌다.(304쪽) 자서전의 주 독자는 중세에서 근현대로 이동하면서 '신⇒인간⇒국민⇒고객'으로 이동했다. 그가 불끈 쥔 주먹을 참는 또 다른 이유는 "삼룡이가 늬네들 친구냐?"라며 한 대씩 쥐어박기라도 한다면 "〈코미디언 배삼룡이 꼬마들에게 폭행〉 운운하는 기사가 신문에 날까 무서"웠기 때문이다.(15쪽) 자서전의 주인공은 신문이라는 미디어 덕에 유명세도 얻고 자서전도 홍보했지만 동시에 이슈 몰이를 하는 그러한 신문의 생리 때문에 대중독자의 기대에서 어긋나지 않

---

61 배삼용, 《바보스타 배삼룡》, 무등산, 1975, 303~305쪽.

62 알프레드 그로세르, 심재중 옮김, 《현대인의 정체성》, 한울, 2002, 19쪽에서 재인용.

는 자기 정체성을 유지해야 했다. 미디어에 의해 만들어지고 주시되는 '공인'이 탄생하는 시기였던 것이다. 자서전을 통해 보건대, 1970년대 '공인'은 국가의 공무를 보는 정치의 영역에서 미디어와 일상생활에 있어 사회적 영향력을 행사하는 문화와 경제 분야의 인물로 확장되고 있었고, 자서전의 예상 독자로는 민족이나 국민뿐 아니라 경제·문화 소비자가 적극 고려되고 있었다.

여성의 자서전

1970년대 후반 서점가의 특징 중 하나는 번역물을 중심으로 한 여성 전기·자서전의 붐이 일었다는 것이다.[63] 특히 "짧은 길이의 자기 서사가 주를 이루었던 식민지 시기와 달리 1960년대와 1970년대에 이르러서부터는 여성 지식인들의 자서전이 여성잡지와 일간신문에서 연재되기 시작했고 단행본으로도 출간되었다."[64] 1970년대 베스트셀러 목록에는 서구 여성의 전기·자서전이 자리 잡고 있었다. 각 분야의 저명인사로 소개된 서구 여성들의 자서전 출간 소식이 연일 보도되었으며,[65] 1970년대 중반이 지나면서 이들 중 상당수가 한글로 번역 출간되게 된다. 1977년 하반기에 독일 소설가인 루 살로메의 전기가 인기를 끈 이후, 버지니아 울프의 전기와

---

63 한국문화예술진흥원, 《1978년 문예년감》, 한국문화예술진흥원, 1978, 392쪽.

64 장영은, 《근대 여성 지식인의 자기서사 연구》, 성균관대학교 박사학위 논문, 2016, 29쪽.

65 〈보봐르 자서전 《모두 속의 모두》 출간〉, 《동아일보》 1972년 12월 28일자; 〈세계적 인류학자 미드여사 자서전 《검은 딸기의 겨울철》 출간〉, 《동아일보》 1972년 11월 15일자.

이사도라 던컨의 자서전 등이 연이어 쏟아져 나와 베스트셀러 순위의 1위를 다투었다.[66] 당시 한국은 국제 저작권협회에 가입되어 있지 않았기 때문에, 한 인물이 주목을 받으면 여러 출판사에서 동시에 출판되는 일은 다반사였다.[67] 이사도라 던컨의 자서전은 두 개 출판사에서,[68] 버지니아 울프의 전기는 세 개의 출판사에서 동시에 출판되었다.[69] 이들 두 전기·자서전은 인기를 모아 2~3개월 만에 4판이 인쇄되었다.

1970년대 여성 전기, 특히 자서전 붐이라는 문화 현상은 여성운동의 대두와 관련되어 있다. 미국 여성운동은 초기 여성운동이 불평등한 제도의 개혁에 중점을 두었다면, 1970년대부터는 신념이나 가치관까지 극복하고자 문화적 차원으로 진행되고 있었다. 그 여성운동의 여파는 1975년 "세계 여성의 해"를 도화선으로[70] 한국의 여성운동에 영향을 미쳤다.[71] 세계의 동태에 민감했던 한국 역시 각 분야에서 이 행사를 적극 지지하며 그것을 이슈화하기 시작

---

66 〈여성전기 붐 올해의 서점가〉, 《동아일보》 1978년 11월 23일자.

67 《1978 문예연감》, 한국문화예술진흥원, 1978, 392~393쪽.

68 《이사도라 이사도라》(모음사, 1978), 《맨발의 이사도라》(민음사, 1978).

69 《누가 사랑을 두려워하랴—버지니아 울프의 생애》(스페이터 조지 · 이안 파슨스 , 유자효 옮김, 모음사, 1978), 《나의 사랑 버지니아 울프》(스페이터 조지, 한영탁 옮김, 동문출판사, 1978), 《버지니아 울프를 누가 울렸나》(스페이터 조지, 정계춘 옮김, 자유문학사, 1978).

70 이선미는 1976년 박완서의 신문 연재소설을 분석하며 여성의 역사에서 1975년이라는 시점이 갖는 중요성에 주목한 바 있다. 이선미, 〈'여성'의 사회적 해석과 1976년의 박완서 소설〉, 《현대문학의 연구》 51, 한국문학연구학회, 2013.

71 1970년대를 중심으로 한 여성학의 변천에 관해서는 김영선의 다음 글을 참조할 것. 김영선, 〈1970년대 페미니즘 이론의 번역/실천과 여성학〉, 《여성문학연구》 37권, 한국여성문학학회, 2016, 50쪽; 김영선, 〈한국 여성학 제도화의 궤적과 과제〉, 《현상과 인식》, 2010 가을.

했다. 이 시기 여성운동 제도와 조직이 본격화되면서 여성학 관련 서적들도 집중적으로 양산되었고[72] 여성의 삶에 대한 관심과 모색 열풍도 일었다. 그런 가운데 대중적으로는 혁신적 삶을 산 서구 여성의 목소리인 자서전이 주목받게 된 것이다.

그리고 출판 시장 측면에서 보면, 이는 여성이 서적의 주 소비자로 부상했음을 뜻했다. 1960년대를 거치며 여고생과 여대생만이 아니라 주부, 직장여성, 여공을 비롯한 다양한 세대와 계층의 여성 독자가 증가했다. 그리고 여성 작가와 기자가 배출되어 이들이 여성 독자들을 위한 서적의 필자와 번역가로 양산되었다. 1970년대는 "독서계의 이상기류"로 여성 독자와 작가의 부상이 주목되고 있었던 것이다.[73]

여성 자서전 출판은 여성잡지의 정착과도 연동되어 있었다. 여원사의 경우 1950년대부터 국내외 여성 자서전을 출판했는데, 그 초반 주자는 펄벅의 《나의 자서전》(펄 S.벅, 김귀현 옮김, 1959)으로 국내에서 펄벅의 인기 여세를 몰아 적극 광고되며 호응을 얻었다. 여원사가 발행한 한국 여성의 자서전 중 주목할 만한 것은 1960년대 중반에 간행된 박화성과 김활란의 자서전(《그 빛 속의 작은 생명: 자서전》)이었다. 이들은 근대 여성 지식인 중 원로 '여류 작가'이자 '여성 교육자'라는 상징성을 띠고 있었다. 그와 동시에 《생일

---

[72] 1975년 크리스챤아카데미 총서로 여성학 서적이 발간되고 1977년에는 이화여자대학교에서 여성학이 정규 교과로 편성되었으며 미국국무성 해외원조부USAID의 기금으로 《여성학신론》이 간행된다. 창작과비평사가 간행한 《여성해방의 이론과 현실》(이효재 엮음, 창작과비평사, 1979)은 여성학 서적의 효시로, 서양과 제3세계, 그리고 한국의 여성운동에 관한 문헌들을 모은 기획서다. 이 책은 당시 서구에서 일고 있던 여성운동이 새로운 단계에 직면했다는 사실을 소개하였다.

[73] 〈독서계의 이상기류 여류의 상위시대〉, 《중앙일보》 1971년 3월 12일자.

없는 소녀》(김성필, 1959)와 같은 '천재 고아 소녀의 수기'도 간행되었다.

여성 자서전은 여성 '작가–추천자–구매자–독자'가 공유하는 독서 문화가 형성되면서 유통되었다. 한 여성 자서전에 대한 독후감을 쓴 여고생은 선생님에게 추천받았었던 책을 마침 언니에게 생일 선물로 받아서 이 책을 읽게 되었노라고 책을 접하게 된 계기를 밝혔는데,[74] 이처럼 여성 자서전의 주요 구매자들은 거의 젊은 여성이었다.[75] 1970년대 이사도라 던컨 자서전 붐은, 단지 자서전으로만 존재한 것이 아니라 인물 이름과 관련된 음악, 영화, 상품명, 유사 출판물 등의 각종 유행을 낳으며 여성의 문화로 확장되어 존재했다. 1978년 하반기에 이사도라 던컨의 자서전은 여러 출판사에서 동시에 번역 출간되며 베스트셀러 1위를 기록했는데, 그녀에 대한 관심은 미국에서의 이사도라 던컨 재조명 붐과 여성해방운동의 대두, 그리고 이국적이고 화려한 삶에 대한 동경과 연관되어 있었다.

위의 예처럼 여성 자서전 출판 붐의 주인공들은 서구 여성들이었다. 당시 한국 여성의 자서전은 주로 회갑·칠순을 기념하는 계기로 발간하는 원로의 것이었다. 이들 자서전은 한국 근현대여성사를 대변하는 것으로 소개되어, 이들의 인생사는 곧 근대 여성의 성공사를 의미했고, 곧 각 분야의 근대사를 보완하는 가치가 있는 문헌으로 간주되었다. 교육계나 학계, 종교계, 언론계의 여성 원로의 경우 회갑·칠순 기념으로 자서전이 출판되는 경우가 일반적이

---

74 박문희, 《독서감상문은 이렇게 쓴다》, 모음사, 1983, 188쪽.

75 〈여성전기 붐 올해의 서점가〉, 《동아일보》 1978년 11월 23일자.

었는데, 이들 원고는 개인사와 해당 분야의 역사가 함께 서술되거나 배치되는 식으로 출간되었다.[76] 보다 젊은 여성, 특정 분야에서 성공한 여성의 자서전으로 주목받은 대표적 사례로는 화가 천경자의 《그림이 있는 나의 자서전—내 슬픈 전설의 22페이지—》(문학사상, 1978)가 있었다.[77] 이처럼 출판되고 주목된 특정 집단의 자서전은 주체의 사회적 존재감을 살필 수 있는 징후적 텍스트이긴 하지만, 이와 같은 여성 자서전의 대두가 여성 주체의 현실적 변화를 동반했는지 여부는 별도로 진단해 볼 필요가 있다.[78]

사적인 삶의 사회적 귀속

이 글은 1970년대 자서전 열풍을 '생산-소비'의 순환과 '미디어-출판'의 관계 속에서 파악하고 자서전의 개념과 감각이 사회적으로 형성되는 방식을 이해하고자 자서전이 정기간행물과 출판물에 나타난 방식을 살펴보았다. 그리고 자서전 집필·독서 주체의 특징을 정리해 봄으로써 사회 내 개인의 존재 변화를 함께 파악하고자 했다. 이 때 두 가지, 시대적 흐름에 따른 연속과 변모, 그리고 국내외 저술이 혼재된 현실을 단절적으로 보지 않기 위하여, 해방 후

---

[76] 최이순(연세대 가정대학장), 《살아온 조각보》, 최이순 문집 간행위원회, 1971.; 최경자, 《최경자 자전년감 패션 50년》, 의상사 출판국, 1981.; 신애균, 《할머니의 이야기: 신애균 자서전》, 대한기독교사, 1974.

[77] 인기를 모은 전혜린의 경우에도 수필집이나 일기였지 자서전은 출판되지 않았다.

[78] 여성의 자기 서사와 사회적 정체성 사이의 긴장 혹은 균열에 대한 문제의식은 다음 논문에 담겨 있다. 장영은, 《근대 여성 지식인의 자기 서사 연구》, 성균관대학교 박사학위 논문, 2016.

한글 자서전이 나오기 시작한 1950년대부터 본격화된 1970년대까지를 함께 살펴보았고, 독자 입장에서는 동시에 체감되었던 번역된 해외 자서전과 국내 자서전을 아울러 대상으로 삼았다.

이를 통해 밝힌 바는, 1950년대부터 지속적으로 미국의 영향을 받아 온 미디어의 속성과 출판 시장의 생리 속에서 1970년대 자서전이 대량 양산되었으며, 자서전의 집필 주체가 될 만한 사회적 공인의 위상과 범위가 변화하고 있었다는 점이다. 저널리즘의 생리와 저널리즘적 글쓰기에 익숙해진 필자와 독자군을 기반으로 자서전 독자와 필자는 지속적으로 양산되었다. 자서전은 고전이자 명저로도 존재했지만, 다른 한편 사생활에 대한 호기심과 기사나 소문의 이면에 있는 진실을 듣고 싶은 대중들의 욕망을 충족시켜 주기도 했다. 자서전은 타인의 특수한 '사회적 귀속'이나 '그들의 사적인 삶', 혹은 '정치 영역에서의 그들의 입장'[79]에 관심을 갖는 대중의 호기심을 충족시켜 주는 장르였다.[80] 이렇게 생산된 자서전에는 시대를 구성한 주체의 특성이 고스란히 담겨 있었다. 1970년대는 근현대사의 주요 곡절을 겪고 각 분야의 토대를 닦은 사회 원로 세대가 포진하게 되었고, 자본주의에 근간한 다양한 직업군들이 부상했으며, 여성의 자의식과 사회 진출이 강화되고 있었다. 자서전은 산업화와 근대화의 기틀을 다진 세대가 다음 세대에 그 노하우를 전수할 수 있을 정도로 사회가 완만한 성장 속도를 보이고, 현대사의 주요 곡절을 기억하는 세대가 사회 주역에서 퇴진하며,

---

79 알프레드 그로세르, 심재중 옮김, 《현대인의 정체성》, 한울, 2002, 26쪽.

80 펄 벅의 자서전 역시 "한 작가로서만 아니라 한 여성으로서도 어떻게 살아왔는가가 궁금한 일이 아닐 수 없"는 세간의 요청에 대한 응답으로 제시되었다(펄 벅, 김귀현 옮김, 《나의 자서전》, 여원사, 1959, 322쪽.).

새로운 문화 감각과 전망을 갖춘 세대가 부상하는 시대적 조건 속에서 융성할 수 있는 장르였다.

지금까지 1970년대 자서전 출판문화의 전반적인 상을 확보했다면, 이제 이것이 어떠한 정치적 조건 속에서 발생한 것이고 비평과 담론적 지점은 무엇이었는지 파악하는 데로 나아가야 할 것이다. 또한 이 글에서는 대중들에게 밀접하게 감각되던 자서전을 중심으로 살펴보았는데, 세대·직업·젠더적 정체성 외에도 계층·학력·민족적 정체성이 복합적으로 교차하는 자서전들도 살펴볼 필요가 있다. 자서전은 시대와 장소, 독자와 필자의 기대 지평에 따라 증언이나 증거, 문학이나 상품일 수 있었으며 무엇보다도 자기 정체성을 스스로 규명하고자 하는 인정투쟁의 제스처이기도 했다. 무엇보다 1970년대라는 시점에 각종 자서전이 쏟아져 나왔다는 것은 1960년대로부터 이어져 온 정치적·사회적 배경을 함께 볼 필요가 있음을 상기시킨다. 또한 여기에는 글쓰기 주체의 진정성과 자기 기술의 가능성, 그리고 기억과 진실의 문제 등 '자기'와 '글쓰기'를 둘러싼 근본적인 문제가 결부되어 있다. 이렇게 산재한 논제에 대한 고찰을 향후 과제로 남긴다.

| 참고문헌 |

자료

《경향신문》, 《동아일보》, 《매일경제》, 《중앙일보》, 《한겨레》

《문학과 지성》, 《여원》, 《시대》

박문희, 《독서감상문은 이렇게 쓴다》, 모음사, 1983.

배삼룡, 《바보스타 배삼룡》, 무등출판, 1975.

신애균, 《할머니의 이야기: 신애균 자서전》, 대한기독교사, 1974.

유달영, 《새 역사를 위하여》, 삼화출판사, 1976.

이병주, 〈이사도라의 매력〉, 《이브의 초상》, 문학예술사, 1978.

이효재 엮음, 《여성해방의 이론과 현실》, 창작과 비평사, 1979.

최경자, 《최경자 자전 년감 패션 50년》, 의상사 출판국, 1981.

최은희, 《조국을 찾기까지 1905-1945 한국여성생활비화》, 탐구당, 1973.

최이순, 《살아온 조각보》, 최이순 문집 간행위원회, 1971.

함석헌, 《죽을 때까지 이 걸음으로》, 삼중당, 1964.

버어트란드 러셀, 《기나긴 사랑이 있는 대화》, 태양출판사, 1967.

버트란트 러셀, 김우탁 옮김, 《사랑이 있는 기나긴 대화》, 휘문, 1967.

버트란트 러셀, 진보헌 옮김, 《기나긴 사랑의 오솔길》, 신아, 1967.

이사도라 던컨, 유자효 옮김, 《이사도라 이사도라》, 모음사, 1978.

이사도라 던컨, 《맨발의 이사도라》, 민음사, 1978.

조지 스페이터 · 이안 파슨스, 유자효 옮김, 《누가 사랑을 두려워하랴》, 모음사, 1978.

논문

김성연, 〈'그들'의 자서전—식민지 시기 자서전의 개념과 감각을 형성한 독서의 모자이크〉, 《현대문학의 연구》 49, 한국문학연구학회, 2013.3.

김성연, 〈'자전문집'의 출판과 사회적 정체성의 형성: 김광섭의 《나의 옥중기》〉, 《민족문화연구》 71, 2016.5.

김성한, 〈하층민 서사와 주변부 양식의 가능성—1980년대 논픽션을 중심으로〉, 《현대문학의 연구》 59, 2016.
김성한, 〈1970년대 논픽션과 소설의 관계 양상 연구〉, 《상허학보》 32, 상허학회, 2011.6.
김영선, 〈1970년대 페미니즘 이론의 번역/실천과 여성학〉, 《여성문학연구》 37, 한국여성문학학회, 2016.
김영선, 〈한국 여성학 제도화의 궤적과 과제〉, 《현상과 인식》, 2010 가을.
김예림, 〈노동의 로고스피어-산업-금융자본주의 회랑의 삶—언어에 대하여〉, 《사이》 15, 2013.
김혜인, 〈기억의 변방, 증언으로서의 글쓰기: 시베리아 억류 포로 수기를 중심으로〉, 《동악어문학》 62, 2014.
김혜인, 〈자본의 세기, 기업가적 자아와 자서전—1970년대 재계회고와 기업가적 자아의 주체성 구성의 정치학〉, 《사이》 18, 2015.
송은영, 〈1960~70년대 한국의 대중사회화와 대중문화의 정치적 의미〉, 《상허학보》 32, 상허학회, 2011.6.
이선미, 〈'여성'의 사회적 해석과 1976년의 박완서 소설〉, 《현대문학의 연구》 51, 한국문학연구학회, 2013.
장영은, 〈근대 여성 지식인의 자기 서사 연구〉, 성균관대학교 박사학위논문, 2016.
천정환, 〈서발턴은 쓸 수 있는가—1970~1980년대 민중의 자기재현과 "민중문학"〉, 《민족문학사연구》 47, 2011.
John Eakin, "Remembering James Olney-James Olney and the Study of Autobiography", *Biography* 38.4(Fall 2015).

단행본

최은희, 《조국을 찾기까지 1905-1945 한국여성생활비화》, 탐구당, 1973.
한국문화예술진흥원, 《1978 문예연감》, 한국문화예술진흥원, 1978.
앤서니 기든스, 권기돈 옮김, 《현대성과 자아정체성》, 새물결, 1997.
알프레드 그로세르, 심재중 옮김, 《현대인의 정체성》, 한울, 2002.

제레미 리프킨, 이경남 옮김, 《공감의 시대》, 민음사, 2010.
클라우디아 울브리히, 〈역사적 시각으로 본 유럽의 자기 증언〉, 정병욱 공편, 《일기를 통해 본 전통과 근대, 식민지와 국가》, 소명출판, 2013.
하버트 마샬 맥루한, 김영국 외 편집, 《미디어의 이해》, 중앙일보사, 1974.
Anthony Giddens, *Modernity and Self-Identity: Self and Identity in the late Modern Age*, Polity Press, 1991.
Georges Gusdorf, "Conditions and Limits of Autobiography", *Autobiography: Essays Theoretical and Critical*, Princeton University Press, 1980.
James Olney, "Autobiography and the Cultural Moment", *Autobiography: Essays Theoretical and Critical*, (ed. James Olney), Princeton University Press, 1980.

자본의 세기, 비즈니스 자서전
: 1970년대 〈재계 회고〉와 기업가적 자아의 주체성

| 김혜인 |

| 비즈니스 자서전 |

1939년 미국 저널리스트 월터 리프만Walter Lippmann은 다음과 같이 말한다. "자본주의는 인류 역사상 처음으로 다른 사람들의 행운이 자신의 행운을 증대시켜 주는 부의 생산방식으로, 사람들은 처음으로 자유, 우애, 평등을 향한 오랜 도덕적 열망이 빈곤의 추방과 부의 증대와 서로 모순되지 않는 사회질서를 인식할 수 있었다."[1]

제2차 세계대전의 위험과 대공황의 잔재 속에서 리프만은 사회주의 · 전체주의에 대항하여 자유주의 이상을 자본주의에서 찾고자 했다. 그의 이 같은 언급은 사적 이윤을 추구하는 한 개인의 경제적 행위가 궁극적으로 사회와 국가 공동체 전체의 이익을 증진시킨다는 애덤 스미스의 고전적 명제를 이어받으며, 금전의 현실과 인간의 정신, 이기와 무사심無私心 사이의 경계를 가로지른다.

자본주의 시장이라는 불확실한 장에서 개인은 각자 최대한의 이윤 추구를 위해 합리적 이성에 근거하여 최선의 판단을 내리고 행동해야 한다. 사적 이윤 추구와 자본의 증식을 목표로 합리적 판단과 선택을 내리는 '경제적 인간Homo Economicus'은 합리성과 자율성을 담지한 근대적 개인의 이상적 모델로 자리 잡아 갔다. 그렇기에 자본주의경제에 관한 다양한 이론들은 비단 통계와 수치로 표현될

---

[1] Walter Lippmann, *The Good Society, Boston* : *Little*, Brown&Co., 1937; 조지 길더, 김태홍 · 유동길 옮김, 《부와 빈곤》, 우아당, 1983, 17쪽 재인용.

수 있는 경제구조 그 자체에 관한 것만이 아니다. 그것은 경제구조가 발생시킨 이 새로운 인간형에 관한 분석과 전망과도 닿아 있는 것이었다. 프로테스탄티즘 윤리가 경제적 인간으로서의 자아 정립 방식에서 오랜 시간 동안 유력한 지위를 차지했던 것처럼, 인간의 경제활동은 근대 개인의 합리적 이성과 개척자 정신이 결합한 결과로서 '정신과 마음의 영역'에서 의미화되었다.

제국주의와 세계체제를 거치며 자본주의가 수정 · 발전되어 감에 따라 자아 정립 방식은 보다 정교하게 세분화되어 갔다. 부와 빈곤에 있어 개인의 정신과 마음의 기예를 강조하는 방식은 시대와 지역에 따라 상이한 양상을 띠었을지라도, 경제적 인간으로의 성장에 유력한 방식으로 강조되어 왔다. 이를테면 1970년대 조지 길더George Gilder는 《부와 빈곤》을 통해 다음과 같이 말한다. "부는 물질 속에 깃들어 있는 것이지만, 마음에 의해 다스려"[2]지며 "가난은 소득 상태보다도 마음의 상태에 있다."[3] 그에 따르자면 자유주의 시장경제 체제에서 궁극적으로 중요한 것은 자본의 양과 노동의 계약 조건, 공장 설비, 산업 기술 등의 생산 조건이 아닌, 인간 사고와 정신의 질, 지적이고 심리적인 영역이다. 경제활동의 주체가 자신을 경제적 인간으로 이해하고 발달시키는 정신적 행위가 영리 추구의 핵심 비결로 부상한 것이다.

사실 이 같은 조지 길더의 논의는 1970년대 미국 레이거노믹스Reaganomics의 이론적 바탕이 되었다. 당시 미국 대통령 로널드 레이건은 자국의 극심한 경제 불황을 과거 사회복지나 세수稅收 등

---

2 조지 길더, 《부와 빈곤》, 78쪽.

3 조지 길더, 《부와 빈곤》, 22쪽.

에 주력했던 정부 주도형 경제정책의 문제로 보며, 그 타개책으로 대규모 감세와 규제 완화를 실시하여 민간 투자와 기업의 자율성을 촉진하는 민간 주도형 경제정책을 내놓았다. 그러나 조지 길더의 논의에서 보다 주목할 것은 국가 주도형/민간 주도형 경제정책 여부를 떠나 자본의 증식과 정신-마음의 관계가 과거보다 한층 더 견고한 형태로 주조되었으며, 이 접합이 대중의 일상 깊숙한 곳으로 침투해 갔다는 점이다. 이제 자본주의사회에서 영리를 추구하는 자라면 이미 주어진 물리적 조건이나 구조에 얽매이기보다, 자신의 내면으로 눈을 돌려 잠재된 능력을 발굴하고, 창조적 아이디어를 창출하며 지속적으로 자기 갱신을 감행하는 자기 이해의 주체가 되어야 했다. 이 같은 이해 방식 속에서 부와 빈곤은 공동체의 문제이기보다 한 개인의 문제로 수렴되었으며, 경제적 인간으로서의 자기 이해는 성공의 척도가 되어갔다.

한국의 경우, 박정희 정권하 국가 주도 경제개발 정책이 실시되었던 1960년대부터 신자유주의 체제 아래 기업 및 국제금융의 자율화가 진흥되는 현재에 이르기까지 그 양상은 조금씩 다르지만, 부 축적을 둘러싼 정신과 마음의 기예는 지속적으로 강조되어 왔다. 부와 가난의 결과를 개인의 책임으로 한정하고, 일상 도처에서 경제적 인간으로서의 자기 구축을 긍정하는 언설들은 이제 마치 원래부터 그러했던 것처럼 자연화되어 받아들여지고 있는 실정이다. 현재 한국 사회에서 '자기 삶의 기업가가 되어 스스로를 경영하라'는 자기 계발적 주체가 우월한 주체성 구성 모델로 대중화되고 있다는 사실은 자본주의 경제구조와 자아 변형의 어두운 궤적

을 보여 주는 지표이기도 하다.[4]

이성에 기초한 과학적이고 합리적인 판단 능력, 자율적 개인으로서의 자기 이해, 창조적이고 독창적 발상 등이 인간의 이상적 능력으로 새롭게 각광받으며 가치 있는 것으로 여겨진 근대 이래, 성공한 기업가는 공동체 내 인정투쟁의 모델로 자리 잡아갔다. 19세기 무일푼 빈민에서 거부巨富가 된 사람들의 성공담인 호레이쇼 앨저의 성공담 모음집이나 자수성가자의 성공담을 수록한 새뮤얼 스마일스의 《자조론》의 경우처럼 산업혁명기를 거치며 경제적으로 성공한 자들은 이제 정치인 · 과학자 · 군인 등과 나란히 혹은 그들보다 더 큰 사회적 명성을 떨치는 새로운 영웅으로 여겨지기 시작했다. 사적 이윤 추구를 목표로 상업계에 뛰어든 신흥 부르주아의 일대기는 신문기사, 르포르타주, 소설, 논픽션에서부터 전기, 자서전에 이르기까지 삶에 관한 다양한 글쓰기 형식으로 기술되어 자본의 논리와 가치관을 습득할 수 있는 보고로 대중화되었다.[5] 그 가운데 특히 벤자민 프랭클린의 《자서전》과 같은 기업가의 자기 서사는 경제적 성공에 이르는 각종 테크닉과 물리적 조건뿐만 아니라 경제적 인간으로서의 자기 이해 및 자아 정립 과정이 담겨 있는 텍스트로 각광받아 왔다. 이후 앤드루 카네기, 존 록펠러, 헨리 포드 등 성공한 기업가 자서전은 베스트셀러로 자리잡아갔는데,

---

4 이에 관해서는 이원석, 《거대한 사기극—자기계발서 권하는 사회의 허와 실》, 북바이북, 2013; 서동진, 《자유의 의지 자기계발의 의지—신자유주의 한국사회에서 자기계발하는 주체의 탄생》, 돌베개, 2014; 올리히 브뢰클링, 김주호 옮김, 《기업가적 자아—주체화 형식의 사회학》, 한울, 2014.

5 비즈니스 자서전 장르의 유럽적 계보에 대해서는 Jolly, Margaretta(Edt), "Business Auto/biography", *Encyclopedia of Life Writing-Autobiographical and Biographical Forms*, Routledge, 2001, pp.161–162.

이들의 자기 서사는 인간의 삶으로 육화된 자본의 발달사에 다름 아니었다.

이러한 기업가 · 실업가 · 경영인 · 경제인 등 경영 전문가management practitioners가 쓴 자기 서사는 자서전 장르 안에서 '비즈니스 자서전 business autobiography'으로 분류된다. 비즈니스 자서전은 타인과의 경쟁에서 필요한 처세술이나 경영 기술과 같은 정보를 담은 자본축적에 관한 지식의 보고일 뿐만 아니라, 기업가로서의 자기 인식, 상업 활동이나 부와 빈곤, 노동 등에 관한 사유 등을 담으며 경제적 인간으로서의 내면과 이해를 창출하는 자기 테크놀로지의 장이었다.

한국의 경우, 기업가 자서전은 삼성그룹 이병철의 《호암 자전》(1986), 진도그룹 김영철의 《사랑과 비즈니스에는 국경이 없더라》(1989), 현대그룹 정주영의 《시련은 있어도 실패는 없다》(1991), 영진정기 서한수의 《맨주먹 창업 중소기업인 서한수》, 코오롱그룹 이동찬의 《벌기보다 쓰기가 살기보다 죽기가》(1992) 등 1990년을 전후로 간행되며 대중화되었다. 이러한 대중화 양상은 1980년대를 거치며 경제적 성공(담)에 대한 대중적 관심 증폭의 결과이자, 출판 시장의 새로운 상품 개척을 둘러싸고 "산업사회 스타들을 상품화하려는 출판인들의 경쟁"[6]의 결과였다. 기업가 자서전의 대필 의혹과 진실 여부는 여전히 논란거리로 남아 있지만, 그러한 논란과는 무관하게 독자들은 성공한 기업가 자서전을 부에 관한 욕망을 대리 충족시킬 수 있는 텍스트이자 실제 입신출세의 비결과 기업(인)의 가치를 습득할 수 있는 안내 지침서로 수용하였다.

---

6 〈말뚝이 재벌총수 입지전의 그늘〉, 《한겨레》 1991년 7월 24일자.

그런데 텍스트 전파 및 수용 이전에 '생산'에 주목하여 자기 서사 주체로서 기업가가 부상한 현상을 생각해 본다면, 글쓰기를 통한 저자의 자아 정립의 욕망 또한 고려해야 함을 알 수 있다. 특정 사건 및 인물에 대한 정보뿐만 아니라 그 자신의 내밀한 내면을 가시화하는 자기 서사는 글쓰기 행위를 통해 자기 자신을 특정한 주체로 정립하거나 인지하게끔 하는 효과를 지닌다. 현재까지도 자기계발서 분야에서 우위를 점하고 있는 기업가 자서전에는 각 저자들의 당대 정치사회적 지형에서의 긍정적 이미지 구축 욕망이나[7] 기업 간 경쟁에서 우위를 점하고자 하는 기획이 담겨 있기도 하다.[8] 그러나 기본적으로 거기에는 성공한 기업가로서의 자기 삶을 비단 물질적 성장만이 아닌, 경제적 인간으로서의 정신과 마음의 성장과 발달로 의미화하고자 하는 자기 이해의 의도가 내포되어 있다.

이 글은 한국에서 경제적 인간의 이상적 모델이 되는 기업가의 자서전에 주목하여, 자기 서사라는 글쓰기 형식을 통해 경제적 자아가 구축되었던 방식을 살피고자 한다. 한국에서 기업가 자서전은 앞서 언급했듯이 1990년대 이르러 활발하게 출간되고 대중화되었지만, 그 태동과 발흥은 1960~1970년대로 거슬러 올라간다. 이 글은 기업가 자서전이 본격적으로 대중화되기 이전 시기로 거슬러

---

7 정주영의 자서전은 그 발간 시점이 현대그룹의 변칙증여에 따른 세금 추징 문제가 불거진 시기와 겹쳐졌다. 이에 각종 정치적 소문이 일각에서 퍼지고 있는 가운데 자서전 집필이 이미지 부각 작업이 아니냐는 의혹이 제기되었다. 〈'자본 만세' 입신 출세담의 논리〉, 《한겨레》 1991년 11월 14일자.

8 〈재벌 총수 장외 자서전 대결〉, 《경향신문》 1991년 11월 6일자. 특히 이들 자서전의 베스트셀러화는 기업 차원에서 총수의 저서를 베스트셀러로 만들고자 출판사에 많은 광고비를 지원하거나 직원들을 통해 책을 구매하는 등 조직적 판매-구매 전략을 통해 이루어지기도 했다. 〈재계총수 자서전 왜 잘 팔릴까, 자금-조직력이 인기를 만든다〉, 《동아일보》 1992년 6월 30일자.

올라가, 그 태동과 발흥을 둘러싸고 어떠한 일들이 일어났었는지 그 기원과 계보를 고구하고자 한다. 기업가 자서전이 발흥한 사회문화적 맥락 및 자서전을 통해 구축되는 경제적 인간으로서의 자기 정립 양상을 살피는 작업은, 한국에서 경제적 인간으로서의 자아 정립이 유력한 주체성 구성 모델로 대중화되었던 가운데 기업가 자서전이 위치한 그 독자적 자리를 탐색하는 작업이기도 하다.[9]

이 글은 그러나 기업가 자서전이 담고 있는 자본의 문법을 긍정하고 옹호하는 입장에서가 아니라, 오히려 그것이 자연화되었던 맥락을 비판하는 입장에서 대상 텍스트를 살펴보고자 한다. 기업가 이야기는 국가 주도 경제제일주의가 펼쳐졌던 1960년대부터 신자유주의 시대인 현재에 이르기까지 시장근본주의의 핵심 서사가 되어 왔지만, 그 서사의 외부에는 수많은 작은 이야기들이 산포되어 있다. 기업가 자서전은 산업 현장에 있던 여타 계급 언어를 조화롭게 다루며 공통의 언어를 만들어 내기보다는, 성공과 발전, 축적과 증식에 관한 자본의 독자적 문법을 창출해 내는 쪽에 가까웠다. 그렇기에 자기 삶에 대한 기술과 자본 팽창에 대한 기술이 서사화되어 있는 기업가 자서전은 경제적으로 성공한 개인의 삶 이

---

9 그간 한국에서 기업가 자서전 연구는 경제학 · 사회학계 중심의 재벌 연구, 기업가 정신 연구, 기업사史 연구 등에서 이루어져 왔다. 그러나 이러한 연구에서 기업가 자서전은 해당 인물 혹은 특정 주제의 부차적 자료로 활용되며 연설문이나 어록 등의 여타 기록과 동일한 수준으로 취급되어 왔다. 자서전 그 자체에 주목한 경우, 기업 비판 혹은 자본주의 비판이란 목적 아래 자서전에 기술된 내용의 진위 여부를 논증하는 방향으로 논의가 이루어진 바 있다. 일례로 정주영의 자서전 《시련은 있어도 실패는 없다》에 대한 비판적 저서로 이성태의 《위대한 기업가의 가난한 철학》(민맥, 1991)이 있다. 그러나 기업가 자서전을 해당 주제에 대한 2차 자료로서만 활용할 경우, 글쓰기를 통해 자기 정체성을 구축하는 자기 서사 글쓰기 형식이 지니는 특질은 배제되고 간과될 수밖에 없다.

야기life writing인 동시에 당대 자본의 유력한 문법이 언어로 육화되고 역사화된 리터러시Literacy의 장소이기도 하다. 이 장소에는 사적 이윤 추구에의 욕망과 그것을 공공선으로 환치하여 사회적 정당성을 확보하고자 하는 기획이 교착되어 있으며, 부와 빈곤을 둘러싼 개인과 공동체의 이해가 불투명하게 깔려 있다. 이 글은 그 교착과 불투명함을 살핌으로써 한국 사회에서 경제적 인간으로 자기를 인식하고 의미화하는 작업이 지니고 있는 균열의 흔적들을 드러내 보고자 한다.

경영하는 인간, 자기 계발의 문법

국가 주도 경제개발정책 아래 산업구조가 급속히 재편되며 산업화가 전개되었던 1960~1970년대는 한국에서 부와 빈곤, 경영과 노동에 관한 인간의 자기 이해에 결정적인 변화가 일어난 시기였다. 이 시기 노동자는 국가이데올로기에 의해 민족-국가 건설의 주체로서 호명받는 동시에, 노동운동의 성장 속에서 자본의 폭력에 대항하여 자신의 목소리를 내는 저항적이고 해방적인 주체로 거듭나고 있었다. 그들은 '노동'에 대한 사회의 재조명 속에서 '노동하는 인간'으로서 자기를 인식하기 시작하였으며, 문해력의 획득을 통해 자기 삶을 기술하기 시작했다. 국가이데올로기를 실천하는 모범 근로자 수기에서부터 노동운동과 관련된 노동운동 수기에 이르기까지 노동자들은 글쓰기를 통해 노동자로서의 자기 정체성을 구축하고자 했다. 특히 전태일, 유동우, 석정우의 수기처럼 노동운동 수기는 열악한 노동조건과 비인간적 대우 속에서 노동의 의미와 인간의 삶을 진술하며, 글쓰기를 통해 반노동적 환경에 저항하는 '아래로부터의 글쓰기'를 이끌어 낸 바 있다.[10]

한편, 빈곤과 노동을 중심으로 자기 삶을 반추하며 글쓰기의 정치적이고 해방적인 수행성을 이끌어 내었던 노동운동 수기처럼 당대 장르적으로 특화되지는 않았지만, 부와 경영을 중심으로 자신의 일대기를 재구성하는 기업가의 자기 서사 역시 같은 시기 산출되고 있었다. 1950년대 후반부터 전문경영지를 중심으로 실리기 시작한 기업가 자기 서사-비즈니스 자서전은 1960년대를 거치며 그 수가 증가하며 점차 대중화되어 갔다.[11]

---

[10] 최근 1960년대부터 산출된 노동자들의 자기에 대한 글쓰기의 성격과 특징을 사회문화적 차원에서 다양한 방식으로 규명하고자 하는 연구들이 이루어진 바 있다. 이와 관련해서는 김성환, 〈1970년대 노동 수기와 노동의 의미〉, 《한국현대문학연구》 37, 2012; 김예림, 〈노동의 로고스피어—산업-금융자본주의의 회랑의 삶-언어에 대하여〉, 《사이間SAI》 15, 2013; 권경미, 〈노동운동 담론과 만들어진/상상된 노동자—1970년대 노동자수기를 중심으로〉, 《현대소설연구》 54, 2013; 한영인, 〈글쓰는 노동자들의 시대—1980년대 노동자 '생활글' 다시 읽기〉, 《대동문화연구》 86, 2014 등이 있다.

[11] 한국의 기업가 자기 서사의 기원은 식민지 시기로 거슬러 올라가 발견할 수 있다. 한국 최초의 근대적 상점인 '박승직상점'의 창립자이자 현재 두산그룹의 창업자인 박승직이 1920년에 기술한 〈深夜中自筆〉과 대한제국 군인에서 제국의 관료로 다시 금융인으로 전신하며 조선에서 손꼽히는 재벌로 등극했던 박영철이 1929년에 남긴 《五十年の回顧》(大阪屋號書店, 1929)가 그것이다. 1864년 출생으로 포목상을 거쳐 1896년 '박승직상점'을 개업, '공익사'라는 면포 수입 사업 회사 설립, 관허 제1호 '박가분' 화장품 제조 산업 실시, '소화기린맥주' 주주 매입 등으로 다각화된 사업 활동을 통해 막대한 부를 축적한 박승직은 57세가 되던 1920년에 자신의 가족관계와 궁핍했던 유년 시절, 박승직상점 운영 상황, 금전 문제 등을 중심으로 자신의 일대기를 기록했다(박승직에 관해서는 김동운, 《박승직상점, 1882~1951년》, 혜안, 2001.). 그러나 이를 비즈니스 자서전으로 읽기 위해서는 비즈니스 자서전의 기본 조건 두 가지, 즉 경제적 인간으로서의 자기 정립을 반영하고 있는가, 당대 독자들에게 경제적 인간에 관한 텍스트로 수용되고 있는가를 고려해야 한다. 〈深夜中自筆〉은 집안 내력과 금전 문제, 경영 활동을 중심으로 그 일대기를 기술하고 있지만, 여기에는 성공한 경제인으로서의 내면이나 자아 정립 과정이 구체적으로 드러나 있지 않다. 또한 일반 독자를 대상으로 한 자

초창기 기업가 자기 서사는 1958년 발족한 한국생산성본부 기관지로 산업계의 주된 담론이 생산되고 논의되었던 《기업경영》의 〈나의 경영관〉에서 찾아볼 수 있다. 〈나의 경영관〉은 당대 우수한 성과를 거두고 있는 각종 대기업 · 중소기업 사장을 필자로 하여 기업체와 종업원, 자금과 기술 등과 관련된 그들의 경영 방침과 철학을 담고 있다. 이는 《기업경영》에서 이론적으로 논의되고 있었던 경영의 과학화 · 합리화 · 공익성 등의 현장 사례가 될 수 있었으며, 여타 산업 현장에서 활용 가능한 모델이 될 수 있었다.[12] 그리고 그 가운데 간혹 과거부터 현재까지 자신의 삶을 회고하는 글이 실리기도 하였다. 식민지와 해방, 한국전쟁을 거치며 기업가로 살아온 기업가의 일대기는 곧, 경영 방침과 경영 철학의 경계 내에서 의미화되었다.[13]

서전이 아니라 가족들에게 남기는 유서 형태였다는 성격을 가진다. 반면 박영철의 《五十年の回顧》는 근대적 자서전 형식을 갖추고 있지만, 그가 금융계 인물로 세간에 회자되었던 것이 1930년대였으며 집필 시기인 1929년은 정부 공직에서 금융계로 옮긴 지 얼마 되지 않았던 때임을 고려했을 때, 성공한 기업가의 비즈니스 자서전이라기보다 제국-식민지체제 아래 성장했던 정부 관료의 입신 출세담이자 공직에서 사기업으로의 전신을 의미화하고자 했던 전환의 기록에 가깝다고 판단된다.

[12] 〈나의 경영관〉은 1959년 6월부터 연재되기 시작했다. 동년도 기사 제목은 다음과 같다. 이동준, 〈기업의 법칙성을 파악〉, 《기업경영》 2-5, 1959년 6월호; 서재희, 〈건실한 조직, 치밀한 계획〉, 《기업경영》 2-6, 1959년 7월호; 박만서, 〈기업의 공익성을 존중〉, 《기업경영》 2-7, 1959년 8월호; 정재호, 〈고객을 위한 경영으로〉, 《기업경영》 2-8, 1959년 9월호; 임일식, 〈봉사와 협조정신으로〉, 《기업경영》 2-10, 1959년 10월호.

[13] 한 예로 당시 삼중당 취체역 사장으로 있던 서재희는 〈건실한 조직, 치밀한 계획〉, 《기업경영》 2-6, 1959년 7월호, 2~3쪽에서 식민지 시기부터 현재까지 30여 년간 서적상과 출판업에 종사해 왔던 경험을 기록한다. 그는 식민지 시기 동안 서적 도매상으로 활동해 오다 해방 이후 "30여 년간 암흑화된 농민 노동자와 같은 대중에게" "지식"과 "교육"을 주고자 출판업에 뛰어들었고, 한국전쟁 이후에는 농한기 여가 거리가 없는 농민들을 위해 잡지 《아리랑》을 창간하였음을 기술하며

한편 1950년대 후반부터 산업 현장 실무자 및 경영학계를 독자 삼아 기술되었던 기업인 회고가 대중성을 획득하게 된 것은 1960년대 중반 이후부터였다. 당대 대표 중소기업 사장이 필자가 되어 자신들이 경제적 성공을 이루기까지의 일대기를 간략하게 기술한 수기 모음집인 《자수성가자의 수기》(1968)는 그 대표적 사례이다.[14] 《자수성가자의 수기》의 필자는 한국정유 창업인 이균한 · 이승훈 · 공윤수, 천광유지 사장 박시준, 선일제작소 사장 장영봉, 동영물산 사장 최창근, 대선조선 사장 안성달, 고려해운 사장 이학철, 태흥화학 사장 황태문 등 1960년대 주요 중소기업체 사장들로서 이들은 식민지 시기 영세 자본으로 출발하여 사업적 성공을 거두거나(장영봉, 최창근, 이학철, 황태문) 해방 이후 성장한(이균한 · 이승훈 · 공윤수나 박시준, 안성달) 기업가들이다. 이들 수기를 관통하고 있는 것은 자신이 처한 환경을 근면 · 성실한 태도로 극복하여 삶을 진보시킬 수 있다는 자조론과 기회비용의 관점에서 상황을 합리적으로 판단하여 민첩하게 대응해야 한다는 처세술이다. 천광유지 박시준이나 대선조선 안성달은 식민지 시기 가계의 궁핍함과 민족적 한계를 근면 · 성실한 태도로 극복하여 일본인 산업체에서 인정받고 성공에 이른 자기 삶을 서술한다.[15]

이 일련의 변화를 '출판업은 곧 교육 사업'이라는 경영 철학으로 설명한다.

14 구미서관 편집부 편, 《자수성가자의 수기—피와 땀은 말이 없다》, 갑자출판사, 1968.

15 천광유지 사장 박시준은 가난한 농가의 아들로 태어나 진학을 포기해야 했을 때, 학문의 길만이 성공의 길은 아님을 생각하고 공장에 취직한다. 봉천 시바우라전기회사 견습공으로 들어간 그는 성실과 근면, 노력으로 2년 만에 숙련공으로 인정받았으며, 해방 후에 공산당의 지배하 기업 운영이 불가능함을 깨닫고 월남하여 고용인 300명 이상의 전기회사를 세운다.(박시준, 〈맨주먹으로 월남 15년

동 시기 노동운동 수기의 밑바닥에 깔려 있던, 사회구조적 원인으로 말미암은 가난과 비참 · 고통 · 불우함은 이들 수기에서는 그 자신의 노력으로 얼마든지 극복할 수 있는 것으로 기술되고 있을 뿐만 아니라, 그 자신이 직면한 사업적 위기 역시 얼마든지 극복 가능한 것으로 기술된다. 이를테면 선일제작소 장영봉이나 동영물산 최창근은 기업정비령이 내려지며 각 산업체에 위기로 다가왔던 아시아 · 태평양전쟁 시기 역설적으로 전쟁을 활용하여 막대한 부를 축적했던 일화를 기록하며, 그 성공의 비결로 상황에 대한 민첩한 판단과 결단력이라는 기업가적 자질을 손꼽는다.[16] 그 사업이

에 억대의 비누 공장을 만든 천광유지 사장 박시준 씨〉, 《자수성가자의 수기》, 80~92쪽). 대선조선 사장 안성달 역시 유년기 가정의 궁핍함으로 학업을 포기하고 일본인이 경영하는 사도 철공소에 입사한다. 이후 철공 기술자로 근무하며, 기술공 가운데 60퍼센트가 일본인인 공장에서 성실함과 실력으로 조선인으로는 유일하게 3년 만에 공장장으로 승진한다. 이후 1944년 3천 명 종업원의 공장장으로 전임하여 오직 성실한 노력과 실력으로 제1인자로 인정받는다. 해방 이후, 월남하여 조선업에 성공한다(안성달, 〈철공소 견습공에서 오천톤급 조선을 가능케 한 대선조선 사장 안성달 씨〉, 《자수성가자의 수기》, 181~191쪽).

16 선일제작소 사장 장영봉은 가난한 집안에서 태어나 무작정 도일 후 나고야 도요바시 제사製絲 공장, 동경 연필 공장에 근무하며 일본인 사장과 종업원들에게 그 성실함을 인정받는다. 기존의 공장 경험과 인맥을 통해 이후 아시아 · 태평양전쟁 발발 시 전쟁으로 물자 공급이 어려워진 상황을 판단하여 오까다비(게다를 신을 수 있도록 신는 버선) 수선 사업을 창업하여 막대한 수입을 확보한다. 이후 면도날 공장, 삼광공업주식회사 설립 이후 전시 비행기 부속품 제조 납품 명령이 떨어졌을 때, 알루미늄 공장으로 전환하여 2~3년 만에 3백만 원이라는 막대한 수입을 확보한다. 한국전쟁 발발 시에도 역시 전쟁을 사업 번창의 기회로 삼아 알루미늄 제품 군납 사업을 발상하여 사업을 확장시켰다(장영봉, 〈부두하역 노동자에서 한국 최대의 알루미늄 공장을 건설한 선일제작소 사장 장영봉 씨〉, 《자수성가자의 수기》, 137~155쪽). 동영물산 사장 최창근은 유년기 몰락한 가계로 인해 점원 생활을 시작하여 21세에 포목상을 경영하게 된다. 기독교 신자로 미국의 서비스 정신을 습득한 그는 성실과 근면한 태도로 사업을 번창시키고, 서울로 올라와 직물 도매상을 경영하게 된다. 사업이 번창할 시기 아시아 · 태평양전쟁이 발발, 기업정비령이 내려지며 위기를 맞는다. 그러나 그는 그 위기를 기회로 이용하여 전시체제기 학생용 군사훈련을 위한 목검, 목총 수요가 증가할 것이라는 판단 아래

당대 어떠한 도덕적 판단 속에 놓여 있는가에 대한 물음을 차단해 버리는 이 기업가적 자질들은 경제적 이윤 추구의 동력이 되는 기회비용 판단의 능력으로 의미화되었다.

기업가적 자질을 사회정치적 배경으로부터 분리하여, 최상의 이윤을 추구하는 경제적 인간의 자질로 강화하는 이러한 측면은 1960년대 산업화의 자장 속에서 주체들이 자기-삶을 이해하는 새로운 방식을 보여 준다. 필자들에게 제국-식민지체제로부터의 해방은 조선 민족의 기쁨의 순간이라기보다 그동안 탁월한 노력으로 쌓아 왔던 기업이 한순간에 와해될 수 있는 '공포'(동영물산 최창근)와 '무질서'(대선조선 안성달)의 시간으로 기억된다. 물론 과거 성실과 근면·노력을 통해 일본인 기업가에게 인정받거나 일본인 종업원과의 경쟁에서 우위를 점했던 순간은 민족 차별을 상상적 방식으로나마 해소했던 통쾌한 순간으로 기억된다.(대선조선 안성달, 고려해운 이학철)

그러나 본격적인 경영 활동에 있어 국가와 민족적 차원의 책임이나 도덕적이고 윤리적인 감각을 느끼는 지점이 있다면 그것은 기억의 대상인 식민-해방 속에서가 아니라 "부패한 이승만 정권"을 거치며 여전히 "후진국이라는 열등의식을"(한국정유 이승훈, 공윤수)[17] 갖고 있는 '지금-여기'에 한정된다. 이들에게 중요한 것은 민족-국가 공동체의 성장 이전에, 자신에게 잠재되어 있던 기업가

공예사를 설립하여 사업적으로 성공한다. 해방 후 월남한 그는 한국전쟁으로 또 한 번의 사업적 위기를 맞았지만, 미군정기 무역업과 나일론 사업을 통해 다시 한 번 성공을 이룬다(최창근, 〈포목상 상점에서 대규모 나일론 공장주가 된 동영물산 사장 최창근 씨〉, 《자수성가자의 수기》, 157~179쪽).

17 《자수성가자의 수기》, 45쪽.

적 자질을 발굴하고 그것을 적극 활용하여 경제적 성공에 이르는, 자기의 성장이었다.

이와 관련하여 "겨냥을 정하라. 막연히 생각하고 있는 낭비는 크다"라는 이 책의 표지 설명에 주목할 필요가 있다. 1960년대 경영 담론에서 기업의 이윤과 직결되는 '낭비'는 비단 금전이나 시간과 같은 물질에만 한정되는 것이 아니라 인간 그 자체에도 적용되었다. 낭비는 단순히 정해진 기준 이상을 헤프게 사용하는 것만을 가리키는 것이 아니라, "사람이든 돈이든 물질이든 시간이든 그 지닌 가치 이하를 쓴다는 것"[18]을 의미했다. 또한 인간이 자신에게 "주어진 권한을 그 이상 또는 그 이하로 행세하는 것도 낭비, 지켜야 할 의무를 지키지 않는 것도 낭비"[19]가 된다. 인간 역시 경제적 자원으로 바라보며 그 효율적 관리와 활용을 중시하는 이 같은 접근 방식은 미국 경영관리학이 도입되었던 1950년대 후반부터 줄곧 논의되어왔던 것이다. 경영자/노동자는 생산성 향상에 있어 개발되고 훈련되어야 하는 인적자원으로서 그 합리적이고 과학적인 관리의 중요성이 강조되기 시작한 것이다.[20]

---

18 권두언, 〈먼저 낭비를 배제하라〉, 《기업경영》 75, 1964년 7월호, 1쪽.

19 권두언, 〈먼저 낭비를 배제하라〉, 1쪽.

20 한국에서 경영학은 1950년대 미국 유학생 출신의 경영학자들에 의해 도입되기 시작했다. 이때 도입된 경영학은 식민지 시기 수용되었던, 이윤을 창출해 내는 경제구조나 기업의 물질적 측면을 연구하는 독일발 경제경영학이 아닌 생산성 향상을 위한 필수 자원으로서 경영자와 노동자라는 인간에 대한 '관리'를 연구하는 미국발 경영관리학이었다. 미국 경영관리학 도입에 대해서는 이순룡 · 이영면, 〈한국 경영학 도입기의 재조명〉, 《경영학연구》 27-3, 1998, 709~828쪽. 《기업경영》과 경영관리학에 대해서는 황병주, 〈1950~1960년대 테일러리즘과 '대중관리'〉, 《사이間SAI》 14, 2013; 김예림, 〈어떤 영혼들—산업노동자의 '심리' 혹은 그 너머〉, 《상허학보》 40, 2014.

즉, 산업 현장에서 인간은 곧 그 능력을 과학적으로 측정하여 적절한 위치에 배치하여 관리해야 할 '인적자원'으로 재편되었으며, '인적자원'의 효율적 사용이 경영의 핵심이 되었다. 이런 의미에서 《자수성가자의 수기》에서의 경제적 성공이란 비단 물질적 성공에 그치는 것이 아니라, 인간의 육체 · 정신의 낭비를 방비하고 그 능력을 최대한 발굴하여 목표를 달성하는, 자기계발의 성공으로 의미화될 수 있다. 물론 앞에서 언급한 《기업경영》의 〈나의 경영관〉 역시 인적자원으로서 경영/노동하는 인간에 대한 담론이 구성되는 가운데, 이상적 경영인 상에 관한 하나의 데이터이자 실증적 사례로서 요청된 것이었다고 볼 수 있다. 그러나 전문경영지에 수록된 기업인 회고가 현장 경영에 관한 실질적인 정보를 제공하는 데 중점을 두고 있었다면, 《자수성가자의 수기》는 자기 계발의 코드가 첨가되어 경제적 인간으로서 성장하고 발전한 기업가 상像 제공에 방점이 찍혀 있었다고 볼 수 있다.[21]

해방 후 한국전쟁을 거치며 식민지 경험에 대한 기억과 그 서사는 민족-국가 범주에서 단일하게 요청되어 의미화되고 구성되었던 측면이 강했다. 그러나 1960년대 접어들며 펼쳐졌던 경제 제일 논리는 식민지 경험에 대한 기억 방식에 분화를 일으키며, 경제적 성공과 관련하여 자기를 구성하는 새로운 방식들을 만들어 내기 시작한 것이다. 자수성가 기업가의 자기 서사는 기존의 민족주의

---

21 이 책의 부록으로 수록된 〈천재란 99%의 땀과 1%의 영감이다〉는 19세기 후반 미국, 20세기 초반 독일, 전후 일본 등 다양한 시대와 사회에서 경제적으로 성공한 기업가의 다양한 일화를 담은 일본 경영서의 번역물이다. 성실, 근면, 민첩한 판단력, 승부사적 기질, 창조적 사고 등을 기업자적 자질로 제시하는 이 부록은 《자수성가자의 수기》의 자기계발서로서의 성격을 보여 준다.

적 문법을 따르는 동시에 그것으로부터 벗어나 경제 제일 논리의 자장 아래 자기 계발의 문법을 통해 경제적 인간으로서 자기를 구축하는 방법을 제시하였다. 산업화 초창기 기업가 자기 서사는 경영하는 인간의 자기 계발의 서사로서 구성되기 시작했으며, 이후 이는 비즈니스 자서전의 핵심 축을 담당해 갔다.

1970년대, 회고하는 재계와 '현대 한국 경제사' 구축의 기획

1970년대 출간된 기업가 자기 서사의 양은 1960년대와 비교하여 월등히 증가하는데, 중소기업체 사장만이 아니라 대기업 총수, 정치적 자본가political capitalist 등으로 그 필자가 확대되었다.[22] 박정희

[22] 다음은 1970년대 출간된 주요 기업가 자서전 목록이다.

저자	제목	출판사	출판 연도	상세이력
공진항	이상향을 찾아서	탁암공진항회수기념문집간행위원회	1970	만몽산업주식회사 사장, 농림부장관, 농협중앙회 회장, 고려인삼흥업사 등 역임.
임문환	바우덕은 나일까	세한출판사	1973	상공부 초대상공차관, 보건부 차관, 농림부장관, 한국무역협회장 회장, 중앙경제위원회 경제계획관, 제일방적공사 이사장, 조선상선주식회사 사장, 대유증권 사장 등 역임
오선환	수봉회고록	수봉육영봉사회	1975	동산산업주식회사 사장, 동양제지 대표이사, 대한상공회의소 경제심의회 위원, 한국무역협회 상무이사 등 역임
김인득	남보다 앞서는 사람이 되리라	문집발간위원회	1975	동양물산주식회사 사장, 동양영화주식회사 사장, 단성사 사장, 대한영화사 이사, 한국슬레이공업주식회사 사장, 동양물산기업주식회사 회장 등 역임
김삼만	기공일생 : 자서전	정우사	1976	대동공업 사장, 대동공업 회장

정권의 경제개발 축이 1960년대를 거치며 중화학공업으로 전환됨에 따라 대기업에 대한 정부 지원이 증폭되었으며, 기업 총수의 사회적 위치 역시 보다 강고해져 갔다. 이제 대기업 총수는 단순히 고난과 역경을 극복하고 부를 축적한 경제인으로서가 아니라, 사회정치적 권력을 지닌 경제 엘리트이자 지배 엘리트인 '재벌'로 성장해 갔다. 일반적으로 재벌은 친족이 소유하고 지배하는 대규모의 다각화된 기업 집단으로 정의된다.[23] 그러나 과거 재벌이 금전적 의미에 초점이 맞춰져 대자본을 소유한 자본가라는 의미를 지니고 있었다면, 박정희 정권기 재벌은 정부와의 연동 속에서 경

유홍	유홍-자서전	의당유홍선생자서전출판동지회	1976	삼화사 대표중역, 해동흥업회사 중역, 경성공업협회 이사, 제2대 제4대 제6대 민의원
김용주	풍운 칠십년	석암사	1976	대한해운공사 사장, 주일본한국대표부 수석공사, 전남방직 사장, 초대 참의원, 대한방직 회장, 한일협회 회장, 전경련 부회장
김지태	나의 이력서	한국능률협회	1976	부산상공회의소 회장, 부산일보사 사장, 조선견직주식회사 사장, 한국생사주식회사 사장, 제2대 민의원
이원만	나의 정경 50년	코오롱	1977	삼경물산 사장, 신흥공업 회장, 개명상사 회장, 재일한국인무역협회 회장, 한국나이롱주식회사 사장, 코오롱 회장, 제5, 6, 7대 민의원
장학엽	항심의 세월-자서전	교학사	1977	서광주조주식회사 대표이사, 서광산업 사장, 효성유리공업 사장, 도원관광주식회사 사장, 진로그룹 회장
신영주	구름 속에서 한줄기 빛을	삼보출판사	1977	천일여객자동차주식회사 회장, 충청남도 경찰국장, 제4, 6대 국회의원
김유택	회상 65년	합동통신사	1977	조선은행 이사, 재무부 차관, 한국은행 총재, 주일대사, 재무부장관, 경제기획원장관, 제7대 국회의원
나익진	어머님을 그리면서	고려서적주식회사	1978	한국무역협회 이사, 동서통상 사장, 제동산업 사장, 체신부장관, 상공부 차관, 서울상공회의소위원, 한국산업은행 총재, 동아무역 사장
서병문	회고 육십년	문조사	1978	동해상호신용금고 대표

[23] 김윤태, 《한국의 재벌과 발전국가》, 한울아카데미, 2012, 122쪽.

제 분야만이 아니라 정치 · 사회 · 문화 각 방면의 헤게모니를 장악해 가는 지배 엘리트로서의 의미를 갖게 된다. 그들은 과거와 같이 특정 기업에 한정되어 있는 존재가 아니라, 국가권력 및 금융권력과 긴밀한 네트워크를 구축하며 경제 분야는 물론이고 정치 · 사회 · 문화 제 분야에서 막대한 영향력을 발휘하는 집단으로 성장해 갔다.[24] 그런 점에서 《서울경제신문》을 통해 약 12년간 연재되었던 대표 기업 총수 · 경제 관료 · 금융인의 회고 시리즈인 〈재계 회고〉는 미디어를 통해 재계라는 범주 안에서 이루어진 집단 회고라는 점에서 눈여겨볼 만하다.

1969년부터 1980년까지 〈재계 회고〉란에는 원로 기업가 14명, 역대 경제부처 장관 37명, 역대 금융기관장 9명의 회고가 연재된다.[25] 길게는 140여 회에서 짧게는 3~4회 분량인 이들의 회고는

---

24 이승만 정권을 거치며 집단적인 자본가 세력으로 성장한 재벌은 정부에 의해 통제-지배받는 집단으로서가 아니라 국가 및 금융권력과 협력 · 동맹 관계를 형성하며 사회 · 정치적 헤게모니를 장악해 가는 집단으로 성장해 갔다. 정부와 기업 사이의 긴밀한 관계는 단순히 지배와 통제의 형식으로서가 아니라 동맹과 연합의 형태로 진행되었다. 전경련 정책 추천 내용의 약 70퍼센트가 정부에 의해 채택되었다는 사실에서도 알 수 있듯, 정부 주도의 경제정책 대부분은 채택되기 이전 대기업과 협상하여 결정되었다고 한다. 이런 동맹 관계 아래 재벌과 고위 경제관료, 금융인 간 광범위한 정책 네트워크가 형성되었으며, 이 새로운 사회 연합을 중심으로 이른바 정경유착이 견고하게 유지되어 갔다. 이에 대해서는 김윤태, 《한국의 재벌과 발전국가》, 101~102쪽.

25 전집 서문에는 50여 명으로 기술되어 있는데, 실제 총 필자 수는 중복 필자를 제외하면 58명이었다. 다음은 《재계 회고》 전집의 필자 명단이다. 《재계 회고 1—원로 기업인 편 (1)》: 김연수, 이병철 / 《재계 회고 2—원로 기업인 편 (2)》: 김용주, 박흥식, 이정림 / 《재계 회고 3—원로 기업인 편 (3)》: 김용완, 홍재선 / 《재계 회고 4—원로 기업인 편 (4)》: 김연규, 이양구, 임문환 / 《재계 회고 5—원로 기업인 편 (5)》: 이원만, 조홍제 / 《재계 회고 6—원로 기업인 편 (6)》: 김지태, 정태성 / 《재계 회고 7—역대 경제부처 장관 편 (1)》: 임영신, 허정, 장기영, 윤영선, 김훈, 공진항, 임문환, 함인변, 이교선, 신중목, 백두진, 이재형, 안동혁, 박희현, 정재설, 이종림, 이중재, 임철호, 강성태, 유완창, 정낙훈, 정운갑, 김일환,

이후 1981년 한국일보 출판부에서 10권의 전집으로 간행된다. 총 58명의 필자 가운데 기업가는 14명으로 경제 관료 · 금융기관장 필자 수에 한참 못 미쳤지만, 〈재계 회고〉 시리즈의 지면 대부분을 그들의 회고가 차지하고 있다는 점에서 〈재계 회고〉는 신문 미디어가 대규모로 만들어 낸 기업가 자서전에 다름 아니었다. 〈재계 회고〉 시리즈는 제국 일본의 통제와 보호 시스템 속에서 기업을 경영하고 성장시켰던 경성방직의 김연수, 화신백화점의 박흥식 등 식민지 시기 성장한 제1세대 기업가와 해방 이후 적산을 인수하거나 이승만 정권하 성장한 삼성의 이병철, 동양방직의 이양구 등 신흥 기업가의 회고를 아우르고 있다. 이들의 일대기는 1960년대 기업가 이야기와 비슷하게 탁월한 경제 감각을 통해 막대한 부를 획득한 자의 성공담이자 그 방법을 전시하는 자기계발서의 성격을 지닌다. 그러나 동시에 그것은 그 이전과는 다른 어떤 변화의 지점에 놓여 있다. 김연수의 회고나 박흥식의 회고에서 서문에 해당하는 다음의 구절들은 〈재계 회고〉가 놓여 있는 변화의 지점을 간접적으로 드러내 준다.

김연수: 그동안 여러 차례 신문사들로부터 나의 회고와 같은 내용의 글을 써 달라는 요청을 받았으나 그때마다 모두 사절하였다. 그것은 내 자신의 과거 생활이 남에게 자랑할 만한 것이 별로 없는데다 또 일제 시대에 겪었던 일들을 다시 거론하고 싶지 않았기 때문이

이응준, 김현철 / 《재계 회고 8—역대 경제부처 장관 편 (2)》 : 윤건중, 인태식, 송인상, 구용서, 곽의영, 윤호병, 이해익, 전택보, 오정수, 석상옥, 전예용, 주원 / 《재계 회고 9—역대 금융기관장 편 (1)》 : 구용서, 김교철, 윤호병, 하상용, 오위영 / 《재계 회고 10—역대 금융기관장 편 (2)》 : 김유택, 민병도, 이필석, 나익진.

다. 대개 이런 글들은 하나의 역사를 증언하는 회고보다도 자기 자신을 변명하는 글로 잘못 변질될 수 있기 때문에 사양을 해 왔다.[26]

박흥식: 이번에 이렇게 뜻을 굽힌 것은 바로 내년이 내가 서울에 올라와 사업을 벌인 지 50주년이 되는 해이고 하여 이 기회에 한 번쯤 내가 헤엄쳐 온 반 백년에 이르는 우리나라의 산업 경제의 발자취를 내 나름대로 회고 반성하려는 마음에서이다.[27]

위의 글에서 김연수는 "역사를 증언하는" 것으로, 박흥식은 "우리나라 산업 경제의 발자취를" "회고 반성"하는 것으로 그 집필 의도를 밝힌다. 개인의 사적인 삶 위에 산업 경제에 대한 증언-회고의 의미가 덧씌워지며 이들의 기업가적 일대기는 '한국 경제사史'라는 대문자 역사와 접속하게 된다. 이병철의 경우, 그는 "나의 일관된 경영 원리랄까 철학"을 통해 "새로 사업을 일으키겠다는 사람, 사업을 하는 도중 좌절감에 사로잡힌 사람들에게 다소나마 힘이 될 수도 있으리라는 생각"[28]에 회고를 집필하게 되었다며 성공담의 비의를 강조한다. 회고의 집필 목적은 '증언'이나 '성공담'과 같이 각 저자마다 상이하였으며, 때로는 동일한 저자의 글 안에서도 교차하여 나타났다. 그러나 성공담의 성격을 강조했던 이병철 역시 그의 회고에서 자신의 기업가적 삶과 한국 경제성장과 발전을 긴밀하

---

26 김연수, 〈재계 회고〉, 《재계 회고》 1, 한국일보 출판부, 1981, 21쪽. 이하 이 글에서 〈재계 회고〉 연재물을 인용할 때는 한국일보 출판부에서 출간된 전집을 텍스트로 삼았다.

27 박흥식, 〈재계 회고〉, 《재계 회고》 2, 165쪽.

28 이병철, 〈재계 회고〉. 《재계 회고》 1, 280쪽.

게 연결하여 이야기하고 있음을 고려했을 때, 〈재계 회고〉의 기업가 회고를 관통하고 있는 것은 '한국 경제사에 대한 증언'이라는 전자에 가깝다는 것을 알 수 있다. 다음은 1981년 간행된 전집의 서문으로 〈재계 회고〉의 기획 취지를 살펴볼 수 있는 한 구절이다.

> 우리는 오늘의 경제적 성과가 있기까지의 역사적 맥락을 올바로 파악하지 못하고 있습니다. 개항과 더불어 자본주의가 이 땅에 이식된 이래 근대 한국 경제사의 전개 과정은 1백 년에 불과하지만 너무나 험난한 격변기를 거친 탓으로 그 실체는 수천 년 묵은 고대사처럼 설화 속에 묻혀 두고 있습니다.
>
> 서울경제신문은 이 같은 숨겨진 역사를 발굴해 내기 위해 현대 한국 경제의 창업비화를 주제로 한《재계 회고》를 연재한 바 있습니다. 지난 12년간에 걸쳐 50여 명에 달하는 한국 경제 창업 역군들의 생생한 증언을 담은 살아 있는 현대 한국 경제사라 할 수 있습니다.
>
> 잿더미 속에서 경제정책을 수립, 집행해 온 건국 초기의 경제 관료들, 혼란 속에서 금융계를 리드하여 산업 발전을 뒷바라지해 온 원로 뱅커들, 일제 경제 침략 속에서도 굴하지 않고 온갖 풍상을 다 겪으면서 황무지를 개척해 온 원로 기업인들, 이분들의 뜨거운 육성은 오늘의 한국 경제를 이해하고 미래의 복지사회를 조망하는 데 귀중한 사료로 활용될 줄 믿습니다.[29]

위의 서문이 제시하는 기획 취지는 다음과 같다. 한국 경제의 역사는 그간 식민과 해방, 한국전쟁 등 역사적 부침이 있었던 격변기

---

[29] 〈서문〉, 《재계 회고》 1, 14~15쪽.

속에서 망각되어 왔다. 그 망각의 역사를 '지금-여기'라는 시공간에서 "한국 경제 창업 역군"들의 "증언"을 통해 "현대 한국 경제사"로 발굴하여 새롭게 복원하고자 한다는 것이다. 경제사의 망각과 이에 대한 복원의 논리는 '경제'를 단순히 먹고사는 문제로부터 떠나 시공간에 따라 인과성과 필연성을 지닌 총체적인 활동으로 인식해야 함을 전제로 한다. 이 같은 경제의 발견과 역사 만들기 기획은 그 무엇보다 박정희 정권의 경제제일주의 정책 아래 진행되었던 경제의 새로운 위상 조정과 관련되어 있으며, 동 시기 위/아래로부터 이루어졌던 '역사 만들기'의 일환으로 생각할 수 있다.[30]

---

[30] 1960년대를 거치며 한국 자본주의사는 크게 두 가지 방향—타율적 발전론과 내재적 발전론으로 정립되어 갔다. 한국 자본주의사를 외세의 침략과 압박을 통한 타율적 발전사로 이해하는 전자는 1950년대 탈마르크스주의적 서구발 이론을 통해 한국 경제를 진단하고자 했던 경제학자들의 입장이었다. 한편 한국 자본주의의 기원을 조선 후기 실학과 식민지 시기 민족자본가의 상업 활동에서 찾고자 한 민족사학계의 입장이 있다. 1970년대 조기준의 《한국 자본주의 성립사론》(대왕사, 1973)은 경제사학계에서의 대표적 저서로서, 내재적 발전론의 입장에서 경제 발전의 시대적 구분을 하며 한국 경제사를 다시 쓰고자 했다. 이는 박정희 정권기 비판적 지식인 진영에서 이루어진 한국 역사 다시쓰기 작업의 일환이기도 하였다. 한편 1960년대 국가 주도 경제개발 정책을 폈던 박정희 정권은 식민지 시기를 경제 발전의 '공백기'로 여기며 그 한계를 극복할 시간으로 '지금-여기'를 설정한다. 과거로부터 현재까지의 상황을 '5천 년 가난'으로 표현하며 경제적 빈곤을 민족 최대의 위기로 설정하는 가운데, 강력한 국가 주도 경제성장을 개개인이 경제적 빈곤으로부터 탈피하는 지름길이자 국가-민족공동체의 위기 즉, '국난=빈곤'을 극복하는 지상 최대의 방법으로 담론화하였다. 이에 대해서는 김보현, 《박정희 정권기 경제개발》, 갈무리, 2007. '5천 년 가난'으로 표상되는 빈곤의 역사와 이를 구제할 '지금-여기'의 대조는 국가 주도 경제 발전 프로젝트 아래 진행되었던 국가-민족의 역사 다시쓰기 작업의 일환이기도 하였다. 이처럼 경제 우선주의와 민족주의가 주요한 담론으로 부상했던 1970년대 비록 상반된 형태였지만 한국 경제사를 구축하고 의미화하는 작업의 필요성은 위로부터 그리고 아래로부터 공유되고 있었으며, 경제사 구축의 핵심에 국가-민족을 설정한다는 특징 역시 공유되고 있었다. 박정희 정권기 역사 만들기에 대해서는 김원, 〈'한국적인 것'의 전유를 둘러싼 경쟁—민족 중흥, 내재적 발전 그리고 대중문화의 흔적〉, 《사회와 역사》 93, 2012.

그러나 보다 중요한 것은 파편적이고 단편적인 개별 경제활동에 인과성과 필연성을 부여하며 일대기를 만들어 낼 '지금–여기'의 타당성이 "수출 2백억 달러, GNP 2천 달러"[31]로 표현되는 "오늘의 경제적 성장"으로부터 확보되고 있다는 것이다. 이는 복원되어야 할 경제사의 중심에 국가 단위의 경제적 '성장'과 '발전'이 놓이리라는 것을 알려 준다. '지금–여기'의 경제적 성장을 과거로부터의 발전이자 "미래"를 향한 도정으로 이해하는 방식은 자연스럽게 과거–현재–미래를 진보로 나아가는 직선적 시간관으로 이해하고 있음을 알 수 있다. 성장과 발전의 경제사라는 단일한 역사가 만들어지는 과정은 반대로 근현대 한국 사회에서 자본주의경제 체제가 도입되고 수용 · 형성 · 변천되었던 과정에 존재했던 수많은 이질적이고 파편적인 경험들이 선별/망각되며 재배치 · 재구성되는 과정이기도 하다.

기업가 · 경제 관료 · 금융인 저자가 '재계'라는 범주를 통해 함께 소환됨에 따라, 서로 다른 사회적 위치를 지닌 이들의 사적 경험들은 '경제 엘리트 공통의 역사'라는 의미를 부여받게 된다. 특히 박정희 정권기에 접어들어 기업 총수의 사회적 위치가 과거 '성공한 기업가'에서 '정치적 자본가'로까지 확대되며 재편되어 갔던 가운데 〈재계 회고〉의 기업가 회고는 그들의 사업적 성장을 정부 및 금융권에서 활동하는 경제 엘리트 집단과의 관계 속에서 이해하거나, 사기업의 성장과 확장의 일대기를 곧 '공적인 성공public success'으로 의미화할 수 있는 가능성을 갖게 되었다.[32] 이는 경제 엘리트

---

31 〈서문〉, 《재계 회고》 1, 14쪽.

32 개인의 기업 활동이 정부 관료, 금융업계와의 긴밀한 관계 속에서 이루어지는 것은 그러나 자본의 운용에 있어 자연스러운 방식은 아니다. 오히려 공적 권력인 정부로부터 벗어나 사적 기업 경영의 자율성과 독립성을 강조하는 경향이 더 일반

집단에 의한 경제사 복원 작업이 재화와 서비스를 생산하고 분배, 소비하는 경제활동의 주체에서 노동자와 같은 여타 경제 주체의 목소리를 배제한 채, '위로부터의 성장과 발전'만을 중심으로 진행되리라는 것을 암시한다. 박정희 정권 아래 재계에 관한 기업(가)-정부(관료)-금융(인)의 집단 회고 기획은 경제적 자본이 정치사회적 헤게모니를 장악해 가며 지배계급의 통합적 부분을 형성해 갔던 과정을 단적으로 보여 준다. 특히 그 가운데 주인공이라 할 수 있는 기업가의 일대기는 이제 단지 자본축적의 시간으로 회고되는 것이 아니라, 그 축적된 자본을 바탕으로 국가권력과 사회 제반에 막대한 영향력을 끼치며 더 많은 자본을 확보해 갔던 팽창의 시간으로 기억되기 시작한 것이다.

기업가적 자아 구성의 정치학

민족-국가 공동체와 기업

Economy는 그리스어에서 '가정家庭'을 의미하는 oikos와 '관리하다'

적이라고 할 수 있다. 이는 정부의 권력 축소와 기업의 자율성이 강조되는 신자유주의 시대뿐만 아니라, 근대적 의미에서 상업 활동이 태동하기 시작했던 근대 초기에 있어서도 동일하다. 이를테면 일본 근대 경제 발달에 막대한 영향력을 끼쳤던 후쿠자와 유키치나 일본 경제의 아버지로 불리는 시부자와 에이치의 경우, 이들은 메이지 시기 대부분의 청년들이 정부 관료의 길을 희망했던 상황에서 정부의 간섭으로부터 벗어난—정부 밖에서의 상업 활동의 가치를 강조하며, 이를 근대적 개인의 자율성과 독립성으로 연결시킨 바 있다. 이에 대해서는 Noboru Tomonari, "Creating Modern Managers", *Constructings Subjectivities*, Lexington Books, 2008, pp.37-81.

를 의미하는 nomos의 합성어로, 가정 · 가계를 꾸리고 관리한다는 의미로부터 출발하여 근검 · 절약의 의미와 가계–공동체의 경제활동 전반의 의미로 나아간다. 이 가운데 후자를 바탕으로 하는 Homo Economicus은 윤리적이거나 종교적 동기와 같은 외적 동기에 영향을 받지 않고 이기심 · 합리성 · 자기 이해를 바탕으로 오직 자신의 경제적 이득만을 위해 기회비용을 고려하여 행동하는 사람을 가리킨다.[33] 이런 의미에서 경제적 인간의 성장과 발전을 다룬 비즈니스 자서전의 저자라면 그 자신의 영리 추구 활동을 계급이나 인종 · 민족 · 국가 등 당대 그가 속해 있는 공동체와의 관계 속에서 의미화하여 기술하기보다는 그 자신/기업의 문제로 한정하여 기술하리라 예측된다.

그런데 실제 비즈니스 자서전 저자들은 자신의 기업가적 삶과 자본축적 및 증식 과정의 의미를 공동체와 자신의 관계를 모색하고 설정하는 것으로부터 찾아내어 그 정당성을 확보하고자 한다. 이를테면 미국 포드자동차 사장 헨리 포드는 그의 자서전에서 "포드가 곧 미국"이라는 전제를 내세우며 기업의 사회적 책무를 강조하고, 자신의 기업가적 삶을 미국이라는 국가공동체의 범주에서 기술한 바 있다. 사기업의 공적인 성격을 강조하는 이런 방식은 '비정한 자본'의 세계에 도덕적이고 윤리적인 속성을 부여하여 자본축적의 정당성을 마련하고자 하는 비즈니스 자서전의 전통적 기술 방식 가운데 하나이다. 식민지와 해방, 한국전쟁 등 역사적 부침을 겪으며 민족–국가의 대문자 역사 아래 과거의 경험이 균질화되었던 한국의 경우, 특히 기업의 사회적 책무를 강조하는 것은 기

---

33 조준현, 〈호모 에코노미쿠스를 찾아서〉, 《인물과 사상》, 2012, 148쪽.

업가적 자아 구축의 유력한 방식 가운데 하나였다.

김연수, 이병철은 그들의 회고에서 기업(가)의 영리성 추구와 사회적 책무를 민족-국가의 대문자 역사를 기반으로 자연스럽게 통합하여 기술한다.[34] 기업의 성장과 그 활동이 자기 자신은 물론이고 타인-공동체에게 있어 어떤 의미와 가치를 지니는가에 대한 서술들은 그 진실성 여부와는 다른 층위에서, 기업가적 자아의 구성 전략을 보여 준다는 차원으로 이해되어야 한다. 제1세대 기업인 김연수와 제2세대 기업인 이병철은 서로 다른 시대에 주로 활동했지만, 이들 회고에서 공통되는 것은 기업가적 자아가 발흥했던 순간이나, 기업 운영 목표 및 경영 방침 수립의 과정, 기업 안팎 사람들과의 네트워크 구축 과정 등이 민족-국가 공동체 범주 내에서 인과성과 필연성을 띠며 서사화된다는 점이다.

식민지 시기 경성방직을 경영하고 삼양사를 창립하여 조선의 대표적 기업가로 성장한 김연수는 기업이 "국가 민족 없이 황금의 노예가 되는 때처럼 불행한 일이 없"으며, "온 국민과 같이 호흡하고 공존해야 한다."[35]는 기조 아래 그 자신의 기업가적 일대기를 민족적 고난과 역경을 견디고 성장한 민족자본의 성장이자 민족 주체의

---

[34] "기업은 영리를 추구하는 집단이긴 하지만 국가와 민족 없이 황금의 노예가 되는 것처럼 불행한 일은 없다. 또 기업은 온 국민과 같이 호흡하고 공존하지 않는다면 그 의미가 없다. 인촌은 늘 나에게 국가 민족의 복리를 우위에 두고 개인의 이익이나 공명심을 위해 일하지 말라고 말씀하셨다." 김연수, 《재계 회고》 1, 21쪽. "모든 것은 나라가 기본이 된다. 나라가 잘되고 강해야 모든 것이 잘 자란다. 무역을 하든 공장을 세우든 나라에 도움이 되는 것이 결국 그 사업에도 도움이 된다. 참다운 기업인은 보다 거시적 안목으로 기업을 발전시키고 국부 형성에 이바지하도록 해야 한다. 이것이 바로 참다운 기업 정신이다." 이병철, 《재계 회고》 1, 302쪽.

[35] 김연수, 《재계 회고》 1, 22쪽.

성공으로 서사화한다.[36] 조선총독부 일본인 고위 관료와 긴밀한 관계를 맺으며 기업을 확장해 갔던 경험은 민족자본의 성장을 위한 위장술로, 아시아 · 태평양전쟁기 더 많은 상품생산을 위한 만주로의 공장 확충은 강제 징용으로부터 조선인 청년들을 구해 냈던 방책으로 설명된다. 해방 직후 파업을 일으킨 경성방직의 젊은 엘리트 종업원 및 노동자들에 대한 그의 실망과 분노는 자유 대한 건설에의 열망으로 이어진다. 이처럼 각각의 일화들은 민족-국가의 대문자 역사 아래 통일성을 갖고 재구성된다. 식민지 시기 삼성상회를 설립하고 해방 이후 제일제당과 제일모직으로 사업을 확장한 이병철의 경우 역시 마찬가지이다. 그에게 자기 삶을 회고한다는 것은 '삼성이 곧 한국'이 되어 갔던, 혹은 될 수 있었던 과정을 재구성하는 것에 다름 아니었다. 그를 '재벌' 반열에 오르게 한 창업과 그 성공 과정은 사적 이윤 추구의 동기보다 실업 구제 및 경제성장을 통한 민생 안정-국가 안정이라는 외적 동기에 의한 것으로 기술된다. 또한, "기업과 공익은 양립할 수 있으며 또 반드시 그래야 한"[37]다는 "사업보국事業報國"[38]의 정신이 그 핵심으로 제시된다.

---

36 김연수는 식민지 시기 사업에 뜻을 두기 시작한 순간부터 회고록을 집필하고 있는 현재까지 자기의 일생을 민족적 주체로서의 삶으로 기억하고 기술한다. 이를테면 1910년대 도일渡日하여 오사카를 지날 때 보았던 대규모 공장 단지에 큰 감명을 받았던 순간은 산업을 통한 민족공동체의 계몽으로 의미화된다. 김연수, 《재계 회고》 1, 45쪽. 이후 만주시찰단으로 신의주를 방문하여 거대한 대지의 '미개한' 중국인을 발견했던 순간 역시 산업을 통한 조선 민족의 문명화 의지로 귀결되어 서사화된다. 《재계 회고》 1, 53쪽. 그는 현재 역시 "개인의 영리 목적"으로서만이 아니라 "국민 복지 향상에 이바지하는"(《재계 회고》 1, 266) 기업 활동의 시간으로 기술한다. 김연수 · 김성수에 대해서는 카터 J. 에커트, 《제국의 후예》, 주익종 옮김, 푸른역사, 2008; 주익종, 《대군의 척후》, 푸른역사, 2008.

37 이병철, 《재계 회고》 1, 331쪽.

38 이병철, 《재계 회고》 1, 354쪽.

기회비용의 계산을 전제로 하는 경영 활동은 이들의 회고에서 애국 · 애족의 기예이자 공공선을 추구하는 이타적 행위로 의미화된다. 기업의 발전과 민족-국가의 발전을 합치시키며 기업의 역사적 가치를 강조하는 이런 서술들은 단순한 수사적 표현에 그칠 때도 있다. 또 당대 기업가를 향한 사회적 불신에 대한 그들 나름의 대응 방식으로도 생각할 수 있다.[39] 그러나 보다 중요한 것은 이들의 기업가적 삶이 비단 경제적으로 성공한 한 개인의 성장으로서가 아니라, 민족-국가공동체의 성장과 발전으로 의미화되는 가운데 이들의 주체성 구성에 어떤 일이 발생했는가이다. 기업가로서의 자신을 자본 운용의 주체이자 민족-국가 발전의 주체로 정립하는 이 같은 서술방식은 그 자신의 일대기를 대문자 역사이자 지배계급의 역사로서 공식화하는 자기 구성의 유력한 문법이라 할 수 있다. 이들은 자기의 사적 역사를 한국 경제의 역사이자 지배계급의 역사로 공식화하며, 자본과 지배-권력 운용의 도덕적 정당성을 확보해 갔던 것이다.

노동자라는 '또 하나의 가족'

민족/국가공동체와 기업(가)의 관계를 사유하는 방식은 반대로 기

---

39 일본(인)과의 긴밀한 네트워크 속에서 기업 운영이 가능했던 식민지 시기와 해방 이후 귀속 재산 불하 및 그에 따른 정경유착이 발생한 이승만 정권기를 거치며 기업가는 사회적으로 타락하고 부패한 존재로서 대중적 불신과 지탄을 받고 있었다. 타인을 향한 자기에 관한 글쓰기는 기본적으로 신뢰와 공감을 창출해 내는 효과를 지니고 있는데, 기업가 저자들은 자신의 일대기를 재구성하는 과정에서 당대 대중의 부정적 인식과 비판을 타파하고 그들의 신뢰를 회복하는 방법으로 공동체와 기업(가)의 관계 설정을 고구했다고도 할 수 있다.

업이라는 공동체와 그 내부의 구성원들을 사유하는 방식으로도 이어졌다. 기업인 저자들은 기업 총수로서 자기 자신을 민족-국가 공동체에 충성을 다하는 자이자, 노동자-종업원의 충성을 받으며 그들에게 시혜를 베푸는 자로 기술한다. 기업은 돈을 좇아 움직이는 비정한 세계라기보다, 그 내부 구성원들 간의 신뢰와 애정 · 충성을 바탕으로 움직이는 '인정'과 '가족'의 세계로 장소화된다. 민족-국가와 기업가, 경영자와 노동자 관계를 아버지와 아들의 관계로 설정하는 가족자본주의 기술 방식을 통해 기업가는 민족-국가 발전의 주체로서뿐만 아니라, 기업 내 노동(자)에 대한 통치(자)의 도덕적 정당성을 확보할 수 있었다.

동시에 대기업의 혈연 · 지연 · 학연 네트워크에 기반한 기업 운영 방식이 사회적으로 비판받고 있었던 당대, 이들은 회고를 통해 가족자본주의에 대한 긍정적 상을 만들어 내며 경영 방식의 타당성 역시 확보할 수 있었다. 당시 주주 소유자가 아닌 전문 경영자가 기업을 경영해야 한다는 논의가 등장하며, 유산 세습이나 친족 간 자본 이동을 통해 대주주를 소유한 기업 총수의 경영 활동에 대한 비판이 일어나고 있었다. 이런 가운데 가족자본주의를 전제로 하는 이들의 회고는 세습 경영의 타당성을 내비치는 장으로 작동할 수 있었던 것이다.[40] 그러나 함께 고려해야 할 것은 기업가 저자

40 김연수와 김용완의 회고에서 혈연을 바탕으로 한 자본의 이동이 기술될 때, 가족자본주의는 두드러지게 드러난다. 김용완의 회고 전반부는 인촌과 수당에 관한 일화 및 그들과의 교류 관계로 구성되어 있다. 그는 김씨 일가의 일원으로 태어나 유년기, 청년 및 장년기에 친족들—인촌, 수당과 친밀하게 교류했던 경험을 중요하게 기술하며, 그들에게 무한한 신뢰와 충성을 표현한다. 기업가로서의 김용완의 성장은 김씨 일가를 중심으로 하는 가족 재벌 구조의 확장과 동일시되는 서사화되고 있는 셈이다.

들이 기업 운영의 방향과 국가-정부의 정책이 충돌하거나 정치적 이해관계로 당대 정권으로부터 시혜를 받지 못했던 시간들을 기술할 때, 국가/기업을 묶어 주었던 '가족'의 범주에서 벗어나 반정부적 입장에서 사적 이윤을 창출했던 경험을 강조한다는 점이다.[41] 가족자본주의는 이들의 회고에서 국가-민족 관계 설정에 유력한 이데올로기로 작용하였지만, 그것은 균질하게 적용되지 않았다. 오히려 그것은 기업 내 유산 세습이나 노동자에 대한 통치를 정당화하는 측면으로 비균질화되어 나타났던 것이다.

그렇다면 경영의 세계에서 의사擬似-가족 구성원이었던 노동자는 어떻게 기억되고 있을까. 〈재계 회고〉의 기업가 회고에서 중요한 키워드 가운데 하나는 공감과 연대의 경계 창출이다. 성공한 기업가이자 지배계급의 일원으로서 누구에게 공감하고 누구와 손잡을 것인가라는 문제는 기업가로서 가지는 사회적 상상과 관련 있다. 그들이 기억하는 자들은 주로 혈연 · 지연 · 학연에 기초한 인물들이거나 기업 내 고위 간부, 기업을 운영하며 만났던 여타 경제 엘리트들이다. 이들과의 만남 혹은 일화는 개인 대 개인의 만남으로 구체적으로 기술되며 기업 활동의 일화를 구성하는 풍성한 자

---

[41] 김용완은 해방 이후를 회고하며 고하의 죽음과 이승만 정권의 경방 핍박을 강조, 기업 경영과 정치 분리하는 자신의 기업가적 신조를 드러낸다. 이를 통해 그는 당대 기업 경영의 투명성을 제시한다. 그러나 반정부적 입장에서 경영의 투명성을 강조하는 이 같은 방식의 효과는 기업(가)의 일대기를 서술하는 지금-여기, 기업(가)의 사회적 위치와의 관련 속에서 생각해야 한다. 정부 정책 제안에 직접적으로 관여했던 전경련 명예회장의 위치 즉, 1970년대 가장 유력한 '정치적 자본가'의 입장에서 회고가 집필되었음을 고려한다면, 식민지 시기 및 해방 이후 국가권력과 거리를 두었던 일화들은 박정희 정권에 접어들어 다수의 기업이 이승만 정권과 결탁하여 부정축재한 혐의로 사회적 지탄을 받았던 상황에서 자신의 기업가적 자질은 물론이거니와 자-기업의 이미지를 고취시켜 궁극적으로 기업 이윤을 극대화하는 효과를 창출했음을 생각할 수 있다.

료가 된다. 노동자에 대한 기술 역시 존재하지만, 이때 노동자는 개별적 존재라기보다 집합적 존재에 가까우며, 그마저도 '적' 아니면 '가족'이라는 이분법적 구도 아래 기술된다. 이를테면 '적'으로서의 노동자는 해방 직후 좌우익의 갈등으로 혼란스러운 상황에서 파업을 주도하고 선동 행위를 벌인 좌익 계열 노동자들이다. 기업가의 기억 속에 이들은 그 정치적 성향과는 무관하게 사리사욕을 앞세우는 이기적 인간들로 제시된다. 자신의 권리와 인권을 위해 투쟁하는 노동자는 그 시기와 관계없이 기억의 비가시화 영역에 머물러 있거나 좌익이라는 정치화된 세력이자 개인의 사리사욕만을 추구하는 부정적 인물들로 기술되는 것이다. 김연수는 해방 직후 상황을 기술하며, 자신의 기업 경영에 대해 비판적인 경성방직의 "정치적 사상적 색채를 띤 젊은 엘리트 사원"을 "민족 자립 경제를 지향하여 온갖 역경과 싸워 온 나를 민족의 적이요 착취자로 몰아세"[42]운 배신자로 기억한다. 이 젊은 사원들은 식민지 시기 '영재 육성' 차원에서 길러 온 자식과 같은 자들로서, 아버지와 같은 자신을 배신한 비도덕적이고 몰지각한 자들로 표현된다. 반면 이들과 다른 층위에서 기억-기술되는 노동자는 개인보다 회사를 먼저 생각하며 기업이 곤경에 처해 있을 때 희생정신을 발휘하여 상품생산에 자발적으로 협조한 이타적인 자들이다. 기업(가)에 충성을 바친 이들은 도덕적으로나 정치적으로나 긍정되며 공감과 연대의 대상으로 기억-기술된다. 그러나 이 공감과 연대는 동등한 관계가 아닌 비대칭적 관계에서 '시혜'의 형식으로 표출될 뿐이다.

기업가-노동자의 관계를 가족 안으로 수렴시키고 개인보다는

---

42 김연수, 《재계 회고》 1, 155쪽.

기업을 강조하며 노동자의 순응적인 노동 윤리를 정당화했던 가족 자본주의 기술의 방식은 기업의 성장 과정 속에서 함께 존재했었던 '아래로부터의 존재'를 배제하거나 그들을 텅 빈 공백으로 만드는, '위로부터의 기록'의 특징이기도 하다. 이 '위로부터의' 존재에 의해 구성되는 경제사는 다른 말로 하자면 자본주의 대문자 역사라고 할 수 있었다.

'위기'라는 기회, 불/확실성의 세계

기업가 회고에는 민족-국가의 대문자 역사와 부합하지 않는 탈역사화의 장면들 역시 존재했다. 즉, 기업(가)의 영리성 추구와 사회적 책무를 합치시키며 경제적 인간이자 민족-국가적 주체로서 자기를 정립하고자 했던 이들의 시도 속에는 반대로 그 불화의 흔적 역시 새겨져 있었다. 일례로 김성수 · 김연수의 매제로 1930년 중앙상공주식회사 취체역, 1938년 경성방직 지배인 등을 거쳐 1949년 경성방직 제4대 사장을 역임했던 김용완의 회고를 들 수 있다.

그의 회고 중 식민지 시기에 관한 기억에서 두드러지는 것은 김성수와 김연수의 영향 아래 이루어진 민족적 주체로서의 자기 정립과 더불어 제국 일본의 영향 아래 습득한 교양과 그 교양을 통한 경제적 인간으로서의 성장 과정이다. 그의 기업가적 자아는 히로시마 고등사범학교 재학 시절 일본인 교수의 수학 · 철학 강좌를 통해서 발흥한 것으로 기술된다. 그는 이때의 수업을 통해 과학적 판단과 합리적 사고, 인격 도야와 자기 수양의 중요성을 습득하였는데, 그의 교양의 기원이 되는 이 수학적 사고와 철학적 사고가 이후 기업 운영 시 경영 철학의 핵심이 되었으며, 전경련 회장을 맡고 있는 현재까지도 영향을 끼치고 있다고 밝힌다.[43] 단적으로 그의 회고에서 제국 일본의 영향 아래 습득한 교양이 현재 기업가적 자아 구성의 전제가 되었다는 기술은, 민족의 고난과 역경을 마주하고 산업 의지를 지니게 되었다는 김연수의 회고와는 구분되는 지점이다.

물론 김용완이 식민지 시기 제국 일본의 영향 아래 기업가적 자아로 성장했던 일화들을 구체적으로 기술할 수 있었던 것은 해방 이후 친일 자본가로 반민특위에 회부되었던 김연수와 비교했을 때, 식민지 시기에 대한 기억에서 보다 자유로웠던 그의 이력을 통해 유추해 볼 수도 있다. 그러나 다른 한편으로 그러한 기술 방식은 인간이 '인적자원'으로 편성되며 영리 추구 및 경쟁에서의 승리가 무한 긍정되었던 1960년대 '지금-여기'에서의 또 다른 기업가적 자아 창출과 연결되어 있었다. 1950년대 기업가-경영자에 대한 논의에서 최상의 이윤 추구를 이끌어 내는 이상적 기업가상이 주로 과학적이고 합리적인 서구형 인간으로만 기술되었다면, 1960년대 중반에 접어들며 그것은 정신적이고 내적인 동양적 인간형이 통합된 것으로 기술된다. 수학-공식-유형有形의 틀로 대변되는 '과학적 자질'과 인격 도야-자기 수양-무형無形의 자세로 대변되는 '정신적 자질' 간의 조화가 이상적인 기업가적 자질로 담론화되며, '경영하는 인간'에 대한 내적 접근이 심화되기에 이른다.[44] 이 같은

---

43 그는 요시다 겐류吉田賢龍 교수의 철학 수업을 구체적으로 언급하며, 이때 배운 철학적 지식들이 지금-현재 기업 활동에도 지속적으로 영향을 끼치고 있음을 언급한다. 전경련 회장으로 반정부·반기업적 인사들과 대담하는 자리에서 과거 습득한 철학적 지식으로 그들을 설득시켰다거나, 당시 요시다 겐류에게 받은 '선무회善無悔'라는 휘호를 여전히 자기 방에 걸어 놓고 있다는 일화는 그 단적인 사례이다. 김용완, 〈재계 회고〉, 《재계 회고》 3, 56~65쪽.

44 현대적 기업가의 과학적 자질과 정신적 자질의 조화에 대해서는 이양구, 〈경영

상황에서 김용완은 그 자신의 과거 경험적 자산으로부터 과학적 자질과 정신적 자질을 이끌어 내어 양자를 통합하는 방식으로 '지금-여기' 기업가이자 전경련 회장으로서의 자기를 이상적으로 구축할 수 있었다.

이처럼 당대 이상적 기업가 자질을 강조하며 자기-상을 구축하는 가운데, 식민지 시기 민족적 주체로서 자기의 역사화 작업은 약화되었다. 그러나 이 같은 균열은 비단 김용완의 회고에만 존재하는 것만은 아니다. 오히려 경제적 인간으로서의 자기 정립과 공공선을 추구하는 사회적 존재로서의 자기 정립 사이의 교통과 불화는 기업가 서사의 양 축을 이루는 것으로 이해되어야 한다. 기업가 회고에서 두드러지는 또 하나의 자아 정립 방식인 '위기-개척을 감행하는 주체로서의 삶'은 이 양 축을 넘나들며 구성되었다. 김연수는 식민지 시기를 조선 기업의 성장에 많은 역경과 곤란을 주는 위기의 시간이자, 그 위기로부터 경방과 삼양사라는 '민족자본'을 성장시킬 수 있었던 발전의 시간들로 기술한다. 동시에 이 위기-발전은 민족-국가공동체와는 다른 범주에서 기업 총수로서의 자신의 개인적 능력을 선명하게 드러낼 수 있는 기제로 제시된다. 민족적 위기의 시간이었던 전시체제기, 만주 공장의 일화에서 가시화되는 것은 자신이 생산해 낸 자원이 어디에 활용되는지, 그 자원이 당대 식민지 조선인에게 어떤 의미를 갖게 되는지 등이 아니었다. 그것은 위기를 판단하고 그것을 자본축적의 기회로 활용하는 기업가적 자질—합리적 판단력 · 과학적 사고 · 민첩성 · 예측력 · 창조적 아이디어 · 모험심 등—이었다.

관리에 있어서의 반성〉, 《기업경영》 75, 44~45쪽.

한편, 이병철의 회고에서 이 같은 기업가적 자질은 개척의 원동력으로 기술된다. 이병철은 그의 회고에서 제일모직 창업 과정을 다음과 같이 설명한다. 외래품 양복만이 시장성을 가졌던 1950년대 "남들이 쉽게 손댈 수 있고 또 이미 손들을 대고 있는 사업에 뛰어든다는 데 별로 의욕을 느낄 수가 없었"[45]으며 "호기심"으로 또 "역량을 한번 시험해 보겠다는 생각"[46]으로 "남들이 다 말리는" 국내산 소모방직 시설인 제일모직을 창업했다는 것이다. 여기서 강조되는 것은 '미개지'를 포착하고 그에 따르는 위기를 감행 · 발굴하는 기업가적 자질로서, 그는 그것을 "황무지"에 대한 "창업의 의욕"[47]으로 표현한다. 이 개척 정신은 위기가 발생하고 이를 해결하는 과정에서도 동일하게 적용된다. 이를테면 그는 조선양조주식회사를 설립했던 식민지 후반기를 기억하며, 국가총동원령으로 경기가 침체되며 산업계에 위기가 닥쳤을 때 오히려 막대한 부를 확보했음을 기술한다. 그러면서 그는 세수 확보를 위해 세무서 밀주 단속이 강화되었던 때, 전쟁이라는 위기를 '양조업'을 창업할 수 있는 새로운 기회로 변모시켰던 일화를 전시한다.

자신의 역량에 대한 기대와 믿음인 자기효능감self-efficacy은 자신 앞에 놓인 불투명한 상황을 곧 새로운 기회로 바꾸는 원동력으로 기능한다. 김연수와 이병철의 회고에서 그들의 기업가적 자아는 이 자기효능감으로 무장한 개척자로서 예측할 수 없는 불투명한 시간/세계인 미래를 '지금-여기'보다 더 나은 진보의 시간/세계

---

45 이병철, 《재계 회고》 1, 321쪽.

46 이병철, 《재계 회고》 1, 335쪽.

47 이병철, 《재계 회고》 1, 318쪽.

로 바꾸는 자에 다름 아니다. 이들에게 '알 수 없는' 미개지는 성공적 미래를 가늠할 수 있는 현재적 장소로서, 지금까지의 논리와 판단이 중지되는 위기의 시간은 남들과의 경쟁에서 승리할 수 있는, 그리하여 지금보다 더 나은 기업의 미래를 창출할 수 있는 기회로서 탈바꿈되었다. 이들은 자기 삶을 반추하며 그 일대기를 끊임없이 위기를 맞이하고 그 위기를 자신의 탁월한 기업가적 자질을 통해 성공의 기회로 만들어 갔던 과정으로 재구성한다. 그렇기에 이들의 기업가적 삶은 '알 수 없는 세계'를 개척하고 '위기의 시간'을 감행함으로써, 불확실성의 미래를 확실성의 현재로 바꾸어 나가는 과정이기도 했다. 이 확실성의 세계에서 '지금-여기'는 앞으로 나아가는 진보와 연결되고, 반대로 행동의 유예나 지체는 곧 퇴보와 연결된다. 그들에게 경영은 곧, 진보를 향해 가는 확실성의 마법이었으며 이 마법은 자본의 언어에 다름 아니었다.

| 20세기 자본의 자서전 |

한국에서 재벌의 성장은 국가의 작동과 긴밀히 연동하며 이루어졌지만, 그들에게 식민지, 해방, 한국전쟁 등의 경험과 그 의미는 한국의 공식 역사와 반드시 일치하는 것은 아니었다. 오히려 그들은 민족-국가를 중심으로 하는 공식 역사와 합치/불화하며 그들 나름의 자본의 역사라는 '다른 종류의 연표'[48]를 작성했던 것은 아니었을까 싶다.

---

[48] 김원, 〈사회과학자가 본 1970~80년대 르포 · 수기 문학〉, 《작가회의》, 2009년 봄호.

국가 주도 경제개발 정책 아래 기업의 성장이 곧 민족-국가의 성장으로 환치되며 자본의 역사가 국가의 역사와 결합하기 시작하였던 박정희 정권기, 〈재계 회고〉를 통해 자본의 축적과 증식을 둘러싼 경제 엘리트의 공통 역사가 만들어졌던 과정은 한국에서 자본과 권력 간 결합이 자연화되었던 과정에 다름 아니었다. 기업가 저자들은 자기 삶을 반추하고 재구성하며, 자신을 당대 위/아래로부터 요청되었던 그리고 그 스스로도 요청했던 국가-민족공동체 발전의 주체로서 정립하고자 했다. 동시에 그들은 자본주의사회에서 그 누구보다 탁월한 능력을 통해 사적 이윤을 축적한 경제적 인간으로서 자기를 구축해 갔다. 이 양측은 반드시 일치하는 방향으로 진행되지는 않았다. 그들의 회고에서 '개척-위기를 감행하는 주체'로서의 기업가적 자아는 '민족-국가적 주체'로서의 기업가적 자아와 통합되기도 하고 불화하기도 했다. 기업가 저자들은 자신들을 단일한 민족-국가의 경계 안에서 공공선을 추구하는 이타적 존재로서 정립하는 동시에 자본을 통해 그 경계를 뛰어넘는 경제적 인간으로서 자신들을 정립하고자 시도했다. 탈/역사화의 기획을 통해 구성되었던 기업가의 자기 서사는 이 통합과 불화의 과정 속에서 한편으로는 자본주의사회에서 경제적 이치에 눈이 밝은 자의 성공담이자, 다른 한편으로는 물질로서 축적된 금전이 국가와 사회 시스템 내에서 헤게모니를 장악해 가는 20세기 자본의 자서전으로 자리매김해 갔다.

인간은 사적 이윤을 추구하는 동시에 그를 통해 공공선을 이룰 수 있다는 자본주의의 고전적 명제는 이기와 무사심無私心의 경계를 가로지르는 이상적인 경제적 인간을 창출했다. 그러나 이를 바꿔 말하자면 그 경제적 인간을 이상적 목표로 삼는 자본주의사회는 기실 양자 간의 갈등과 교착 상태로 유지되고 구성된다는 것을 의미하기도 한다. 그리고 점차 이 과정에서 한 개인의 부/빈곤이라는 상태는 금전-물질 문제인 동시에 자기 자신을 단련 · 관리하는 정신의 문제로, 공동체의 문제이기보다 개인의 행위의 결과이자 책임으로 설정되어 갔다. 경제적 인간의 성공 혹은 실패의 기원이 민족-국가공동체와의 상태와 더불어 개인의 상태로부터 비롯하는 양가적인 것으로 설정되었던 가운데, 민족-국가공동체의 운명과 경제적 인간의 운명은 서로 합치될 수도 있지만 얼마든지 불화할 수도 있었다. 이러한 점은 재벌의 사적 회고를 통해 한국 경제사가 대문자 역사로서 창안되고 구성되는 동시에, 반대로 이 대문자 역사에 균열과 탈구가 발생할 수 있다는 점을 암시한다. 개인의 사적 회고를 통해 자본의 성장담이 구성되며 민족-국가공동체 경계 안/밖을 흐릿하게 가시화했던 1970년대 〈재계 회고〉 이후, 기업가 자서전은 '자기 통솔', '자기 경영'의 문법이 본격적으로 덧씌워진 채 그 경계 외부를 비추며 탈역사화된 기업가적 자아를 창출하는 방향으로 진행되어 갔다.

| 참고문헌 |

자료

《기업경영》, 《경향신문》, 《동아일보》, 《서울경제신문》, 《한겨레》

구미서관 편집부 편, 《자수성가자의 수기—피와 땀은 말이 없다》, 갑자출판사, 1968.

한국일보 출판부 편, 《재계 회고》 1~10, 한국일보 출판부, 1981.

논문

권경미, 〈노동운동 담론과 만들어진/상상된 노동자—1970년대 노동자수기를 중심으로〉, 《현대소설연구》 54, 2013.

김성환, 〈1970년대 노동 수기와 노동의 의미〉, 《한국현대문학연구》 37, 2012.

김예림, 〈노동의 로고스피어—산업-금융자본주의의 회랑의 삶—언어에 대하여〉, 《사이間SAI》 15, 2013.

김예림, 〈어떤 영혼들—산업노동자의 '심리' 혹은 그 너머〉, 《상허학보》 40, 2014.

김 원, 〈사회과학자가 본 1970~80년대 르포 · 수기 문학〉, 《작가회의》, 2009년 봄호.

김 원, 〈'한국적인 것'의 전유를 둘러싼 경쟁—민족중흥, 내재적 발전 그리고 대중문화의 흔적〉, 《사회와 역사》 93, 2012.

이순룡 · 이영면, 〈한국경영학도입기의 재조명〉, 《경영학연구》 27(3), 1998.

조준현, 〈호모 에코노미쿠스를 찾아서〉, 《인물과 사상》, 2012.

한영인, 〈글 쓰는 노동자들의 시대—1980년대 노동자 '생활글' 다시 읽기〉, 《대동문화연구》 86, 2014.

황병주, 〈민족중흥과 대중, 이중의 역설〉, 《기억과 전망》 16, 2007.

황병주, 〈1950~1960년대 테일러리즘과 '대중관리'〉, 《사이間SAI》 14, 2013.

단행본

길더, 조지, 김태홍 · 유동길 옮김, 《부와 빈곤》, 우아당, 1983.

김동운, 《박승직상점, 1882~1951년》, 혜안, 2001.

김보현, 《박정희 정권기 경제개발》, 갈무리, 2007.

김윤태, 《한국의 재벌과 발전국가》, 한울아카데미, 2012.

르쥔, 필립, 윤진 옮김, 《자서전의 규약》, 문학과지성사, 1998.

서동진, 《자유의 의지 자기계발의 의지—신자유주의 한국사회에서 자기 계발하는 주체의 탄생》, 돌베개, 2014.

에커트, 카터 J., 주익종 옮김, 《제국의 후예》, 푸른역사, 2008.

올리히 브뢰클링, 김주호 옮김, 《기업가적 자아—주체화 형식의 사회학》, 한울, 2014.

이성태, 《위대한 기업가의 가난한 철학》, 민맥, 1991.

이원석, 《거대한 사기극—자기 계발서를 권하는 사회의 허와 실》, 북바이북, 2013.

조기준, 《한국 자본주의 성립사론》, 대왕사, 1973.

주익종, 《대군의 척후》, 푸른역사, 2008.

Jolly, Margaretta(Edt), *Encyclopedia of Life Writing-Autobiographical and Biographical Forms*, Routledge, 2001.

Noboru Tomonari, *Constructings Subjectivities*, Lexington Books, 2008.

■ **수록 원고 출처**

이헬렌, 〈제국의 딸로서 죽는다는 것〉, 《아세아 연구》 51권 2호, 고려대학교 아세아문제연구소, 2008.

김　항, 〈혁명을 팔아넘긴 남자 : 유폐되는 혁명과 음모 서사의 틈입〉, 《민족문학사연구》 66호, 민족문학사연구소, 2018.

임유경, 〈체제의 시간과 저자의 시간 : 『서준식 옥중서한』 연구〉, 《현대문학의 연구》 58호, 한국문학연구학회, 2016.

조영추, 〈집단 언어와 실어 상태 : 중국 문인들의 한국전쟁 참전 일기를 중심으로〉, 《현대문학의 연구》 64호, 한국문학연구학회, 2018.

김예림, 〈정체(政體), 인민 그리고 베트남(전쟁)이라는 사건〉, 《역사문제연구》 32호, 역사문제연구소, 2014.

정승화, 〈'우정(友情)'이라는 심리전 : 1960년대 한국에서의 펜팔 운동에 관한 연구〉, 《동방학지》 181호, 연세대학교 국학연구원, 2018.

박연희, 〈1950년대 후반 시인들의 문학적 자기-서사 : 〈자작시 해설집〉 총서(1958~1960)를 중심으로〉, 《현대문학의 연구》 64호, 한국문학연구학회, 2018.

김성연, 〈자서전의 시대, 접촉된 자서전 : 1970년대 자서전의 존재에 대하여〉, 《현대문학의 연구》 64호, 한국문학연구학회, 2018.

김혜인, 〈자본의 세기, 기업가적 자아와 자서전 : 1970년대 「재계 회고」와 기업가적 자아의 주체성 구성의 정치학〉, 《사이間SAI》 18호, 국제한국문학문화학회, 2015.

동아시아 역사와 자기 서사의 정치학

2018년 8월 30일 초판 1쇄 발행

지은이 | 이헬렌, 김항, 임유경, 조영추, 김예림, 정승화,
박연희, 김성연, 김혜인
펴낸이 | 노경인 · 김주영

펴낸곳 | 도서출판 앨피
출판등록 | 2004년 11월 23일 제2011-000087호
주소 | 우)120-842 서울시 영등포구 영등포로 5길 19(양평동2가, 동아프라임밸리)
1202-1호
전화 | 02-336-2776 팩스 | 0505-115-0525
전자우편 | lpbook12@naver.com

ISBN 979-11-87430-31-5 93800

이 저서는 2008년 정부(교육과학기술부) 재원으로 한국연구재단의 지원을 받아 수행된 연구임(NRF-2008-361-A00003)